宜雨亭杂俎

白钢 著

中国社会科学出版社

图书在版编目（CIP）数据

宜雨亭杂俎/白钢著 . —北京：中国社会科学出版社，2015.5
ISBN 978 - 7 - 5161 - 5947 - 7

Ⅰ . ①宜…　Ⅱ . ①白…　Ⅲ . ①中国文学—当代文学—作品
综合集　Ⅳ . ①I217.2

中国版本图书馆 CIP 数据核字（2015）第 075077 号

出 版 人	赵剑英
选题策划	郭沂纹
责任编辑	刘志兵
责任校对	王佳玉
责任印制	李寡寡

出　　版	中国社会科学出版社
社　　址	北京鼓楼西大街甲 158 号
邮　　编	100720
网　　址	http：//www.csspw.cn
发 行 部	010 - 84083685
门 市 部	010 - 84029450
经　　销	新华书店及其他书店

印　　刷	北京市大兴区新魏印刷厂
装　　订	廊坊市广阳区广增装订厂
版　　次	2015 年 5 月第 1 版
印　　次	2015 年 5 月第 1 次印刷

开　　本	710×1000　1/16
印　　张	23
插　　页	2
字　　数	388 千字
定　　价	75.00 元

凡购买中国社会科学出版社图书，如有质量问题请与本社联系调换
电话：010 - 84083683

目　录

第 1 辑　惟敩学半

第 2 辑　谈天说地

第3辑　变俗易教

第4辑　执简驭繁

第 5 辑　规圆矩方

第 6 辑　儒学小史

第 7 辑　谈言微中

序

早年涉世未深，处事莽撞，磕磕绊绊闯入学术界，相继使用过五六个笔名，"宜雨亭"就是其中之一。

大约在 1984 年春夏之交，一个难得的机遇突然降到我面前。"中国社会科学出版社"看中我的栖息地——北京建国门大街 62 号院①——想在这里开一家"社科书店"，动员我让地。搬迁的地点是劲松九区新落成的塔楼，朝阳的两居或朝北的三居，任我挑选。这对于我这个过惯了逆境生活的人来说，简直是"天上掉馅饼"，从此结束了大杂院平房生活。坊间有句俚语，"有钱不住东南房，冬不暖来夏不凉"。我所住过的大杂院平房，前后有三处，除了最初一处一间西房外，其余两处，不是东房就是南房。这主要还不是因为身微位卑，而是当时的哲学社会科学部就这个条件。那些东房或南房，都是年久失修，房顶上铺盖着油毡，一遇阴雨天，常常是外面下大雨，屋内下小雨，外边雨停了，屋内还滴答，因此，要动员脸盆等各种日用容器来接雨。当我搬到塔楼以后，第一感觉，就是再也不怕"屋漏偏逢连夜雨"了。随着居住条件的改善，心情也好了许多。这是我取"宜雨亭"为笔名的直接诱因。

由笔名演变成书斋名，还有一个鲜为人知的故事。

苏州拙政园的西小园内有座"两宜亭"，那是当年初恋时曾躲避过暴雨的地方。

"两宜亭"，是取白居易诗"明月好同三更夜，绿杨宜作两家春"而得名，意指与邻家墙柳相见。大概是与诗人同姓的缘故，对此亭名的来历，尤为在意。

大学三年级暑假，即 1962 年 7 月 16 日午后，我与女友去逛久负盛名的拙政园。拙政园是苏州园林建筑中的极品，她的廊、桥、亭、榭构思奇巧，厅、堂、阁、斋的布局精妙，是千年以来历代文人墨客、达官显贵流连驻足的地

---

① 按，该地已在新中国成立 60 周年大庆前，拓宽马路时夷为平地。

方。这里存留着大量诗画和趣闻逸事，初到这里，令你目不暇接。当我们穿过石板桥，越过波形水廊，曲转回阖，携手来到极富隐逸之趣的西园时，突然间，倾盆大雨，漫天而降，来不及躲闪，已被打了个半湿。我拉着她快步跑进西南隅的亭子躲避，定神一看，叫"两宜亭"。说来也巧，亭内空无一人。瓢泼的暴雨自亭檐而下，形成水帘，仿佛把亭里亭外隔成两个独立的空间。我快速帮她清理淋湿的秀发及残留身上的水珠。因为是盛夏，她身着短衫与裤裙，也被淋了个半湿，连打了几个喷嚏。我担心她会感冒，心里忐忑不宁。巧夺天工的园林建筑所勾起的跌宕起伏、移步换景的雅兴，被这阵突如其来的暴雨所驱散，直到翻滚的乌云西去，水帘消失，暴雨初歇，斜阳西下，才知道暴雨把我们阻滞在这里已经多时了。这成了我永志不忘的经历。二十年后，忆起这段往事，决定附庸风雅，将之嵌入书斋名中。于是，把"两宜亭"的"两"字改为"雨"，把"宜"字调到前面，就成"宜雨亭"了。20世纪末，最后一次福利分房，乔迁至西坝河寓所，老友王春瑜教授闻讯挥毫题写了"宜雨亭"匾额，令敝舍顿时蓬荜增辉。

　　本书取名《宜雨亭杂俎》，是把手边能找得到的短论、随笔、序跋、书评、访谈之类短肥长瘦不一的文章，网罗在一起，或根据其内容性质，或依据其体裁形式，分编并选择能概括其品质的成语做标题，遂成七辑。它们是：

第1辑，惟教学半（意在宣示"教，然后知不足"的理念）。

第2辑，谈天说地（从金莲川访古，说到政治学的无可替代性）。

第3辑，变俗易教（从村民自治，谈到"治理"的变革）。

第4辑，执简驭繁（是一些序跋的集成）。

第5辑，规圆矩方（是部分书评辑览）。

第6辑，儒学小史（速写了儒学演变的轮廓）。

第7辑，谈言微中（辑录了媒体的部分访谈录）。

白钢

2014年9月30日，特记于宜雨亭

第 1 辑

惟教学半

"文须有益于天下"

"文章千古事，得失寸心知。"历史上文章之空疏庸腐，于事无补，恐怕莫过于八股文了。明朝丘濬曾经揭露过以八股文取士，造成"士子有登科前列，而不知史册之名目、朝代之先后、字书之偏旁者"①的荒唐现象。清朝乾隆年间，吴江布衣徐大椿曾针对八股取士，贻害无穷，导致万千士子用背诵程文、墨卷作为敲门砖的现象，写过一篇有名的刺时文——《道情》。他说："读书人，最不齐，滥时文，烂如泥。国家本为求才计，谁知道变作了欺人技。两句破题，三句承题，摇头摆尾，便道是圣门高第。可知道三通、四史是何等样文章？汉祖、唐宗是哪一朝皇帝？案头放高头讲章，店里买新科利器，读得来肩背高低、口角唏嘘！甘蔗渣儿嚼了又嚼，有何滋味？辜负光阴，白白昏迷一世。就教他骗得高官，也是百姓、朝廷的晦气！"②这篇刺时文，可谓切中要害，把八股文人的素质，描绘得淋漓尽致。

针对八股文风的弊端，顾炎武曾提出"文须有益于天下"的命题。他认为："文之不可绝于天地间者，曰明道也、纪政事也、察民隐也、乐道人之善也。若此者，有益于天下、有益于将来，多一篇，多一篇之益矣。"相反，则"多一篇，多一篇之损矣"。③顾炎武所强调的便是精神产品的社会效益。从"子不语怪、力、乱、神"④到宋人周敦颐所提倡的"文以载道"⑤，从王充所云"为世用者，百篇无害；不为世用者，一章无

---

① 《大学衍义》卷9。
② 袁枚：《随园诗话》卷12。
③ 《日知录》卷19《文须有益于天下》。
④ 《论语·述而篇》。
⑤ 《通书·文辞》。

补"①到顾炎武所说的文"须有益于天下、有益于将来",一脉相承,都把社会效益当作评判精神产品优劣的标准,其理论与实践意义,是不容忽视的。诚如郭沫若所云:"古人说'文以载道',在文学革命的当时曾尽力加以抨击,其实这个公式倒是一点也不错的。"②

"文以载道"作为一个公式,具有普遍意义。孔子说"有德必有言"③;唐人梁肃主张"必先道德,而后文学"④,等等,都是力主把一个人的社会实践与其创作,或者说把德行与作品结合起来考察。柳宗元说得好:"贤者之作,思利于人。"⑤ 精神产品生产者自身的素质,是精神产品质量的基本保证。只有精神产品生产者的素质提高了,才能生产出"有益于天下、有益于将来"的产品。

俗谚嘲讽说"天下文章一大抄",说明邯郸学步式的"剿袭"、剽窃,是不为大众所欢迎的。因为它根本违背了文"须有益于天下,有益于将来"的原则。顾炎武批评明代学风时说过: "近代文章之病,全在摹仿。"⑥ 又说: "有明一代之人,其所著书,无非是盗窃。"⑦ 他力陈著书立说,贵在推陈出新,"其必古人之所未及就,后世之所不可无,而后为之"⑧。换言之,就是唯有创造精神,才能使精神产品达到"有益于天下、有益于将来"的境界,才能为推进社会进步作出贡献。这是一条通则,古今概莫能外。

原载《光明日报》1994 年 2 月 7 日第 3 版

---

① 《论衡·自纪篇》。
② 《文学革命之回顾》。
③ 《论语·宪问篇》。
④ 《全唐文》卷 518《常州刺史独孤及集后序》。
⑤ 《柳河东集》卷 26。
⑥ 《日知录》卷 19。
⑦ 《日知录》卷 18。
⑧ 《日知录》卷 19。

学案最高惟寂寞

寂寞，是一种清静无声的境界。司马相如《美人赋》有云："上宫闲馆，寂寞云虚。"但对于学者治学来说，却是一种崇高精神的充分体现。很难想象一位学者在从事某课题研究的时候神摇意夺，"一心以为鸿鹄将至，思援弓缴而射之"，却还能金翅擘海，香象渡河。因此，"甘坐冷板凳"，就成为古往今来万千学子的座右铭。

因为替败降匈奴的李陵辩解，触怒了汉武帝而被"深幽囹圄之中"的司马迁，在被迫接受"腐刑"之后，不因奇耻大辱而消沉，相反，却殚精竭思，在黑暗中无声无息地奋力前行，"网罗天下放失旧闻，考之行事"[1]，"于序事中寓论断"（顾炎武语），探赜索隐，钩深致远，撰写出里程碑式的《太史公书》（《史记》），成为中国纪传体正史的开山祖。

"操行廉，虽游大人先生门，不妄取一介，至今家徒四壁立"的谈迁[2]，是一位穷秀才，一生"寒素，不支伏腊，购书则夺于饘粥，贷书则轻于韦布"[3]。然而，他潜心明史研究，为了搜集资料，"饥梨渴枣，遂市阅户录，尝重跰百里之外，苦不堪述"[4]，终于遍考群籍，博稽诸家撰述，费时二十余载，撰成100卷的《国榷》，不料书稿又被人窃走。在如此沉重打击面前，拊膺流涕，喟然曰："吾手尚在，宁遂已乎！"[5] 于是默默地从头做起，费尽九牛二虎之力，逾十几个寒暑，前后修改六次，最终第二次撰成500余万字的明史巨著《国榷》。他有一首《梦中作》记述了他治

---

[1] 《报任安书》。
[2] （清）乾隆《海宁县志·隐逸传》。
[3] 《北游录·上太仆曹秋壑书》。
[4] 《北游录·上吴骏公太史书》。
[5] 《谈君墓表》。

学的艰苦："往业倾颓尽，艰难涕泪余，残篇摧白发，犹事数行书。"① 其孜孜不倦、自甘寂寞的精神，实在让人感佩。

清初的大史地学家顾祖禹，终生杜门却扫，隐居乡里，家境贫寒，不顾妻子的穷饿，拒绝清廷的利禄引诱，潜心于史地学术研究。从顺治末年起，他涉猎群书，参以历代官私史著，旁及野史稗乘，以及个人跋涉考察所及，历 30 年的努力，临终前撰成 130 卷的《读史方舆纪要》。顾祖禹住在无锡乡下，夏秋蚊虫极多，为了防止蚊虫叮咬而分散精力，他居然将双腿浸泡在水缸中，真乃心如古井水，志比金石坚，与前贤如出一辙。

《史记》以及《国榷》《读史方舆纪要》，都是中国史学上的丰碑，也正是"学案最高惟寂寞"的结晶。其实，古往今来的学术大师们，之所以能取得丰硕成果，固然有种种原因，但决定性的因素，仍在于他们能潜心学海，苦苦求索，数十年如一日，不求闻达，视名利为草芥，"只问耕耘，不问收获"。这种卓越品格、高尚情操，与太史公等是一脉相承的。

然而，放眼时下史学界，倘先贤地下有知，恐怕一定会为之叹息不已的。有一种人混迹于学术界，他们不甘寂寞，到处搔首弄姿，信口开河，热衷于搞所谓"轰动效应"，学未升堂入室，居然大言不惭地以所谓"精英"自诩，真是令人闻之肉麻。这种人无半点精卫填海之心，有的是满腹瞒神弄鬼、力图一步迈上十八层台阶的文坛登龙术。还有一种人本与学术研究无缘，沽名钓誉，不择手段。虽无一日修行之功，却奢望立地成为道长，借火取光，把学有专长的教授、副教授当作小工，居然在他们前面白纸黑字赫然印上子虚乌有的"指导委员会""编辑委员会"之类机构及"主任""副主任""统稿人"一类名不副实的头衔，招摇过市。这些人自以为得计，其实不过是把自己置于"文化掮客"的地位，于学术、于自身，实在都是一种可悲的现象。

我的一位老友在给武汉一名青年学者写的一本书作序中，深有感触地说："史学是甘于寂寞者从事的寂寞的事业。"诚哉斯言！"学案最高惟寂寞"——愿这句诗成为我们的治学宝鉴；对照自己的学风，能无悔、无愧，即属上上大吉。不知诸君子以为然否？

原载《光明日报》1991 年 12 月 4 日第 3 版

①　《北游录·纪咏下》。

学术讨论中的概念要有确定性

学术研究中，人们就同一议题发表不同见解，相互磋商和辩论，开展批评与反批评，谓之学术讨论。学术讨论是发展科学、繁荣文化的有效手段。通过讨论，集思广益，取长补短，克服片面性，避免或减少错误。因此，大力提倡对于重大学术问题开展讨论，应当成为社会主义学术事业的坚定不移的方针。

但是，在以往的一些议题的讨论中，人们常常看到"一人一把号，各吹各的调"的现象。某些文章在同一议论中的概念、判断的内容，往往不能同自身保持同一，不是随意偷换概念，就是随意转换命题，以致使一些问题的讨论长期陷于纷争不已的状态。用逻辑学的行话来说，这叫作不遵守同一律。

当然，这并不等于说，学术界所有悬而未决的有争议的问题，都是由于讨论中不遵守同一律造成的。然而，毋庸否认，在不少有争议的问题的讨论中，不遵守同一律的现象却随处可见。已经争论很久的农民战争的性质问题、农民政权问题、皇权主义问题如此，近几年来兴起的讨论中国封建经济结构问题也无不如此。就后者而论，陆续发表的意见有八九种之多。有"单一小农经济结构"说，有"自然经济结构"说，有"地主制经济结构"说，有"综合经济结构"说，有"特殊经济结构"说，有"超稳定系统"说，有"封建生产关系总和"说，有"两种平行经济结构"说，等等。真可谓聚讼纷纭，不分轩轾。然而仔细研究一下争论的焦点，便不难发现，人们对社会经济结构这一概念的含义的阐释，就存在很大的分歧。有的认为，社会经济结构，是"所有制的总和"；有的则认为，是"生产力发展的第四要素"，是生产力三要素（劳动对象、生产工具、劳动者）之间"横的联系"；还有的认为，经济结构的定义为"社会生产与再生产的进行方式和社会经济活动的组成形式"。诸如此类，不一而足。

同一律要求，在同一思维过程中，每个概念、判断必须具有确定的同一内容，使思维具有确定性。对于学术讨论中的同一个议题，必须使用同一个概念。甲就是甲，乙就是乙；不能把甲说成乙，也不能把乙说成甲。我们今天进行学术讨论，应当有一个前提，就是在马克思主义基本原理指导下进行讨论。任何撇开马克思主义基本原理的随意解说，都是不足取的。就拿"社会经济结构"这一概念来说，马克思在《〈政治经济学批判〉序言》一文中，早就阐释了它的内涵与外延，明确指出："人们在自己生活的社会生产中发生一定的、必然的、不以他们的意志为转移的关系，即同他们的物质生产力的一定发展阶段相适合的生产关系。这些生产关系的总和构成社会的经济结构，即有法律的和政治的上层建筑竖立其上并有一定的社会意识形式与之相适应的现实基础。"①至于在讨论中，如何结合中国封建社会的历史实际，来解释中国封建社会"生产关系的总和"，人们可以根据自己所掌握的材料和各自的理解，提出自己的看法，进行讨论。这种讨论，无疑是有益的。但是，如果撇开马克思所讲的"社会经济结构"这一科学概念的质的确定性，随意给"社会经济结构"下一个别的什么定义，那么，这就犯了在同一思维过程中，把"社会经济结构"这一个概念所反映的思想内容，偷换成另一个思想内容的错误，从而使共同讨论失去了客观依据，使参加讨论的人无所适从，结果，只能落入"公说公有理，婆说婆有理"的窠臼，而无助于问题的解决。甚至还会把本来有益的学术讨论，引向无意义的概念之争的歧途。

历史科学的研究，离不开逻辑的方法。考据学本身，就是形式逻辑在史学领域里的具体运用而形成的一种专门学问。同一律只是形式逻辑的基本规律之一，此外，还有矛盾律和排中律，前者不允许在同一思维过程中有自相矛盾的内容，后者不允许在同一思维过程中有"两不可"的态度。它们在学术研究与学术讨论中，不仅对论题起作用，而且在推理和论证中也起着重要的作用。因此，提倡史学工作者讲点逻辑学，十分必要。

原载《光明日报》1983 年 4 月 13 日第 3 版

---

① 《马克思恩格斯选集》第 2 卷，第 82 页。

要重视谱牒学的研究

谱牒学在中国文化史上曾经是一门显学而居于重要地位。隋唐而上，人尚谱系之学，家藏谱系之书，官府设图谱局，置令郎史以掌之；出现了"广集百氏谱记，专心习业"的贾希敬①和"尤明谱学"撰"《著姓略记》十卷，行于时"的路敬淳②等谱牒学名家。谱牒学的兴盛，对国史产生了很大的影响，以至于像《魏书》《北史》的列传，"竟似代人作家谱"③。那时的谱牒学是适应士族门阀制度"使贵有常尊，贱有等威"④的政治需要而发展起来的。

轰轰烈烈的唐末农民战争给士族门阀制度以毁灭性的打击，又经过五代十国的战乱，门阀士族终于被扫除净尽，"取士不问家世，婚姻不问阀阅"⑤。于是"由贱而贵者耻言其先，由贫而富者不录其祖"，"谱遂大废"⑥。

在士族门阀制度废墟上建立起来的宋王朝，社会结构发生了很大的变化。非身份性的官僚、地主取代了士族地主而成为地主阶级的主体。然而，地主阶级的本能在于兼并性。在按等级世袭占田的制度被破坏之后，通过购买方式兼并土地的非身份性地主逐渐意识到本家族的经济地位和政治地位的不稳定性。在契约租佃制日益发展和农民的人身依附关系相对松弛的情况下，为了更有效地控制农民阶级，以巩固其家庭的经济地位和政治地位，他们便乞灵于古老的宗法制度，重新建立起封建家族组织。大约

---

① 《南史·贾希敬传》。
② 《旧唐书·路敬淳传》。
③ 《二十二史札记》卷10。
④ 《通志·氏族略·氏族序》。
⑤ 同上。
⑥ 《嘉祐集》卷13《谱例》。

从北宋仁宗时代起，一些士大夫如苏洵、欧阳修等便率先编撰本家族的新族谱。理学家张载、二程也为之大造舆论，异口同声地鼓吹"管摄天下人心，收宗族，厚风俗，使人不忘本，须是明谱系世族与立宗子法"①。谱牒之学又兴盛起来，历元明清，经久不衰。所以，清人余绍蓉等说："谱之作也，起自欧苏，述自后贤，历历相承。"②

如是，谱牒学作为一种重要的文化遗产，曾经受到历代学者的高度重视。他们认为："族有谱，犹国之有史。史以立万世君臣之纲常，谱以疏子孙千载之伦纪，孝子顺孙，所宜先务。"③

然而，长期以来，在"左"的思潮影响下，谱牒被认为是地主阶级的家谱，属于封建糟粕而受到冷落。于是出现一个奇怪的现象，即当代的谱牒学研究中心，不在中国，却在国外。就谱牒的收藏、整理与研究而言，日本与美国的一些研究机构的汉学家所做的工作，远比国内学者做得多而系统。以至于有些国外学者据此批评我们人文科学的研究方法只注重"上层"而忽视"基层"。近几年来，随着学术思想的解放，谱牒的重要性已为越来越多的研究者所注意。但就谱牒资料的整理与应用来说，还远远没有被提高到应有的地位上。相反，却有不少偏见阻碍着谱牒学研究的深入开展。

一曰：谱牒"书善不书恶"，因而所反映的历史面貌不全面。诚然，"修谱与史笔不同，史以明治乱垂法戒，故善恶普书；谱以正宗流笃恩义，故书善不书恶"④。因而从一宗一族历史的角度来考察，保存的资料并不完整，是其缺陷。但是，所谓"不书恶"，是具体的，而不是抽象的。它只规定"弃祖、叛党、刑犯、败伦、背义、杂贱"六项不入谱⑤。这恰巧反映了谱牒资料的阶级性。而这些内容，往往又可以从方志或正史、政书中得到补正。需要说明的是，正史也有避讳、曲笔。除此之外，谱牒中所着力记载的内容又是十分丰富的，对于今天的研究者来说，像世系、世表、源流、宗派、诰敕、像赞、别传、墓志、祠堂记、祠规、家规、宗约、家训、家范、义田记、义庄记、墓记、墓图、艺文、著作等资料，其翔实具体，均

---

①　《张载集·宗法》；《二程全书·遗书六》。

②　《龙舒余氏宗谱》卷2《作谱五难》。

③　嘉靖十二年（1533）《新安休宁岭南张氏会通谱·续修谱序》。

④　《皖桐刘氏宗谱·谱例》。

⑤　《雁门夏氏宗谱》卷首《谱有六不书》。

为一般官书所不及。研究者如不涉猎，实在是不应该的。

二曰：谱牒属私家著述，不及官方史料可靠。其实，任何一种历史资料的可信程度，并不取决于它是官修还是私著。应当承认，所有历史资料都有局限性。任何一个研究者都不能盲从。就谱牒资料而言，由于它的编纂原则严格遵守《作谱九戒》，即不可无、不可忽、不可偏、不可误、不可内、不可伪、不可遗、不可秘、不可失[①]。所以，谱牒资料绝非向壁虚构。当然，也不能认为它句句可信，作为研究者来说，仍然有一个去伪存真的问题。

三曰：谱牒只书一姓一族的承递变迁，于宏观研究裨益无多。由于谱牒资料是以一姓一族为记录对象的，所以有些研究者仅仅把它视作家族史研究的资料，这也是片面的。其实，谱牒资料涉及的范围极广，不仅为地区人口史、地区经济史，乃至华侨史、民族史等提供了进行微观研究的宝贵资料，而且还为我们从事宏观研究提供了充分的依据。就拿谱牒中所保存的人物传记、墓志铭、祠堂记、宗约、家规、义田记、艺文等资料来说，无疑为我们了解一代人的社会风貌提供了生动的佐证。非但如此，假如你要弄清封建宗法关系的原貌，你就非读谱牒不可，因为"族谱者，古宗法之存于今者"[②]。假如你想论证中国封建社会结构的特殊性，也非读谱牒不可。因为中国的乡村行政编制，是以"保甲为经，宗族为纬"[③]的。此外，谱牒资料对社会学、旅游史学、自然科学史，以及以历史人物为题材的文艺创作与研究等，都具有不可低估的价值。

总之，谱牒资料是我国文化遗产中的一个重要组成部分。遗憾的是许多谱牒在"文化大革命"中成了劫后灰，也有为数不少的谱牒流落到国外。但是，"亡羊补牢，犹为未晚"。我们的各级文化主管部门，特别是文物、图书和研究部门，应当把搜集、整理、保存谱牒资料作为一项重要任务来抓，并组织人力开展研究，以迅速改变谱牒学的研究中心不在中国而在国外的令人羞愧的现状。

原载《光明日报》1985 年 5 月 29 日第 3 版

---

① 《皖桐南湾张氏重修宗谱》卷 13。
② 《宗法小记·江西吉赣南邹氏五修族谱叙》。
③ 《校邠庐抗议》。

建立马克思主义的中国史新体系

20 世纪 70 年代以来，第二次世界大战后开始的科学技术革命进入了一个新的阶段，人们称之为"第三次浪潮"或"新的工业革命"。科学技术的突飞猛进，导致了自然科学与社会科学的相互渗透，在自然科学与社会科学之间的交叉地带，出现了一批新的交叉科学，它正形成强大的冲击波，影响到史学界，古老的历史学面临着新时代的挑战。

另外，按照传统的套路和程式写出来的史学论著在出版方面遇到了困难，人才流向也预示着史学界后备力量不足；长期致力于中国史研究的学者也普遍感觉到研究方法陈旧和研究课题老化，不少论著，跳出从事同一课题研究或教学的那个小圈子，就无人问津。我们知道，任何一门学科的繁荣与肃杀，都取决于它满足社会需要的程度。上述现象，事实上是在悄悄地向人们传递了传统的史学研究落后于时代、不能适应社会需要的信息。

那么，症结何在呢？我以为主要有两点。

一是我们习以为常的中国史体系，半个多世纪中缺少重大的变革。

中国的马克思主义史学从诞生发展到现在，走过曲折的道路。它在民主革命的各个阶段，始终作为革命的一翼，战斗在文化战线上，为中国革命建树了不朽的功勋。它的特点在于密切配合现实的政治斗争。新中国成立后，由于"左"的错误，我们国家在不少方面仍用民主革命时期的理论与方法来指导社会主义革命和建设，确立了"阶级斗争为纲"的指导思想。这反映到史学界，表现为对历史与现实的关系理解的片面性和绝对化，以致"历史学是一门党性最强的科学""史学必须为无产阶级政治服务""史学必须为无产阶级革命路线服务"等口号，成为长期束缚人们的思想原则。这就导致一个结果，即马克思主义的中国史体系，一直在如何为现实政治斗争服务的水准上徘徊，而缺少适应社会主义时代需要的变革。

　　二是对历史唯物主义基本原理理解的偏颇和研究方法上不注重理论联系实际。前者认为历史研究的对象是一个阶级对另一个阶级的斗争，因此把阶级观点解释为历史唯物主义的核心，把阶级分析的方法说成是历史研究中唯一科学的方法。后者表现在把历史发展的统一性（即规律性）与多样性（即特殊性）对立起来，往往只讲统一性，不讲多样性，习惯于用经典作家论证欧洲历史上某些相应问题时所作的具体结论，来代替对中国历史具体实际的分析。我们知道，任何一种理论，如果不注重联系实际，它就没有生命力。上述情况的出现，当然不是历史唯物主义的过错，而是我们理解和应用时出现了失误。1978 年以来，不少史学工作者开始对这种状况进行反省和批评，无疑是一大进步。而且，积重难返，要彻底改变这种状况，还必须付出极大的努力。

　　理论与方法上所存在的问题，与半个多世纪前形成的中国史体系到社会主义时期创新不足是彼此相关的。要彻底改变史学研究落后于时代的局面，重新学习马克思主义的历史唯物主义，就成为基本的前提。

　　历史唯物主义是唯一科学的历史观，说到底是个哲学问题，即历史哲学。它的核心，是以一定历史时期的物质经济条件来说明一切历史事变和观念，一切政治、哲学和宗教的。所以，恩格斯说："历史过程中的决定性因素归根到底是现实生活的生产和再生产。无论马克思或我都从来没有肯定过比这更多的东西。"① 阶级观点，是历史唯物主义的一个基本观点，但把阶级观点说成是历史唯物主义的核心，那就失之偏颇了。除此之外，还有历史的方法即实事求是的方法、逻辑的方法、辩证的方法、比较的方法、综合的方法等。史学方法论是我们认识和研究历史的手段与工具，正像工人制造机器一样，只有一种工具是制造不出好机器来的。同样，只用阶级分析的方法去研究历史，势必会导致简单化、片面化的结论。这样揭示出来的历史规律，必然不是形象化的规律，而是僵死的教条。

　　恩格斯说过："随着自然科学领域中每一划时代的发现，唯物主义也必然要改变自己的形式；而自从历史也被唯物主义地解释时候起，一条新的发展道路也在这里开辟出来了。"② 这就是说，历史唯物主义是随着实

---

① 《马克思恩格斯选集》第 4 卷，第 477 页。
② 同上书，第 224 页。

践的发展而发展的。我们应用它来指导我们的中国史研究工作，务必要注重联系实际。这是关系到能否建立马克思主义的中国史新体系的关键。

究竟怎样建立马克思主义的中国史新体系呢？笔者认为应当从改革研究课题入手，做好两个方面的工作。

一是在传统研究的基础上，发掘新课题，在马克思主义关于社会发展一般规律的原理指导下，运用丰富多彩的中国历史实际，写出具有中国作风和中国气派的史学鸿篇，来充实和发展马克思主义的史学理论，建立中国的历史哲学。这里要特别注重改变过去那种忽视中国历史发展的特殊性的问题。我们知道，马克思主义经典作家关于家庭、私有制和国家的起源，关于奴隶制和封建制的认识，是从资本主义追溯上去的。资本主义社会开始形成于欧洲，因此，经典作家关于古代社会的理论，主要是通过对欧洲历史的认识中升华出来的。而我们中国文明的起源、国家产生的途径和形式、奴隶制与封建制社会结构及其发展道路，以及近代半封建半殖民地社会形态等，都与欧洲国家不同。如果我们立足于中国历史的实际，充分发掘中国历史发展过程中各个社会形态的特殊性，一改过去那种用斯大林按照欧洲一些国家的发展道路所给五种生产方式下的定义来剪裁中国历史的陋习，运用中国的材料，对中国历史发展过程及其特点、类型进行充分的论证，从中找出它同人类历史上各个社会形态的共性，无疑是充实和发展马克思主义史学理论的创举，再用这种从实践中总结出来的理论和方法为指导，编撰像《中国文明的起源》《中国社会结构及其发展道路》一类可能是里程碑式的著作，在体系上，必将令人耳目一新。

二是在历史学与其他学科之间的交叉地带，开辟边缘学科，实现研究课题的现代化。广义的理解，历史是人类社会的昨天和前天，它属于社会科学。社会科学与自然科学有着宽阔的交叉地带，这正是边缘科学的生长点。列宁所预言的自然科学奔向社会科学的强大潮流，必将引起社会科学的变革，也会影响史学界。比如，在历史学与地理学、经济学三者之间的交叉地带，综合运用这三种学科的理论与方法，开展地域经济史的研究，就是一个具有现代化光泽的新课题。它的成果因为可以为今天制定社会经济发展战略和改造自然战略提供决策依据，所以必将会受到人们的重视。狭义的理解，历史学又不同于政治学、法学、经济学、社会学和哲学等，它属于人文科学。人文科学的特点，在于它的研究对象是人的活动，而人的活动，除了具有创造性、思辨性以外，还带有极大的偶然性。这个特点决定了历史学在社会科学内部与其他各分支学科之间的交叉地带，建立边缘学科，将会率先为人们所接受。比如，在历史学与政治学之间的交叉地带，综合运用政治学和历史学的理论与方法，开展政治制度史和古代行政管理学的研究，从传统的官制演变考察、历史人物评价，转向首脑决策、政体运行机制、人才选拔、行政效率、创新精神、应变能力等的探索，其成果，必将因具有鲜明的时代性而受到人们的欢迎。总之，一个时代有一个时代的学术，大群边缘史著出现之日，也就是史学实现现代化之时。

原载《光明日报》1985 年 7 月 10 日第 3 版

史学研究面临全面变革

　　我们常说：一个时代有一个时代的学术。然而，究竟怎样才能使我们的史学研究与当代社会变革相适应？这是一个亟待每个史学工作者回答的问题。笔者以为，历史科学研究面临着全面变革的任务。

　　首先，是观念的变革。我们可以用近十年来发展和出版的史学论著的惊人数量、研究领域的扩大以及对以往研究工作的检讨等理由，来说明史学界如何繁荣。但是，我们却无法否认，在人文科学的三大基础学科中，历史学研究领域里传统的、保守的乃至僵化的因素最多。我们必须进一步解放思想，即观念上必须有一个根本性的变革。观念变革的最高层次，就是建立中国特色的历史哲学。从中国马克思主义历史学诞生之日起，最突出的一个特点，就是被用来作为现实政治斗争的工具。"文化大革命"期间影射史学的出现，绝不是偶然的。六十年来，托古喻今，总是在"古为今用"的口号下，得以"理直气壮"地发挥。比附与影射，时隐时现。只是不同时期的比附与影射的对象不同，才受到人们的垂青抑或是唾弃两种不同的评判。然而，有一点是非常明白的，即所有自称是从事马克思主义史学研究的学者，无不承认自己的研究成果是以历史唯物主义为指导的。这样做的客观效果是，历史唯物主义作为一种理论与方法，常常被研究者变来变去，使人不得要领，客观上变成了标签或口号。在史学论著中，大量移录经典作家的话，代替自己对客观历史过程的分析与评论的现象，俯拾皆是；套话、废话、八股腔，随处可见，从而赋予史学研究中的观念，陈陈相因，渐趋僵化。如何才能不囿成说，根据中国历史发展的客观实际，从哲学的高度，建立中国特色的历史哲学，就成为当前史学研究中观念变革的最重要内容。就拿近几年来兴起的史学概论研究来说，大致已出版了四种（包括笔者参与合著的《历史学概论》在内），从体系上讲，基本上没有跳出历史唯物主义教材的套路。其所以如此，显然是多年以来我们的观念陈旧所致。要实现这一突破，需要有极大的理论勇气和开拓精神。

其次，是价值取向的变革。（从略）

最后，研究课题的变革，以及伴随而来的史学工作者的知识结构的变革。十年来，史学已经走出了只注重通史、断代史、农民战争史等传统研究领域，向经济史、社会生活史、文化史、军事史、政治制度史、民族史、宗教史、历史地理等领域进军。这无疑是值得肯定的方向。但是，必须清醒地认识到，研究课题虽然更新了，如果我们研究者的知识结构不更新，仍然不可能使史学研究摆脱困境。就拿很是热闹了一阵子的文化史研究来说，经过一阵宣传鼓吹之后，人们产生的疑问越来越多，广大读者越来越对一些宣传家仍旧停留在"浅谈"的水平上不满。究其原因，恐怕是知识结构不能适应课题变革的要求所致。不是违反可比性原则，东拉西扯，进行所谓的比较研究，就是功力不足，深入不下去。严格说来，文化史是一门边缘学科。它需要研究者综合多学科的知识，具有敏捷的思维和准确的判断能力，绝不是只有一点思想史的知识，就可以信口开河的。随着现代科学的发展，各学科之间的相互渗透与交叉，已成不可逆转的潮流，作为史学工作者，只有努力改变自己的知识结构，适应边缘学科发展的需要，才可能从传统的研究模式中走出来。只要下决心学习一门至几门其他学科的知识，掌握其基本理论与方法，那么，随着我们知识结构的变革，历史研究必将会以新的面貌出现于学术界。

原载《光明日报》1988 年 5 月 4 日第 3 版

对中国政治制度史进行
开拓性研究的思考

中国作为一个有五千年文明史的统一多民族国家，从国家产生起，其政治制度发展变化的线索之绵长、体系之完备、经验之丰富、影响之深远，都是世界上其他任何一个国家或民族所无与匹敌的。

然而，以往的中国政治制度史研究，基本上都是史家治史，因而存在一个有目共睹的通病，即用官制史来代替政治制度史。无论是周秦以来历代史家关于典章制度的著录或考索，还是 20 世纪 30 年代以来，国内外学者（其中主要是中国台湾学者和日本学者）力图用新方法研究中国政治制度史所发表、出版的各种论著，都没有脱出这个窠臼。近几年来，国内大陆地区虽然也相继出版了几本取名中国政治制度史的小册子和专著，力图以马克思主义为指导，对中国政治制度史进行探索，但是，一方面或许是由于对政治学的基本理论和方法缺乏深入的认识，没有能从政治学的角度，把握住中国政治制度史的研究对象与任务。例如，对作为中国政治制度史学科特征的政体形态、首脑决策、政体机制、行政管理职能、方式、方法与制衡关系、行政效率、人才的铨选、考绩与迁转、创新精神、应变能力等内容，没有能给予充分的科学分析与论证。另一方面，也许是史学功力不足的缘故，史实失误之处过多，并且没有摆脱官制演变考索的影响，至多加进一些历史人物评价的内容和政治学的某些术语，实质上，仍然是用官制史代替政治制度史，从而陷于静态的缕述和平面的图解，读后缺乏立体感。因此，还谈不上建立起中国政治制度史的科学体系。

此外，还由于"左"的倾向对学术研究的干扰，长期以来，人们惮于涉足中国政治制度史的研究领域。1978 年以前的 30 年中，属于中国政治制度史研究范畴的众多课题，诸如专制主义，中央集权，文官制度，立法、司法、行政三权制衡关系等，学术界基本上采取"回避制"，罕有有分量的研究成果问世。近十年来，在清除"左"的干扰的过程中，人们意识到过去研究方向的偏差，开始注重对这些课题的探讨。然而，多角度的、分散的阐述，往往多于全面而系统的研究；义愤式的声讨又多于冷静的科学分析与论证，结果，能给人们以正确的、全面的中国政治制度史科学知识的成果不多。以至于造成有些人在谈起三权制衡、文官制度等话题时，便数典忘祖，言必称英法，言必称欧美。殊不知，三权制衡、文官制度等，均起源于中国，并且在古代中国曾发展到相当完备的状态。对此，就连西方学者也是肯定的。

基于这种现状，运用历史唯物主义的观点和方法，对中国政治制度史进行开拓性的研究，以建立马克思主义的中国政治制度史的科学体系，就是十分必要的了。它不仅仅是社会主义中国政治学的基本建设之一，而且对于了解国情，推动我国当前正在进行的政治体制改革，无疑具有深远的历史意义和重大的现实意义。

问题在于，究竟怎样才能建立起中国政治制度史的科学体系呢？笔者认为，必须牢牢把握住其边缘学科的特点，在它既是政治学的重要分支学科，同时又是历史学、政治学、法学等学科有关内容的综合，在这两个方面进行开拓性的研究，才能达到预期的目的。

首先，是开拓新领域。从政治学的角度，在深入研究历代政体结构的基础上，着力于政体机制方面的探索。在古代中国，从很早的时候起，人们就对政体机制有所认识。例如，《礼记正义》卷 1 载称："燧皇（按，指传说中的燧人氏）持斗机运转之法，指天以施政教。"又说："始王天下，是尊卑之礼"等。当然，这种认识是将自然现象与社会现象牵混一块了，不足为训。但是，它却表明政治制度史必须重视政体机制的研究。所谓政体机制，即政权结构关系及其运转方式。换言之，加强政体机制研究，就是要正确揭示历代帝王如何处理皇权与官僚机构的关系、中央与地方的关系、农耕文化与草原游牧文化的关系、国家与农民的关系、国家与宗教的关系，等等。比如，元世祖忽必烈说过，"中书是我的左手，枢密是我的右手，御史台是我用来医两手的"，生动说明了他是怎样处理皇权与官僚机构关系的。应当承认，历代帝王都是力图处理好这些关系的，只是由于时代与阶级的局限，加上帝王本人的素质上的差异，以致历史上出现了有的帝王较好地处理了这几种关系，造成了国力强盛，社会进步。不过，这是少数。多数帝王则没有处理好这许多关系，结果造成社会动乱乃至改朝换代。中国政治制度史的研究，应当把政体机制作为重要研究对象，突出地表现出来，唯其如此，才能跳出传统的以官制史代替政治制度史的窠臼，成为名副其实的政治制度史的研究。

其次，拓宽政体结构的研究范围。目前所见《中国政治制度史》中的佼佼者，也仅仅是对历代的行政、司法、军事、人事等制度的组织构成及演变过程作了简单的叙述。应当承认，这几个方面，都是政治制度史的重要内容。然而，只讲这几个方面，却是很不够的。除此之外，对经济（主要是赋役）行政制度、文化教育行政制度、宗教行政制度，以及传统政治文化中那些与政治制度有关的问题，如历代政治家关于政治制度改革的思想与实践，都应成为中国政治制度史的研究内容，给予充分的论证。并且，绝对不能满足于结构形式的图解。更重要的是要从政治学的角度，对其运转方式、管理方式等作出理论性的分析与说明。在这里，适当列举某些足以说明问题的事例，把运转方式、管理方式及上下左右的制衡关系形象化，也是必不可少的。

再次，要从统一多民族国家的历史实际出发，承认历史上中国国内各民族的政治体制发展变化的多样性，以及国内各民族政体发展的不平衡性。既要充分论证以汉民族为主体的中原王朝政治体制发展变化这条主线，又要兼顾边疆地区历代少数民族政权结构及其机制的研究。此外，对历代农民起义军所采行的政治制度，也要给予一定的篇幅进行论述。否则，不足以称其为中国政治制度史。就以汉民族为主体的中原王朝的政体发展变化而言，是有其鲜明的个性与特点的。它是按照等级君主制（夏商周三代）、军事封建君主制（战国迄汉初）、宗法封建君主制（汉武帝以后）的线索发展变化的。开展中国政治制度史的研究，一定要按照中国国家政体演化的实际状况，建立自己的科学体系。同时，遵循可比性原则，对历代政治制度与同时期世界各国的政治制度进行比较研究，揭示其发展层次上的差异，探索中国政治制度自身的、有别于他国的发展规律和特点，科学地总结历史经验，也是对中国政治制度史进行开拓性研究的重要方面。

最后，政治制度是一定经济形态的产物。历史上任何一种政治制度产生、发展和消亡，都是一定社会经济关系发展的必然反映。因此，对中国政治制度史进行开拓性研究，必须建立在对社会经济基础的深入研究之上，切忌就政治制度论政治制度。否则，既无法说明政治制度发展变化的内在根据，又不能对政治制度的阶级本质和历史地位给予科学的说明，势必流于肤浅。过去学术界在"左"的干扰下，流行过一个"打破王朝体系"的口号，其主观意图可能是想突出劳动人民的历史地位。但是，王朝更迭，是建立在封建地主制经济基础之上的，它不以人们的好恶为转移。若无视客观存在，搞唯意志论，任你怎样去打，也是打不破的。研究中国政治制度史要特别注意摆脱这个"左"的口号的影响。因为中国皇帝制度，是中国政治制度史的重要研究内容，"打破王朝体系"，无疑就是取消了这个重要的研究内容，那样，建立中国政治制度史的科学体系，也就无从谈起了。

原载《光明日报》1988 年 1 月 6 日第 3 版

建设中国政治思想史的科学体系

在 20 世纪三四十年代，中国政治思想史曾是学术研究中的热点之一，先后出版过十数位学者的专著。40 年代末，中国政治思想史的研究中心移往台湾。自 1981 年以来，大陆才出版了两种中国政治思想史、一部先秦政治思想史，从此结束了中国政治思想史研究被冷落的局面。但是，回观中国政治思想史研究的历程和审察以往的研究成果，便不难发现，中国政治思想史的科学体系迄未建立起来。

表现之一，是对中国政治思想史学科性质与归属问题的认识，始终处于模糊状态。顾名思义，中国政治思想史作为一门独立的分支学科，与哲学、历史学、社会学、法学、政治学等都有天然的、千丝万缕的联系，可以认为它具有交叉学科的特点。在这些学科中，都可以从各自的角度运用本学科的理论与方法，开展中国政治思想史的研究。但是，无论是在哲学、历史学的研究领域中，还是在法学、社会学的研究领域中，政治思想史只能屈居于从属地位，而受各该学科的严格限制。例如，在历史学领域里，充其量，政治思想史也只能作为一门专史的形式出现。只有在政治学的研究领域中，它才以独立的分支学科的姿态，成为政治学研究领域里的基础学科之一。对于这个带根本性的问题，七十多年来，国内学术界（包括港台）始终没有进行科学的界定，这不能不说是件憾事。

表现之二，是对中国政治思想史的研究对象的认识，不符合政治学的规范。从 20 世纪初第一部中国政治思想史杀青以来，绝大多数学者对此没有明确回答。问题出在对"政治思想"含义的理解上。30 年代后期，有人对"政治思想"作过阐释，说："政治思想者，时代环境之产物，而关于一时代政治事件与问题所形成之理论也。"这一阐释，既不确切，又失之于笼统。台湾学者始终未对政治思想下过定义。50 年代，大陆再版的唯一的一部《中国政治思想史》，导言中说："政治思想并不是与经济思想相对立的东西，毋宁是人类个别阶级的阶级斗争思想的集中表现，而为其行动指导的原理。所以，政治思想史本质上系同于社会思想史，只有其范围大小的差异。"不言而喻，这一界定，带有鲜明的时代烙印，而且没有把政治思想史与社会思想史的区别与联系交代清楚。80 年代以来，苏联学者莫基切夫的观点得以系统的发挥。他在《政治学说·导论》中说："政治学说史作为一门学科，要阐述政治思想的发展和发展所固有的规律性，证明政治思想的历史是国家和法的学说有规律地积累过程，而这个过程是在代表不同阶级利益的思想派别的斗争中进行的。"这一观点对国内一些学者产生了影响。他们说："政治思想史的研究对象是：历史上各个阶级和政治集团对社会政治制度、国家政权组织以及各阶级相互关系所形成的观点和理论体系；各种不同政治思想对现实社会政治发展的影响和作用。"有的学者认为这种概括，把政治思想史的研究对象规定得过于狭窄，有碍于视线的展开，提出政治思想史除了研究国家与法的理论外，还应包括政治哲学、社会模式理论（理想国的理论）、治国方略和政策、伦理道德、政治实施理论和政治权术理论等。严格说来，对中国政治思想史研究对象的这些理解，都不错，并无本质上的分歧，只不过都使人不得要领。其所以如此，多半是从历史学或哲学的角度来确定中国政治思想史的研究对象的，其中还夹杂了对政治学研究对象的模糊理解的成分。

我们知道，政治思想史是规范政治学的重要组成部分。它的研究对象十分宽泛。由于政治学是以国家为研究对象的，因此，政治思想史是研究人们认识国家、组织国家、管理国家的各种学说及流派发生、发展规律的科学。换言之，政治思想史研究对象必须紧紧围绕"国家"这个概念展开。这样，不仅可以突出政治思想史研究对象的个性，而且又比较明确地与社会思想史划清了界限。

表现之三，是编纂体例与研究方法的陈旧。以往的中国政治思想史的编写体例及研究方法，基本上是以时间为"竹棒"，以各代思想家为"山里红"的"穿糖葫芦"。从纵的联系上看，除了时间先后的区别以外，各种学说、思想的发展脉络极为模糊；从横的联系上看，大体上是以各个思想家为论述主题的列传体，从而给人以网罗之感。这种编纂体例与研究方法，又造成了取材上的问题，即基本上是从一般社会思想史中列传人物的思想里，抽出其政治思想部分连缀成篇，而社会思想史中没有涉及的政治思想家的政治思想，则一概付之阙如，从而造成深度与广度的严重缺陷。

如何解决上述问题，我认为：

首先，中国政治思想史的研究，必须符合政治学的规范，扣紧"国家"问题决定材料的取舍。所谓"国家"问题，包括认识国家、组织国家、管理国家三个方面。政治思想史的研究与政治制度史的研究不同，它不是就国家问题作静态研究，而是就思想家对国家问题的各种学说、流派进行动态的考察。所谓"认识国家"的问题，就是要研究思想家对国家的起源、国家的目的的认识，研究思想家们关于国家性质的各种学说、流派的发展变化。所谓"组织国家"的问题，就是研究思想家对国家制度即国家政体（诸如君主制、民主制、乌托邦等）的理论。所谓"管理国家"，就是研究思想家们对国家活动的认识。比如，治理国家的原则、变法、更制等主张；又如关于国家权力的划分与运用、公民与国家关系、民族关系、国家领土、党派活动、国际关系，乃至行政管理等问题上的思想与理论。只有这样，才能使政治思想史的研究，更符合规范政治学的要求，成为政治学的名副其实的一个独立分支学科。

其次，改变陈旧的列传体穿糖葫芦式的编纂方法，建立以各种学说的发生与演变为研究线索的科学体系。这对中国政治思想史的研究来说，是一个带根本性的变革，自有它的难处。然而，却又是决定中国政治思想史的研究能不能改变面貌的关键之所在。其优点在于：一是比较容易摆脱旧体系与研究方法的束缚，有利于新思想、新观点的生长；二是使中国政治思想史的研究比较容易贴近政治学的规范；三是使每种学说的来龙去脉一目了然，具有系统性。

最后，开阔研究视野，发掘新史料。科学研究贵在开拓与创新。中国政治思想史的研究要彻底改变面貌，一定要跳出从流行的社会思想史著作中选取研究对象的做法，放开视野，到浩瀚的史籍中去挖掘新的研究对象。同时，一定要采取历史唯物主义的研究方法，以思想家的著作为主，切忌忽视原著。这里不妨举个例子，明人黄淮、杨士奇编纂的《历代名臣奏议》350卷，将历代政治家、政治思想家的言论、奏议，搜罗大备，是研究政治思想史必读的史料，堪称"富矿"。遗憾的是，这部书迄未引起从事中国政治思想史研究的学者的重视，从而造成以往的中国政治思想史研究成果中出现许多空白。不是这些空白处没有政治思想和政治思想家，而是研究者没有去发掘。就以元代为例，可以写入政治思想史的政治思想家，起码有耶律楚材、刘秉忠、郝经、许衡、刘因、赵天麟、郑介夫、马祖常、许有壬、苏天爵等十余人，而当代内地流行的中国政治思想史中，却一个也没有涉及，只有一个由宋入元的邓牧。可见发掘新史料，对于建设中国政治思想史的科学体系，提高学术水平，具有多么重要的意义。

原载《光明日报》1989 年 2 月 22 日第 3 版

论中国历史上的改革

　　改革，古人称之为"鼎新革故"，即"布新猷，除旧政"，或者叫作"变法乱常"。用现在的话说，就是除旧布新，打破常规。它意味着对原有的权力配置、利益关系、社会秩序乃至人们的生活习惯、思维方式、价值观念进行新的调整。改革往往会引发新的矛盾，因而，在改革过程中，及时化解新出现的矛盾，保持社会稳定，就是保证改革顺利进行、促进社会发展的必要前提和基础，是实现长治久安不可或缺的手段。这也是古人所说的要善于以"小变"求"不变"。古往今来，无数历史事实证明，改革、发展与稳定三者之间互为条件、相辅相成。只有找到三者之间关系的结合点，稳妥处理好三者之间的辩证关系，才能取得事半功倍的效果，促进社会的健康发展。

改革是克服社会发展障碍的有效途径

　　中国历史上的改革，大体上都是在生产力与生产关系之间的矛盾激化情况下发生的。生产力与生产关系的矛盾，是人类社会最基本的矛盾。当生产关系束缚生产力发展的时候，必然导致各种社会矛盾的凸显，危机加深。在这种情况下，通过改革，调整社会生产关系，就成为克服社会发展障碍的最常见、最有效的途径。

　　春秋时代，奴隶制的生产方式已经延续了一千多年。由于铁器和牛耕的逐步推广，荒地开垦日益增多，私田急剧增加，建立在"千耦其耘"的集体劳动之上的井田制的弊端日益显露出来，出现了"公田不治"① 的

---

① 《国语·晋语》。

现象。随着土地私有的发展，"田里不鬻"① 的格局被打破。上自天子，下至大夫，大大小小的奴隶主贵族之间争夺土地的斗争层出不穷。与此相适应，阶级关系也发生了前所未有的变化。一部分奴隶主转化成封建地主；获得小块土地私有权的奴隶和平民转化成个体农民。封建依附关系与租佃关系由此产生并发展起来。而奴隶制的生产关系则成为束缚生产力发展的桎梏，各种社会矛盾日趋尖锐。针对腐朽奴隶主贵族统治的奴隶起义与平民暴动此起彼伏，工匠斗争和国人暴动不断高涨，"私家"（大夫）对"公室"（诸侯国君）的斗争愈演愈烈。新兴地主阶级向奴隶主贵族展开了夺权斗争，田氏代齐，三家分晋，相继出现。被称为"战国七雄"的各国国君，为了避免在尖锐复杂的阶级搏斗中遭到宗族残灭、社稷瓦解的厄运，纷纷变法图强，进行政治与经济改革。著名的有魏国的李悝变法、赵国的公连仲变法、楚国的吴起变法、韩国的申不害变法、齐国的邹忌变法、燕国的乐毅变法、秦国的商鞅变法等，前后八九十年间，改革的浪潮一浪高过一浪。其中尤以秦国的商鞅变法最为彻底，并为秦王嬴政统一六国奠定了基础。春秋战国之际的变法运动，是旧的奴隶制度所积累的各种社会矛盾集结的产物，实质上是一场摧枯拉朽的封建化运动。各国变法的结果，使奴隶主贵族普遍遭到沉重打击，奴隶制的政治制度和经济制度基本被废除，由奴隶制引发出来的各种社会矛盾得到化解，生产力获得解放，社会经济和文化得到发展，中国历史迈入蓬勃发展的封建时代。

如果说中国封建社会的形成与确立，是广泛的社会改革的必然结果，那么，高度发展的中国封建文明，在某种意义上也是与历代王朝在政治上、经济上乃至文化上不断地进行改革分不开的。封建生产方式是封建生产关系与生产力的矛盾统一体，生产力与封建生产关系的矛盾仍然是封建社会的基本矛盾。由此派生出来的农民阶级与地主阶级的矛盾、经济基础与上层建筑之间的矛盾，贯穿于中国封建社会的始终。每当这些矛盾集结、社会危机到来之时，封建统治阶级内部的一些有识之君、有识之士，迫于农民造反的压力，为避免统治的覆亡，往往会推行一些针对时弊的改革，从不断完善封建的政治制度和经济制度入手，企图缓和矛盾，克服危机。从秦始皇、汉武帝的政治、经济改革到杨炎、张居正、雍正皇帝所推行的赋税体制改革；从魏孝文帝的全面社会改革到金世宗、元世祖的政治

---

① 《左传》襄公四年。

体制改革与经济体制改革的同步进行，无一不是为了化解日趋激化的社会矛盾、克服社会危机所做出的努力。而改革的结果，都在不同程度上松动了封建生产关系中落后部分对生产力发展的束缚，调整了封建剥削中的分配与再分配关系，减轻了人民的某些负担，在一定程度上提高了直接生产者的生产积极性，推动了封建文明的进一步发展。换言之，中国历史上的改革，都是由于社会矛盾的积累导致社会危机出现的时候发生的，而改革又成为克服社会发展障碍的有效途径。

改革过程中可能引发新矛盾的诸因素

改革是为了化解和克服社会发展过程中所积累的旧矛盾，但在化解与克服这些矛盾的过程中，作为旧矛盾的主要方面必然为保持既得利益而抵制或反对改革，从而引发革新与守旧的斗争，这是改革过程中常见的现象。例如，北宋中期，土地兼并急剧发展，官户、形势户地主依仗权势，贪赃枉法，公开掠夺，经商走私，诡名挟佃，影庇税户，导致国税流失和阶级关系紧张，农民造反与士兵暴动此起彼伏。仅嘉祐四年（1059）一年之中，各地就发生农民造反970起。加上连续对西夏战争的失败，每年要"岁赐"西夏银帛茶二十五万五千。辽朝也趁火打劫，迫使宋廷在"澶渊之盟"所确定的给辽"岁币"银十万两、绢二十万匹的基础上，每年再增"纳"银十万两、绢十万匹，从而导致宋廷严重的财政危机。国库空虚，宋廷就拼命搜刮，这就引发了社会矛盾的全面激化。为改变这种积贫积弱的局面，宋神宗依靠王安石进行变法，全面改革赋役制度和军事制度，先后颁行均输法、青苗法、农田水利法、免役法、市易法、免行法、方田均税法、将兵法、保甲法、保马法等，力图达到富国强兵的目的。新法的实行确实使大官僚、大地主、大商人、高利贷者的剥削受到一定限制，打破了他们习以为常的剥削秩序，政府因而增加了赋税收入。但由于新法损害了他们的既得利益，所以遭到朝野上下守旧派司马光、韩锜等人的强烈反对。特别是围绕青苗法、免役法、保甲法、免行法等展开的斗争尤为激烈。司马光曾说："四患（指青苗法、免役法、将兵法和对西夏的关系）未除，吾死不瞑目矣！"[1] 宋神宗在守旧派的压力面前动摇，导致王安石两次罢

---

[1] 《宋史·司马光传》。

相。宋神宗死后，高太后控制朝政，以恢复"祖宗法度为先务"①，把改革派驱逐出中央政府，改革最终失败，社会矛盾日益加深。三十多年以后，便爆发了方腊、宋江、高托山等农民起义和金兵进入中原，北宋王朝不久也就垮台了。由此可见，改革过程中所引发出来的革新与守旧的矛盾，不仅会使改革失败，而且还会导致社会重新陷入动乱之中。此其一。

其二，改革过程中，如果中央与地方的关系失调，也会成为社会不稳定的因素。秦始皇行政体制改革的重要内容之一，是"海内为郡县，法令由一统"②，将地方权力最大限度地集权于中央，滥施淫威，形成"内重外轻"的局面，等到因暴政引起的农民起义爆发，孤立无援的地方郡县便望风披靡，不攻自破。西汉初年吸取秦二世而亡的教训，改革地方行政体制，实行郡国并行制，封了七个诸侯王。由于矫枉过正，诸侯势力坐大，又形成了"外重内轻"局面，导致吴、楚七王之乱的发生，使社会重新陷于动乱之中。此外，像西晋的八王之乱、唐后期的藩镇割据等，也都是中央与地方关系失调所造成的恶果。

其三，在改革过程中，不同利益集团之间的利益配置关系的变化也容易引发出新的矛盾。忽必烈建立元朝之后，推行"附会汉法"的政治体制和经济体制改革，革除了大蒙古国时期奴隶制的统治方式和剥削方式，改变了蒙古贵族所推行的杀掠、屠城、强占农田为牧场以及变俘虏为奴隶的政策。一部分守旧的蒙古奴隶主贵族认为这样严重损害了他们的利益，于是引发了以忽必烈为代表的中原地主阶级与西北地区蒙古奴隶主贵族之间的矛盾，最终导致长达四年之久的阿里不哥叛乱。

其四，在改革过程中，如果决策失误，不仅会导致改革的失败，而且还会使社会陷于动乱之中。西汉末年王莽的改革，就是一个典型例子。由于土地兼并的高度发展，形成了"强者规田以千数，弱者曾无立锥之居"的局面③。富商大贾，"上争王朝之利，下锢齐民之业"④，官、私奴婢人数激增，导致阶级矛盾日趋尖锐，饥民与官徒起义时有发生。为了克服严重的社会危机，王莽作出了"托古改制"的决策，下令恢复古代的井田

---

① 《宋史·高皇后传》。
② 《史记·秦始皇本纪》。
③ 《汉书·王莽传》。
④ 《汉书·货殖传》。

制，借以实现"一夫一妇田百亩，什一而税"①的理想；通过恢复三代主要是西周的礼乐制度，确保宗法地主势力的统治和宗法封建贵族的世袭地位；又仿照古代"工商食官"的制度，下令实行"五均六管"，垄断工商业和高利贷。同时，他还假托古制，实行公、侯、伯、子、男五等爵制，更改官制，授爵封官，滥改行政区划与建制，等等。王莽的一系列"复古"决策，严重违反了社会发展和经济发展的规律，不仅没有解决西汉所积累的社会矛盾，反而成为农民起义的催化剂。当绿林、赤眉、铜马等农民起义风起云涌之时，王莽的"托古改制"也陷于灭顶之灾。

历史上改革变法的经验与教训

中国历史上，历代改革家在改革过程中积累了丰富的处理各种社会矛盾的经验，同时也留下了深刻的教训。

首先，改革要配套。金世宗完颜雍的改革与元世祖忽必烈的改革，可以说是成功的例子。金世宗的改革，不仅促进了金朝由奴隶制向封建制过渡的最后完成，而且保存并促进了中原地区的封建文明的发展，出现了"群臣守职，上下相安，家给人足，仓廪有余"②的安定局面。金世宗也因此赢得"小尧舜"的美名。元世祖忽必烈"附会汉法"，不仅使北中国从前四汗（成吉思汗、窝阔台汗、贵由汗、蒙哥汗）时的满目疮痍逐渐走向大治，而且迅速统一了全国，实现了"廪有余粟，帑有余财"③，使元朝成为当时世界上最发达、最强大的国家。然而，历史上也有不少次改革，并没有针对时弊配套进行，而是出于财政上的考虑，单打一式地推进赋役制度改革，结果无法克服当时日益积累的社会矛盾，甚至导致国家四分五裂。唐德宗任用宰相杨炎推行的改革，就是突出的例子。众所周知，中唐以后，唐王朝陷于严重的社会危机之中。一方面，在中央与地方的关系问题上，初唐为控制地方所设置的监察区性质的"道"和军事防御区性质的"道"等中央派出机构，到唐中期互相结合，演变成拥有一方行政、军事、财政大权的割据势力，造成藩镇割据，并且导致了有名的

---

① 《汉书·王莽传》。

② 《金史·世宗纪下》。

③ 《至正集》卷77。

"安史之乱"。到唐德宗时，又爆发了成德节度使李惟岳、魏博镇田悦、淄青镇李纲、山南东道节度使梁崇义联合起兵抗唐的"四镇之乱"。藩镇割据与唐中央统一的矛盾，是当时社会危机的主要表现之一。另一方面，由于地主土地所有制的发展，导致了均田制的破坏，贫富分化更加悬殊，大量均田农民破产，变成流民，"天下户口，什亡八九"①。这样，自初唐以来一直实行的按丁征课丁税的赋役制度——租庸调制，实行不下去了。由于国家控制的户口骤减而使国家减少了收入，造成严重的财政危机。这是当时又一重要的社会矛盾。在这两种危及社会安定和国家统一的矛盾面前，唐德宗却没有实行相应的配套改革，而是只抓钱粮，由杨炎主持两税法的改革，即按田地、资产征收夏秋两税。两税法的实行，使赋役负担趋向合理，政府也因此增加了收入。这在中国税制史上是一次重要的改革。它简明易行，历代相沿，至明初而不改。尽管税制改革很成功，但却不可能化解政治上的藩镇割据与中央统一的矛盾，致使社会动荡不已，唐王朝国力日渐衰败，最终导致五代十国分裂割据局面的出现。

其次，改革要循序渐进。著名的商鞅变法，就是分步进行的。公元前359年开始的第一次变法，以推行什伍连坐法、颁行"民有二男以上不分异者"则"倍其赋"，赏军功、禁私斗、崇本抑末，实行"尊卑爵制等级"为内容的改革，经过实践，取得显著成效，秦国变得"家给人足"，"民勇于公战"。在此基础上，于公元前350年开始第二次变法，以"令民父子兄弟同室内息者为禁"②，普遍推行郡县制，为田开阡陌封疆，统一赋税，统一度量衡等为内容的改革。它是第一次变法的进一步深化。两次变法的结果，使原来落后的秦国，在短短20年间由弱变强，从而为其后统一六国奠定了基础。而由于急功近利导致失败的例子，则以清末光绪皇帝主持的维新变法最为典型。自从光绪二十四年（1898）6月11日颁布《定国是诏》开始正式变法，重用康有为等维新人物，力图在政治、经济、文化、军事等各个方面除旧布新。不过，光绪皇帝推进改革的办法，是靠发布谕旨。有时一天竟多达十几道，反映了他变法的急切心情。据统计，在"百日维新"期间，他一共发了110道谕旨、诏令。但光绪皇帝靠这种急风暴雨式地颁布谕旨推进改革的做法，没有收到什么实效。

① 《资治通鉴》卷226。
② 以上见《史记·商君列传》。

当然，导致维新变法失败的原因很多，最根本的原因在于他未从根本上触动专制主义政治体制，而朝廷内外的要害部门均控制在以慈禧太后为后台的顽固派官僚手里。在改革过程中，他急功近利，只务虚名，不求实效，又不能不说是促其迅速失败的原因之一。

再次，改革必须处理好均衡与发展的关系。在改革过程中，不同地区、不同阶层，如果贫富严重不均，会造成犯罪增加，使社会重新陷于不稳定状态，甚至引发动乱。汉武帝任用桑弘羊进行改革，实行边郡屯田政策，分军屯和民屯两种，规模相当大。边郡屯田，有很多优惠政策，收到很好的效果，出现了"长城以南，滨塞之郡，马牛放纵，蓄积布野"[①] 的繁荣景象。魏孝文帝针对北魏初年土地高度集中、贫富分化严重的现实，颁行均田令，限制土地兼并的发展，并通过给无地或少地农民分配一定数量的土地，把大量豪强地主的荫附人口吸收过来，使其重新转化为国家编户。清雍正皇帝实行"摊丁入亩"的税制改革，把人丁徭役等各种税项归入田亩，地丁合一，丁银与田赋均以田亩多少作为征税原则，让富人代替穷人缴纳部分赋役，从而减轻了对贫苦农民的剥削。诸如此类，都是改革过程中，注重协调不同阶层之间均衡发展的具体例证，对促进当时的社会稳定起到了一定的作用。

最后，在改革过程中，加强中央权威，是保证改革逐步深入与社会稳定的关键所在。中国历史上的历次改革，都是在君主专制政体下自上而下推行的，但改革过程中无不遇到朝野上下守旧势力的阻挠与破坏。革新与守旧两种势力的斗争，往往贯穿于改革的全过程。改革的成败，很大程度上取决于主持或支持改革的皇帝是否真正拥有实权和他所依靠的官员是否得力，即中央权威是否稳固。如果中央权威被削弱，推动调控能力，或中央与地方关系处理失当，地方势力坐大，成尾大不掉之势，则改革必然进行不下去。秦始皇、汉武帝、魏孝文帝、金世宗、元世祖、清雍正帝的改革，之所以成功，就是中央有权威。而王莽、王安石、清光绪帝等改革之所以失败，就是中央没有权威。有的改革甚至因改革家逝世、被废黜、被罢职等原因而半途而废，形成"人存政举、人亡政息"的局面，导致社会重新陷入不稳定之中。

原载《光明日报》2003 年 9 月 30 日 B3 版

---

① 《盐铁论·西域篇》。

"上穷碧落下黄泉"

"上穷碧落下黄泉"，入门方知巷子深。1959 年，命运之舟把我载进历史学领域。大学二年级时，著名的元蒙史专家韩儒林教授为我们开设元蒙史课程，记得他讲述了我国自明朝初年以来元蒙史研究的历程，各个时期所取得的成绩和缺陷。特别是当他讲到国际舆论认为"19 世纪以来，元蒙史的研究中心不在中国，而在巴黎，其后又转到日本、苏联"的问题时，显得格外激动，认为这对于我们中国人来说，是莫大的耻辱，鼓励我们好好学习，为早日在我国建立起世界级的元蒙史研究中心而努力。韩先生的教诲，使我真正对历史学产生了兴趣。后来相继选修了韩先生及其领导的元蒙史研究室施一揆、陈得芝等老师开设的"蒙古族史""西北民族史""元蒙史史料学""元史"等课程。施一揆、陈得芝老师惠我良多。施老师曾从爱护我的角度出发，阻止我发表在大学三、四年级撰写的《论古代蒙古的妇女势力》和《关于明朝对瓦剌战争的性质》两篇敢于同学术界正统观点叫板的论文。陈老师则逐字逐句地领我们通读了俄文版、苏联蒙古学专家 Б. Я. 符拉基米尔佐夫的《蒙古社会制度史》一书，使我在增加了蒙古史知识的同时，掌握了借助辞典独立进行译读俄文资料的本领。1963 年 11 月的一天晚饭后，韩先生让我到坐落在南京大学附近的鼓楼宾馆去见北京《民族团结》杂志学术专栏的一位编辑，并嘱我把试写的习作《元代西北少数民族与汉族的经济文化交流》带去。半年后，当我正在撰写毕业论文的时候，习作在《民族团结》1964 年 5 月号上刊出，并在学术界产生过一点小小的影响。《光明日报》以"学术简报"的形式作了评价。韩先生曾借用白居易《长恨歌》中的诗句"上穷碧落下黄泉"，来形容做学问、搜集史料应当有上天入地、寻根究底的精神，鼓励我继续努力。古代史教研室的刘毓璜教授和洪焕椿教授给予积极的评价。一向对我要求甚严的施一揆老师则以"博学、审问、慎思"相勉。就这样，在老师的教诲与启迪下，我迈向了史学殿堂的门槛。1983 年 4 月 7日韩先生不幸仙逝后，师姐韩朔瞟在清理先生遗物时，发现先生与著名考古学家，历史学家，原中国科学院历史研究所党组书记、副所长尹达同志的往来信件，方知我之所以大学毕业后就直接分配到历史研究所来工作，原来是两位已故史学家之间达成的默契。不过，作为韩先生的学生，自愧有辱师名。我不是韩先生的好学生，因为此后我并没有全身心地投入元蒙史研究，而是把精力转向了中国政治史诸问题的探索。正如当年曾成为我生命不可或缺的伴侣批评的那样："你这个人尊敬老师、钦佩老师，但又不肯亦步亦趋！"是的，我的学术生涯，得到了恩师的点拨，但我却想独立地走自己的路。这大概又与我的坎坷经历以及在学习和研究的实践中，逐步形成的一些史学观念有关。

　　人们常说，历史是人类的昨天和前天。但当我步入史学殿堂的时候，却正是一切社会的历史"都是阶级斗争的历史"的历史观作为绝对真理而居于毋庸置疑的时代，这对于一名初学者来说，除了努力理解、运用之外，别无选择。在"史无前例"的年代，云谲波诡、倏忽幻异的现实，使我产生了"历史可以使人聪明，历史也可以使人糊涂"的念头。特别是当我参与的、根据大量历史资料和敌伪档案而编写的、证明原中国科学院哲学社会科学部副主任潘梓年同志"不是叛徒、不是特务、不是'三反'分子"的"调查报告"，被显赫人物诬为"借叛徒、特务之口，炮打无产阶级司令部"的时候，我觉得历史真的把我搞糊涂了。接踵而至的便是自己也被以"莫须有"的所谓"516 理论部长"的罪名，定为"阶级斗争"的对象，秘密监禁。在当了长达六年多的"反革命"，九死一生之后，我终于领悟到当时居统治地位的历史观与历史实践之间的距离。

　　在被监禁的岁月里，除了《马克思恩格斯选集》《列宁选集》《毛泽东选集》和《语录》之外，是无书可读的。我曾一遍又一遍地逐字逐句地读、记这几部著作，努力去领会它的精神实质。我从经典作家对历史人物和历史事件的分析与论述中，渐渐地由混沌到明晰，形成这样一种观点，即阶级和阶级之间的相互斗争，既不能包括无阶级社会的历史，也不能包容阶级社会历史的所有方面。既然人是一切社会关系的总和，那么，简单地说，人们活动的记录就是历史。历史运动，就是人们的社会关系演变和更替的过程。而人们的社会关系具有复杂性与多样性的特点，不能简单地归结为"阶级关系"一种，尽管阶级关系在人类历史中占有相当重要的位置。例如，人们要生存，就要进行生产，并形成一定的经济关系；又如，人们不仅要有物质生活，还要有精神生活，彼此发生物质上和精神上的文化联系；此外，人们生活在社会上，还会发生各式各样的政治关系、婚姻关系、家庭关系、群体关系、宗教关系，乃至民族关系、国家关系，等等。即使是政治关系，也不一定都会发展成阶级斗争，更何况人们的社会关系原本是在利用和改造自然的活动中形成的呢！人类的历史是以自然史为依托的，人类历史中不能不包含着自然界变迁的内容。因此，历史是人类文明的载体，是人类的百科全书。若把阶级关系、阶级斗争绝对化，势必不能反映客观历史的全部面貌。

恩格斯在评托马斯·卡莱尔的《过去与现在》时所写的《英国状况》中，有一句名言："我们要求把历史的内容还给历史，但我们认为历史不是'神'的启示，而是人的启示，并且只能是人的启示。"① 所谓"把历史的内容还给历史"，就是必须运用历史唯物主义的方法，详细研究各种社会形态存在的条件，然后从这些条件中找出相应的政治、司法、美学、哲学、宗教等的观点。所谓"历史不是'神'的启示，而是人的启示"，就是说必须杜绝用唯心主义的观点看待历史与现实的关系。恩格斯的这句名言，曾经使我被监禁时空旷的精神生活得到某种充实。我从自己过去的亲身经历与现实的处境中、从现实中不断再现的许多历史因素中，尤其是从封建专制主义的沉渣泛起、宫廷斗争与朋党斗争的旧梦重温中，慢慢省悟到历史与现实的关系，理解了自己周围所发生的一切。尽管沧桑陵谷，迁流罔极，然而代兴代亡，转承延续。历史与现实的关系，是一种"剪不断，理还乱"的关系。

历史研究工作的程序，说起来并不复杂，无非是搜集材料，进行思考。搜集材料，必须有"上穷碧落下黄泉"的刨根问底的精神。研究任何问题，都要如此。只有材料齐备，准确无疑，才可能有所创新。倘若只抓住一鳞半爪就自以为有所发现，而妄自尊大，是没有出息的表现。我敬佩长于考据的史学大家，他们通过对材料的排比、分析、综合、判断的思维过程，廓清了历史真相。这是历史研究的基础工作。廓清历史真相，只是历史研究工作的第一步。历史研究的目的在于揭示历史的本质和历史发展的客观规律。这就要求史学家的思维过程向联想、归纳、推理延伸，以

① 《马克思恩格斯全集》第 1 卷，人民出版社 1972 年版，第 650 页。

实现认识上的飞跃，形成理性的概括。我把它称为史学家的悟性。正确的悟性，只能来自实践。而史学家的实践，既包括搜集、积累史料，又包括现实的社会实践。经过思维，把二者之间的内在联系联结起来，才能孕育出具有鲜明时代感的史学论著来。这就是我们常说的"一个时代，有一个时代的学术"的科学含义。

史学家的悟性的价值取向，简单地说，应当以"益世"为原则，即有益于社会。明清之际的大思想家、史学家顾炎武，曾经提出"文须有益于天下"的著名论断。他说："文之不可绝于天地间者，曰明道也、纪政事也、察民隐也、乐道人之善也。若此者，有益于天下、有益于将来，多一篇，多一篇之益矣。若夫怪力乱神之事、无稽之言、剿袭之说、谀佞之文，若此者，有损于己无益于人，多一篇，多一篇之损矣。"① 这是顾炎武做学问的价值取向。他所说的"文须有益天下"，可以理解为学术研究必须以有益于社会为原则。而要实现这种价值取向，他还提出了"立言不为一时"的主张，并且列举了历史上大量例证，论证"天下之事有言在一时，而其效见于数十百年之后者"。② 三百年前的先贤尚且有这种悟性，难道我们还不该从中得到某种启迪吗？

悟性的价值取向，往往通过史学家的研究视角的选择体现出来；而研究视角的选择或确定，又取决于史学家对于历史本质的理解。历史本身包含着过去、现在和未来的因素，谁能根据这些因素调整、确定研究取向或视角，谁就能最大限度地发挥史学研究有益于社会的功能。

长歌当哭。漫长的监禁、非人的待遇，却诱发了我进行政治史探秘的兴趣。而"文化大革命"的灾难性后果，直接促成了我研究中国封建专制主义的决心。从 1979 年起，我大约花了十年的时间，系统地探索了中国封建社会的政治形态，悟出了"世界上没有一个民族或国家能和自己的历史一刀两断，传统是扔不掉的。尽管岁月是流逝的，但习俗却是相对凝固的"这一结论来。专制主义、家长制、高度集权、官僚政治、封建特权、造神运动、人治原则以及新文字狱案等，之所以会在"文化大革命"中肆虐，有深刻的社会历史根源。正像人们只有服从自然规律，才能控制自然一样，人们要摆脱历史的影响与束缚，只有正视历史，亦即以

① 《日知录集释》卷 19，上海古籍出版社 1985 年版。
② 同上。

另一种方式正视自己。越是硬要不理睬自己的历史，那就越会充当历史的俘虏。为此，在诸多个案和专题研究的基础上，我撰写了一部探索中国专制主义形态的《中国皇帝》，采取寓论于史的方法，借以揭示笼罩在宫廷政治上面的神秘迷雾和缠绕在皇帝头上令人眼花缭乱的光环。探索了皇帝的产生及其社会基础，皇帝的类型及其功过是非，皇帝制度的发展阶段与历史地位，皇权形态、范围与限度，皇权的异化和皇权与绅权、族权、夫权的一体化，以及皇帝的文化政策，等等。特别是以皇帝为轴心，由内及外，把皇帝与后妃、皇帝与宦官、皇帝与外戚、皇帝与皇室、皇帝与大臣、皇帝与官吏、皇帝与农民的政治关系作了重点剖析，力图清理出中国封建专制主义对近代社会的发展，在政治、经济、文化诸方面所带来的负面影响的线索，以启发读者的思考，唤起人们完成走出中世纪的决心与勇气。我写《中国皇帝》的视角与价值取向在此，至于其实现程度，则有赖于读者检验了。

不过，政治史作为一个历史范畴，是以研究历代上层建筑为主要任务的。而历史上的任何一种上层建筑，都处在不断变化的过程之中，除了它那可畏的惯力作用外，还有着岁月对它的修正，使它一天比一天更合乎理想的标准。它将世世代代的社会主体联结起来，成为人们从事各种活动"天然"的社会条件，也是社会前进不可逾越的舞台。

然而，人们在走向现代化的过程中，如何对待历史，或者说如何对待传统的问题上，认识是不一致的。要么片面强调批判，要么片面强调继承，都失之偏颇。应当承认，现代化是对传统的辩证否定。只有吸收传统中经过实践检验是合理的东西，摒弃传统中落后、僵化的东西，建立新的科学的社会体制，才能实现现代化。史学家的研究视角，如果不从这一立场出发，那也是很难实现其有益于社会的价值取向的。随着改革开放的深入发展，尤其是经济体制改革呼唤着政治体制改革的出台，启发了我系统研究中国政治制度史的激情。从1988年起，我把精力转向中国政治制度史领域，并且团结了史学界、民族学界、法学界和政治学界一些志同道合的专家，一道从事这项研究。

长期以来，在对待传统政治制度问题上，曾流行过两个口号：一个叫作"彻底砸烂旧的国家机器"，一个叫作"与传统旧世界彻底决裂"。这都是形而上学的观点。历史上任何一种上层建筑形成后，都有其发展变化与运动规律，不可能凭主观意志想"砸烂"就能"砸烂"，想"彻底决裂"就能"彻底决裂"的。传统是智慧的结晶，没有传统就不能真正地前进。我们在对待历史上的上层建筑的影响问题上，绝不能搞历史虚无主义和民族虚无主义。传统政治制度有很多珍贵的遗产，也有很多糟粕。古代一些有作为的政治家、思想家在处理各种政治关系，制定各种制度、政策时，积累了丰富的经验。中国的政治体制，是以正确地认识国情为前提的，而不是把西方政治模式奉为圭臬，盲目地崇拜，不加批判地照搬过来。因此，重视研究我国的政治传统，认识自身制度上的优点与缺陷，把传统批判与现实批判有机地结合起来，才能使政治体制改革立于坚实的基础之上。

尽管近百年中国政治体制一直处在变革之中（这当然是一种进步的表现），但是传统政治制度却使我们背上沉重的历史包袱。新中国成立以后，我们对封建主义制度、资本主义制度和社会主义制度的研究与讨论，存在着绝对化的倾向，缺乏实事求是的态度。任何一种制度都有一个逐步完善的过程，变革是必然的。然而，许多几千年来习以为常的原则、习俗，要变革又谈何容易。我们长期所确认的社会主义制度与计划管理制度必须对经济、政治、文化、社会都实行高度中央集权管理体制；在一元化领导的口号下，造成的权力过分集中，"权大于法""以政代法"的现象层出不穷；在人事制度上没有实行公开考试、择优录用的原则；在行政管理上缺乏科学的、系统的行政法规，缺乏民主观念，缺乏严格的监督手段；在制定和执行政策时，"长官意志"与主观随意性常常起相当大的作用，等等。这些都是传统政治制度消极面的积淀。我们要克服制度上的这些缺陷，方法之一就是要认真研究传统政治制度中的糟粕，阐明它在历史上的危害，找出克服的办法，为中国政治体制改革提供借鉴。此其一。

其二，历时数千年的传统的政治制度，又蕴含着丰富的文化遗产，有许多是经过实践检验的、证明是行之有效的历史经验，对于我们的政治体制改革，具有参考价值和启迪作用。因此，那种以为搞现代化就要摒弃传统的观点是不对的。事实上，只有把现代化注入传统，改造传统，以形成新的传统，才能保持我们民族的特色，实现真正的现代化。

中国传统政治制度的成功经验很多，诸如发达的政治分工和悠久的权力制衡观念，积累上千年的一整套比较科学的官吏管理经验等，都值得有使命感的史学家认真总结。就以官吏管理制度而言，长期实行考试制度来选拔人才；在官员的任用上，注重实践性，推行试职制度；在官员的管理上，实行品阶、俸禄、考课、铨选、迁转、监察、回避、请假、致仕等制度；形成了一整套行政法规，如编制立法注重统一性和违制处罚原则，等等，表明历代统治者为实现政治清明、保持官员的廉洁、提高行政效率所做的努力，其中有许多内容至今仍不乏启迪和借鉴之处。

我以中国政治制度史为研究取向，不是为研究而研究。我认为政治制度具有防微杜渐的作用。任何时代的社会主体，都要受相应的政治制度的制约。古今中外，概莫能外。现实政治制度的优点与缺点，往往与传统政治制度积极或消极的影响有着这样或那样的联系。因此，我以"述往事，思来者"作为我研究中国政治制度的基本原则——这姑且算作我的史学观吧！

"上穷碧落下黄泉，两处茫茫都不见。"是韩儒林、尹达两位著名史学家把我领进史学殿堂大门的。这是我的机遇，我才得以混迹于史学界三十余载。在三十多年风风雨雨中治史，自愧辜负了两位史学家的厚望。如今这两位史学家都在十年前作古了①，谨以此文寄托我对他们的怀念。

1994 年 4 月 20 日脱稿

原载萧黎主编《我的史学观》，广东人民出版社
1997 年 6 月版。收入本书时，删去了作者简介

---

① 韩儒林教授，河南舞阳县人，1903 年 11 月 2 日生，1983 年 4 月 7 日逝世，享年 80 岁；尹达研究员，河南滑县人，1906 年 11 月 17 日生，1983 年 7 月 1 日逝世，享年 77 岁。

第 2 辑

谈天说地

元上都考察散记

一路风情

"莫道三伏沸炎波"，"上京七月凉如水"。这是七百多年以前，元朝诗人萨都剌题咏蒙古草原上的伊甸——上都的著名诗句。上都原名开平府，是元世祖忽必烈的"龙飞之地"，与大都（今北京）并雄，称为元王朝的陪都。忽必烈时代，每年最早于二月（后继诸帝则越来越晚，一般于四五月）至八九月间，来这里驻夏并处理政务，所以又称夏都。它是当时全国的政治、军事、文化、宗教、经济、外事活动的中心之一。

初伏时节，北京已是热不可耐了。幸承内蒙古锡林郭勒盟文化处和正蓝旗政府的邀请，我与元蒙史专家陈高华、杨讷、史卫民教授和国家文物局黄景略处长等结伴赴元上都作学术考察。这对于混迹元蒙史学界二十余载、禀性安土重迁、足迹未曾踏上蒙古草原的笔者来说，既感到惬意，又有一种不可名状的神秘感。出居庸关，越过张家口，来到坝上。锡盟派来接我们的车子大体沿着当年从大都赴上都的西路行进。盛夏季节，阵阵凉风袭来，令人心旷神怡。从万全县穿行，不禁使我想起775年前春天这里发生的一场惊心动魄的战争。万全县南旧有地名浍河堡，当年是金朝的一个军事要塞。成吉思汗建立大蒙古国以后，于1211年3月，以替祖先复仇为口号，大举伐金，就在这个地方击溃金军30万，从而拉开了灭金战争的序幕。而今，极目望去，古战场上一片葱绿，成垄成行，长势挺拔的玉米，在阳光下随风摆动，使我恍惚感到：仿佛是队队骑兵方阵在行进；那风打玉米叶子的飒飒声，好似千军万马，由远及近一片碎蹄声……这也许是一种职业的幻觉，不禁破唇为之一笑。

其实，再也看不见厮杀与格斗，再也听不到呐喊与哭泣，流血和牺牲早已换来了田园诗般的静谧与和平。然而，历史的车轮毕竟是这样碾过来的。

进入张北县，天空变得碧蓝，白云朵朵，清风习习，使久居大城市，看厌了污染而造成的灰云浊雾的笔者，感到格外的清新和轻松。山坡河滩，绿草如茵，牛羊成群；平川历历，五谷杂植；村舍、聚落，星罗棋布；公路两旁的榆柳杨槐成荫，不时还可以看到成林的松柏装扮着起伏的山峦。这里的人们充分领受了大自然的恩赐，他们也用辛勤的汗水浇灌着这片美丽的土地。

当我们即将过境的时候，忽然电闪雷鸣，一片乌云自东翻卷而来，人们尚未反应过来，瓢泼大雨已夹着冰雹漫天而降。顷刻之间，杏子般大小的冰球，弹得四处乱蹦。我们乘坐的"小面包车"，也不得不停靠在路边大树下躲避这突如其来的袭击。不过，冰雹来得神速，去也匆匆，半小时以后，便雨过天晴。前面就要进入内蒙古太仆寺旗了。这冰雹仿佛是草原气象向我们发出的预报，该是添加衣服的时候了。

太仆寺旗，位于蒙古草原的东南缘，是草原文化和农耕文化交会的地带，只见草原面积越来越广阔，而村落、聚邑却越来越稀疏，树木越来越少。在平稳的行驶中，司机赵师傅猛然刹车，把我从遐想中带回现实。举目环视，我们已来到太仆寺旗与正蓝旗交界的浊龙河畔。这时已是傍晚六点半了。河滨停靠了两部车子，那是锡盟文化处杜戈尔苏荣处长、正蓝旗政府丹巴旗长、锡盟文物站斯琴巴图站长、锡盟群众艺术馆札拉嘎木吉馆长、正蓝旗文管所额尔德尼所长等专程来迎接我们的。他们在这里已经恭候三个多小时了。原来蒙古族的风俗，贵客来了一定要到边境上迎接，并按照蒙古族的礼节，向客人献上奶豆腐与奶茶。丹巴旗长身着鲜艳的蒙古族节日盛装，手捧盛奶豆腐的托盘，请我们一一品尝；又端出铜壶、铜碗，斟满清香的奶茶，请我们喝。对于主人的盛情，我们一一答谢。欢迎仪式完毕，主人驱车在前面开道，我们登车尾随其后，行进在正蓝旗的草原上。

这里的牧民，不再是"逐水草而居"，而是定居放牧。由于草甸草场的载畜量有限，所以这里的牧民十分分散。放眼望去，在很远的地方才能看见一家牧民。不过，他们住的不再是穹庐的蒙古包，而是一式三间瓦房。门前堆放着一垛垛干牛粪，这是他们的燃料。用木栏杆或铁栏杆围起一个圈，以圈揽羊、牛、马等牲畜。几只家犬，便是"卫士"。有的牧民还饲养猪、家禽等。

晚上九点半，我们从古桓州城遗址侧背穿过，到达正蓝旗政府所在地，下榻在旗政府招待所。从北京的德胜门到正蓝旗全程470公里，这在当年，元朝皇帝至少要走24天。而今借助现代化的交通工具，一日之间就到达了。正蓝旗的主人们举行了蒙古族传统的"羊背宴"为我们接风。

羊背宴，是取一只刚宰杀的羊的整个背部，清炖可食后，摆在大托盘上，形若一只活羊的脊背。羊背上前方放置一块奶豆腐。身着蒙古袍的丹巴旗长双手托起热腾腾的羊背，放置在餐桌正中央，操起蒙古刀，将奶豆腐切成若干小块，送给每位客人一小块。然后敏捷地在羊背前、后胛两侧各下一刀，再从前至后沿脊背将羊背分成两半，便将蒙古刀倒置过来，手握刀背，让刀柄朝着客人，交给首席贵宾，率先取食。接着宾主依次取用。一轮过后，主人又拿出几把蒙古刀分置四方座位前，大家便各取所需了。这种羊背宴，又叫手抓羊肉。按规矩是无盐的，所以餐桌上放了一碟咸菜和几头大蒜。然而，主人考虑我们都是汉人，怕吃不习惯，特别和盐而煮。当宴会开始时，我这个害怕羊膻味而从不敢问津"东来顺"的人，颇有几分胆怯。但当我出于礼貌分食第一块羊胛肉之后，不禁感到惊讶，居然毫无腥膻气，于是我放松神经，学着主人的动作，操刀自取，并大嚼起来，其肉质之鲜嫩、味道之香美，都是平生第一次体验到的。

草原的夏夜，宁静得出奇。这对刚从噪声污染的大城市来到这儿的人来说，简直像步入了仙境。这里蚊蝇很少，根本用不着挂蚊帐，盖一床棉被并不觉得热，甚至后半夜还得加盖一条毛毯。这使我想起元朝诗人杨允孚的"谁道人间三伏节，水晶宫里十分秋"诗句意境的恰贴。我仿佛理解了为什么金、元两朝的皇帝都选择距这里只有20公里的金莲川避暑了。

寻访金莲川

《元史·郝经传》说，1252年，蒙哥汗委派他的胞弟忽必烈总领漠南军国庶事。忽必烈遂"开邸金莲川"，延请藩府旧臣及四方文学之士，问以治道。历来的研究者将之称为"金莲川幕府"。多年以来，笔者酝酿对这个幕府的成员及其活动逐个考察，打算最终写一本《金莲川幕府研究》，因此，对金莲川这个地名的寓意及由来，十分留心。然而，金、元之际塞外取名金莲川的地方不只一处，金莲花是什么样子，也从未见过。因此，寻释金莲川，就成为此次访问的目的之一。

　　比忽必烈小七岁的耶律铸在《双溪醉隐集》卷五《金莲花甸》诗注中说:"和林西百余里,有金莲花甸,金河界其中,东汇白龙涡,阴岸千尺,松石千叠,俯拥龙涡,环绕平野。"诗云:"金莲花甸涌金河,流绕金沙漾锦波,何意盛时游宴地,抗戈来俯视龙涡。"在《红叱拨》诗注中,他又说:"余避暑所,川野无非金莲,金莲川由此得名。"我们知道,和林故址,在今蒙古人民共和国后杭爱省厄尔得尼召北。耶律铸所说的"和林西百余里"的金莲川,李文田考证即忽必烈早年驻帐的地方,显然与《元史·郝经传》所说的金莲川不是一个地方。它应是《元史·河渠志》所说的"滦河源出金莲川中"的那个金莲川。

　　这个金莲川,地处滦河上游,即今天内蒙古正蓝旗境内。据《金史·世宗纪》,它原是金世宗驻夏的凉陉,原名曷里浒东川。1168年,金世宗以"莲者连也,取其金枝玉叶之义"为由(《金史·地理志》),下令更名金莲川。金朝诗人赵秉文曾写过一首《金莲川》,讴歌金朝皇帝在此纳凉时的盛况。诗云:"一色天连王气中,离宫风月满云龙。向来菡萏香销尽,何许蔷薇露染浓。秋水明边罗袜步,夕阳低处紫金容。长阳猎罢回天仗,万烛煌煌下翠峰。"其景色之壮观,跃然纸上。元代诗人更留下无数美妙的诗篇,描述金莲川的婀娜多姿和金莲花的端庄与华贵。因此,亲自踏察一下金莲川,观赏一下金莲花,就成为我多年来的夙愿。

　　7月21日,离开下榻的正蓝旗政府的招待所,汽车沿通往多伦的公路东行20公里,然后下公路折向东北方向驶去,便来到古滦河(今称闪电河)上游。滦河上游已不再是六七百年前"风吹滦水涌如淮"了。如今已成涓涓细流。只是在元上都遗址正南段,曲折回环,形成几个不大的水泊,干流则在草丛中默默地自西向东流去。站在滦河桥头,向东西方向望去,真可谓平临难尽,遍地金色烂漫,幽雅处,余香满川——这就是富有诗情画意的金莲川了。我顿时兴奋起来,便向杜戈处长提问:"这个地方在蒙古语中叫什么?"他不加思索地脱口而出:"夏尔塔拉,就是汉语中'黄花川'的意思。"我们步入川内,没有树木,遍地地椒、野茴香、野葱韭,还有其他不知名的奇花异草,五彩缤纷,芳气袭人。就中,挺拔草丛之巅,似荷而黄者,就是金莲花。这种金莲,高约五十厘米,茎若菊,绿叶瘦尖而长,分五尖或七尖,花瓣似莲,七瓣两层,花心亦黄色,碎蕊平正而小,长狭黄瓣,环绕其心。一茎数朵,味极凉。是时,正值蓓蕾初绽,一望无际,遍地金色灿然,仿佛置身于一个黄金铺盖的世界。杨讷教授用小刀广取土而深掘，和根帮我移植了三株。如今这三株金莲，花开四朵，竞放在我书斋的阳台上，借杨讷教授的吉言："愿上都的金莲，在大都落户。"

在颓垣断础上沉思

涉过滦河，北行半公里，便登上了上都外城城门遗址。

上都，原名开平府。元人又称作上京、滦京、凉京等。1256年，忽必烈让幕僚刘秉忠按照从漠北到河南，"道里居中"，以便"会朝展期，奉贡述职"的原则，"相宅筑城"。刘秉忠卜地经营，三年而毕。王恽《中堂事记》称赞这里是"龙冈蟠其阴，滦水经其阳，四山拱卫，佳气葱郁"。1260年，忽必烈在此即汗位，并以此为根据地，依靠中原汉地人力物力的支持，同其幼弟阿里不哥展开了长达四年的争夺汗位的战争，取得最后胜利。1264年忽必烈采纳刘秉忠的建议，改燕京为中都（1271年又改称大都），同时升开平府为上都，从此元朝实行两京之制。上都与大都，都是刘秉忠主持营造的，其格局大体相若。自元世祖起，历届皇帝不断加以增修。他们每年差不多有半年的时间住在这里。朝廷诸司也分司相随，以处理政务，总计官衙不下七十个。元朝皇帝除在这里避暑、狩猎、行乐外，蒙古诸王贵族的朝会（忽里台）、诈马宴（只孙宴）、马妳宴和传统的祭祀活动，都在这里举行。它是当时全国政治、军事、文化、经济以及外事活动的中心之一，故元人称其"形势尤重于大都"。

上都城是中原农耕文化与草原游牧文化奇特结合的产物。它兼具汉式宫殿楼阁和草原毡帐的风格。被称作"大内"的大安阁，是1270年将故宋汴梁的熙春阁迁建而来的。它高耸入云，气势宏伟。周伯琦诗云："曾甍复阁接青冥，金色浮图七宝楹"，"大安御阁势岩亭，华阙中天壮上京"。而水晶殿，与大都的水晶殿相类，通用玻璃为饰，日光回彩，宛若水宫之中。其富丽堂皇，集汉式宫廷建筑艺术之精华，自不待言，而元顺帝费钞九千余锭建成的斡耳朵殿，则是一种帐殿，它与另一座名为棕毛殿的宫殿一样，无疑代表了草原游牧文化的传统。此外，那里还有"延阁图书取次陈，讲帷日日集儒臣"的奎章阁（宣文阁）、专门举行诈马宴的龙光宫等楼台亭榭。外城分布着佛寺、道观、回回寺、文庙、三皇庙、城隍庙及街坊和民家。"上都五月雪飞花，顷刻银妆十万家。说与江南人不信，只穿皮袄不穿纱。"虽说是诗人的夸张，但当年的上都，是一座居民繁多的草原城市，却是毋庸置疑的。西方人马可·波罗、马黎诺里等都来过上都。它当时是东西方文化交流的中心，迄今上都城东墙断壁上，还丛生着欧洲枸杞，就是见证。

上都毁于1358年12月元末农民战争的战火中。当时北方红巾军"宋"政权三路北伐军的中路，在关先生、破头潘（潘诚）的率领下，攻占了上都，停留七天，一把大火，将内城宫阙化为灰烬，从而给元蒙统治者背上猛烈的一击。明朝初年，在上都设开平卫，置军戍守。1430年，以"开平孤立难守"为由，移卫于独石口，开平遂废。

如今，上都遗址基本保存完好，城墙遗础犹在。登高鸟瞰，外城、皇城和宫城建筑的遗础与街衢布局，依稀可辨。除了随处可以捡到元代白瓷、青瓷、青花瓷器皿的碎片及断砖碎瓦以外，荒台断础，零落于荒烟野草之间。我们登上十来米高的殿基，虽不见当年富丽堂皇的宫顶，然而，忽必烈延请四方文学之士讲论治道的情景，诈马宴的杯光觚影，以及仪凤伶官、教坊舞女载歌载舞，舞出"天下太平"字样的盛大场景，仿佛就在眼前。

《大清一统志》载称：元上都，"土人呼为奈曼苏默城"，汉意"百八庙城"。多少年来，它曾困惑过无数中外学者。有人怀疑该地可能有108座喇嘛庙，因以得名；也有人怀疑它与佛教、婆罗门教的"一百零八"这个"名数"有关；甚至有人试图用元代诗人杨允孚的《滦京杂咏》刚好是108首诗这种巧合上去寻求答案。结果都无法解开这个疑团。此次亲临上都遗址，向四周山峦上望去，确有许多台状建筑物。杜戈处长告诉我们：现存共有107个半，不是庙，而是烽火台。台边拴马石上石眼磨的痕迹犹在。台下有建筑物的遗址，好像是营房。他还对蒙古语中的"苏默"作了说明。他说："苏默"即"苏木"，实意是一个连队性质的军事编制，相当于清朝兵制中的"佐"。如是，关于上都又称"百八庙城"的记载，显然是前人弄错了。"奈曼苏默城"这一称呼的由来，大概与明朝前期设开平卫有关。很可能是因为当时在周围山头上设置了108个烽火台演化而来。陈高华教授颇有感触地对我说："这类疑问的解决，看来不虚此行。"是啊，如果不是亲自来实地踏察，谁敢相信是将"烽火台"误作"庙"呢?!

一百多年以来，元上都遗址已成国际学术界瞩目的对象。从1876年英国公使馆员布什率先来此踏察起，其后俄国、法国、英国、日本、美国学者相继接踵而至。他们分别将自己实地考察所得，写成报告或专著。就中，1925 年美国地理学家劳伦斯·因佩的《忽必烈汗的夏都》，在国际学术界产生很大影响。20 世纪三四十年代，日本侵略者曾经组织学者武装发掘。1941 年以东亚考古学会的名义编辑出版了大型考古报告集——《上都》。毫不虚夸地说：元上都，早已成为一门国际性的学问。相比之下，国内对于元上都的研究却是被忽略了，不能不引以为憾！

元上都，自元末被焚、明宣德年间被废弃以来，六百多年间，大规模的人为破坏，只日伪时期一次。1949 年以后，在元上都的废墟上，虽曾聚居着不少牧民，但"文化大革命"前，时任正蓝旗党委书记的杜戈先生果断采取了措施，把牧民从遗址上迁走，从而减少了人为的破坏。

元上都遗址如今虽然已被正式列为"全国重点文物保护单位"，但是，皇城东墙外侧，仍住有三户"盲流"，外城北部城墙内，还有某国营牧场的一个分场的场部建在那里；纵横交错的大车道，穿越遗址而过。这着实令人不安。

意外的发现

当我们察看了上都城城门遗址之后，我和杨讷教授、史卫民教授结伴从葶麻丛生的外城觅径前行。在靠近皇城的开阔地带，远远望去，立着一尊石俑。杨讷目力敏捷，便脱口而出："这不是杀人石吗？这个地方怎么会有这种东西呢？"

这时，正蓝旗文管所所长额尔德尼答话道："这尊石像是从城外搬进来的，我们在上都城周围一共发现了二十七尊。"

所谓"杀人石"，只是稍近于人形，有的脸部刻得平淡，有的脸部刻得较细。一般是头大，呈三角脸型，臂细，右臂挽于胸前，右手执杯，左手握剑。国际学术界公认它是西突厥人立在墓地上的一种象征石器，表现了 6—8 世纪西突厥的特征。这种杀人石，在西突厥汗国所辖的中亚地区，包括吉尔吉斯、哈萨克、高加索、阿尔泰、图瓦以及西伯利亚、新疆地区、蒙古高原西部，屡见不鲜。但它在并非西突厥汗国所辖的蒙古高原的东南隅出现还没有人著录，使我们无不感到意外。

关于杀人石的寓意，国际学术界是有争议的。少数学者认为，石人是用来纪念死者；多数学者认为，杀人石是表示战场上被杀死的敌人，是要他们服侍那个杀死他们的武士。谁的墓前竖立的杀人石越多，表明谁越英勇。杀人石的衣着多样化，大多具有东厥斯坦和印度的服饰风格。由于杀人石与白匈奴时期的某些画像十分相像，因此，不少学者认为，杀人石所表示被杀的敌人，多系白匈奴人。其更重要的理由是，白匈奴人曾经统治过上述地方，直到 567 年，才被突厥和波斯所打败。

不言而喻，在元上都遗址意外发现这种杀人石，无疑对于推进突厥史研究的进一步深入，具有重要价值。我们知道，突厥人除了这种杀人石之外，几乎没有留下别的古物。而突厥汗国又是一个多民族、多部落的国家，各民族各部落之间矛盾重重。即如隋文帝发布的讨突厥诏书所云："部落之下，尽异纯民。千种万类，仇敌怨偶。"（《隋书·突厥传》）他对突厥汗国实行"远交而近攻，离强而合弱"的离间政策，遂使突厥汗国于 583 年分裂成彼此对立的东、西两个突厥汗国，两个突厥汗国的政体和习俗也迥异。而元上都所在的蒙古草原的东南隅，当年既非西突厥的统治区，亦非东突厥的辖地，而是契丹和白霫的活动地区，在这里发现的杀人石，推翻了杀人石是西突厥的特征这一流行观点。同时，它又逼使人们重新审视杀人石的寓意。我们相信，这一意外发现，一定会引起国际学术界的高度重视。

告别——全羊宴

过去我对全羊宴的知识仅限于文献上的记载和吃过全羊宴的人的传说，印象最深的是赴宴的客人与主人盘腿而坐，共同分食，油手不用巾揩，直接在衣襟上揩净。对于蒙古人来说，谁的袍襟油污发亮，表明谁最富有。

7月22日，我们圆满结束了学术考察，准备翌日返京。这天下午4点钟，正蓝旗的主人们按照他们民族古老的传统，举行了只有招待贵客才举办的全羊宴，为我们饯行。

全羊宴，顾名思义，是宴席上将出现一只整羊，而且必须是新宰杀的。全羊宴的全过程，与前揭羊背宴大体相若。在全羊宴上，正蓝旗旗长当场向我们做了啃羊胛骨表演，他手握蒙古刀，娴熟而麻利地取下羊胛骨，进行啃噬。按照风俗，三角形的羊胛骨正反两面的肉，要一丝不留，啃得干干净净。然后，根据青白色的羊胛骨的透明度来判断情况，决定取舍。倘若不佳，便用蒙古刀割一个口子，表示无保留价值。如果透明度甚佳，便反映了羊群放牧地区的水草的质量良好及饲养情况颇佳，则不用割开一个口子，保存起来，留作来年放牧的参考。非但如此，在古代，羊胛骨还用来占卜吉凶。

在全羊宴上，主人即席发表了简短、热情而吉利的祝词，客人的答谢词多真挚、诚恳。大家边吃边说，情趣盎然。短短三天的考察活动，使我体会到史学工作者走出书斋的重要性。许多问题，单凭文献记载，有时是靠不住的。迈开双腿，到实地去做一番田野调查，往往可以避免一些讹错。

蒙古高原，是北亚游牧文化的摇篮，在两千多年的历史舞台上，曾经演出过无数惊天动地的武剧，对亚欧的历史发展产生了巨大的影响。锡盟文化处杜戈处长在全羊宴之后向我们透露，计划在锡林郭勒建一座草原博物馆，并希望我们今后再来考察。杜戈处长酝酿中的计划，引起我们的极大兴趣。我们衷心地期待着它能早一点变成现实。

1986 年 7 月 30 日初稿，于北京宜雨亭

原载《文化周报》1988 年 8 月 28 日、9 月 25 日、10 月 30 日第 3 版

流浪：付给"自由"的小费

　　法国启蒙思想家孟德斯鸠在 1748 年出版的名著——《论法的精神》中，曾把英国视为"自由"原则得到高度重视的国家。254 年之后，我有机会来到这个国家做学术访问，亲自考察了这个国家是如何尊重"自由"原则的，耳闻目睹，增加了许多感性认识。

　　伦敦横跨泰晤士河两岸，20 世纪两次世界大战都未曾使它遭到毁灭性的破坏，古朴典雅、豪华现代化的高大建筑，错落有致，相映成趣。高耸入云的七叶树遍布街区两旁，红砖砌成的各式楼宇万象森列，流水似的双层红色公共汽车夹杂在各色小轿车之间穿行于街心，再加上红色柱状的邮筒亭亭玉立于街头巷尾，极目望去，仿佛是绿色掩映下的红色海洋。整个伦敦，四通辐辏，融历史传统与现代化于一体。商店里琳琅满目，似乎比屋可封，真不愧为老牌的西方发达国家的首都。

　　然而，与之极不协调的，却是另一番景象——在伦敦的街头巷尾、在地铁车站的通道里、在泰晤士河畔，经常可以看到席地而坐、手里举着或面前放着一块"没有工作，没有家，请给予帮助"的纸牌的人，有的还弹奏着吉他或者吹奏着长号，边奏边唱，向路人行乞。他们是一群无家可归的流浪者。

　　坐落在伦敦经济政治学院东侧的林肯法学院广场，古木参天，绿草如茵，是一座风景宜人的街心公园。然而，如今却成为流浪者栖息的场所，被称为"流浪者的社区"，并得到当局的认可。他们在这里幕天席地，纵意所为。杂乱无章的塑料帐篷，散布在公园的各个角落，垃圾成堆，狼藉满地，大煞风景。笔者多次来到这里，观察他们的构成与生活习俗。他们向笔者乞讨，并索要香烟抽。据伦敦中央刑事法庭大法官尼娜·劳瑞女士说："因为你给了他们香烟，所以才对你客气一点，否则就不客气了，必须小心！"笔者在他们不注意的时候，抓拍了他们的帐篷及生活照片。这些人表情冷漠，大都三四十岁，往往三五成群，坐在草坪上扎堆喝啤酒；或者赤膊仰卧在草坪上晒太阳；或者捡来一堆干柴，在草坪上生火造饭；至少有三个流浪者养着狗。而在公园中央的大圆顶凉亭里，住着五六个人，其中有老者，醉眼惺忪，两次都看见他们在酗酒。

伦敦街头流浪者的构成十分复杂，有失业者，有酗酒者，有吸毒者，有心智不健全的人，也有离家出走的青少年及少年母亲。这些人虽然没有工作，没有家，但绝非衣衫褴褛、蓬头垢面之辈，而是穿着西装或时髦牛仔服，牵头狗，叼着香烟，喝着易拉罐啤酒或饮料，俨然表现出即使流浪也不失其一副绅士派头。当然，也不乏落魄者，当着我们的面，从容不迫捡烟头而毫无羞色。这大概是英国流浪者的一大特征。

此次访英，从英格兰到苏格兰，走过不少地方。总体印象是这个老牌的发达国家经济不景气。这里的经济缺乏活力而处于萧条之中。特别是在曼彻斯特和利物浦这两个有名的纺织中心和码头的感觉特别突出。古老的街道上，到处悬挂着出租或出售大楼、厂房和商店的广告牌子。有的厂房空无人迹，不少临街的大楼待价而沽。我想，这大概是流浪者人群日渐增多的经济社会背景吧！为了弄清真谛，在学术访问中，曾与执政党和在野党的政策研究部门的官员、著名学者和法官讨论过这个问题，他们从不同立场出发，作出各种不同的解释。

在野的工党总部所属政策研究部官员特拉维迪说："流浪汉的问题过去没有这么严重，现在越来越多，这是执政的保守党不关心穷人的结果。"这里显然是针对撒切尔担任首相期间，推行国营企业私有化、降低税率、削减社会福利经费的改革而言的。

而保守党总部负责政策研究事务的办公室主任诺明顿的解释则相反。他认为工党的政策具有民主社会主义倾向，而民主社会主义造成个人对国家的过度依赖；同时又压制人们的创造性，即过高的所得税，挫伤了投资者的积极性，造成经济停滞，表现最明显的是汽车工业。他反复强调保守党的社会事务新原则是福利只限于给最穷的人，而不应人人一份，主要是免费教育和免费医疗。应当把更多的钱投到医院去，而不是让主管的官僚去花。质言之，就是要把国家对个人提供福利与个人向国家承担责任联系起来。

伦敦亚非学院高级讲师、美国人杉宝认为：英国的流浪汉比美国少得多。20世纪80年代以来，越来越多。保守党的改革（指国营企业私有化）使许多人失业；社会保障体系也不若以前健全。尽管如此，英国和欧洲大陆的社会保障体系，也要比美国健全得多。英国有契约传统，国家要向个人提供帮助，要向社会承担责任；而美国，个人主义很强大，个人要向国家承担义务和责任。所以，美国的流浪汉比英国多得多。撒切尔改革了国家向个人、向社会承担责任的政策。例如，她对大学的财政支持削减到75%，借用中国流行用语来说，她要大学"打破铁饭碗"。因此，从根本上说，流浪汉是撒切尔改革的产物。

与上述意见相悖，英国著名的政治学家、伦敦经济政治学院米勒格教授则说：流浪汉是最近七年才出现的一个阶层。这些人并非穷人的象征。不容讳言，英国有贫富悬殊的问题，但真正的穷人住在工棚区。现在，选择流浪，被一些人当作一种"时尚"。前年，伦敦经济政治学院有位讲师，就曾选择流浪，加入流浪者行列达两个多月。流浪者认为，政府为他们提供的居住区，许多人挤在一个房间，连一点个人隐私也藏不住；政府发给他们的钱很少，不如乞讨来得多。政府也曾试图强制收容，但有碍人权原则和自由原则，于是又把他们放出来。

伦敦中央刑事法庭大法官尼娜·劳瑞女士说：林肯法学院广场里的流浪者中，有些人神经有毛病，很难治好。他们在那里已经形成一个"社区"，通常对周围无害。政府可以依法把他们赶走，但他们还会回来。所以，按照公平原则和自由原则，政府认可他们住在那里。

这使我联想起前几年英国政治学界关于宪政理论的讨论中，曾涉及民主问题的许多方面，其中，"社区选择自愿"原则，曾是热门话题之一。众所周知，英国像许多其他西方国家一样，是个没有户籍制度的国家，强调个人有选择居住地的自由。流浪者把林肯法学院广场变成他们的"社区"，体现了"公平原则"，所以，政府只能认可。然而，把流浪说成是一种不接受政府收容的个人的"自由选择"，那么，流浪岂不成了无家可归的人付给"自由"的小费了吗？——这确实是使笔者百思不得其解的问题。

流浪阶层的出现，在任何国家，都不能不认为是一种社会病态。牛津大学法理学家奥诺莱教授说：流浪、犯罪、暴力等是西方国家所面临的社会问题。作为社会问题，既有政府政策的背景，也有家庭和教育的背景。目前还找不到解决办法，令人忧虑。

应当承认，流浪者的大量出现，作为社会问题，原因是多方面的。就英国而言，当年工党执政期间，企业国有化程度较高，对私营企业实行高税收制度，确实使企业缺少后劲，挫伤了投资者的积极性，不少企业家宁肯关闭在国内的企业而把资金投向海外，结果导致国内失业队伍的扩大。而健全的社会保障体系，又培养了一批好逸恶劳的懒汉；当保守党推行把国家对个人提供福利与个人向国家承担责任联系起来的改革以后，这些人便失去依托而选择流浪。在伦敦，亚、非血统的人相当不少，然而，他们中间几乎没有人选择流浪。这一点是很能说明问题的。流浪作为社会问题，还有家庭和道德层面的原因。英国人一般一家只有一人工作，而英国的离婚率高达 50% 以上。家庭关系的不稳定，带来一系列问题，不少离异者走向街头。最为严重的是被遗弃的子女。按照英国法律，这些孩子归政府管。而事实上，政府又管不了。结果，不仅学校老师束手无策，而且给社会带来不少麻烦，各种犯罪活动层出不穷。看来，按照西方的价值观念，流浪者的问题将是一个无法解决的棘手问题。

原载《光明日报》1993 年 4 月 26 日第 3 版

纳税三题

　　说起纳税，人们往往会本能地选择规避。这大概与税收的强制性和无偿性特点有关。众所周知，税收的本质，是国家凭借政治权力把一部分社会产品或国民收入强制性地转化为国家所有，然后根据国家意志进行分配和使用的一种制度手段。不管哪一个时代，征税就意味着国民的收入要被分割。在通常情况下，当一个人的收入被分割、物质利益受到损失时，最容易产生逆反心理。这是人性所固有的弱点造成的。即使税法再严格，也总有纳税人力图保护自己的收入不被分割而会想方设法地规避纳税。古今中外，概莫能外。税收既然是国家利益与意志的一种体现，纳税就应该成为国民必须承担的责任和应尽的义务。不过，这不是所有国民都能自觉达到的道德境界。中国人对于纳税的认识与理解，因其独特的文化传统而变得十分复杂。

传统习惯法中的纳税家训

　　在传统宗法社会的《家训》《族规》里，普遍把按照向官府纳税当作一条重要准则加以强调，要求家族成员"尊王章""重国课"，用现在的话说，就是要依法纳税。

　　例如，江西南昌深洞李氏宗族，在明末天启元年（1621）制定的家规中说："愿我宗人，一切差征粮额，务俾如限输纳，庶几于朝廷为效顺，于祖宗无克肖也。"[①] 无独有偶，河北任丘边氏《一经堂家训》也载称："遇钱粮当极早办纳，终无赦理。"[②] 所谓"一切差征粮额，务俾如限

---

　　① 《深洞李氏大宗谱》卷1《李氏家训》，光绪二十七年（1901）木活字本。
　　② 《任丘边氏族谱》卷19《一经堂家训》，乾隆三十七年（1772）刊本。

输纳"，就是说要如期足额纳税；所谓"遇钱粮当极早办纳，终无赦理"，就是说纳税是每个宗族成员责无旁贷的义务，应当尽早缴纳，不要幻想会免除。这种纳税家训，在宗法社会里，成为民间的一种道德规范，并且提升到是否忠诚于朝廷、是否尊祖敬宗的高度加以提倡。为此，不少家训把"急赋税"当作家族的"首务"，对"持顽拖欠者"，以"家法重究"。例如，浙江山阴吴氏宗族于康熙二十六年（1687）制定的《家法》说："完纳钱粮，成家首务，必须预为经画，依期完纳。如有持顽拖欠者，许该里举鸣祠中，即行分别责罚，以示惩戒，决不轻纵，致累呈扰。"[1] 又如，湖南新市李氏《宗规》头一条，便是"国课宜早完也"。其曰："钱粮无分多少，完纳务必要及期，倘族内有不肖子弟，逞刁拖抗，族房长理应指名禀追究治。"[2] 再如，安徽桐城柳峰朱氏家族于道光十八年（1838）制定的《计开条规》第一条叫"重国课"，说"天庾正供，宜早输将，毋可玩误逾限，不完家法重究"[3]。

由此可见，按章纳税在传统宗法社会是一种美德！这种美德被作为重要条款写讲"家规""家训"之中，世代相传。"家训"是中国人的习惯法。习惯法倡导"重国课""及早完纳"，表明中国人的纳税意识在传统社会是相当普及的。

阶级斗争学说中的纳税逻辑

阶级斗争学说对纳税有独特的诠释。有一个著名的论断这样说：在封建社会，不但地主、贵族和皇家依靠剥削农民的地租过活，而且地主阶级的国家又强迫农民缴纳贡税，并强迫农民从事无偿的劳役，去养活一大群的国家官吏和主要是为了镇压农民之用的军队。按照这一原理来理解，在阶级社会，征税是统治阶级在经济上压迫被统治阶级的一种具体形式。因而，每当阶级关系紧张时，特别是大规模的、急风暴雨式的阶级斗争出现的时候，征税就成为矛盾的焦点。中国历史上绵延不绝的农民起义，无不把斗争矛头指向苛捐杂税。如果说"收泰半之赋"即"三分取其二"的

---

[1] 《山阴县吴氏族谱》第 3 部元字集，道光二十年（1840）活字本。
[2] 《李氏宗谱》卷 2《宗规》，同治七年（1868）木活字本。
[3] 《柳峰朱氏宗谱》卷 1《计开条规》，同治十二年（1873）木活字本。

高税率，直接导致了秦末农民大起义爆发的话，那么，在其后两千多年间，大小数千次的农民起义无不把官府巧立名目的苛捐杂税作为主要斗争目标。明朝末年，李自成把"均田免赋"写在农民军的战旗上。一时间，"吃他娘，穿他娘，开了大门迎闯王，闯王来时不纳粮"的歌谣响彻黄河南北。"免赋"成了被压迫者武装反抗压迫者最具号召力的动员令。但是，"免赋""不纳粮"通常只是造反的农民在夺取政权之前所实行的政策。李自成先后发布的"蠲免钱粮""三年免征""五年免征"一类文告都是有时限的。他们每占领一地，总要"出示安民，传檄取投粮册"，表明农民起义军是十分重视征粮收税的，并非一律全免。相反，为了解决起义军的军饷和维持农民政权的运转，通常会选择"与民休息""轻徭薄赋"的低税率政策，以利新生政权的巩固和社会生产力的恢复与发展。这就是阶级斗争学说的纳税逻辑。

这一纳税逻辑，在一个以农民为绝大多数的国家里，有其深远而广泛的社会意识。"与民休息""轻徭薄赋"不仅可以藏富于民，也是增强综合国力的有效途径，而且还可以促进社会稳定，为国家的发展、社会的进步奠定坚实的物质基础。"与民休息""轻徭薄赋"曾经造就了一个又一个文明盛世："文景之治""贞观之治""康乾盛世"……一言以蔽之，对于一个政权来说，遵守"与民休息""轻徭薄赋"的纳税逻辑，经济就发展，社会就安定；违背这一纳税逻辑，经济就容易滞后，社会就可能陷入动乱之中。

现代化过程中的逃税问题

改革开放以来，在从计划经济体制向市场经济体制转轨的过程中，随着社会生产力的解放，社会财富迅速增加。与之相适应，人们的收入也逐渐提高，依法纳税已成为每个公民的一种普遍的、经常性的社会义务与社会责任。但在实践中，少数人逃税手段花样翻新，各种逃税案件层出不穷。一些逃税、偷税的案件也被媒体炒得妇孺皆知。茶余饭后，人们谈论逃税问题时心态各异：或不以为然，或揪住不放，或鄙夷不屑，或慷慨激昂。这个说逃税人素质太差，那个说逃税人道德失范；这个说政府提供的公共产品和公共服务不到位，令纳税人不满意，那个说反腐败就像割韭菜，割了一茬又生一茬，使纳税人失去了纳税的积极性……七嘴八舌，莫衷一是。其实都沾边，又都没有切中要害。

严格地说，逃税问题主要不是道德问题，而是制度问题。古人云："人心惟危。"由于人心易私而难公，所以称"危"。这又回到"人性恶"还是"人性善"的老问题上来了。我们所提倡的"法治"的哲学前提，是"人性恶"而不是"人性善"，因此，才需要制度做保障。换句话说，解决逃税问题，要靠制度建设。

制度不健全，首先表现为税法不完善。迄今为止，我们还缺少用以调整税收征纳关系的税收基本法，只有《税收征管法》《个人所得税法》《外商投资企业和外国企业所得税法》等几个单项税收法律是由立法机关颁布的，绝大多数"规章""规定""办法"等，都是不同层级的行政部门制定的，基本上属于规制范畴，不仅造成了税收法规之间、税收法规与其他法律法规之间相互矛盾的地方较多，使纳税人有机可乘；而且许多"规定""办法"实质上还够不上"法规"级别，而是"政策"。政策因"政出多门"而具有多变性。就拿招商引资的税收优惠政策而言，各地都不一样，变数较大。这是税法不完善的表现。

其次是税收征管的体制性障碍较多。所谓体制性障碍，是指新旧体制转轨过程中残存的旧体制的落后部分。比如在金融流通领域，大量的现金支付是逃税的温床。又如财务管理制度中的"不走账"，使许多"灰色收入"逃了税。此外，社会保障制度缺失，纳税与构建社会保障的关系不明确，使纳税人感觉不到纳税的好处。西方发达国家有一种制度安排：人一生下来就有一个社会保障号，除现金交易外，任何收入、付账、缴税都要通过这个社会保障号反映出来。一旦出现你不缴税款的记录，你就会被列入"黑名单"，"信用"扫地，你的工作与生活就会受到影响。因为信用仅仅靠道德自律是远远不够的，只有健全的制度约束才能让人们自觉守法，因此，需要把纳税与社会保障的关系用信用的办法，充分、明显、确切地表现出来，用法的形式固定下来。也只有通过法律制度的不断完善，才能推动人类社会更加文明进步。

原载《中国税务》2004 年第 3 期

家约·官箴·国法

《孟子·离娄上》说:"不以规矩,不能成方圆。"这句古老的遗训,劝诫人要懂规矩,学会用规矩来约束自己的行为。否则,家庭、社会乃至国家,就不得安宁。古代中国的家约、官箴、国法,一以贯之,讲的即是不同层次的规矩。

家庭是社会最基本的细胞。家庭的稳定,是社会稳定和社会发展的基本前提。古代的家约,大体都是以"德行相劝,事业相勉,过失相规,礼俗相接"①为宗旨的。例如,秦汉之际,宣曲任公是位以货殖起家的富翁。在"富人争奢侈"的社会风气之下,"任公家约,非田畜所出弗衣食,公事不毕则身不得饮酒食肉。以此为闾里率"②。当然,家约作为古代家族组织的族内成文法,其主要方面,在于维护封建社会秩序、巩固封建统治。但是,它们提倡"尊王章"把遵守国法放在首位,看作是"著美家法"③;注重国家利益,提出"早输国课","不完家法重究"④;严禁作奸犯科,对于淫秽、凶暴、赌博、窝赃、打架、斗殴等,或"送官惩治",或给予"永远出族"之类的处罚⑤,诸如此类,对于树立淳朴的社会风气和培养人们的国家意识,显然不无意义。

居家守家约,居官守官箴。官箴本来是指百官对帝王的劝诫,后来演变成对官吏的劝诫。为官忠于职守,称"不辱官箴";为官失职,称"有玷官箴"。《睡虎地秦墓竹简·为吏之道》是现存最完整的秦代官箴。它要求官吏必须具备正直、无私、细致、赏罚得当的品质与能力。其曰:"凡为吏之道,必精洁正直,谨慎坚固,审悉毋私,微密纤察,安静毋

---

① 光绪十年(1884)浙江上虞《古虞金垒范氏宗谱》卷2《家训》。
② 《史记·货殖列传》。
③ 宣统元年《白沙陈氏支谱·家规》。
④ 同治十二年(1873)《柳峰朱氏宗谱》卷1《计开条规》。
⑤ 道光二十八年(1848)《南海廖维则堂家谱》卷1《家规》。

苟，审当赏罚。"还要求"听谏勿塞"；"审知民能，善变民力，劳以率之，正以矫之"；"临财见利，不取苟富"，等等。此外，"吏有五善""吏有五失"等内容，都是用以规范官吏行为的准则。

官箴属于行政法范畴。历代的官箴，大体都贯穿"自律"精神，或曰"修身""正心""省己"。提倡"命下之日，则拊心自省：'有何勋阀行能，膺兹异数？苟要其廩禄，假其威权，惟济己私，靡思报国，天监伊迩，将不汝容。'"并且提出"自律不严，何以服众"的问题，主张"身任其劳，而贻百姓以安"。作为"自律"的重要组成部分，是"戒贪"，力陈"治官如治家"，严"禁家人侵渔"①。而衡量官吏是否有自律精神的标准，则是人心向背。"得民心者，可以为官；失民心者，何足道哉？"② 此其一。其二，要坚持原则，"佐治以尽心为本"③，强调"公事不可增损更改"。要做到这一点，一要"察情"，"勿听谗"，多做调查研究；二要以"法律为师"，依法办事。其三，要富于改革精神，即所谓"见前政之不善，舒缓而更之"④。官箴的宗旨，是要官吏达到"公尔忘私，国尔忘家，志在于立功树名，富贵不蒙于心"⑤ 的精神境界。

家约、官箴、国法，有其内在的一致性。它们是传统儒家"修身、齐家、治国、平天下"的政治理论法律化的结果。《礼记·大学》说："古之欲明明德于天下者，先治其国；欲治其国，先齐其家；欲齐其家者，先修其身。"又说："身修而后家齐，家齐而后国治，国治而后天下太平。自天子以至于庶人，一是皆以修身为本。"过去我们在评论这一古老命题时，往往偏重于指摘它的政治伦理化倾向及其用于强化封建统治的目的。其实，只要摒弃其为统治阶级服务的内容，吸取其合理的因素，便不难看出，在东方社会，这是有其积极意义的。即使是在加强精神文明建设和建设中国特色社会主义的今天，仍有其可借鉴之处。东汉王充有云："知古不知今，谓之陆沉；知今不知古，谓之盲瞽。"⑥ 诚哉，斯言！

原载《光明日报》1994 年 1 月 17 日第 3 版

---

① 张养浩：《三事忠告》。
② 徐元瑞：《吏学指南·为政九要》。
③ 汪辉祖：《佐治药言》。
④ 《为政九要》。
⑤ 胡祗遹：《紫山大全集》卷 23《县政要式》。
⑥ 《论衡·谢短》。

吁请尽快立法保护和使用善本书

　　善本书通常是指清代乾隆以前的刻本、稿本、抄本书。实际上，不少学者认为，乾隆以后直到现代，那些罕见的刻本、稿本、抄本，以及红军、八路军、新四军时期的出版物同样珍贵，应视为新善本书。这些善本书，国内总存数多少？至今没有确切数字。1978 年 3 月，在南京召开了第一次《中国古籍善本书目》（以下简称《书目》）编辑工作会议，1980年夏，《中国古籍善本书目》编委会在北京开始汇编书目，搜集了十多万张善本书的卡片。该书历时 20 年，由上海古籍出版社出版。

　　但是，这套善本书目，并不能真实反映国内善本存书情况。有些图书馆，如有"北京古籍收藏第三大家"之称的中国社会科学研究院历史所图书馆，当时并未将所藏最珍贵的善本上报，他们担心国家会将好书上调，故打了埋伏；编辑工作粗疏，《书目》所列某书在某图书馆，往往是风马牛不相及。有学者按照《书目》在北京、天津、南京、重庆等地相关图书馆查书，根本对不上号。更不用说《书目》中根本不包括新善本书。如何才能真正摸清国内公、私所藏善本书家底，得出一个确切数字？唯有国家出台相关法律，宣布对各种图书馆及私人所藏善本书，不会"一平二调"；复印、使用这些书，国家给予一定的补偿；然后再委托"国务院古籍整理领导小组"，重新调查、编制善本书目，才能解决。

　　我国古籍图书馆及私人所藏善本图书，是中华民族悠久历史文化的重要载体，对了解中华民族的过去，对认识当代中国的国情，对发扬我国的优秀历史传统，构建和谐社会，都具有重要意义。不少极具价值的善本书，应置于国宝之列。这些书是老祖宗留下的宝贵精神财富，是中华民族全民共有的遗产。如何挖掘、整理、研究这些遗产，从而弘扬中华民族的优秀文化？目前存在混乱无序等问题。

　　20 世纪 80 年代起，国家图书馆带头，读者阅读、复印善本书，需要付费。各地图书馆竞相效尤。近年来，不少图书馆已视善本书奇货可居，从中牟取暴利。国家图书馆复印明刻本的价格，每页已由收费人民币60元，提高到80元。拍一张明刻本插图，即需付费500元。而且复印古籍只允许复印三分之一，严禁出版。如欲出版，动辄一部书就开价10万元。山西省图书馆复印明刻本一页收费60元，清刻本50元，还通知省内各县图书馆，照章办理。有学者去太原查书，只能望而却步。连山西省政协副主席、历史学家张正明研究员也叹息说："我根本没有使用省图书馆的古书！"山西太谷县图书馆藏有不少古籍，但连光绪年间的刻本，每页复印费也要50元。北京大学、南开大学、南京大学、武汉大学、复旦大学、上海师范大学等高校图书馆，尽管善本不少，但对学者来说，如想复印，根本办不到。

与国内图书馆这种高收费至上、化全民所有为小团体所有的丑陋现象形成鲜明对比的是，我国台湾地区，存有大量善本书，无论是"中央图书馆"，还是各大学图书馆，藏本均可完整复印，费用低廉。去年10月，在一次图书学术交流会上，有学者发言时，当场指责，国家图书馆收费太高，谁付得起？国图与会代表，哑口无言。而在美国、日本，无论是国会图书馆、大学图书馆，还是私人图书馆所藏中国善本书，包括著名的"静嘉堂"所藏稀世珍宝宋刻本《资治通鉴》，读者都可全文复印，收费只是内地图书馆收费的零头。我国图书馆对善本书的高额滥收费，有损我国文明古国、礼仪之邦的形象，正受到国外学术界越来越多的批评。

有鉴于此，国家应当立法予以规范，明确规定：国家图书馆，省、县图书馆，各大学图书馆等，所藏宋刻本，每页复印费不超过30元，明刻本，每页复印费不超过8元，明稿本，每页复印费不超过10元，清刻本，每页复印费不超过6元，清稿本，每页复印费不超过7元。国家应当鼓励专家与出版社联手，整理、出版善本书，流传越广，国人受益越大。

我国县级图书馆，藏有大量善本书。仅山西祁县图书馆，即藏有宋代至清乾隆的经、史、子、集善本书一千多种。但该馆每年的办公经费，县财政拨款仅有7000元，连一架数码相机也买不起，更遑论其他。为了避免县级图书馆使用善本书收费开天价，建议国家关于善本书立法时，规定国家每年拨专款扶持像祁县图书馆这样的拥有大量善本书的单位，使之妥善保管、使用古籍善本。对藏有大量新善本的单位，如藏有新四军珍贵历史文献的盐城市"新四军纪念馆"，国家在拨款时，原则上应一视同仁，这对保管、挖掘、使用珍贵革命文献，是有深远意义的。

原载《新京报》2007 年 6 月 3 日第 3 版

"三国热"的文化启示

　　自三国以来悠悠一千七百多年间，三国故事历久不衰，而今电视剧《三国演义》的播放，更带起了遍布全国的"三国热"。有学者认为，这股热潮本身已构成一种耐人寻味的文化现象，从中既可折射出人们对传统文化的了解程度与态度，亦可从这些或许并不成熟的热情中，显现出历史与现实的深厚关系。

　　清人毛宗岗说："古史甚多，而人独贪看《三国志》者，以古今人才之聚，未有盛于三国者也。"①

　　这种解释不无道理，但若从传统政治文化的角度来审视，"三国"的魅力，则在于渴望并致力于国家的统一，这是它的主题。"三国"向人们展示：即使是在三足鼎立的乱世，参与角逐的三方，都想运用政治的、军事的、外交的手段谋求国家的重新统一。这里所说的传统政治文化，是指人们在古代社会历史的发展过程中，长期积淀起来的社会政治心理和习惯、政治态度和感情、民族精神、价值观念的总和。自从"春秋大一统"的观念在中华民族的心田里扎根以来，两千多年间，谋求国家的统一和领土主权的完整，就成为我们民族高于一切的政治原则和价值判断的标准。"三国热"，若从这个层面来认识，可以说，它是人们受传统政治文化熏陶的必然结果。

　　毋庸讳言，魏、蜀、吴三家，各自在谋求国家重新统一时，都打了"正统论"这张牌。"君子居大正，王者大一统"，成为他们共同的思想武器。形式上是三家互不相让，争当"正统"；实质上是各自在打一场自认为神圣的统一战争，都想使自己成为实现"大一统"的"王者"。由此演

---

　　① 《读〈三国志〉法》。

出了一幕幕惊心动魄、威武雄壮的历史活剧。从群雄逐鹿、赤壁鏖战、三国鼎立，到南征北伐、三分归一，令观众感到有星移斗转、雨覆风翻之妙。特别是成功地塑造了"智慧的化身"的诸葛亮决胜于笙箫夹鼓、琴瑟间钟之间，更令观众为之倾倒。俗话说，"乱世出英雄"。三国时代确实是人才辈出、群星争辉的时代。魏、蜀、吴三家，都汇聚了一大批才华横溢的文臣武将，他们虽然各事其主，但却都在建功立业，为实现国家的统一"鞠躬尽瘁"。他们的活动，激励着一代又一代人奋发进取，积极向上。这就是世世代代的中国人偏爱三国故事的真谛之所在。

原载《人民日报》1995 年 3 月 6 日第 11 版

政治文化和企业管理

　　开题以《政治文化与企业管理》，可能令人费解，或者给人以牵强附会之感。其实则不然。政治文化，是中华文化的有机组成部分，优秀的政治文化与企业管理有着密切的关系。我们不妨从明清时期苏州的老字号"孙春阳"的管理经验说起。

　　孙春阳，系宁波人。明朝万历年间，年甫弱冠，即刚满 20 岁，应童子试不售，遂弃举子业而为贸迁之术。用现在的话来说，就是参加童子科考试落榜，遂弃学经商，时髦语叫作"下海"。他跑到苏州皋桥西边开了一间南货铺，取名"孙春阳南货铺"。由于他经营有道，遂至天下闻名，甚至"铺中之物亦贡上用"，连皇宫里也买他的货。苏州在明、清时代，五方杂处，为东南一大都会，群货聚集，何啻数十万家，唯孙春阳为明朝延续下来的老店，到清朝中期，已有二百三四十年的历史了。其店规之严，选制之精，合郡无以匹畴。

　　自从清朝初年，赵吉士的《寄园》、余澹心的《板桥杂记》开始载录孙春阳事迹以后，清朝中期无锡学者钱泳的《履园丛话》二十四《杂记》下、袁简斋食单，乃至近人范烟桥的《茶烟歇》等，都对明朝老店孙春阳有所记述。我们从这些记述中，大致可以归纳出孙春阳南货铺的管理经验，并窥见政治文化对企业管理的影响。

　　首先，孙春阳将古代发达的政治分工的行政管理经验，即州县衙门按职能分置"六房"的管理方法，引进他的南货铺的经营管理之中。

　　据钱泳的记载："其为铺也，如州县署，亦有六房，曰南北货房、海货房、腌腊房、酱货房、蜜饯房、蜡烛房，售者由柜上给钱取一票，自往各房发货，而管总者掌其纲，一日一小结，一年一大结。"

　　孙春阳南货铺，将其所经营的范围，按照州县衙门的分工方法，分作"六房"，进行批发业务管理，由总管在柜台上统揽其纲，各房按总管发出的指令——"票",进行发货,并且按照"一日一小结,一年一大结"的原则,实行每日结算和年度结算两种结算方式,收到了纲举目张、井井有条的管理效果。无怪乎钱泳称赞说:"其店规之严","合郡无有也"。

其次,孙春阳南货铺的经营管理的第二条成功经验,是突出一个"信"字。

孔子在与其弟子论学时,曾反复强调过"敬事而信""言而有信""信近于义""民无信不立""言必信,行必果""信则人任焉"(均见《论语》);《孙子·计篇》也将"信"作为将帅的"五德"之一。"信"是传统政治文化价值取向的基本准则之一,它作为长期形成的心理积淀,深藏在人们心中,并潜移默化地支配着人们的行动。"信"对于一个企业来说,至关重要。它是一个企业有力量的标志。一个企业,如果不能守信,没有极好的商业信誉,它是不可能立于不败之地的。孙春阳南货铺之所以在明清两代历久不衰,关键在于守信,主要表现在两个方面:一是在所经营的商品质量上下功夫。文献记载说:它的商品,"其选制之精,合郡无有也。"二是保持良好的商业道德。据记载,明朝灭亡后,有人曾拿该店万历年间所发之"券",前去提货,店中"立付之"。这两条,应该说是孙春阳在当时吴中数十万家商号、企业中,能独领风骚的根本原因之一。

最后,孙春阳南货铺的第三条成功经验,是"为众人之所不能,出奇以绝"的经营谋略。商业经营,是一场没有硝烟的"战争",或者叫作竞争。而竞争,说穿了是商品的较量。如何使自己的商品成为他人所不能比的奇货,则是商业竞争中使自己立于不败之地的关键因素。"以奇制胜"这条《孙子·势篇》中所阐述过的策略原则,在中国可以说是家喻户晓,深入人心。它作为一种政治文化上的价值取向,被人们广泛地运用到各个领域。孙春阳成功的秘诀之一,就是他巧妙地把这条策略原则运用于他的南货铺经营。史料记载说:孙春阳以"地穴"为冷库,藏各种鲜果于其中,用以解决鲜果供应受季节限制的矛盾,收到了"不及其时,可得异品"的效果,从而赢得了市场。

孙春阳南货铺的经营之道,向我们展示了明清时代,优秀的政治文化对企业管理的影响。我们在这里所说的政治文化,是政治学里的一个专门概念。它指的是政治系统或客观政治过程在人们心理反应上的积淀。政治文化不同于明确的政治理念、政治决策,而是偏重于人们的态度、价值、感情方面的心理取向。换句话说，政治文化就是政治行为的心理取向。政治文化以其独特的方式，支配着人们的行为，在企业管理中有着广泛的影响。它不仅在企业的经营决策、生产管理，而且在市场竞争，乃至提高企业领导人及其员工的素质方面，都有用武之地。《史记·货殖列传》载白圭言其经营诀窍时说："吾治生产，犹伊尹、吕尚之谋，孙、吴用兵。"足见政治文化与经营管理的关系，是一种不容分割的关系。

20 世纪 80 年代，美国的管理学家研究日本的企业何以腾飞时就猛然醒悟到，管理不仅是一门学问，还应该是一种文化。一个企业成败的真正原因，往往不在于硬性的管理程序和管理工具，而是植根于企业的文化因素。只有优秀的传统文化（包括优秀的政治文化）渗透到现代企业中去，并与企业本身的诸要素有机地结合起来，才能使企业得到长足的发展。——我想，这大概也就是我们今天在这里开会的理由吧！

1995 年 11 月 1 日草于宜雨亭

政治学具有无可替代的作用

1979 年，邓小平同志在党的理论工作务虚会上的讲话中指出："政治学、法学、社会学以及世界政治的研究，我们过去多年忽视了，现在也需要赶快补课。"又说："我们已经承认自然科学比外国落后了，现在也应该承认社会科学的研究工作（就可比的方面说）比外国落后了。"

正是在邓小平同志的倡导下，政治学作为一级学科在中国社会科学领域里得以恢复和重建。18 年来，政治学研究与改革开放事业同步发展，取得了很大的成绩。比如，限任制的提出、公务员制度的建立、机构改革的推行、中央与地方事权的划分与调整、人民代表大会制度和多党合作制度的改革与完善，等等，都吸收了政治科学研究的成果。因此，中国政治学的复兴，是改革开放事业的有机组成部分。它不仅具有学术意义，而且是解放和发展社会生产力的需要。

政治是经济的集中表现。政治与经济的关系，一方面表现为社会经济的性质决定社会政治的面貌，物质生产、交换的方式决定政治活动的原则、方式以及政治组织的构成形式，经济的发展推动着政治的发展。另一方面，政治对经济又具有强大的反作用，可以推动也可以阻碍社会生产力的发展。而政治科学的功能在于：它不仅能培养人们科学地认识和分析政治现象的能力与方法，引导和规范人们的政治行为与政治实践，帮助人们正确把握政治的本质及其发展规律，而且还能为化解社会矛盾、消除社会不稳定因素，提供正确的政治原则和科学的制度选择。因此，政治学的发展是社会全面发展不可分割的重要组成部分。在探索社会全面发展的途径、寻找制度解决的办法方面，政治学具有无可替代的作用。

未来社会的全面发展，需要经济体制改革、政治体制改革和其他一切体制改革的协调发展。单打一式的推进，既不和谐，又难以推进，往往事倍功半。只有完整地、准确地把握邓小平建设有中国特色社会主义理论的精神实质，特别是改革开放理论的精神实质，才能推进社会全面发展。由于政治特殊的规定性，决定了政治体制改革对于其他一切体制改革具有巨大的反作用。正如邓小平同志所说："制度好可以使坏人无法任意横行，制度不好可以使好人无法充分做好事，甚至会走向反面。"因此，坚持改革开放，"解决现行制度的改革和新制度的建立问题"，"吸收我们可以从世界各国吸收的进步因素"，使之"成为世界上最好的制度"，就成为中国政治学家责无旁贷的神圣义务。实践表明，只有繁荣政治学研究，探索政治发展的规律，才能谋求用制度创新，解决改革过程中所出现的新问题，克服不稳定的因素，推进政治体制自身的革新，实现社会的全面发展。

原载《光明日报》1997 年 3 月 22 日第 5 版

继续稳步推进政治体制改革

.

经济体制改革的目标模式,规定并制约着政治体制改革的走向和深度

我国经济体制改革确定什么样的目标模式,是关系整个社会主义现代化建设全局的一个重大问题。它不仅指导着经济体制改革的方向,而且制约着政治体制改革的走向和深度。

党的十四大明确提出了建立社会主义市场经济体制改革的目标模式,从而为政治体制改革指明了方向。

五年来,为适应经济体制改革的新形势,我国的政治体制改革在加强社会主义民主与法制建设,实现依法治国;加强和完善人民代表大会制度;加快以政府职能转变为"龙头"的行政体制改革;加快干部人事制度配套改革,实行公务员制度等诸多方面,都取得了很大的成绩。只是由于有关运行机制方面的改革没有跟上,以致在一些人看来,似乎中国只搞经济体制改革而不搞政治体制改革。其实,这是一种误解。

长期以来,人们对经济与政治关系的理解多少有些僵化,往往以简单地套用马克思主义的"经济基础决定上层建筑""上层建筑对经济基础具有反作用"和"政治是经济的集中表现"两个基本命题为满足,而没有从社会发展的实际出发,对经济与政治内在的逻辑关系作出有说服力的理论说明,这就容易把政治体制改革与经济体制改革的内在关系割裂开来。事实上在现实社会生活中,尤其是在现代社会条件下,经济只有在政治的支持与推动下才能得以发展,政治也只有在经济的包容下才能得以革新。

建立社会主义市场经济体制的改革,实质上是一场革命。随着改革的逐步深入,以产权改革为核心的所有制改革势在必行。而所有制的改革一旦启动,政治体制的改革也就迈出了更实质的一步。党的十五大报告中曾

明确提出，要调整和完善所有制结构，表明我国的经济体制改革已经进入攻坚阶段。与之相适应，我国的政治体制改革也沿着以建设社会主义民主和法制为基本内容的方向跨出了关键性的一步。

调整和完善所有制结构，首先意味着必须加快产权改革。目前我们的国有企业的产权不明晰。企业所有权的一些基本要素，被分割并控制在不同的政府部门手中，造成严重的"政企不分"。而通过产权改革和资产重组，实现产权的自由交易和资本的自由流动，无疑有利于解决"政企不分"问题。

调整和完善所有制结构，还意味着各种经济成分共同发展，实现所有制结构的多元化，建立起与社会主义初级阶段相适应的国有、集体、个体、私营、中外合资、外商独资各占一定比例的所有制结构新格局。

调整和完善所有制结构，还意味着全面认识公有制的含义，探索和建立新的公有制——社会所有制的形式，使公有制的实现形式多样化。

上述改革的政治含义，则要求必须从体制上和制度上进一步发展和完善社会主义民主，建立和健全与市场经济体制相适应的法律制度，实行依法治国，建立社会主义法治国家。这是十五大提出的经济体制改革的方向所赋予政治体制改革的使命。其艰巨性是前所未有的。因此，中国的政治体制改革正在随着经济体制改革攻坚战的展开而逐步深化。那种认为中国只搞经济体制改革而不搞政治体制改革的观点是没有根据的。

扩大社会主义民主，健全社会主义法制，依法治国，建设社会主义法治国家，是政治体制改革的根本目标

党的十五大报告在论述继续推进政治体制改革时，强调要进一步扩大社会主义民主，健全社会主义法制，依法治国，建设社会主义的法治国家。这就明确了我国政治体制改革的目标模式。这是适应建立社会主义市场经济体制需要的经济体制改革的逻辑结果，标志着我国政治体制改革进入了一个新的历史阶段。

发展社会主义民主，首先要坚持人民主权论，强调国家权力属于人民，而不是属于某个人或某个团体或组织，切实保证人民依法享有广泛的权利和自由，尊重和保障人权。在党的全国代表大会上，明确宣布要

"尊重和保障人权"，这是第一次。其次，要加强和完善人民代表大会制度。要保证人民代表大会依据宪法和法律履行国家权力机关的职能，强化人大对政府的监督作用。

实行依法治国，首先必须树立正确的法治观念。法治，意味着人人应该服从法律，并由法律统治。正确的法制观念主要有二：一是强调法律具有最高性。法律作为国家意志的体现，不允许任何超然于法律之上的权力存在。二是在法律面前人人平等。即法律必须平等地对待每一位公民，每一个公民都有平等服从法律的义务，不允许有凌驾于法律之上的特殊公民存在。其次，要加强立法工作，提高立法质量。当务之急，是要建立和完善社会主义市场经济的法律制度。市场经济，实质上是法治经济。市场经济的法律制度要求遵守市场行为的自主、平等、诚信等原则，因此，它要求限制政府的权力和保护一切合法财产的所有权。这在"调整和完善所有制的结构"的改革正式启动的时候，加以强调尤为重要。最后，依法治国，说到底是以宪法治国。这是由宪法的最高法律效力等级和主权特征所决定的。

毫无疑问，发展社会主义民主，建设社会主义法治国家，作为政治体制改革的根本目标，其实现之日，便是具有中国特色社会主义的民主体制确立之时。具有中国特色社会主义的民主体制是与社会主义市场经济体制相适应的最佳政治体制。建设有中国特色社会主义的民主体制，是一个逐步发展的历史过程，不可能一蹴而就。十五大报告提出：当前和今后一段时间，政治体制改革的主要任务是：发展民主，加强法制，实行政企分开、精简机构，完善民主监督制度，维护安定团结。充分体现了关于我们党稳步推进政治体制改革的审慎态度。

关于"发展民主，加强法制"，已如上述，这里仅就政企分开、精简机构、完善民主监督制度谈一点看法。

政企分开与精简机构，核心问题其实是一个。那就是在现代市场经济条件下，如何规范政府行为与政府职能转变的问题。虽然我们已经把"国营企业"改称为"国有企业"，但企业与政府的关系始终没有理顺，成为我国政治体制改革中的一个难点。只有按照社会主义市场经济的需要，抓住转变政府职能这个关键，大胆地进行制度创新，把政府作为国有资产所有者的职能与作为整个社会经济管理者的职能分开，把国有资产的行政管理职能与资产营运职能分开，把出资者所有权与企业法人财产权分开，把企业生产经营管理权切实交给企业，把综合经济部门改组为宏观调控部门，调整和减少专业经济部门，培育和发展中介组织，严格限制政府介入市场的范围和程度。只有这样，才能走出困境，真正实现政企分开。只有这样，精简机构、裁减冗员、理顺关系，才能迎刃而解。

关于完善民主监督制度，目前我们的监督制度有党内监督、法律监督、群众监督和舆论监督等多种形式。其中，最关键的是要强化司法监督。在大力加强各级人大的监督职能的同时，要积极推进司法改革，实施宪法保障，强化最高人民法院的司法职能，提高法院权威，建立合理的司法审级与审判执行制度。与此同时，还要整顿社会仲裁人的队伍，提高社会仲裁人的素质，保证司法监督的公正、公平和正义。只有这样，才能把监督机制纳入法治轨道。

加大力度，保证政治体制改革稳步推进

我们是共产党领导的社会主义国家。坚持共产党的领导，从制度和法律上保证党的基本路线与基本方针的贯彻和实施，保证党始终发挥总揽全局、协调各方的领导核心作用，是我们推行政治体制改革所必须遵循的一项基本原则。而中国政治体制改革成败的关键在于改革和完善执政党自身的运行机制。只有执政党自身的运行机制处于最佳状态时，才能带动、保证整个政治体制改革的良性运行和协调发展。我们所说的改革和完善执政党自身的运行机制，主要是指党的领导方式要实现由过去主要和直接运用制定政策来治理国家，向主要和直接运用法律来治理国家的转变。概括起来，主要是处理好以下几种关系。

（1）处理好执政党与国家权力机关的关系。党的领导，主要是政治领导。党的路线、方针、政策，要通过国家权力机关按照法定程序使之上升为国家意志——法律，然后再推行。要避免以党的名义发布法律性文件的做法，充分发挥国家权力机关的立法与监督的职能。

（2）处理好执政党与政府的关系。主要应克服党政不分、以党代政的弊端，实行行政首长负责制。党要靠法律来规范和约束政府的权力运行，使各级行政机关真正依法行政。

（3）处理好执政党与司法机关的关系。保证法律的实施不受其他机关、组织和个人的干涉。

　　处理好这三种关系，标志着执政党领导方式完成了向法治化的转变。而这种转变，具有表率和典范意义，对于进一步推进政治体制改革，必将产生重大影响。

原载中国社会科学院要报《领导参阅》1997 年第 30 期；

《半月谈·内部版》1997 年第 10 期转载

正确处理发展与稳定的关系

改革开放 20 年的经验表明，发展与稳定是贯穿于社会发展过程、存在于社会各个领域里的一对矛盾。社会的发展总是旧的矛盾解决了，新的矛盾又出现了。改革发展就是不断克服矛盾的过程。

"发展才是硬道理"。我们要从维护国家利益大局的战略高度，从经济社会运行本身的规律，来看待不稳定因素。要摒弃"为稳定而稳定"的旧思路，全面领会党中央关于正确处理改革、发展、稳定三者之间的辩证关系的基本精神，树立"在改革、发展中实现社会稳定"的坚强信念。同时要充分认识和把握现阶段人民内部矛盾的特殊性和复杂性，切忌简单化和片面化。

科学地认识矛盾是正确处理和解决矛盾的前提。多渠道、多途径接触社会，体察社情民意，创造必要的环境和氛围，包括用合法方式引导人们宣泄心中的不平，用亲自调查得来的材料而不单凭下级报喜不报忧的汇报材料作为决策的依据，以此来缓解矛盾，消除不稳定的因素，这就是领导干部维护社会政治稳定的最重要的基本功。

利益分配与成本分摊是影响社会稳定的核心

我国 1978 年以来经济体制改革的实质，是通过利益个别化和个人、集体、国家利益共同增长来打破旧的计划经济体制下的利益分配格局。因此，利益冲突集中地反映了改革的成本分摊与利益分配的矛盾。这一矛盾，几乎遍及社会经济所有领域，影响着社会各个阶层并使之产生某种分化。随着经济体制转轨和经济结构调整升级，一些特定的阶层（如工人）逐渐丧失原有的地位而下岗、待业；一些阶层（如农民）的利益遭遇分割，经济地位的改善速度明显下滑；一些阶层（如知识分子中的相当一部分）的工作条件、生活条件无根本改变，"体脑倒挂"的状况依然比较严重。作为社会的主要成员，他们是改革成本的主要分摊者，由此而引发出强烈的利益损失感。特别是当不公平、不公正、不道德的力量介入利益分配过程，贫富分化拉大距离时，利益冲突会随着心理震荡的加剧而变得更加复杂和棘手。

现阶段改革、发展中所遇到的新问题、新矛盾，比如地区之间发展不平衡的问题，政企关系不协调的问题，党群关系及干群关系中存在的隔阂问题，权利保障与司法不公正依然比较突出的问题，还有发展速度与社会承受力的矛盾、效率与公平的矛盾、政府驱动经济改革与发展同"权力寻租"的矛盾、市场经济的规则同政府机构职能转换滞后的矛盾，等等，归根到底，都是从改革的成本分摊与利益分配这对主要矛盾中派生出来的不同的表现形式。因此，要解决这些新问题，克服这些新矛盾，必须紧紧抓住矛盾的主要方面，针对不同的表现形式，采用不同的处理办法。

改革的成本分摊与利益分配之间的矛盾逐步显性化，这是当前影响社会政治稳定的主要危险。其突出表现为个别地区的群体性突发事件增长较快。城市里的群体性突发事件的诱因主要有三种：一是部分企业或事业单位经营管理不善，拖欠职工工资、医疗保险费、退休金等；二是企业亏损或倒闭，失业或下岗职工集中、待业时间长；三是因市政建设拆迁住宅，补偿争议较大。农村的群体性突发事件的诱因，也有三种：一是村务不公开，尤其是财务不公开，乡统筹、村提留及其他税外费负担过重；二是一些地方政府机构不负责任地乱集资而引发的当地金融风险没有消除；三是移民搬迁安置经费流失，移民对安置不满意。不言而喻，城乡群体性突发事件的诱因，带有共同性，实质都是利益冲突。不过，我们应当承认，它们都不是一下子爆发的，矛盾总有一个积累与转化的过程。大量事实表明，哪里的利益冲突显性化，哪里的干群关系一定紧张。一些局部性的社会冲突，往往是由当地领导干部的腐败行为、官僚主义、滥用职权、违法乱纪"激化"出来的。

处理群体性突发事件的重点，应当放在解决群体性突发事件所暴露出来的问题上。不要对群众的要求与呼声不作分析，采取敌视的、对抗的态度；而应当首先研究群众的要求，解决实际问题。在社会主义初级阶段，在现代化建设进程中，局部地区发生一些群体性突发事件，应该说是一种不可能完全避免的现象，不必张皇失措；但也不能麻木不仁，放任自流。

只有敢于面对矛盾，而不是躲避矛盾；只有心平气和、善待群众，而不是粗暴压制、激化矛盾，才能化"大震"为"小震"乃至"不震"，妥善处理好群体性突发事件。

在世纪之交，在实现经济体制和经济增长方式两个根本性的转变过程中，要解决好改革的成本分摊与利益分配之间的矛盾，就必须建立与健全成本分摊与利益分配的协调机制，即建立新的利益分配格局及其制度调适。然而，新的利益分配格局及其制度调适，并不是经济体制改革本身所能完成的。就拿国企改革来说，它不仅意味着要调整和完善所有制结构，对国有经济进行战略性改组，建立现代企业制度、投资制度、金融制度、税收制度等，进行一系列根本性的改革，而且还触及就业制度、干部人事制度、工资福利制度和社会保障制度、政企分开和政府管理制度，等等，需进行一系列高难度的配套改革。改革是一个复杂的系统工程，它还涉及人们观念的更新、行为方式与价值取向的转变。这些任务，不是国企改革本身所能完成的。它牵动着经济、社会、政治、文化各个领域的方方面面，都必须应国企改革的需要作相应的制度调适。否则，便会困难重重，举步维艰，适应新形势的成本分摊与利益分配的协调机制很难建立起来，社会政治局势的稳定就会遇到挑战。

当然，以上仅仅是就影响稳定的主观因素而言的。除此之外，还有另外一种性质完全不同的影响社会政治稳定的因素。比如，近年来在个别地区一些恶性突发事件呈上升趋势，而且犯罪趋向智能化、团伙化、暴力化，使人民群众没有安全感；也有一些突发事件属空穴来风，完全是少数不逞之徒唯恐天下不乱，用谣言煽动起来的；还有极个别的突发事件是国内外敌对势力暗中勾结，图谋对我国进行西化和分化的产物。他们利用现阶段改革与发展过程中所出现的新形势、新问题，钻改革的空子，用各种方法和手段同我们党争夺群众，企图削弱党的领导，颠覆和分裂我们的社会主义国家。对于这样一些损害国家利益、威胁人民生命财产安全的不稳定因素，我们应当保持高度的警惕，坚持四项基本原则，充分发挥人民民主专政的职能，果断、坚决地绳之以法，而不能姑息养奸，心慈手软。

健全民主与法治是实现长治久安的根本途径

维护社会稳定，是全社会各群体的最大利益之所在，也是我们党的根本目标所在。这应该说是现阶段维护稳定的最有利的因素。而坚强的中国共产党的领导、优越的社会主义制度、强大的人民民主专政，等等，都是实现社会稳定最重要的保障和最基本的有利条件。不利因素是在经济结构和规则发生巨大变化的现阶段，我们还缺少成功地协调好社会各阶层、各群体之间利益关系的经验、方法和手段。比如，一些地区在处理具体的突发事件过程中，一些传统手段和方法由于科学性程度低往往带来很不好的后果，其消极效应甚至远大于那些突发事件本身，简单粗暴是主要问题。有些问题和矛盾表面上"压"下去了，而实际上真正的原因却没有得到重视；局势虽然控制住了，但深层次的问题没有解决，社会关系的紧张和社会经济运行过程中的矛盾没有缓解，埋下了隐患。因此，提倡在实践中不断探索科学地处理利益摩擦和冲突的方法与手段，推进与深化思想解放，用制度创新化解重点人群、重点事端、重点区域潜在的不稳定因素，是维护社会稳定的不容忽视的重要方面。

目前，我国的社会经济发展已经进入一个关键时期，社会主义市场经济建设能否取得决定性胜利，还面临着许多考验；在社会经济各个领域中，巨大的成就和潜在的矛盾并存的格局将延续相当长一段时间。在各种社会问题和矛盾盘根错节的现阶段，我们必须确立长治久安的稳定观，实现从主要靠政策调整来维护稳定，向主要靠制度建设来保证稳定的根本性转变。社会的即时性稳定局面的形成来之不易，而实现国家的长治久安更是一项艰巨的任务。即时性的政策调整容易立竿见影，而制度建设则任重道远。近年来，一些地区的领导干部往往对制度建设不重视，而被一些即时性的稳定需要压得手忙脚乱，"为稳定而稳定"，结果常常是"按下了葫芦浮起瓢"，穷于应付。

加强制度建设，健全民主与法治，是克服不稳定因素、实现长治久安的根本途径。大量事实表明，不稳定因素几乎无例外地萌生于基层。就以农村为例，哪里的群体性突发事件频繁发生，那里的村民自治一定搞得不好，"民主选举、民主决策、民主管理、民主监督"一定是徒具形式，村务公开制度没有真正建立，以致财务管理混乱，干群关系和党群关系紧张，农民的合法权益得不到保护。这已是不争的事实，也可以说是一条规律了。农村如此，城市也不例外。哪个城市的群体性突发事件接连发生，那里的企业经营管理肯定不善，"穷庙富方丈""厂务不公开"的现象一定突出，职工代表大会肯定徒有虚名而不起作用。这早已不是什么秘密了。因此，大力发扬基层民主，扩大人民群众的政治参与，加强制度建设，推动政策性参与向规则性参与转变，从社会基层消除不稳定因素滋生的条件，实现制度安邦，应是一种无可替代的选择。

建立与健全改革的成本分摊与利益分配的协调机制，更需要制度创新和加强制度建设才能完成。在新旧体制转轨的过程中，由于税收体制不健全，收入分配处于混乱无序的状态。"权力寻租"又加剧了分配不公和腐败的蔓延。因此，加大税收改革的力度，包括合并所得税税种，规范所得税税基；强化税收调节级差收入功能，实行个人所得税、遗产税累进税制；加强税收立法与执法，实行储蓄实名制；调整财税分配的比例，通过转移支付，增加工资福利、社会保障、科学、教育、文化、卫生、公安、国防、环保等公共事业的投入，为广大人民群众提供更多更好的公共设施、公共产品、公共服务，间接地缩小收入的差距，以维护社会正义、公平和公正。财税体制改革，是一个庞大的综合配套工程，涉及面之广、层次之深，是前所未有的。它决定着改革的成本分摊与利益分配协调机制能否真正形成，事关社会稳定的大局，因此，只有坚定不移地推进制度创新，才能有效地遏制分配不公和两极分化，消除不稳定的根源。

原载《人民日报·内部参考》1999 年 10 月 6 日；

《北京信访》1999 年第 6 期转载

回顾与前瞻：中国的政治发展

从"人民民主专政"到"无产阶级专政"：
新中国政治体制的形成与演变

1949 年，中国共产党领导的人民解放战争取得了伟大的胜利，把国民党势力从大陆驱逐到台湾，成为掌握除台湾省外的全国政权的执政党。各民主党派都接受这一客观事实，表示拥护中国共产党的领导。9 月 21 日至 30 日，召开了中国人民政治协商会议第一次全体会议，通过了《中国人民政治协商会议共同纲领》和《中华人民共和国中央人民政府组织法》，选举产生了中央人民政府委员会。10 月 1 日，宣布中华人民共和国中央人民政府成立。

《中国人民政治协商会议共同纲领》第 12 条明文规定："国家最高政权机关为全国人民代表大会"[①]。然而，新中国成立伊始，尚不具备进行普选的条件，于是改由中国人民政治协商会议代行其职权，制定了《中央人民政府组织法》，选举中央人民政府委员会。根据《中央人民政府组织法》第 4 条规定，中央人民政府委员会，对外代表中华人民共和国，对内领导国家政权。第 7 条规定，中央人民政府委员会制定并解释国家法律，颁布法令，并监督其执行；批准、废除、修改与外国订立的条约和协定；处理战争及和平问题；批准或修改国家预决算；颁布大赦令和特赦令；任免国家机构组成人员，等等[②]。因此，中央人民政府委员会，既是实际上的国家最高权力机关，又是最高国家行政机关。毛泽东当时以中共

---

① 《中国人民政治协商会议共同纲领》，载《中共中央文件选集》第 14 册，中共中央党校出版社 1987 年版。

② 《中华人民共和国中央人民政府组织法》，载《中共中央文件选集》第 14 册，中共中央党校出版社 1987 年版。

中央主席的身份，兼任中央人民政府委员会主席、中国人民革命军事委员会主席、中国人民政治协商会议全国委员会主席，集党、政、军最高权力于一身。

从中央人民政府委员会的组成上看，61 名委员中，中共人士 30 名，非中共人士 31 名。从中央到地方的各级人民政府，"集中了各民主党派、各人民团体、各少数民族、国外华侨及其他爱国民主分子的领导人物，体现了工人阶级领导的、以工农联盟为基础的团结各民主阶级的统一战线的联合政府的性质。"①

由此可见，中华人民共和国成立初期的政治体制，是"人民民主专政"体制。

到了 1952 年 6 月，为了适应即将开始的国家计划经济建设的需要，加强中央对地方和政府的集中统一领导，中共中央决定参照苏联党和政府机构设置的经验，对党和政府的组织系统作了大幅度的调整②。确立了今后政府工作的一切方针、政策、计划和重大事项，均须事先请示中共中央，并直接受中央领导③的原则。

1953 年 2 月 11 日，中央人民政府委员会第 22 次会议通过了《中华人民共和国全国人民代表大会及地方各级人民代表大会选举法》，规定除依法尚未改变成分的地主阶级分子、依法被剥夺政治权利的反革命分子、其他依法被剥夺政治权利者和精神病患者没有选举权和被选举权外，凡年满 18 岁之公民均参加普选；县以上各级人民代表实行间接选举，县以下（不含县级）实行直接选举，并于 1954 年 8 月上旬完成。

1954 年 9 月 15 日至 28 日，第一届全国人民代表大会第一次会议在北京召开，制定了第一部《中华人民共和国宪法》（以下简称 1954 年《宪法》）④，1954 年《宪法》将中华人民共和国的政治体制，由《共同纲领》规定的"新民主主义即人民民主主义的国家"，改为"工人阶级领导的、以工农联盟为基础的人民民主国家"；并规定全国和地方各级人民代表大

---

① 《人民民主专政的机构》，《人民日报》1949 年 10 月 20 日社论。

② 《为了解联共关于中央机构设置的经验给斯大林的电报》，《建国以来毛泽东文稿》第 2 册，中央文献出版社 1987 年版。

③ 《中共中央关于加强中央人民政府系统各部门向中央请求报告制度及加强中央对于政府工作领导的决定》，载《建国以来重要文献选编》第 4 册，中央文献出版社 1993 年版。

④ 《中华人民共和国人民代表大会文献资料汇编》（1949—1990），中国民主法制出版社 1990 年版。

会和其他国家机关一律实行民主集中制。

但是，随着 1956 年对私营资本主义工商业的社会主义改造的完成，生产资料公有制成为唯一合法的所有制形式；特别是 1957 年的反右派斗争的扩大化和 1958 年夏、秋的"大跃进""人民公社化"运动，中国的政治体制发生了畸变，共产党的组织向国家化转变，逐步取代了国家权力机关的职能。1958 年 6 月，中共中央发出的《关于成立财经、政法、外事、科学、文教各小组的通知》宣传："大政方针在政治局，具体部属在书记处，只有一个'政治设计院'，没有两个'政治设计院'。大政方针和具体部署，都是一元化，党政不分。具体执行和细节决策属政府机构及其党组。"这样，国家权力机关、国家行政机关、国家司法机关等都成了党的办事与执行机构。

这种转变，由于 1959 年的"反右倾"及 20 世纪 60 年代初期的对苏论战和"四清运动"，"阶级斗争"被当作基本政治路线加以强调，而加快了速度；1954 年《宪法》原则被置于脑后。

1966 年毛泽东发动的"文化大革命"，把中国拖进十年内乱的深渊，1954 年《宪法》所确立的国家政治体制被摧毁，地方各级人大及其委员会被取消，由所谓集党、政、军、审判、检察大权于一身的"革命委员会"所取代。民主和法制遭到严重破坏，国民经济濒临崩溃的边缘，动乱不止，社会秩序处于严重混乱状态。

1975 年 1 月 13 日，第四届全国人民代表大会在三届全国人大一次会议召开十年零半个月之后终于召开了。不过出席这次会议的全国人大代表不是选举产生的，而是采取"民主协商方式"推选的，有的是指定的或特邀的。1 月 17 日通过修改后的《宪法》（以下简称 1975 年《宪法》）①。1975 年《宪法》由 1954 年《宪法》的 106 条缩减为 30 条，规定"中华人民共和国是工人阶级领导的工农联盟为基础的无产阶级专政的社会主义国家"。1976 年 10 月，江青反革命集团被粉碎，中国进入一个新的历史发展阶段，但是，由于"以阶级斗争为纲""坚持无产阶级专政下继续革命理论"等"左"的思想没有得到清除，所以，1978 年 2 月 26 日—3 月 5 日召开的五届人大一次会议通过的修改后的《宪法》（以下简称 1978 年

---

① 《中华人民共和国人民代表大会文献资料汇编》（1949—1990），中国民主法制出版社 1990 年版。

《宪法》)① 仍然有严重缺陷。1978 年《宪法》由序言四章 60 条构成，不仅肯定了"文化大革命""人民公社""大鸣大放大辩论"的"大民主"，而且也没有恢复公民在法律上一律平等的原则。相反，却再次确认了 1975 年《宪法》对政治体制的规定，即"中华人民共和国是工人阶级为领导工农联盟为基础的无产阶级专政的社会主义国家"。

如是，从"人民民主专政"演化为"无产阶级专政"，就成为新中国成立以后的 28 年间，政治体制演变的基本特征。

"党政分开"与"政企分开"：近 20 年来 中国政治体制改革的主题

1978 年 12 月 18 日至 22 日，中国共产党在北京召开了十一届三中全会。这是新中国成立以来中国共产党历史上具有深远意义的历史转折。在指导思想上拨乱反正，坚决把工作重点转移到以现代化建设为中心的轨道上来；第一次明确地提出了加强社会主义法制的任务和原则；第一次把法律面前人人平等的原则视为社会主义国家的法律原则；宣布了中国进入改革开放的时代。

1980 年 8 月 18 日，邓小平在中共中央政治局扩大会议上发表了《党和国家领导制度的改革》② 的著名讲话，针对"权力过分集中"的现状，明确提出要"着手解决党政不分、以党代政的问题"。他认为，"从党和国家的领导制度、干部制度方面来说，主要的弊端就是官僚主义现象，权力过分集中的现象，家长制现象，干部领导职务终身制现象和形形色色的特权现象"。郑重宣布要从六个方面对政治体制作重大改革。

（1）修改宪法，切实保证人民真正享有管理国家各级组织和各项企业事业的权力，享有充分的公民权利，要使各少数民族聚居的地方真正实行民族区域自治，要改善人民代表大会制度，等等。不允许权力过分集中的原则，在宪法上要表现出来。

（2）设立中共中央纪律检查委员会和顾问委员会，加强指导、监督

---

① 《中华人民共和国人民代表大会文献资料汇编》（1949—1990），中国民主法制出版社 1990 年版。

② 《邓小平文选》第 2 卷，人民出版社 1994 年版，第 320—343 页。

和顾问作用。

（3）真正建立从国务院到地方各级政府从上到下的强有力的工作系统。今后凡属政府职权范围内的工作，都由国务院和地方各级政府讨论、决定和发布文件，不再由党中央和地方各级党委发指示、作决定。

（4）有准备有步骤地改变党委领导下的厂长负责制、经理负责制，经过试点，逐步推广、分别实行工厂管理委员会、公司董事会、经济联合体的联合委员会领导和监督下的厂长负责制、经理负责制。还有党委领导下的校长、院长、所长负责制等，也要有准备有步骤地加以改革。

（5）各企事业单位普遍成立职工代表大会或职工代表会议，有权对本单位的重大问题进行讨论，作出决定，有权向上级建议罢免本单位不称职的行政领导人员，并逐步实行选举适当范围的领导人。

（6）各级党委要真正实行集体领导和个人分工负责相结合的制度。

在邓小平的倡导下，1980 年 9 月 10 日五届全国人大三次会议决定对 1978 年《宪法》进行全面修改，历时两年零三个月，到 1982 年 12 月 4 日五届人大五次会议通过了新宪法（以下简称 1982 年《宪法》）①。1982 年《宪法》对政治体制的表述，由 1978 年《宪法》的"工人阶级领导的工农联盟为基础的无产阶级专政的社会主义国家"，改变为"工人阶级领导的、以工农联盟为基础的人民民主专政的社会主义国家"。而《宪法》序言则又表述了"人民民主专政，实质上即无产阶级专政"的思想。

这种"人民民主专政"的政治体制的特点是：作为国家权力机关的各级人民代表大会和作为国家行政机关的各级人民政府，都不是由共产党和各民主党派民主人士联合组成的；共产党和各民主党派都不是以政党的名义和议会党团的形式参加人民代表大会；人民代表大会的构成，也不是以党派划分席次；各级人民政府的产生，既不是由共产党以执政党的身份单独组成，也不是共产党和各民主党派联合组阁，而是共产党主动吸收各民主党派的部分成员参加各级人民政府的工作。具体操作程序是：由中共中央政治局就全国人大和国务院的主要职位提出推荐名单，同各民主党派、无党派民主人士协商后，交由全国人民代表大会选举、任命。

这一特点，体现了中国共产党以"党管干部"的形式，实施对国家政权的领导。因此，"着手解决党政不分、以党代政的问题"，就成为政

---

① 《中华人民共和国常用法律大全》，法律出版社 1992 年版。

治体制改革的主题。

1986 年 6 月起，邓小平多次强调要全面考虑政治体制改革的问题，他说："现在经济体制改革每前进一步，都深深感到政治体制改革的必要性。不改革政治体制，就不能保障经济体制改革的成果，不能使经济体制改革继续前进，就会阻碍生产力的发展，阻碍四个现代化的实现。"又说：政治体制改革，"首先是党政要分开，解决党如何领导的问题。这是关键，要放在第一位"。①

在邓小平的推动之下，成立了中共中央政治体制改革研讨小组，经过将近一年的努力，提出了《政治体制改革总体设想》，提交中共十二届七中全会审议②，决定将其主要内容写进中共十三大的报告中去。

1987 年 10 月，中共十三大在北京召开。十三大的政治报告③，明确提出了政治体制改革的目标分为长远目标和近期目标。长远目标，是建立高度民主、法制完备、富有效率、充满活力的政治体制，即实现政治现代化。近期目标，是克服权力过分集中、官僚主义、封建主义影响，建立有利于提高效率、增强活力和调动各方面积极性的领导体制。因此，确立了以党政分开为主题、共分七个方面的改革。

（1）实行党政职能分开，党应当在宪法和法律范围内活动，划清党组织与国家政权的职能，党对国家事务的领导方式应当向法制化方向转变。

（2）进一步下放权力，克服权力过分集中的现象，处理好中央与地方、上级领导机关与基层、政府与企业的关系。

（3）精简政府机构，实行政企分开，促进行政管理法制化。

（4）改革干部人事制度，建立国家公务员制度，实现干部人事的依法管理和公开监督。

（5）建立社会协商对话渠道，使社会协商对话形成制度。

（6）完善社会主义民主的若干制度，即加强人民代表大会制度建设、完善共产党领导的多党合作和政治协商制度、加强群众团体的建设、完善选举制度、加强基层民主政治建设、完善民族区域制度等。

---

① 《关于政治体制改革问题》，《邓小平文选》第 3 卷，人民出版社 1993 年版，第 176、177 页。

② 《中国改革开放政策大典》，中国建材工业出版社 1993 年版。

③ 《十二大以来重要文件汇编》，人民出版社 1988 年版。

（7）加强社会主义法制建设，促进社会主义民主政治逐步向制度化、法律化转变。

在十三大确定的政治体制改革的方针、政策的指引下，党与国家权力机关、行政机关、司法机关的关系，有了较大的改善；政府与企业、事业单位的关系也发生了较大的变化。政治体制改革取得了重大进展。然而，到了 1988 年下半年，由于经济过热、通货膨胀，以及"官商官倒"、贪污腐败现象蔓延，有些人急于求成，提出一些过激口号，引发了众所周知的"八九政治风波"，从而延误了政治体制改革的进程。十三大所确立的政治体制改革主题被束之高阁，党政关系又回到十三大以前的状态，形成机构急剧膨胀、人员严重超编、财政不堪负荷的局面。

1992 年 10 月，中共十四大明确提出了建立社会主义市场经济体制的改革目标。为了适应经济体制改革的新形势，中国的政治体制改革的重点，转移到加快政府职能转变、实行政企分开的行政体制改革上面来了。与此同时，在加强社会主义民主与法制、加强和完善人民代表大会制度、改进和发展中国共产党领导的多党合作与政治协商制度、加快干部人事制度的配套改革，实行公务员制度、加强勤政廉政建设和反腐败斗争、加强基层政权建设，完善农村村民自治制度等方面，都在稳步向前推进并取得了很大成绩。由于政治体制改革重点的转移，加上政治运行机制的改革没有跟上，以致一些人产生错觉，似乎中国只搞经济体制改革而不搞政治体制改革。

"建设社会主义法治国家"：中共十五大
确立的政治体制改革模式

经济体制改革的目标模式，决定并制约着政治体制改革的走向和深度。自从十四大提出建立社会主义市场经济体制的改革目标以后，不管人们的主观意志如何，政治体制改革不可能也不应该止步不前。我们知道，建立市场经济体制的改革，实质上是一场革命。随着改革的深入，以产权改革为核心的所有制改革势在必行。而所有制的改革一旦启动，政治体制的改革也就迈出了更实质性的一步。因为所有制的改革，既是经济体制改革的核心内容，又是政治体制改革的走向赖以实现的基础。质言之，政治与经济的关系，在所有制改革的层面上实现了同一。

　　1997 年 10 月中共十五大的召开，标志着政治体制改革跨出了关键性的一步。十五大的政治报告中，明确提出要调整和完善所有制结构，表明中国的经济体制改革已经进入攻坚阶段。调整和完善所有制结构，首先意味着必须加快产权改革。目前中国的国有企业的产权不明晰，企业的所有权的一些基本要素，被分割并控制在不同的政府部门手中，造成严重的"政企不分"。而"政企不分"的后果，一则使国有企业可以凭借其政治的、行政的权力而带有某种垄断性；二是为"权力寻租"大开方便之门，权钱交易屡禁不止，导致腐败现象层出不穷。而这些都是与市场经济体制格格不入的。只有通过产权改革和资本重组，实现产权的自由交易和资本的自由流动，国有企业才能走出困境，建立起现代企业制度。调整和完善所有制结构，其次意味着各种所有制经济共同发展，实现所有制结构的多元化，建立起与社会主义初级阶段相适应的国有、集体、个体、私营、中外合资、外商独资混合所有制各占一定比例的所有制结构新格局。此外，调整和完善所有制结构，还意味着全面认识公有制的含义，探索和建立新的公有制——社会所有制的形式，使公有制的实现形式多样化。

　　上述改革的政治含义，则要求必须从体制上和制度上进一步发展与扩大社会主义民主，建立和健全与市场经济体制相适应的法律制度，实行依法治国，建立社会主义法治国家。这是十五大提出的经济体制改革的方向所赋予政治体制改革的使命，也是建立市场经济体制改革的逻辑结果。

　　十五大政治报告在论述"继续推进政治体制改革"时，强调要进一步扩大社会主义民主，健全社会主义法制，依法治国，建设社会主义的法治国家。从而明确了中国政治体制改革的目标模式，标志中国政治体制改革进入了一个新的发展阶段。

　　"发展社会主义民主"，首先要坚持人民主权论，强调国家权力属于人民，而不是属于某个人或某个团体或组织。切实保证人民依法享有广泛的权利和自由，尊重和保障人权。在中共全国代表大会上，明确宣布要"尊重和保障人权"，这是第一次。它不仅表明中国共产党对民主的认识上的一次飞跃，而且表明中国共产党对健全民主制度不可动摇的决心和信心。其次，要加强和完善人民代表大会制度。人民代表大会制度是中国最根本的政治制度，是中国国体的表现形式。要保证人民代表大会依据宪法和法律履行国家权力机关的职能，切实保证全国人民代表大会在实质上而不是在形式上是国家最高权力机关。应当强化全国人大作为最高立法机关的地位，改进立法过程，加强立法工作；要强化全国人大对政府的监督作用。为了密切人大代表与人民群众的联系，应当改进提名方式，改善选举方法，减少席次分配不公，引进竞争机制，实行直接选举与间接选举相结合的选举制度。要把农村村民自治实践过程中所创造的"平等、直接、差额、无记名"的选举经验，用法律形式肯定下来，逐步推广、应用到乡镇、县（市）人大的直接选举中去，要修改选举法、成立全国性的选举委员会，保证选举的公正和公平，保证选出的代表具有高素质。只有这样，才能真正代表人民来管理国家。

"建立社会主义法治国家"，首先必须树立正确的法治观念。法治，意味着人人应当服从法律，并由法律统治。正确的法治观念主要有两点：一是强调法律具有最高性。法律作为国家意志的体现，不允许任何超然于法律之上的权力存在。二是在法律面前人人平等。即法律必须平等地对待每一个公民，每一个公民都有平等地服从法律的义务，不允许有凌驾于法律之上的特殊公民存在。其次，要加强立法工作，提高立法质量。十五大政治报告提出，"到2010年形成中国特色社会主义法律体系"的宏伟目标，表明中国共产党建设社会主义法治国家的决心和信心。当务之急，是要建立和完善社会主义市场经济的法律制度，市场经济，实质上是法治经济。市场经济的法律制度要求遵循市场行为的自主、平等、诚信等原则，因此，它要求限制政府的权力和保护公民一切合法财产的所有权。这在"调整和完善所有制结构"的改革正式启动的时候，加以特别强调尤为重要。最后，"依法治国"，说到底是依宪法治国，即实行宪政。这是宪法的最高法律效力等级和主权特征决定的。

毫无疑问，发展社会主义民主，建设社会主义法治国家，作为政治体制改革的根本目标，其实现之日，便是具有中国特色社会主义的宪政民主体制确立之时。具有中国特色社会主义的宪政民主体制是与社会主义市场经济体制相适应的最佳政治体制。它不仅有利于增强党和国家的活力，充分发挥人民群众的积极性和创造性，促进生产的发展和社会的进步；而且还有利于发挥社会主义的特点和优势，维护国家统一、民族团结和社会稳定。

建设有中国特色社会主义的宪政民主体制，是一个逐步发展的历史过程，不可能一蹴而就。十五大政治报告中提出："当前和今后一段时间，政治体制改革的主要任务是：发展民主，加强法制，实行政企分开、精简机构，完善民主监督制度、维护安定团结。"充分体现了中国共产党稳步推进政治体制改革的审慎态度。

政企分开与精简机构，核心问题其实是一个。那就是在现代市场经济条件下，如何规范政府行为与政府职能转变的问题。虽然中国已经把"国营企业"改称为"国有企业"，但企业与政府的关系始终没有理顺，成为中国政治体制改革的一个难点。按照社会主义市场经济的需要，抓住转变政府职能这个关键，大胆地进行制度创新，把政府作为国有资产所有者的职能与作为整个社会经济管理者的职能分开；把国有资产的行政管理职能与资产运营职能分开；把出资者所有权与企业法人财产权分开；把企业生产经营管理权切实交给企业，把综合经济部门改组为宏观调控部门，调整和大幅度减少专业经济部门，培育和发展中介组织，严格限制政府介入市场的范围和程度。只有这样，才能走出困境，真正实现政企分开。只有这样，精简机构、裁汰冗员、理顺关系，才能迎刃而解。

关于完善民主监督制度，目前中国的监督制度，有党内监督、法律监督、群众监督和舆论监督等多种形式。其中，最关键的是要强化司法监督。在大力加强各级人大的监督职能的同时，要积极推进司法改革，实施宪法保障，强化最高人民法院的司法职能。应当从制度变革与创新入手，真正实行司法独立，使党政部门与司法彻底脱钩，改变司法机关对各级党政部门的依附地位，提高法院权威，建立合理的司法审级与审判执行制度。与此同时，还要整顿社会仲裁人的队伍，提高社会仲裁人的素质，保证司法监督的公正、公平和正义。只有这样，才能把监督机制纳入法治轨道。

宪政民主：中国政治体制改革
跨世纪的奋斗目标

"建设社会主义法治国家"作为政治体制改革的目标模式，其逻辑结果，必然是实行宪政民主。这是毋庸置疑的问题。然而，中国是"一党领导"的社会主义国家，"坚持共产党的领导，从制度和法律上保证党的基本路线和基本方针的贯彻和实施，保证党始终发挥总揽全局、协调各方的领导核心作用"，是十五大政治报告所规定的政治体制改革必须遵循的一项基本原则。因此，在通往宪政民主的大道上，如何改革和完善执政党自身的运行机制，便成为决定中国政治体制改革成败的关键。这又是十五大政治报告所没有充分论证的问题，但却是实现政治体制改革跨世纪的奋斗目标——宪政民主的基本前提。

《中国共产党章程》明文规定："党必须在宪法和法律的范围内活动。"① 这是把执政党的领导方式纳入法治轨道的基本依据。我们所说的改革和完善执政党自身的运行机制，主要是指党的领导方式要实现由传统的主要和直接运用制定政策治理国家，向主要和直接运用法律来治理国家的转变。概括起来，主要是处理好以下三种关系。

（1）处理好执政党与国家权力机关的关系。党的领导，主要是政治领导。党的路线、方针、政策，要通过国家权力机关按照法定程序使之上升为国家意志——法律，然后再推行。要改变以党的名义发布法律性文件的做法，充分发挥国家权力机关的立法与监督的职能。

（2）处理好执政党与政府的关系。主要应克服党政不分、以党代政的弊端，实行行政首长负责制。执政党要靠法律来规范和约束政府的权力运行，而不是越俎代庖，把党的组织机构变成了国家行政机关，要改变党政合署办公或"一套人马两块牌子"的局面，使各级国家行政机关真正依法行政。

（3）处理好执政党与司法机关的关系。要树立司法机关服务法律与服从党的领导是一致的观念。保证法律的实施不受党政机关、组织和个人的干涉，取消长期以来实行的各级党委审批案件的制度。

处理好这三种关系，标志着执政党领导方式完成了向法治化的转变。而这种转变，具有表率和典范意义，对于法治秩序在中国的建立、对于政治运行机制的法治化，必将产生积极的影响，从而为宪政民主的实现奠定了坚实的基础。

为要实现宪政民主，首要的问题，必须进行立宪改革。现行的1982年《宪法》，已经有1988年、1993年、1998年三个修正案，作为国家的根本大法，每隔五年就要有修正案进行修正，表明它还存在不完善性与不稳定性。因此，按照宪政民主的要求，本着政府的权威来源于人民的意志，而政府的权力必须受法律约束的原则，进行立宪改革，保证宪法在事实上而不是仅仅在字面上享有最高的权威，建立专门负责宪法运作的权威

---

① 《中国共产党第十五次全国代表大会文件汇编》，人民出版社1997年版，第61页。

机构，为政府的运作确立程序性的规则，确认人民的主权地位。同时，还要保证宪法所确定的理想、程序、行为具有导向作用，真正能引导公民的价值取向，使之不因时间的推移而频频修正。这是中国政治体制改革跨世纪的神圣而庄严的历史使命。

立宪改革的意义，不仅仅在于产生一部永久性的新宪法，更重要的是在于对它所代表的民主精神加以实践。这就要求必须从制度安排上加大改革的力度。撮其大要，不外乎以下六个方面。

（1）要把十五大政治报告中提出的"尊重和保障人权"写进宪法，用人权的概念取代公民权的概念。

（2）要改革选举制度，逐步扩大直接选举的范围，实行竞争选举，保证人民参与管理国家事务的权利不受干扰。

（3）要改革人民代表大会制度，改变"议行合一"的现状，增强制定规则和监督政府的角色。

（4）要深化政治分工，建立并完善权力制约机制。

（5）要改善和加强国家对军队的领导。

（6）要建立并完善"一元主导、多元并存"的国家体制，实现国家的统一与民族的团结。

只有从制度安排上进行大刀阔斧的改革，才能保证宪政民主在中华大地上扎根。这是中国实现政治现代化的最佳选择。因此，宪政民主，应当成为中国政治体制改革跨世纪的奋斗目标。

原载日本《中国年鉴·1998》，原文题为
《中国政治体制改革刍议》，以日文刊出

将军外交家——黄镇

"允文允武一世雄"。战争年代，黄镇同志曾是叱咤疆场的将军；新中国成立后，他成了受命出使异域殊方的外交官。从 1949 年 12 月，毛主席、周总理挑选他到外交部，到 1977 年 12 月，调任文化部长止，黄镇在外交战线上奋斗了 28 个春秋。

外交工作"授权有限"，只有"入境而问禁，入国而问俗，入门而问讳"，深入了解情况，切实掌握好政策，才能打开局面，开展工作。黄镇针对外交工作的复杂性与特殊性，强调对外交往要不亢不卑，重视保持国格和人格的尊严，提出要重视做好当权派的工作，台上台下一视同仁，重视"烧冷灶"的工作，在政治上对我有偏见或疑虑的人士要努力争取；珍视友情，善解人意，尊重人；以诚相待，以情感人，并且以身作则，躬行不悖。在 28 年的外交生涯中，他解决了许许多多棘手的难题。

出使东欧与东南亚，坚持爱国主义与国际主义相结合，反对狭隘民族主义和大国主义，是黄镇建树的外交成就之一

1950 年 8 月，黄镇出任我国驻匈牙利首任大使，并兼管我国同阿尔巴尼亚的外交事务。由于中匈两国相互了解甚少，开展工作困难尤多。黄镇本着友好团结精神，动员全馆人员学习匈牙利语，大使夫人带头学，既表现出对驻在国的尊重，又便于开展工作。大使馆不仅在较短的时间里同匈牙利党政领导人建立了紧密的友谊，促进了中匈友好合作关系的全面发展，而且还积极开展了同其他社会主义国家驻匈使节的友好工作。特别是抗美援朝期间，协助朝鲜驻匈使节，争取到了物资援助，受到了各方的崇敬和赞扬。

1954年，他调任印尼大使期间，以其独到的"当理而后进，审势而后动，有所不为，为无不成"的工作方法和作风，迅速打开局面，不仅很快同印尼领导人建立了深厚的友谊，有力地推动了中国和印尼友好关系的发展，而且加速了同印尼政府就解决华侨双重国籍问题的谈判，为周总理在出席万隆会议期间与印尼正式签署关于双重国籍的条约做好了准备。特别是第一次亚非会议期间，黄镇既是中国代表团的代表，又是驻印尼大使，除需参加代表团的各种活动外，还动员全馆人员做好代表团的保卫和后勤工作。由于当时帝国主义势力极力在会内会外进行破坏，斗争极其尖锐复杂。台湾当局妄图谋害周总理，派遣特务炸毁了中国代表团的包机"克什米尔公主号"。黄镇要求印尼政府加强警卫，保证中国代表团的安全。在周总理外出时，他同杨奇清等同志紧紧围绕在周总理的身旁，组成人墙护卫周总理。出席亚非会议的29个国家，已与我国建交的只有十几个，黄镇广交往，积极主动地向已经和尚未同我国建交国家的大使，介绍我国的立场和主张，以加深这些国家代表团对我国的了解，并同他们建立了良好的关系。

致力于亚非友好，是黄镇建树的外交成就之二

1961年4月，黄镇从印尼调回国任外交部副部长，主管亚非地区事务。1962年，黄镇被特派为政府特使，出访了缅甸、印尼、锡兰（斯里兰卡）、埃及、几内亚等国，向这些国家的领导人以及正在印尼访问的西哈努克亲王阐明了中印边界问题的真相和我国的主张，赢得了广泛的同情与支持。

1963年底至1964年初，周总理在陈毅副总理陪同下，访问亚非欧14国。黄镇作为代表团秘书长负责处理大量内外事务，参与拟定我国同阿拉伯国家、非洲国家关系的五项原则和我国对外援助的八项原则。特别是加纳发生谋刺恩克鲁玛总统事件，周总理考虑如按时去访，对方接待可能有困难，特派黄镇乘专机去了解情况。他偕同黄华大使一起到城堡会见恩克鲁玛总统，代表周总理表示慰问，并转达周总理建议免去主方一切礼节的意见。恩克鲁玛感激周总理的支持，称赞中国是加纳的患难之交。

出任新中国第一个驻西方大国的使节，
迅速打开西方对我国封锁禁运的缺口，
是黄镇建树的外交成就之三

　　1964 年黄镇被派往法国。他以惊人的精力和速度很快同戴高乐总统及法国许多高级官员、议员、知名人士建立起友好关系，大力促进中法经济合作，引进了一些先进技术和设备。同时积极开展同法国及西欧之间的文化、艺术、科学、教育等方面的交流。他还为我国同一些国家的代表进行了建交接触和谈判，先后与意大利、智利、圣马力诺、土耳其、比利时、黎巴嫩、扎伊尔、澳大利亚、西班牙 9 国建立外交关系，签订了建交公报。

打破中美关系的坚冰，
是黄镇建树的外交成就之四

　　1969 年尼克松就任总统，决定同中国走向和好的道路。黄镇奉命邀请斯诺等人访华，转达双方信息。1971 年基辛格秘密访华，双方确定巴黎为秘密联系渠道，黄镇担当联络重任，与美驻法武官沃尔特斯将军接触。从 1971 年 7 月至 1972 年 2 月，两人会晤了 45 次。黄镇还同基辛格会晤 4 次，准确及时传递了信息。1972 年 2 月，尼克松访华后，巴黎秘密渠道改为公开渠道，联系人为双方大使，仅 1972 年 3 月至 1973 年 3 月的一年中，双方大使就会晤 53 次。中美驻法大使的频繁交流，有力地推动了两国关系的发展。不久，黄镇就任驻美联络处主任，以其传奇式的经历和威望，引起各方瞩目，一时间，美国出现了"中国热"。他深入了解情况，广交各界朋友，阐明我国的立场和政策，以及发展两国关系的愿望，为推动中美关系正常化，奠定了基础。

　　黄镇不仅终生坚持开拓精神奋斗不息，而且常常用它教诲身边工作的同志。他说："人是要有一点精神的，要有一股子劲，要勇于负责，敢于坚持真理，无私才能无畏。"又说："今天，我们的国家强大了，人民过上了幸福的生活，但并不是一切都好了，更加宏伟、更加艰巨的任务还等待着我们去为之奋斗。我们还要进行新的长征。"这金子般的遗言，将激励我们去夺取有中国特色社会主义建设事业的更大胜利！正如诗人赵朴初《黄镇同志挽诗》云："所期今后人，继志力致用。灵气育灵苗，代代勤播种。"黄镇同志的大无畏开拓精神永存！

原载《人民日报》1993 年 2 月 7 日第 5 版

垂大名于万世

——陈赓大将的革命经历

　　陈赓于 1903 年出生在湖南省湘乡县二都柳树铺，原名庶康，字传瑾，1922 年加入中国共产党。陈赓同志是黄埔军官学校的第一期学员。从那时起，直到 1961 年他任中央军事委员会委员、国防部副部长时逝世，他将毕生精力献给了伟大的中国革命和建设事业。

　　陈赓同志是中国革命的一员身经百战的骁将。在中国革命的各个历史时期，他都忠诚积极，始终战斗在革命的最前线。早在黄埔军官学校毕业后，他就留校任职，曾经参加了平定广州商团叛乱和讨伐陈炯明的东征作战。他是我党培养的最早的军事指挥员之一。

　　在第二次国内革命战争前夕，陈赓同志被派往北伐军唐生智部任特务营长，1927 年参加了南昌起义。1931 年 9 月，被派往鄂豫皖革命根据地，任中国工农红军第四方面军第 12 师师长、方面军参谋长。翌年 10 月，因负重伤秘密到上海就医，向临时中央揭发了张国焘的错误，并曾两次会见鲁迅先生，畅谈鄂豫皖军民在革命斗争中所创造的丰功伟绩。后来又参加了举世闻名的二万五千里长征，任红军干部团团长。到达陕北后，任红军第一军团第 1 师师长，参加了东征、西征诸役。

　　抗日战争爆发后，陈赓同志任八路军 129 师 386 旅旅长，率部开赴太行山区，参与神头岭、响堂铺、长东村等许多有名的战斗，继又转战于平汉路中段及道清线，驰骋鲁西北和冀南平原，连战皆捷，为缔造晋冀鲁豫抗日根据地作出重大贡献。1940 年 1 月，陈赓同志率 386 旅主力及第 18 集团军特务团进入太岳解放区，加强了太岳区武装斗争和根据地建设。5 月，任太岳军区司令员。其后，于 1943 年前往延安，参加整风运动。1945 年，在中共第七次全国代表大会上当选为中央委员会候补委员（其后在八大当选为中央委员）。

解放战争时期，1945 年 9 月，陈赓同志率太岳纵队参加上党战役。10 月，任中国人民解放军晋冀鲁豫野战军第 4 纵队司令员。1946 年 7 月至 1947 年 5 月，在晋南前线指挥所部六战六捷，歼灭了胡宗南的所谓"天下第一旅"等部，共歼敌 7 万人。1947 年 8 月，为配合陕甘宁边区击破胡宗南的重点进攻，协助刘（伯承）邓（小平）经略中原，把战争推向国民党统治区，陈赓同志奉命率领晋冀鲁豫野战军第 4 纵队、第 9 纵队与孔从周率部起义的第 38 军组成一个兵团，南渡黄河，进军豫西，开辟了豫陕鄂解放区，有力地配合了西北野战军的战略反攻，与刘邓、陈（毅）粟（裕）两支野战军，恢复和扩大了中原解放区。

淮海战役中，在总前委的领导下，陈赓于 1948 年 11 月初率部由郑州沿陇海路南侧东出徐蚌，协同友邻部队切断津浦路，将杜聿明集团封闭在徐州地区。战役第二阶段，11 月下旬，在南平集阻击增援徐州的黄维兵团，协同中野各纵队将其包围于双堆集地区。12 月 5 日起，指挥我东集团军逐村分割围歼敌人，直逼敌兵团所在地双堆集，重创国民党第 18 军，歼灭第 14 军全部及第 10 军一部，为全歼黄维兵团作出突出贡献。1949 年 3 月，陈赓任第二野战军第 4 兵团司令员兼政治委员。4 月，率部横渡长江，解放南昌，继而挥师两广，创造性地执行毛主席制定的大迂回、大围歼战略方针，指挥第 4 兵团协同第四野战军第 15 兵团解放广州，全歼广州逃敌刘安琪兵团，陈兵雷州半岛，切断白崇禧集团海上逃跑路线，并与四野部队协同作战，将其全歼于广西境内。旋，又西进千里，迂回滇南，全歼李弥、余程万集团。在 3 年多时间里，他率领部队从山西打到云南，转战 3 万多里，歼敌 50 余万，将红旗插到祖国边陲。陈赓同志的一生，大都是在戎马倥偬中度过的。他所走过的道路，从一个侧面反映了中国革命的历程。

陈赓同志还是我党优秀的政治保卫干部。早在 1926 年秋，党派他前往苏联，在红军中学习保卫工作。1928—1931 年，在白色恐怖笼罩下的上海，参加了中共中央特科，与国民党特务、暗探周旋，卓有成效地主持情报工作，保卫了党中央的安全。他的许多传奇式的战斗故事，成为中国革命史上的佳话。

陈赓同志是坚定的共产主义战士。1933 年 3 月，曾因叛徒出卖而在上海被捕，在敌人的监狱里，他始终大义凛然，坚贞不屈，表现了一个共产党人为共产主义理想奋斗终身的优良品质。

陈赓同志又是一位无产阶级的国际主义战士。1950年7月，他受中共中央的委托，率代表团赴越南民主共和国，帮助越军在边界战役中取得转折性的伟大胜利，摧毁了越北边境法军防御体系。回国后，他又满怀义愤地投入了伟大的抗美援朝战役。1951年6月他任中国人民志愿军副司令员兼第三兵团司令员和政治委员，为抗美援朝战争的胜利作出了贡献。

陈赓同志还是一位军事科学教育家。1933年5月他从国民党南京监狱出来后，回到中央苏区，就任红军步兵学校校长。1952年7月，他又担任军事工程学院院长兼政治委员，1958年兼任国防科学技术委员会副主任，致力于国防科学技术事业的发展和培养各类技术人才。他一贯尊重知识，尊重知识分子，是执行党的知识分子政策的规范。

2003年2月27日，是陈赓大将100周年诞辰纪念日。我们缅怀陈赓同志对中国人民解放事业和建设事业作出的不可磨灭的贡献，他卓越的革命精神和高尚的品德永远是我们学习的榜样。

原载《党史文汇》2003年第2期

第 3 辑

变俗易教

村民自治存在的问题

《中华人民共和国村民委员会组织法（试行）》［以下简称《村委会组织法（试行）》］是一部确认和规范村民自治的法律，"试行"到今年已整整十个年头了。随着村民自治活动的推广与村民自治实践的深入，《村委会组织法（试行）》和各省、自治区、直辖市所制定的"实施办法"自身的弱点和缺陷也陆续暴露出来。

《村委会组织法(试行)》的弱点

1. 对村民自治的定位不完整、不明确。《村委会组织法（试行）》只对村委会的性质定位，即"村民委员会是村民自我管理、自我教育、自我服务的基层群众性自治组织"，缺少"自我发展"的内容。而对它在农村中的地位和作用、对它的基础性权力结构中的地位和作用，缺乏明确的、合乎实际的定位。我认为，目前我国农村的村民自治实质上是一种制度性自治，是村级事务的管理机构，其质的规定性取决于以下五个因素：一是在村委会与国家的关系中，村委会是农村公民结成的基础性权力共同体。按照宪法，国家公民理应履行公民的义务，因此，村委会要完成法律规定的各项国家任务，接受乡镇政府的合法行政指导。二是作为基础性权力共同体，村委会是村集体财产（土地、山林、水面、滩涂及其他集体财产）所有权的代表者。三是村委会在村级组织中处于主体地位，在基础性权力结构中代表最大多数人的利益。四是在对外关系（含对乡镇政府的关系）上，村委会是农村"主权"的代表。五是受历史传统的影响，三千年来的乡里制度，无论是曰"里"还是曰"保"，无论是称"团"还是称"图"，实质上都是乡以下的一级准行政单位。目前在一些地方，群众不称村委会主任为"主任"，而习惯呼之为"村长"，这就显示了在老百姓的心目中，不管基础性权力结构发生了如何变化，它作为一种制度安排，始终具有准行政单位的色彩。

2. 《村委会组织法（试行）》规定乡镇政府与村委会的关系：乡对村是"指导、支持、帮助"的关系；村对乡是"协助"的关系。既没有明确规定"指导、支持、帮助"的内容、方式与方法，也没有明确规定"协助"的范围与形式。由于乡镇政府拥有基层政权的行政权力，熟悉传统的"行政权力支配社会"的游戏规则，于是在实际操作中，便把"指导、支持、帮助"的关系变成上、下级行政隶属关系。在换届选举中，乡镇政府用"指选"（指定候选人）代替村民推荐或"海选"（预选）；用"任命"村委会干部代替选举产生村委会干部的现象，各地时有发生，造成了乡镇政府带头违法的案件增多。这里的原因很多，但法律本身留出的可供政府部门任意定夺的空隙太大，又缺乏可操作性，不能不说是最主要的原因。

3. 《村委会组织法（试行）》虽然明确规定了村委会的职能与任务，但失之于简略。首先，最重要的是应当明确村委会与村集体财产的关系，这是确定村委会法律地位的关键之所在。其次，应当明确村委会在社区建设上所肩负的使命。最后，要划定村委会"协助"乡镇政府工作的范围与形式。尤其重要的是，应当明确村委会在基础性权力结构中的地位和作用。换句话说，要明确村委会与其他村级组织的关系，杜绝其他村级组织取而代之或凌驾于村委会之上的局面发生。要实现这一目标，关键在于改善党支部的领导，要处理好党的意图与村委会民主决策的关系，避免"以党代政"。在这个问题上，坚持群众路线，山西省河曲县城关镇创造的"两票制"，给我们提供了有益的启示。

4. 《村委会组织法（试行）》只规定了村委会由村民直接选举产生，但没有规定选举程序和规则；不少地方法规中，制定了相当完善的选举办法，应当根据法律正当程序原则，吸纳地方法规中的精华，补进《村委会组织法》中去。而在"村民会议"的条款中又规定"村民会议可以由18岁以上村民参加，也可以由每户派代表参加"，这样，在实际操作过程中，户代表制盛行，结果造成了一部分村民（主要是每户中的妇女和青年人）的民主权利事实上被剥夺的问题。这不符合法治框架下的立法原则。应当明确区分"村民会议"与"户代表会议"的性质、功能与职责。

5. 《村委会组织法（试行）》只规定"村民会议由村民委员会召集与

主持"，但村委会的工作如何监督？谁来监督？对不能胜任工作的村委会干部和不执行《村委会组织法》的行为如何处置？对村委会干部异化（宗族化、宗教首领把持或者变成"村霸"）问题如何解决？通过建立什么样的体制和制度来确保村委会的中立与公正？《村委会组织法》对此类问题应该有明确的规定。

6.《村委会组织法（试行）》缺少对法公利与法私利的明确规定，应当把保证村民的一切合法财产所有权，把村务管理的范围、方式和原则，把村务公开制度的内容、方法和程序，辟专条写进法律。对诸如选举经费、干部报酬、公开开支、审批权限等，均应有明确的规定，不留法律空间，以防止腐败现象发生。从维护法律的最高性原则出发，应当设置司法救助途径。对各类违法行为和违法事件，要按照国家的相关法律，做到违法必究，贯彻违制处罚原则，确保村民的民主权利不受侵犯。

7.《村委会组织法（试行）》只规定"村民委员会成员中妇女应有适当的名额"，但是，一些地区在 1995 年换届选举产生的村委会班子中，女性比例下降，甚至有些村没有妇女干部。因此，如何保障妇女干部的名额？如何保障妇女的政治参与权？如何保障妇女的合法权益？均须从法律上作出明确的规定。

8.《村委会组织法（试行）》没有乡村干部培训制度的内容，应当从实际需要和各地的实践经验出发，确立其法律地位。

此外，在《村委会组织法》修订、颁布之后，中央政府应当加快制定《村委会组织法》的"实施细则"，以确保其在全国范围内实施的统一性。

地方性法规中的缺陷

1. 各省级国家权力机关制定的《村委会组织法（试行）》的"实施办法"，属于实施法规范畴，主旨应是对法律所规定的原则加以细化，重在法条的程序性和可操作性，而不应只停留在对法律的法条的重复上，否则，就显得笼统。各省制定的"实施办法"，在规定乡政府对村委会的"指导、支持与帮助"的关系以及村委会对乡政府"协助"开展工作的关系时，基本上都是重复基本法的原文，而甚少结合本省实际作出具体的规定。

2. 有的省的"实施办法"规定："村民委员会主任出缺，可由乡、镇人民政府征得村民同意后确定代理人选，代理时间不得超过半年"。至于如何"征得村民同意"？如何"确定代理人选"？并未作详细规定。这实际上是赋予乡镇政府以过大的自由裁量权，在实际操作过程中，必然会侵犯村民所享有的创制权，因此，它与法律所规定的直接民主原则相悖，应当加以修正。

3. 有些省的"实施办法"规定：村民代表会议有权"撤换和补选村民委员会的个别成员，接受村民委员会个别成员的辞职"，显然不妥，村民代表会议作为村民会议的常设机构，它的职权主要应限定在决策权与监督权上，若把"撤换和补选村民委员会的个别成员"这样大的权力都交给村民代表会议，有违直接民主的基本精神，应当改为村民代表会议对于不称职的个别村委会成员有弹劾权，否则就越位了。

4. 各省级行政区域就《村委会组织法（试行）》制定"实施办法"的步调不一。在该法颁行十年之后，还有六个省级地区没有"实施办法"。这六个省级地区是在没有"实施办法"的情况下推行村民自治的，它不仅给这项工作带来了困难，也反映了建立和健全社会主义法制是多么不容易。

地方执法规定中存在的问题

各地市、县级在贯彻《村委会组织法（试行）》和相关的地方性法规的过程中，制定了大量的执法规定。这些执法规定对于推进村民自治的建立和发展都起到了积极作用。不过各地市、县级制定的执法规定问题较多。不仅在相关规定中出现了法律没有明确规定的组织系统，如村民代表会议设会长和副会长、主席和副主席的职务；而且在一些关于村级规范化管理的规定中，把对党支部的管理也囊括进去，这就超出了法律所规定的范围。这种情况，多半出自由县委和县政府共同制定的执法规定之中。还有的市县规定农村干部要实行"正规化办公"，要求村干部实行 8 小时上下班的坐班制度。这对身居农业生产第一线的村委会干部来说，显然不切实际。此外，还有一些县（市）级执法规定有严重缺陷，如明文规定"农村集体财务实行村有乡管"。这类规定的初衷，可能是为了帮助村委会管好、用好农村集体资金，强化对农村集体财务的监督与审计。在一些瘫痪村或失控村，实行这一规定可能比较有效。但是，只能作为治理瘫痪村或失控村的权宜之计，不应作为经验或办法加以推广。因为"村有乡管"的原则，从根本上说是与宪法和《村委会组织法（试行）》的精神相悖的。

至于乡镇一级政府为保证《村委会组织法（试行）》及地方性配套法规的落实所制定的相关"规定""办法""细则"之类，问题就更多了，不必毛举细故，仅说三点：（1）有的乡镇制定的规定，多半是以重申省级地方法规或市、县级制定的规定为主要内容，其中尤以关于村委会选举方面的规定最为明显，缺少结合本乡镇的特点的具体的实施细则。（2）有些乡镇制定的有关村级管理规定，把村党支部与村委会这两个性质、职能、组织形式和工作方式完全不同的村级组织牵混在一起，形成许多党政合一的条文，从而与宪法和《村委会组织法（试行）》的基本精神不一致。（3）还有一些乡镇制定的指导村委会工作规则，偏爱运用行政手段，字里行间流露出把村委会当作乡镇政府的"腿"，甚至越俎代庖，干涉村民自治事务，侵害了法律所赋予的村民自治权利。

村规民约与村民自治章程中存在的问题

1. 村规民约"罚"字当头，与法律规定多有不合甚至相抵触。作为"村内成文法"的村规民约和村民自治章程，天然地带有习惯法的胎记。作为习惯法的一种形式，应当贯彻寓惩于劝的原则。它的条款规定必须是正面的、善意的、合乎情理的。然而，有些地方的村规民约，简直就是一张罚款清单，而且罚款细目之多，令人吃惊，罚款数额从1元到500元不等。比如，有的村规民约规定，"村民应积极参加公共事业建设和群众大会或户主会，若任意不参加者，每人每次罚款15元，罚款后还要如期完成分配任务"。更奇特的是，还有的规定，如果村干部"受到少数人毁坏干部家的庄稼或牧畜的报复行为"，"若查无人头，应由当地村民赔偿一定的损失"。

另外，《村委会组织法（试行）》明确规定，"村规民约不得与宪法、法律、法规相抵触"。换句话说，就是村规民约不得违背宪法、法律、法规，不得侵犯宪法、法律、法规所保障的权利和自由，否则，它就失去合法性。但是，有的地方的村规民约规定："牛到地里罚款10元，猪羊到地里罚款 5 元", "猪、羊到地里吃青打死不赔偿"等；还有的村规民约规定："为了保护庄稼安全，可以在地里投毒，毒死人畜不管"；也有村规民约规定："凡本村女村民与外地结婚的（与城镇结婚除外），必须将户口迁至男方家，不迁者收回本人承包地，不发给一切待遇，及时迁出者，一切待遇与村民一样"。诸如此类的规定，显然是与宪法及相关法律、法规的精神相左的，必须修改。

2. 现有的村规民约与村民自治章程的制定主体非常不统一。村规民约与村民自治章程作为村内成文法，它的制定主体应当是村民会议。但就笔者所见，有的是村民会议通过的，有的是村民代表会议通过的，有的是村民委员会制定的，还有的是全县（市）统一使用一个由县（市）政府制定的村规民约或村民自治章程。由于制定主体不统一，所以内容与形式也五花八门。为了保证村规民约及村民自治章程合法，必须加强县（市）级人民政府对村规民约与村民自治章程制定工作的领导。但由县（市）级政府包办代替，致使全县（市）的村规民约与村民自治章程一个脸谱，缺少各个村子的个性特点，也是不可取的。县（市）级政府要在向基层群众性自治组织的干部和群众宣传普及法律知识，完善村规民约及村民自治章程的制定程序，加强对村规民约与村民自治章程的检查指导上下功夫。只有这样，才能把村规民约与村民自治章程的制定与执行纳入法治轨道，确保其合法性。

原载《中国国情国力》1998 年第 7 期

"两票制"选举模式发微

"两票制"产生的背景及原初形态

"两票制"是山西省河曲县贯彻实施《中华人民共和国村民委员会组织法（试行）》[以下简称《村委会组织法（试行）》]过程中创造出来的一种选举模式。

河曲县位于晋西北黄河岸边，隔河与陕北、内蒙古相望，是革命老区，也是全国出名的贫困县，自然环境恶劣。历史上流传着"河曲保德州，十年九不收，女人挖野菜，男人走西口"的民谣。党的十一届三中全会以后，实行家庭联产承包责任制的改革，促进了该县农村经济的复苏与发展。随着生产关系的变革和农民生产自主性的提高，农民的社会自主性也相应增强。然而，由于农村政治体制改革相对滞后，导致各种社会矛盾激化。20世纪80年代后期，该县党群关系、干群关系紧张，宗族势力抬头，各种恶性案件增多，200人以上的群众集体上访事件一年多达30余起，村级组织多半瘫痪，国家税收、"乡统筹""村提留"征收不上来，计划生育失控，打架斗殴、偷窃、赌博屡禁不止，社会治安恶化。在众多的矛盾中，干群矛盾是主要矛盾；而矛盾的主要方面，是干部素质低、年龄老化、思想僵化、不做工作。全县不足10名党员的村有161个，占农村党支部总数的52.1%，农民党员年龄在60岁以上的有1464人，占42.4%，文盲党员有1011名，占29.3%。有的村"七八个党员，四颗牙"，轮流执政。有的村家族派性对立，连起名字都影射对方。如沙泉乡朱家川村的朱、苗二姓历史上就势不两立，村里有两位老汉，一个叫朱除苗，一个叫苗圈朱。村支书也卷进派性旋涡，出现了家族支部。面对日益激化的矛盾，当时新调来的县委书记感慨："犹如坐在火山口上。"

1988年6月1日起，《村委会组织法（试行）》正式在全国各地贯彻执行以后，这个县的范家梁村，300 多口人开会选举村委会干部，由于候选人是组织提名，群众消极抵制，选举大会从晚上开到第二天天亮，选来选去选了个"五保户"老人。气得主持选举会议的乡党委副书记说："五保户老人的今天，就是范家梁的明天！"选举失败，该村陷于瘫痪状态。1989 年，山西省贯彻村委会组织法，选择河曲县搞试点。在南也乡南也村的村委会选举中，创造了"大差额"的"开票大选"方法。"开票大选"的"开票"，是指敞开提名候选人的选票，实行"人人提名，一视同仁"。所谓"大选"，是指"投票决定"正式候选人。因为"人人提名"的结果，必定是候选人人数众多，所以要用大差额办法，逐步筛选。这实际是用预选方式产生正式候选人，突破了习以为常的"只有村党支部才能推荐提名候选人"的限制。这样，整个选举过程就分成"预选"和"正式选举"两个阶段，村民先后要投两次票。这就是"两票制"的原初形态。不过，南也乡试点时，尚没有形成明确的"两票制"的概念，而是用"开票大选"加以概括。

"两票制"的规范形态及其特点

南也乡的试点经验，为河曲县全面开展村民自治活动提供了范例。1991 年在全县村委会选举时，旧县乡和城关镇把"开票大选"的选举办法，正式定名为"两票制"。两票制的特点：一是鼓励、动员选民对候选人提名，不画框框，不搞限制；二是组织提名与选民提名一视同仁；三是全部提名人选，采用无记名秘密划票的方式，投票决定。

运用两票制进行村委会选举获得了成功，启发了河曲县县乡各级领导，增强了把两票制运用到农村党支部建设上的勇气和信心。当时南也乡的党委书记提出了一个观点："村委会是自治组织，是农村的'二把手'；党支部是领导核心，是'一把手'。选二把手用两票制效果很好，选一把手也应该用两票制。"他的这个观点说出许多乡镇党委书记想说而没有说出的话。1991 年旧县乡和城关镇党委在贯彻实施《村委会组织法（试行）》的同时，率先对村委会选举的两票制加以改进，把预选村委会候选人的一票，改成村民评议党员、推荐党支部候选人的"信任票"，如果信任票的得票率不满 50%，就没有资格作为党支部的候选人参加内选举。村民投信任票，非常正规，也是不画框框、不加限制，实行秘密划票、投票、计票、监票，张榜公布。于是"两票制"的实际内容变成村民投信任票、党员投选举票。实践的结果，原来一些党群关系、干部关系十分紧张的瘫痪村，如旧县乡的上炭水村、火山村、范家梁村、纸房沟村、硬地昴村、城关镇的唐家会村等，都迅速改变了面貌，不仅集体上访的事件没有了，而且有的村一跃成为先进村。

1992 年 2 月 28 日，中共河曲县委批转了城关镇党委《关于采用两票制建设农村党支部的情况报告》，决定"1992 年要把实施两票制作为农村党建工作的重点"。要求各乡镇党委把推行两票制，选好党支部同实施支部任期目标、民主评议党员、培养农村后备干部等结合起来，对农村党支部进行全方位综合治理。同年 3 月 15 日，河曲县委组织部发布了《关于推行两票制建设农村党支部的实施方案》和《关于推行两票制建设农村党支部的选举办法》（以下简称《选举办法》）两个文件，对两票制进行规范。

根据《选举办法》的规定，候选人的产生办法有两种：第一种办法是由全体村民（一般以户为单位，每户一个代表）对全体党员和支部成员进行民主评议后，按本支部成员的职数规定和任职条件，以投信任票（对不便集中的也可上门投票）的形式，推荐出书记、副书记和党员的初步候选人（推荐结果要当场公布）；乡（镇）党委根据得票多少，分别提名书记、副书记和委员候选人，经党员大会讨论后确定为正式候选人。

第二种办法是全体村民（一般以户为单位，每户一个代表）在对全体党员进行评议以后，按本支部成员的职数规定和任职条件，以投信任票的形式推荐出等于或多于规定职数 20% 的支部委员初步候选人；乡镇党委根据民主评议结果和得票多少提名支部候选人，经党员大会讨论通过后，确定为正式候选人，实行差额预选，在预选的基础上，乡（镇）党委提名书记、副书记和委员候选人，提交党员大会讨论通过，作为正式候选人。

以上两种办法，各村在实施过程中可自由选择。在正式候选人确定之后，再召开党员大会进行正式选举。如实行差额选举，落选的书记或副书记候选人为当然的委员候选人。正式选举时，实到会的有选举权人数超过应到会有选举权人数的五分之四，选举方为有效。

《选举办法》还规定，村民推荐和党内选举时，都要设监票人、计票人，一律采用无记名投票方式。收回的选票若与参加投票人数不符，则选举无效，应重新选举。被选举人获得的赞成票超过实到会有选举权人数的一半以上，始得当选。选举结果必须当场公布。

这就是"两票制"的规范形态。

1992 年 5 月 5 日，河曲县委组织部为了巩固两票制的成果，完善两票制的机制，又向全县颁发了《关于推行两票制建设农村党支部的三项制度》。这三项制度是：（1）推行两票制，建设农村党支部，要同一年一度的民主评议党员、支部班子任职评价和支部班子换届结合起来。对群众信任票不过半数的不称职干部，要用"两票制"的办法及时加以调整。（2）要把两票制引入农村后备干部的选拔培养工作中来，群众信任票至少达到半数以上，方可列为重点培养对象专门培养。（3）在发展新党员时，采用两票制，严把入口关。只有村民的推荐信任票至少超过半数以上者，方可列入党建积极分子名单。这三项制度的核心，是把两票制变成一种民主机制，导入农村的政治生活之中，从根本上改善执政党与人民群众之间的关系。现在该县又进一步扩大两票制的应用范围，在县级以下机关、乡（镇）及企业领导人的更换任免上，也用两票制，受到基层干部和群众的广泛欢迎。

推行两票制的绩效及其社会意义

两票制的推行，收到了事半功倍的效果：（1）使农村党支部、村委会班子整体结构趋于合理，凝聚力、战斗力明显增强，干部年轻化、知识化程度大大提高，全县后进干部、村委会在 1992 年当年转化率达 83%。（2）干群矛盾得以缓解，党群关系明显改善，社会秩序趋向稳定。该县城关镇的岱狱殿村，仅用一天时间就把拖欠三年的粮油定购任务全部完成；旧县乡的上炭水村被称为"告状专业户"的一个村民，变成了村支书的好帮手。（3）党内外民主监督制约机制和选人用人上的竞争机制初步确立，有效地遏制住了基层干部选拔上的不正之风。（4）促进了农村物质文明和精神文明的建设。仅 1992 年，全县共修地 1.32 万亩，打坝 58 座，植树造林 5 万亩，小流域治理 7 万亩。工农业生产总值达 1.53 亿元，年增长 4%。全县刑事案件下降了 18%，民事案件下降了 46.1%。到 1997 年底，刑事案件与民事案件已十分少见，村民集体上访事件已经绝迹。

1992 年 8 月 14 日，忻州地区实施两票制建设农村党支部经验交流现场会在河曲召开。河曲县大胆推行由群众投信任票，推荐支部候选人；党员投选举票，选举支部班子的两票制，在全地区范围内推广。地委书记和省委组织部的领导给予了高度重视和充分肯定，认为：两票制是密切党群关系、加强党内外民主监督的积极探索；两票制是完善选人用人机制，使农村党组织建设制度化、规范化的有益尝试；两票制是优化班子结构，增强农村党支部凝聚力和战斗力的成功实践；两票制是健全激励机制，深化农村改革，发展农村经济的有效措施。在忻州地委的大力支持与推动下，目前用两票制建设农村党支部已经制度化、规范化，并对省内外一些地方产生了广泛的影响。像临汾地区的霍州市、河南省的林州市，在 1997 年度的村委会和党支部换届选举中，都纷纷援用了两票制的办法，收到了很好的效果。

笔者认为，用两票制的办法发展民主，首先是坚持党在社会主义初级阶段基本路线的需要。毛泽东说过，"我们的权力是人民给的"。人民应当有权选择村干部。改善农村党群关系和干群关系的最好方法，就是走群众路线。人民群众通过"选票"，把主权委托给所信赖的干部，由村干部代行主权，这是民主政治的起码要求。两票制使人民自主选择干部的权利落到实处。其次是反腐倡廉的需要。1945 年毛泽东回答黄炎培关于如何跳出由兴盛到衰败的周期率时说过："就是民主"，"只有人人起来负责"，"让人民来监督"，才不会人亡政息。中国不能搞街头民主，查处典型案件的办法治标不治本。河曲县的"两票制"经验作为一种民主监督机制，标本兼治，是实现长治久安的最好方法。因此，在现阶段基层民主政治建设中具有广泛推广的价值。

（按：这是 1988 年 10 月 8 日至 9 日，作者提供给香港中文大学服务中心主办的"中国大陆村级组织建设研究研讨会"论文，嗣后，《中国国情国力》1998 年第 6 期节选了主要内容，改题为《"两票制"：基层民主政治建设的突破口》重新发表。）

直接选举与直接民主不能画等号

——兼论《村民委员会组织法》增设"村民代表会议"条款的必要性

党的十五大报告在论述"扩大基层民主"时，特别强调"城乡基层政权机关和基层群众性自治组织，都要健全民主选举制度"。这就表明，公开、自由和公平的选举不仅是民主的精髓，而且是民主不可或缺的必要条件。选举的力量在于，它是民主的制度保障。选举制度有直接选举与间接选举之分，民主政治有直接民主与间接民主之别。直接选举和直接民主虽都有"直接"二字，但却是两个完全不同的概念。然而，在探讨如何发展社会主义民主时，这二者的区别并没有引起我国理论界应有的重视，往往把直接选举与直接民主混为一谈，误以为直接选举就是直接民主。这不仅造成理论上的混乱，而且容易误导民主政治建设的方向与制度安排。因此，有必要加以澄清。

选举式民主都是代议制民主

普选制是人类政治文明的成果，一百六十多年前，马克思在评论"伦敦工人协会"发起的争取普选权斗争时指出："实行普选权的必然结果就是工人阶级的政治统治。"[①] 因此，选举就成为民主政治活动的决定性开端。我们常说的"人民主权原则"，是通过"选票"落到实处的。"选票"代表选民的主权。选举活动即是选民按照一定的程序，运用投票的形式将自己主权委托给所选择的"代表"，由这些选举出来的"代表"来掌握并行使公共权力，只有这样，才能确保民主的实现。所以，定期

---

① 《马克思恩格斯全集》第 8 卷，第 390 页。

的、公开的、自由的、公平的选举，便成为决定民主政治能否成立的前提。

普选制所体现的民主精神在于，只有由公民选举产生的公共权力机构才具合法性；周期地通过非暴力的、和平有序的方式（公民普选的方式）实现公共权力机构的产生与更迭，是民主政治的核心，对于维护政治稳定和推动政治发展，起着决定性的作用，因而成为民主政治的制度保障。从这个意义上说，民主政治就是选举政治，因为选举毕竟是民主纵向结构（选择掌权者）的关键性起点。

不过，按照国际通行的选举规则，选举可以区分为直接选举和间接选举两种方式。所谓直接选举，是指国家权力机关的代表（或议员）以及其他公职人员由选民直接投票选出。而间接选举则是指先由选民选出代表或"选举人"，再由代表或"选举人"选出上一级代表或国家公职人员。当代西方国家的议会下院的议员，一般由直接选举产生。而国家元首或行政首脑的产生方式则不一样。有的是由直接选举产生，如法国的总统选举；有的则是用间接选举产生，如美国的总统选举。我国实行直接选举与间接选举并用的选举制度，即：县级以下人民代表大会的代表、基层群众性自治组织实行直接选举；县级以上人民代表大会的代表、国家公职人员实行间接选举。

从世界范围来看，间接选举在过去要比现在更为常见。当今存在着一种以民主的名义摒弃间接选举的倾向，人们往往相信民主就意味着直接选举。例如，1913 年美国把参议院的间接选举改为直接选举；1962 年法国修改宪法，把原来间接选举总统改为由直接普选产生；1969 年瑞典取消间接选举议员的传统做法，等等。尽管一般认为直接选举比间接选举更具民主性，然而二者之间只存在程度上的差异，并无本质上的区别。既然都是"选举"，那就必然是人民通过选举出来的代表掌握和行使立法权与统治权。换句话说，直接选举也好，间接选举也好，它们落实到制度层面上，都不是人民直接进行统治，而是选举产生行使立法权的代议机构和行使统治权的掌权者。因此，实质上都是代议民主。选举与代议制之间有着一种不可分割的天然联系。诚如美国政治学家乔万·萨托利所说："代议制民主可以定义为间接民主，在这里人民不亲自统治，而是选出统治他们的代表。至于选举式民主同代议制民主的关系，只需指出前者虽不是后者的充分条件，却是它的必要条件就够了。代议制民主的概念包含着选举式民主，但反过来说则是错误的。现代民主制度兼有选举制和代议制，因此不选举代表的选举式民主是难以成立的。"①

直接选举与直接民主没有对应关系

所谓"直接民主"，又称"强度自治"，是指政治决策权属于全体公民，而不需要通过诸如代表（议员）或其他政治组织来作中介的政治形式。换言之，直接民主是指人民自己统治自己，是人民不间断地直接参与行使权力。

在历史上，最接近"直接民主"的范例，是公元前 5 世纪时古希腊的城邦民主。古希腊城邦国家，居民难得超过一万人，其中大多数是妇女和奴隶，他们不是公民，被排斥在公民大会之外。所有公民都有权出席全体公民大会并投票表决，所有公民都有资格通过抽签或选举充任各种司法职务和行政职务。

在现代，"直接民主"只以如下两种形式存在：一是在那些非常小的政治单位，例如在英格兰和威尔士那些居民不满300 人的教区的居民举行教区大会，在美国的康涅狄格州和罗得岛的较小的市镇的镇民大会，在瑞士中部和东部五个小州和分州中的小乡镇的镇民大会等。二是有些国家还把某些重大问题通过公民投票的方式，交由全体公民表决裁定（全民公决，行使复决权）以及采用动议程序、罢免程序（行使创制权、罢免权）等，视作"适度的直接民主"。

然而，严格说来，"直接民主"或"强度自治"不过是一个十分理想化的概念。即使在古希腊时代，也有以"抽签"或"选举"方式挑选出领导人履行某些职能，更何况在现代社会经济条件下芸芸众生的大国呢？直接民主根本不需要选举代表（议员）这一表达民意的"传送带"，更不需要选举官员，一切事情都由全体公民大会投票解决。投票不等于选举，简单地说，选举并不制定政策，选举只决定由谁来制定政策。凡需要选举代表的民主，都是间接民主，不管是直接选举还是间接选举。在这里，直接选举与直接民主根本不存在对应关系。直接民主是与间接民主相比较而言的，直接民主与间接民主的根本区别在于：直接民主就是人民不间断地

---

① 《民主新论》，东方出版社 1992 年版，第 119 页。

直接参与行使权力，而间接民主在很大程度上则是对权力的限制和监督体系，是人民通过选举把主权"委托"给"代表"，由他们代表人民来行使权力，并接受人民的监督。间接民主是"代表"进行统治，不是所有公民直接统治自己。尽管亲自行使权力应当胜于把权力委托给别人，公众参与的制度化总比代议制更安全，但若从实践角度来看，凡事都要全体公民集会表决，则完全不具备可操作性。

《村民委员会组织法》应增设"村民代表会议"条款

目前我国农村实行的村民自治制度，是人民公社解体以后的一种中国特色的制度安排。所谓村民自治，并不意味着凡事都要村民大会进行表决，它其实是一种直接民主与间接民主的混合体，其自治性是相对于国家政权机构而言的。它所包含的直接民主特性，主要是由公决权、创制权和罢免权体现出来的。但是，村级事务的日常管理机构却是由村民选举产生的村民委员会。村民委员会是农村集体财产所有权的法人代表，只有它在法理上代表着全体村民的利益。虽然村民委员会是直接选举产生的，但前面已经说过，直接选举并不等于直接民主，凡需要选举代表或管理机构的民主都是间接民主。因此，村民委员会体现的是代议制民主，而不是直接民主。所以，增设"村民代表会议"作为议事机构，与村民自治宗旨并不矛盾。因为它与村民委员会一样，都具有代议制民主性质，此其一。

其二，目前全国共有92.8万个村民委员会，村民委员会所辖人口的规模，一般在1000人至4000人之间；人口在8000人甚至10000人以上的村子，所在多有。随着农村现代化建设的发展，各地已陆续出现了富村兼并穷村，村民委员会所辖人口的规模有进一步扩大的趋势。在农民充分享有生产经营自主权的现代条件下，凡事都要召开村民会议，由全体村民投票决定，是根本办不到的。即使勉强召开，但在"谁决定召开村民会议""在什么时间召开""讨论什么议案"等问题上，已经深深打上了"代议制民主"的胎记，而非纯粹的直接民主了！因此，在"扩大基层民主"的问题上，切不可以为民主越纯粹越好。纯粹的民主只是一种理想，在现实中并不具有操作性，而且很可能走向自己的反面。

其三，村民代表会议制度是《村民委员会组织法》颁布实施过程中，农民群众的一项制度创新。目前已有16个省级地方法规予以确认，并对村民代表会的产生、组织构成、议事规则作了规定。在村民自治实践过程中受到农民群众的普遍好评。正如吉林省梨树县霍家店的一位村民所说："有了村民代表会议事，感觉权力更贴近我们了！"现在正在广泛征求意见的《中华人民共和国村民委员会组织法（修订草案）》中，没有设立关于"村民代表会议"的条款，是一个缺陷。建议从实际出发，尊重农民群众在自治实践活动中的创造精神，增加相应条款，确认村民代表会议的法律地位。

我认为，村民代表应当以村民小组为基本选区直接选举产生。村民代表会议应当是村民大会闭会期间，行使村民大会所赋予的决策权和监督权的常设性机构。从体制上讲，它应当成为村民自治制度内在性的约束机制，对村委会的工作及村委会成员的行为进行有效的约束与监督。法律还应对村民代表会的职权范围、内部构成、议事规则等作出明确的规定。

实践表明，村民代表会议是发展基层民主、健全村民自治制度的有力保障。它不仅使群众性自治组织的"自我管理、自我教育、自我服务"和"民主决策、民主管理、民主监督"落到实处，而且，还能促进农村党支部的领导方式的转变，即由过去直接决定政策治理农村，向通过村民代表会议按照法定程序使党的方针、政策转化为村民的意志来治理农村的方式转变。这样不仅可以提高党支部贯彻执行党的方针、政策的效率，密切基层党组织与农民之间的关系，而且还可能大大加强党支部的核心地位，理顺农村党支部与村委会的关系，保证村民自治制度的健康发展并促进农村社会的稳定与繁荣。

原载《中国经济时报》1998 年 10 月 1 日

改革候选人产生方式的成功案例

　　选举是人民主权的寄存过程。决定选举是否民主的至关重要的条件，是候选人的提名方式与决定方式。倘若候选人的提名方式与决定方式不民主，那么整个选举也就失去了意义。深圳市大鹏镇在1998年镇长换届选举中，引进了山西省河曲县村民自治和农村党支部选举中创造的"两票制"方法来确定候选人，收到了良好的效果，成为乡镇长选举中改革候选人产生方式的一个成功案例，在现行体制下具有推广价值。

　　用"两票制"来改革乡镇选举中的候选人提名方式与决定方式，最重要的意义在于扩大了乡镇长权力合法性来源的基础。按照现行法律，乡镇人大代表是由选民直接选举产生的；而乡镇长则是用"领导定名单，代表画圈圈"的办法，即间接选举的办法产生的。尽管这些"代表"是选民直选的，但对选民来说，用间接选举的办法产生的乡镇长，总觉得不是自己直接行使主权进行的选择，距离"当家做主"似乎还隔一层。而用"两票制"的办法决定候选人，则可以化解选民的这种误会，增强当选的乡镇长的权力合法性，使选举的建立支持与系统维持的功能得以充分发挥，此其一。

　　其二，选举是确定政府领导人对选民负责的重要技术。用"两票制"方法决定乡镇长的候选人是一种政治选择。这种政治选择也包含对乡镇政府的选择和对乡镇政府政策某种程度上的控制。换言之，两票制对于政治选择和政策制定的影响是深远而持久的。

　　其三，用两票制决定候选人，向选民提供了政治参与的机会和渠道。选举虽然不是政治参与的唯一方式，但是最有效的方式之一。选举过程包括介绍候选人的情况、候选人与选民见面、候选人的竞选活动以及投票行动等，都是最重要的政治参与。除此之外，选民还用两票制去影响公共政策与公共选择，形成最广泛的政治参与。社会主义民主实质上是一种参与式民主。所谓"人民当家做主"，就是提倡最大限度地扩大政治参与。两票制的价值之所在，正是最大限度地扩大了乡镇长选举中选民的政治参与。政治参与是构成民主体系所必需的先决条件。政治参与形式的多寡、比例的高低，就成为民主体系健全与否的试金石。

其四，两票制是选民行为与执政党（或政府）行为互动的联结点，具有非常重要的联结功能。它对选民和候选人都有教育作用。"两票制"故乡的评论说："两票制激活了实干的，教育了混饭的，淘汰了捣乱的"，足见其机制的威力。两票制还推动了政治社会化的进程——成为政治沟通的重要媒介，是选民与执政党（或政府）之间的桥梁。在实施"两票制"的地方，决策的形成，争论的解决，都变得易如反掌。

总而言之，用"两票制"决定乡镇候选人，是基层民主政治建设中带有创新性的改良。它与现行体制和法律比较好衔接。因此，深圳大鹏镇用"两票制"选举镇长的经验具有普遍意义，比较容易被各方所接受，应当大力推广。

原载《马克思主义与现实》2000 年第 3 期

罢免权是不可攘夺的公民基本权利

村民委员会，作为农村基层群众性自治组织，实质上是由农村公民结成的基础性权力共同体。按照宪法的规定"中华人民共和国一切权力属于人民"的原则，农村公民有权选择这个基础性权力共同体的领导人。这是"人民主权"学说的题中应有之义。

所谓"有权选择领导人"，包含两个方面：一是选举权。即村民按照《村民委员会组织法》的规定，通过法定程序，直接选举产生村民委员会的主任、副主任和委员。选举过程，对于每个选民来说，实际上是一次主权转让过程。选票代表选民的主权，通过投票行动，将自己的主权转让或委托给所选出的"代表"，由"代表"代行选民的主权。这样，当选的村民委员会的主任、副主任和委员与选民之间的关系，就是委托关系。他们成为每个选民主权的"代表"。二是罢免权。当选民发现他们的主权委托对象，不能很好地履行职责，或者违反法律，被依法追究刑事责任；或者严重违反党和国家的政策，且屡教不改；或者不称职；或者严重失职时，选民均有权通过法定程序，举行村民大会，予以罢免或撤换。罢免权，是"一切权力属于人民"的"人民主权"原则所固有的不可攘夺、不可分割的权利；是选民有权选择领导人的另一种表现形式。罢免权与选举权的不同之处在于：选举行动是完成授权过程或委托过程，而罢免权则是通过投票行动把委托出去的主权收回，以便重新委托他人的过程。发展基层民主，实行村民自治，如果村民只拥有选举权而不能行使罢免权，那么，这种民主是不健全、不完整的，还不配称作人民实现了"当家做主"。

行使罢免权，关键在于要通过法定程序。首先要根据法律规定，必须"有五分之一以上有选举权的村民联名"，才能启动弹劾程序。弹劾程序一旦启动，村民委员会就应当召集村民会议，讨论罢免、撤换的问题。即如《村民委员会组织法》所规定的那样：村委会应当及时召开村民会议，投票表决罢免要求。然而，在现实生活中，由于村委会的主任、副主任和委员手中握有公共权力，当他们成为弹劾、罢免对象时，往往拒绝召开村民会议，以致弹劾程序中断，造成村民所享有的罢免权落空，并导致干群矛盾激化，影响村内的安定。这种情况，各地时有发生，表明村民自治组织的内部约束机制不健全和外部环境不协调，即乡镇政府的指导、支持和帮助不力。

这里所说的"村民自治组织的内部约束机制不健全"，主要是就制度安排层面而言的。有些村委会主任当选之前或当选之初表现是好的或比较好的。但是，当他们在掌握村民赋予他的公共权力之后，特别是在运用公共权力的时候，往往不按规则运作，没有建立起村务公开制度。要么不公开，要么半公开或假公开，甚至以权谋私，导致公共权力异化，引起村民的不满或反对，促成了村民的罢免要求。一般地说，这是村民自治组织没有形成健全的监督机制造成的。当然，这与该村党支部没有发挥核心作用有关。更重要的，还是制度安排上有漏洞。一则表现为法律规定的选举权与罢免权不对等。选举时须参加投票的过半数通过；而罢免时则须经有选举权的村民过半数通过。无形之中，造成当选容易罢免难。二则法律规定村民会议或村民代表会必须由村委会召集。当村委会主任成为罢免对象而拒绝召集时，村民会议或村民代表会议就开不成，监督机制也就建立不起来。因此，从制度设计上来说，应当遵循分权原则，重新考虑由谁来召集村民会议或村民代表会议的问题。这应当成为村民自治立法改革的重要课题。

至于说"外部环境不协调，即乡镇政府指导、支持、帮助不力"的问题，也是村民的罢免权得不到落实的重要障碍。从理论上讲，村民行使罢免权无须乡镇政府介入。然而，在实践中，法律本身的缺陷，导致乡镇政府非介入不可。不过介入的方式有两种：一种是按照法律规定，认真履行"指导、支持和帮助"的职责。正如山东省制定《〈村委会组织法〉实施办法》中规定的"村民委员会拒绝召开村民会议表决罢免要求的，可以由乡镇人民政府召集村民会议，由村民会议进行投票表决"。另一种，是以"爱护干部""保护人才""维护稳定"等好听的言辞为借口，阻挠、干预村民的罢免要求。大量案例表明，当乡镇主要领导对村民的罢免要求加以阻挠、对群众上访熟视无睹，甚至助纣为虐，帮助罢免对象打击村民的时候，他们与罢免对象之间，肯定有说不清或见不得人的关系。这既是当前一些农村村民的罢免权得不到落实的主要原因，也是影响农村基层社会稳定的症结之所在，应当引起高度的警惕。

原载《乡镇论坛》1999 年第 14 期

农村治理结构与治理方式
存在的问题与对策

一

最近，我们对吉林省梨树县、山西省河曲县、云南省路南县的村民自治状况进行了调查。从调查的情况看，实行村民自治以后，农村基层公共权力结构的配置及其运用方式，仍然是当前农村政治生活中的热点或难点问题。其突出表现在两个方面：一是村党支部与村委会这两个权力主体之间的关系不顺。这种关系不顺主要表现为以下三种情况：第一种情况是村党支部包揽一切乡村事务，包办代替了本属村民自治范围的所有事务，村委会很难发挥其自治组织的作用；第二种情况是少数村党支部书记与村委会主任关系不和，矛盾加剧；第三种情况是个别村党支部书记或村委会主任违规操作，使村务管理陷于无序状态。

二是行政主导是公共权力运用的基本方式。这主要是指"行政命令"仍然是村干部的主要工作方法。村民民主参与不是不受重视，就是时常被忽略。换句话说，村干部与村民合作运用公共权力的工作方式尚未成为习惯。

不同问题的解决，应有不同的对策。解决村党支部与村委会关系不顺的问题，首先要把重点放在改善农村党支部的领导方式上。党的领导主要是政治领导。村党支部的领导核心作用，应当是通过宏观调控来影响村务决策和规范村干部施政行为实现对村务管理的有效监督这两个方面体现出来，而不应事无巨细都抓在自己手里。只有超脱具体事务，才能居高临下有效地行使监督权，才有权威。

其次，必须坚决维护《村民委员会组织法》的权威，严格按照法律规定，建立农村基层组织工作规范，健全村委会的"自我管理、自我教育、自我服务"的机制，实行村干部分工负责制、任期目标责任制和民主评议的考绩制，以此来规范村干部的施政行为。要发展基层民主，就要真正还权于民，把属于自治组织"自我管理"范围内的农村事务，统统交给自治组织去办理，而不应截留。

村务管理中公共权力运用方式方面的问题，大体分两种情况：一种是体制上的原因，如在乡镇政府之下设立派出机构——办事处或村公所的地方，只有用改制的办法来解决，即撤销乡镇政府的派出机构，在管理区范围内设立村民委员会，理顺农村基层管理体制的办法来解决。另一种是认识、习惯或工作方法上的原因，只能分别具体情况，对症下药，用不同的办法来解决。对于认识上的问题或者习惯上的问题的最好解决办法，是认真贯彻执行《村民委员会组织法》，用法律来规范村务管理中的行为，真正解决依法办事的问题。

同时还应按法律规定在制度安排上健全村务管理机构，建立并完善村务公开的监督机制。从而形成村干部与村民合作运用公共权力的新格局、新习惯。

二

村级治理的核心问题是村务公开。目前各地村务公开工作发展极不平衡，问题较多，主要体现在以下几个方面。

1. 缺乏刚性的统一规范。在村务公开的内容、程序、时间、形式等问题上，可以说是五花八门。有的村公开的村务内容过于简单，往往是只公布大项，不公布细目，群众看不懂，干部道不明；有的村村务公开的程序随意性很大；有的村公布的内容，未经村民代表会议审议或未经民主理财小组审计；有的村没有设立"意见箱"或"建议箱"；有的村没有建立村务公开档案；有的村建立的村务公开制度、规章及原则，缺乏可操作性，检查落实没有衡量标准，缺少针对性。

2. 在推行村务公开过程中，各地不同程度地存在"重形式，轻效果"的问题。有的村是"为公开而公开"，因此，"公开"中的水分较多。

3. 就全国范围来看，个别地方的乡镇党委和政府，无视《村民委员会组织法》的规定，不按法律程序办事，随意撤换村委会干部，民主选举走过场，导致村务不公开、管理不民主。这应该说主要是人为因素造成的，但反映了两方面的问题：一方面说明缺乏乡镇政府指导村委会的具体的政策框架，尤其缺乏乡镇政府指导村务公开、民主管理的机制；另一方面说明少数乡镇干部和少数村委会干部对村务公开的重大意义认识不足，没有把它作为事关农村稳定和发展的大事来抓，亟待通过培训以提高他们的认识水平和管理能力。

4. 有些地方的村务公开制度，是由县、乡政府统一制定下发的，未经村民代表会议或村民会议讨论，未与村民见面，因而形同虚设，流于形式。

5. 有一些地方村务管理有章不循，少数干部说了算，搞半公开、假公开、欺骗上级、糊弄群众。特别是财务管理混乱，钱账不清、收不入账、公款私存、白条入账；非生产性开支居高不下；财务人员更换频繁；没有预、决算和审批制度，尤其没有离任审计制度，等等。

要克服村务管理中现存的问题，首先应加快地方立法进程，把村务公开纳入法制化轨道。新修订的《村民委员会组织法》于1998年11月4日颁布实施之后，目前大部分省、市、自治区尚未修订自己的"实施办法"，也没有制定村务公开的地方性法规。这显然不利于规范村务管理和村务公开。因此，尽快把村务公开工作纳入地方立法计划，加快完善村民自治法律体系的步伐，是改进村级治理，推动村务管理制度化、规范化的前提。

其次，要建立和健全县、乡政府指导村务公开的政策框架，正确理解与处理村务公开与村民自治的辩证关系。民主选举是村务公开的必要前提，村务公开是民主决策的必然结果，民主管理是村务公开的有效手段，村务公开是民主监督的实现形式。在此基础上，结合各地的特点，统一规范村务公开的内容、程序、时间、形式、监督管理等，使之具有可操作性。要加大培训村委会干部的力度，提高他们的管理水平；同时要开展村务公开示范活动，推广先进经验，形成健康向上的社会氛围；要完善村民代表会议制度，健全民主监督机制，把村务公开作为农村治理的一项根本制度长期坚持下去。

最后，财务公开是村务公开的核心问题，实现农村集体经济财务管理制度化、规范化，是搞好村务公开的关键。为此应做好以下四方面的工作。

一要建立一支稳定的、熟悉财务管理规则、会管理的农村基层会计队伍，这是搞好财务公开的基础条件。

二要从治理结构上健全民主理财小组，对全村的财务工作进行跟踪监督。

三要从治理方式上完善各种财务管理制度，促进农村的财务管理工作制度化、规范化，提高农村财务管理的整体水平。

四要建立健全农村审计监督机制，严肃财务管理制度和财务纪律，维护农村稳定和农村经济社会的健康发展。

三

从全局上看，各地的"村务公开，民主管理"工作进展不平衡，是当前农村治理中的又一个大问题。造成这种不平衡的原因主要有以下几点。

1. 部分县乡村干部认识上存在误区。一些县乡干部没有从战略高度认识"村务公开，民主管理"对于维护农村社会稳定、推动农村经济发展的重大意义和作用，不是认为村务公开是件难事，阻力大，吃力不讨好，就是认为村务公开会损害自身的利益，一些个人消费公款报销以及请客送礼等不正当开支，不好再体现在村账上了。因而，从内心深处不愿意去推动这项工作，即使不得已而为之，也是敷衍应付。

2. 村务公开操作技术方面存在障碍。一些地方不得要领，不会搞村务公开。有的村由于制度建设不配套，村干部办事主观随意性较大，对村内各项事务的管理缺乏基本的制度规范；有的村连基本的村务管理档案都没有，财务账本都不全，现在要实行"村务公开"了，感到无所适从。更多的情况是村务公开的内容、时间、形式都不规范，随意性很大。

3. 体制上的弊端未得到克服。一些县、乡政府处理与自治组织的关系时，还没有摆脱"行政权力支配社会"模式的窠臼。满足于一般性号召和部署，疏于检查指导，不注重村务公开的质量和实际效果，尤其不注重扩大村民参与改革过时的村务决策过程。

要克服各地的"村务公开，民主管理"工作进展不平衡的问题：

首先要切实加强对村务公开的组织领导。要把推行村务公开工作纳入各级党委、政府的重要议事日程，通过试点培育、示范推广、检查指导等方法，全面开展村务公开工作，避免出现不平衡。

其次，要完善村务公开的各项制度。要使村务公开真正坚持下去，就必须在进行制度设计时保证村民的广泛参与。制定的制度要管用、要配套、要好操作，否则没有生命力。村务公开作为农村治理的核心问题，不应局限于事后结果的公开，而应当延伸到事前征询意见、事中决策过程公开，要使村务公开变成农村政治生活中不可或缺的内容并使之制度化。

最后，要大刀阔斧地进行体制改革。要理顺政府与自治组织的关系。撤销乡镇政府的派出机构，使村民自治名副其实。乡镇政府应当把村务公开、民主管理作为事关全局的大事来抓，并把主要精力放在检查指导上。要彻底改变过去那种由县、乡政府制定村务公开有关制度，不与村民商量而令村民执行的官僚主义做法，大胆探索建立乡镇政府对村委会、村民对村干部、党员对党支部的多层次、全方位的民主监督机制的形式与途径，切实保证村务公开、民主管理制度在农村基层的全面实施。

原载《求是·内部文稿》2000 年第 8 期，4 月 25 日出版

农村基层选举：进程与挑战

在当今世界上，选举已被公认为是权力移交的唯一合法形式，不管这种选举是认可性选举还是罢免性选举，都是如此。在一党领导的体制下选举的性质，取决于候选人的提名方式与确定方式。假如候选人的提名方式与确定方式为当权者所垄断，那么，这种选举一定是认可性选举。反之，则是罢免性选举。罢免性选举的特点是摆脱了"指选名单"的束缚，对于选民来说，更具民主性。

中国农村在建立村民自治过程中，创造了"海选""两票制"、村民代表会"预选""三上三下三公布"以及"联选制"等多种确定候选人的模式，1998 年 11 月 4 日颁布的新修订的《中华人民共和国村民委员会组织法》（以下简称《村民委员会组织法》）规定："由本村有选举权的村民直接提名候选人"，实质上是确认了"海选"为唯一合法确定候选人的模式，从而规范了村民自治选举的非认可性选举实质。

村委会换届选举，是村民自治机构公共权力以和平、有序的方式更迭的过程。三年一度的村委会换届选举，已成为农村公民行使自己的政治权利、选择领导人的重要活动。随着新的《村民委员会组织法》的实施，村委会换届选举工作已逐步走上了规范化、法制化、制度化的轨道，有力地推动了农村基层民主政治的发展。然而，我们还应当看到，随着我国农村经济、政治、社会生活领域的发展变化，村委会换届选举中出现了一些新情况、新问题，需要认真应对，否则将会对村民自治的质量和农村社会的稳定造成负面影响。

村委会选举法制化过程

中国农村的村民委员会选举，滥觞于 1987 年 11 月 24 日第六届全国人民代表大会常务委员第二十三次会议通过的《中华人民共和国村民委员会组织法（试行）》（以下简称《试行法》）的颁布。《试行法》第21条规定："本法自1988年6月1日起执行。"各地在建立村民自治制度的过程中，创造了多种确定候选人的模式：吉林省梨树县的"海选"、山西省河曲县的"两票制"、河南省驻马店地区的"三上三下三公布"、福建省的"五人联名提名"及村民代表会预选、安徽省个别地方的"联选制"，等等。经过十年的实践，到1998年11月4日第九届全国人民代表大会常务委员会第五次会议通过修改后的《村民委员会组织法》正式规定：村民委员会的成员，"由村民直接选举产生。任何组织或者个人不得指定、委派或者撤换"（第11条），从而规范了村民自治的选举，并以律条的形式肯定了这一制度选择。

概括地说，新的《村民委员会组织法》对十年来各地村民自治的实践经验进行扬弃，在村委会选举的制度选择方面，较之《试行法》有突破性的进展。这些进展反映了村委会选举法制化的过程。

第一，是村民直接提名候选人。众所周知，过去的《试行法》只是笼统地规定"村民委员会主任、副主任和委员，由村民直接选举产生"，没有相应的具体操作程序作保障。尤其没有对如何提名和决定候选人这个村委会选举的关键性环节作明确规定，结果造成一些地方"指选""派选"等人为地操纵或不恰当干预，使选举不能表达民意。即如群众所说，这是"上面定调调，下面画圈圈"的"假民主"。新的村委会组织法肯定了农民群众在村民自治实践中创造的"海选"模式，作为一种制度选择，明文规定了"选举村民委员会，由本村有选举权的村民直接提名候选人"，这是非常重要的突破。

第二，实行差额选举。选举的题中应有之义是给选民提供选择的机会，这就要求应当实行差额选举，或者说差额选举应当是选举的一个基本原则。中国的选举制度在1979年以前，一般采取等额选举的办法。1979年重新颁布的选举法和地方政府组织法第一次规定了选举人大代表和地方国家机关领导人员实行差额选举。这是中国选举程序上的一大突破。然而，比照人大选举制度而逐渐形成的村委会选举办法，又允许等额选举。尽管《试行法》对此未作规定。但一些省级的《实施办法》中却规定村委会主任、副主任和委员"实行差额或等额选举"。如湖北省的实施办法第10条、贵州省的实施办法第11条、浙江省的实施办法第10条、青海省的实施办法第 14 条等。这应该说是选举程序上的倒退现象，如果候选人提名方式不民主，那么，等额选举极易被操纵，从而降低了选举的质量与意义。新的《村民委员会组织法》明文规定要实行差额选举，强调"候选人的名额应当多于应选名额"。这不仅为选民提供了选择的余地，而且通过规范程序，增强了选举的公正性。

第三，设立秘密写票处。保证选民不受干扰、充分自由地按照自己的意志填写选票，这是实现选举公正、公平性的重要环节。中国的选举制度，从来没有设立秘密写票处的先例，都是召开选举大会，选民在会场上当众划票，有的还交头接耳、东张西望。这种写票方式，很难反映选民的真实意愿，或迫于某种压力，或碍于情面，而违心地"随大流"，结果使选举民主的质量大大打了折扣。《试行法》对此没有规定。在 1995—1996 年的村委会换届选举中，福建省率先设立了秘密写票处。该省的《选举规程》第二节"投票方式"中明确规定："投票站是村委会选举中设立的固定场所，设有领票处、秘密写票处和投票处。"实践表明，秘密写票处的设立，对于防止宗族、帮派势力的干扰，保证选民按照自己的意志填写选票，行使民主权利，起到了很好的作用，因而各省纷纷仿效。近年来基层人大代表的选举中，也采用了设立秘密写票处的做法。新的《村民委员会组织法》肯定了村民自治中农民群众的首创精神，把设立秘密写票处正式写进法律。这在中国的选举实践中具有开创意义。

第四，贯彻了违制处罚原则，增加了对"破坏选举"的处理，维护并提高了法律的权威性和严肃性。《试行法》没有涉及对破坏村委会选举的处理问题，曾经使选举"上访"投诉无门，使破坏选举者逍遥法外。一些省级选举办法中增加了违制处罚的内容。如《福建省村民委员会选举办法》第 32 条规定："用暴力、威胁、恐吓、欺骗、贿赂、打击报复等手段，扰乱、破坏选举工作的，给予批评教育或行政处罚，触犯刑律的，依法追究刑事责任。"新的《村委会组织法》吸收了一些省级实施办法或选举办法中的经验，专辟一条，规定"以威胁、贿赂、伪造选票等不正当手段，妨害村民行使选举权、被选举权，破坏村民委员会选举的，村民有权向乡、镇的人民代表大会和人民政府或者县级人民代表大会常务委员会和人民政府及其有关主管部门举报，有关机关应当负责调查并依法处理。以威胁、贿赂、伪造选票等不正当手段当选的，其当选无效"（第 15 条），从而维护了新法的法律尊严，增强了可操作性。

　　第五，设定了罢免程序。从选民的立场来说，罢免权与选举权是一个问题的两个方面，都是"有权选择领导人"的具体体现。在实践中，有些村委会主任或委员，在他还没有当选的时候表现很好，但是当他掌握村委会的权力之后，在运用这个权力的时候，往往不按规则运作，不搞村务公开，甚至以权谋私，导致村委会权力异化，引起村民的不满或反对，促成了村民的罢免要求。而罢免程序的设定，作为一种制度选择至关重要。《试行法》只笼统地规定了"村民会议有权撤换和补选村民委员会成员"。但对撤换（罢免）的依据、罢免程序的启动及运作都没有明确规定，以致在实际操作中无所适从。新的《村民委员会组织法》第16条，设定了罢免程序。其曰："本村五分之一以上有选举权的村民联名，可以要求罢免村民委员会成员。罢免要求应当提出罢免理由。被提出罢免的村民委员会成员有权提出申辩意见。村民委员会应当及时召开村民会议，投票表决罢免要求。罢免村民委员会成员须经有选举权的村民过半数通过。"此条规定，使罢免要求变得可以操作，从而完善了村民自治的选举制度。

　　选举是构建权威并使其负责的一种手段。村委会选举制度的完善标志着农村基层民主政治建设的发展。新的《村民委员会组织法》的实施、地方配套法规的纷纷出台，有力地推动了村民自治法制化、制度化的进程。据统计，从1988年到1998年《试行法》实施的十年间，全国尚有21个省、自治区、直辖市没有制定选举办法。然而，新的《村民委员会组织法》实施仅仅一年，全国就有14个省级人大常委会制定了新的村委会选举办法。说明村委会选举的法制化进程明显加快了。

选举违法案例举隅

　　村委会选举，是建立在包产到户、利益分化基础之上的政治竞争过程。在这个过程中，矛盾与冲突、违规与非程序，都是不可避免的。从1997—1999年全国范围内第四次村委会换届选举的情况来看，出现了一些带有普遍性的选举违法案例，归纳起来，主要有以下五种①。

---

　　① 本研究报告所援据的资料来源有二：一是实地调查所获的资料；二是民政系统处理的各地"上访"信件和举报材料。出于维护上访人与举报人的合法权益考虑，在援引这些数据时，一律略去所在村及姓名。特此说明。

（一）贿选

贿选，即以贿赂的方式获取选票，以达到当选的目的。其性质属于破坏选举。此类案件，近年来有增长的趋势。如湖南省长沙市雨花区某村村支部书记操纵选举，投票是以30元一票的价格，一手交票、一手发钱的形式贿选，只认票，不认人，一人多票[①]。浙江省乐清市盘石镇某村柯某，为了当选村委会主任，指使同村村民高某帮助他当众买票。高某以每张票20元的价格先后两次从选民中"买得"空白选票50张，然后以每张25元的价格"转卖"给柯某[②]。该省余姚市大岚镇某村糜某为了达到当选村委会主任的目的，许诺给一包大红鹰香烟，让村民糜某通过本村广播，以3元1张的价格，向村民收买空白选票，一时造成选举大会秩序大乱[③]。广东省阳江市有一个村的村党支部书记为了达到当选村委员会主任的目的，出资30万元买选票，并操纵填票开票过程[④]。广东省珠江三角洲发达地区的一个村书记为了达到当选村委会主任的目的，大摆宴席，一次达10桌，100多人[⑤]。湖南省邵阳市双清区某村原村委员主任陶某操纵选举，用20.3万元巨款收买选票，非法再次当选为村委会主任[⑥]。上述发生在不同地区的贿选或变相贿选案例，尽管贿选的方式和手段乃至金额不尽相同，但却有一些共同特点：一是贿选的目标，都是企图当选村委会主任之职；二是行贿者多为村党支部书记。令人匪夷所思。

（二）指选、派选

所谓指选、派选，是指乡镇政府沿袭旧的乡村管理方式，把村民自治组织看作自己的下属机构，直接任命、指定或委派村委会干部，直接剥夺和侵犯了村民的民主选举权利。此类案例，在选举违法案例中所占比例最大。例如，四川省渠县营盘乡某村，上届村委会就不是民主选举产生的，

---

① 长沙市雨花区某村469位村民联名写的举报、控告信，1999年10月15日。
② 《浙江查处一起贿选案》，《北京晚报》1999年4月21日第9版。
③ 《为了当选村主任，竟然广播买选票》，《深圳区报》1999年7月18日第11版。
④ 《历史的跨越与激荡》，《农民日报》群工部，民政部《乡镇论坛》杂志编辑部，徐勇执笔，刊于《农民日报》1999年8月31日第4版。
⑤ 同上。
⑥ 邵阳市双清区某县某乡某村976名村民联名写的《关于陶某非法当选村委会主任内幕的报告》，1999年9月18日。

这一届村委会主任是乡党委指定继任的①。河南省柘城县安平镇某村村民举报,该村一直未进行村委会选举,仍由镇政府和村支书任命村委会主任和副主任②。山东省聊城市莘县城关镇某村,由副镇长带队进村领导选举,既没有召开村民会议,又没有召开村民小组会,就产生了村选举委员会。在选举大会上,副镇长公开宣布村支书李某是合格人选,必须当选为村委会主任。接着宣布大会纪律,为了确保李某当选,规定由脱产干部统一代笔写票。而代笔人不管选民的意愿如何,一律写李某。在副镇长直接操纵下,李某当选③。这是典型的"指选"或"派选",无异于直接任命。

(三) 选举领导机关带头违法

村民自治是一种中国特色的发展基层民主的制度安排。它要求必须严格依法进行。尤其是组织和领导村委会换届选举,更要求领导机关带头守法,否则会造成不良后果。1998 年下半年,湖南省长沙市 1203 个村违反《湖南省村委会选举办法》规定,不按照省政府统一部署,擅自提前进行村委换届选举,在选举过程中又不依法办事;在提名最初候选人的程序上,违反了村民直接提名的原则;在确定正式候选人时,大多数的村没有召开村民会议或村民代表会议进行预选;部分村没有实行差额选举;部分村没有采用由有选举权的村民直接投票的方式,而是采用了村民代表、户代表投票的方法,剥夺了其他村民的选举权利;绝大部分村没有设立秘密写票处,引发了多次农民集体上访,严重影响了基层的稳定④。省政府相关部门做了大量工作进行整改,才使村民的情绪稳定下来。

(四) 选举程序不合法

程序不合法在选举法案例中占有较大比例。前揭湖南省长沙市 1203 个村选举违法事件中,主要是程序不合法。程序不合法的集中表现是选举委员会的产生不是由村民会议或者各村民小组推选产生,而是由乡镇领导

---

① 四川省渠县营盘乡某村村民联名写的《得到您的支持是我们最大的期盼》,1999 年 9 月 9 日,民信访函〔1999〕56 号。

② 河南省柘城县安平镇某村全体村民联名写的《关于平安镇党委、政府违法乱纪情况的反应材料》,1999 年 11 月 23 日,民信访函〔1999〕57 号。

③ 山东省聊城市莘县城关镇某村村民写的《关于村委会选举所出现的问题的再申诉》,1999 年 11 月 11 日。

④ 《关于长沙市部分地区擅自提前进行村委会换届选举的情况通报》,《基层政权和社区建设工作简报》第 11 期,1999 年 5 月 4 日。

或村党支部书记确定。如山东省广饶县西营乡某村，由党支部书记魏某任命了村选举委员会成员[1]。此类情况，所在多有。初步候选人提名不是由村民直接提名，而是由村党支部书记提名；正式候选人的确定没有采用预选方式，不按规定严格办理委托投票手续。如吉林某村全家五口人有选举权者没有去投票，而让一个孩子（小学五年级学生）代投[2]；重庆某村外出一年以上而没有委托投票的达 39 人。不实行秘密写票，不按规定代写票，如内蒙古某村一人代写 40 多张选票。参加投票的选民没有达到法定人数，如内蒙古某村 67% 的村民没参加选举，天津市某村 83% 的村民根本不知道选举。没有及时当众开启票箱、验票、唱票、计票，如河南省某村夜晚抱票箱挨家挨户投票，直到第三天下午才以公告形式公布选举结果，村民根本不知道选票是怎么统计的。辽宁省有一个村的代理书记操纵选举，村民代表和候选人均由他指定，并由他派人挨家挨户收选票，而后将票箱拉到乡政府，不公开计票，他虽然当上了村委会主任，但激起了村民的强烈不满。[3]

（五）用非法手段破坏选举

用非法手段破坏选举，表现形式多种多样。情节较轻的是原村委会干部落选不交权。如河南省开封市南郊乡某村[4]、广西天等县某村[5]、江苏省徐州市泉山区奎山乡某村等[6]，都出现这个情况。这种情况的后果是使选举结果落空。情节严重的是个别地方出现了"村霸"依靠暴力破坏选举。1999 年 3 月 21 日，郑州市管城区南曹乡七里河村，发生了落选的原村委会主任康岭山、副主任曹广杰雇用杀手，谋杀新当选的村委会主任康建伟及其母亲的恶性案件[7]；1999 年 5 月 25 日河南省安阳市郊区西梁村宗派势力为阻挠选举寻衅滋事，挑起械斗，造成伤亡[8]；广东省某村选举中，一老人仅仅因为发表了自己的意见，而被原领导殴打游街，影响十分

---

① 民信访函〔1999〕59 号。

② 吉林省梨树县十家堡镇村委会选举观察记录，1998 年 7 月 18 日。

③ 以上案例，参见徐勇《历史的跨越与激荡》，《农民日报》1999 年 8 月 31 日第 4 版。

④ 《××村原村委会干部落选不交权》，《信访情况》第 16 期，1999 年 12 月 7 日。

⑤ 《乡里这样指定村干部对吗？》，天等县进远乡岩造村党总支委会，1999 年 10 月 13 日。

⑥ 民信访函〔2000〕1 号。

⑦ 韩俊杰：《是谁谋杀了民选村官》，《中国社会导刊》2000 年第 5 期。

⑧ 《河南省民政厅关于安阳市郊区西梁村在村委会选举中发生聚众械斗事件的情况报告》，河南省民政厅豫民基字〔1999〕6 号，1999 年 7 月 2 日。

恶劣①。

此外，还有两类案例都与选举违法有关：一是村民弹劾村委会主任，村委会拒绝召开村民会议启动罢免程序；二是乡镇政府随意下令罢免选举产生的村委会主任。但因其都不是单纯的选举问题，这里就不专门论述了。

造成选举违法的原因

造成选举违法的原因主要有以下几点。

（一） 法制观念淡薄

民主必须建立在法制基础之上，作为民主纵向结构起点的选举必须遵守规则，否则会陷于无序状态。村民委员会的选举是以村民委员会组织法为依据、由农村基层干部和群众实践的政治过程。因此，农村基层干部和群众的法制观念，即对村委会组织法的认识程度和掌握程度，直接影响选举的质量。在村委会组织法试行的十年间，由于各种原因，并未得到全面的贯彻实施，更没有做到家喻户晓。相反，少数基层干部对试行法还有糊涂认识，甚至抵触情绪，致使这部试行法没有树立起应有的权威，导致在村委会选举中不依法办事，以权压法，以言代法，屡见不鲜，成为选举违法案例滋生的一个根源。

（二）"行政权力支配社会"的观念根深蒂固

实践表明，部分乡镇领导对村委会的性质、地位认识不清，仍习惯于旧体制的领导方式，运用行政权力来管理乡村，把村委会作为乡镇政府的下属机构，担心选举上来的村干部不听话，不好管，完不成各项国家任务，仍然依照个人意志任命村委会干部并随意撤换村委会成员，工作方法简单粗暴，造成选举违法案例增多。

（三） 经济利益诱导

追逐经济利益是村委会选举违法案例增多的一个非常普遍的原因。特别是在那些村务不公开、财务管理混乱的地方。村民希望通过选举，把那些以权谋私的村委会干部选掉；而一些有问题的村干部为了维护和扩大自己的利益，便想方设法破坏选举，力图保住自己的"官"位。例如，前

---

① 　徐勇执笔：《历史的跨越与激荡》，《农民日报》1999 年 8 月 31 日第 4 版。

揭广东省阳江市某村原领导之所以花 30 万元购买选票，搞贿选，就是怕落选后会暴露其经济问题。因为在他担任村支书兼村主任后，村里的土地被他卖掉了 90%，而村财务多年由他一人说了算。在一些地方，乡镇干部与村干部在经济上有着千丝万缕的联系，有一致的经济利益，乡镇干部力保某些村干部当选的重要目的，就是个人利益的需要。广东有一个村，由于镇、村领导的支持，已落选的人继续执掌财务大权，造成 600 人联名写信上告。浙江省有一个村从 1993 年到 1996 年，村干部用于吃喝送礼、旅游等费用高达 925470.35 元，占该村正常收入一半以上，引起村民的强烈不满，致使 1998 年 9 月村民要求罢免村委会主任。类似的例子，在该省曾发生多次。还有些地方宗族、宗派势力介入村委会选举，往往也是经济利益诱导的。在少数村民看来，通过村委会选举而获得掌权的资格，再通过掌权而获得经济利益，是发家的一条快捷方式。所以便不惜破坏选举来达到这个目的。

（四）村民自治法律体系不健全

《试行法》关于选举的规定原则性较强，有 21 个省（自治区、直辖市）还没有制定具体的《选举办法》，使这些省份的农村基层在进行村委会选举时，无法可依。这是问题的一个方面。另一方面，1998 年 11 月颁布实施的新的《村民委员会组织法》对村委会选举进行了较为详细具体的规定后，一些地方性规章与法律精神发生冲突，但地方没有及时根据新法精神进行修改与完善，并且仍按原规章操作，从而造成违法案例增多。

（五）基层干部与群众的民主素质较低

中国数千年的君主专制政体的惰性影响，使国人缺乏足够训练；家长制的农业文明传统，使农民的民主素质较低。改革开放以来虽有较大的提高，但仍不能适应现代民主政治建设的需要。基层干部与村民往往没有认识到投票行为对乡村治理的影响，相反抱着无所谓的态度，以致出现公开式写票或多人同时进秘密写票处的违规现象。民主素质低的另一种表现是不尊重他人的投票权，投票行为随意化，出现强制别人按自己的意愿写票，或者擅自做主代妻儿投票的问题。

纠正选举违法的对策

妥善解决村委会换届选举中存在的问题，纠正选举过程中的各种违法现象，应当做好以下几方面的工作。

（一）完善村民自治的法律体系，强化法治观念

新的《村民委员会组织法》第 29 条规定："省、自治区、直辖市的人民代表大会常务委员会可以根据本法，结合本行政区域的实际情况，制定实施办法。"1998 年以前，在贯彻实施《试行法》的过程中，曾有 25 个省、自治区、直辖市的人大常委会制定了本行政区域的《实施办法》。这些《实施办法》，在推动村民自治制度的建立和发展方面，曾起过积极的作用。但是，其中的许多条款，与新的《村民委员会组织法》所规定的原则已经不一致了，亟待修订。还有 6 个省、自治区、直辖市根本没有制定过《实施办法》，也应该根据新的《村民委员会组织法》的要求，赶快制定《实施办法》。截至 1998 年，福建、江苏等 11 个省份曾经制定了《村委会选举办法》的单项地方法规，也有根据新的《村民委员会组织法》修订的任务。尚有 18 个省、自治区、直辖市没有制定过《村委会选举办法》，从规范村委会选举工作的需要来说，应当加快立法进程。与此同时，应当加大法制宣传教育的力度。要让农村基层领导干部和广大村民知道村民自治特别是村委会选举的相关法律、规章和办法，在有法必依的基础上做到知法、懂法、守法。尤其是基层干部应当做守法和执法的模范，在指导农村工作时，严格按照法律规定办事。只有这样，才能减少或避免过失违法，保证选举的质量。

（二）要规范直接选举的操作程序，建立系统的乡村干部培训制度

新的《村民委员会组织法》规定："由本村有选举权的村民直接提名候选人"，成为唯一合法的候选人提名方式，这有利于村委会选举候选人提名方式的划一。为了保证村民直接行使选举权利，推动村民自治的发展，各地应当进一步规范直接选举的实际操作程序和组织步骤，及时查处和纠正选举中出现的宗族宗派干扰和不正当手段拉选票以及各种破坏选举的行为，加强选举监控和检查验收，做到有错必纠。而要做到这一点，就需要各级干部，尤其是乡镇干部的支持和推动。对乡镇干部和村委会干部分期分批地培训，帮助他们确立"法律至上"的观念，教会他们如何发展基层民主，不仅可以减少乡镇干部在村委会选举中带头违法的现象，而且还能从乡镇起确保村委会选举不至于流于形式。

（三）要探索和解决村委会选举中出现的新问题

新的《村民委员会组织法》比《试行法》要丰富得多，但比起丰富多彩的村民自治实践来说，有些条款依然显得很原则，没有也不可能完全反映农村发生的变化情况。于是使村委会选举中出现了一些法律没有明确界定，但又无法回避的问题。首先是选民资格的问题，或者说关于流动人口的选举权问题。目前各地解决这个问题的办法有两个：一是委托亲朋代投票，二是实行邮寄选票。这两种办法都有局限性。前者无法保证委托人的意愿不被篡改，无法保证实行的是"一人一票"制；后者无法实行秘密写票，无人监督，回收率低。这是村委会选举中有待解决的一个重要环节。其次，法律规定的选举权与罢免权不对等的问题。选举时须参加投票的人过半数通过，而罢免时则须经有选举权的村民过半数通过。无形之中，造成当选容易罢免难。非但为此，法律还规定罢免村委会主任，副主任或委员的村民会议或村民代表会议必须由村委会召集。当村委会主任等成为罢免对象而拒绝召集时，村民会议或村民代表会议就开不成，监督机构也就建立不起来。因此，从制度设计上来说，应当遵循分权原则，重新考虑由谁来召集村民会议或村民代表会议的问题。这应当成为村民自治立法改革的重要课题。此外，还有关于委托投票与流动票箱的问题、关于如何保证妇女当选比例的问题等，都是有待改进和完善的环节。只有这些问题妥善解决了，才能有效防止或杜绝违法行为或事件的发生。

结　语

中国的村委会选举，从认可性选举向罢免性选举转变，经历了大约十年的时间。这十年，正是村民委员会组织法从"试行法"向"正式法"过渡的过程，或者说，是村委会选举逐步法制化的过程。目前，三年一度的村委会换届选举，已成为农村公共权力机构唯一合法授权机制，标志农村公共权力有序更迭的规则与程序的正式确立。村委会选举有效地改善了农村的政治结构，扩大了权力合法性的基础，是发展与扩大基层民主的成功实践。村委会选举的规范化和制度化，对国家的政治生活产生了积极影响，有力地推动了执政党党内选举和县乡人大代表选举制度的改革。

然而，随着农村社会经济结构在变迁过程中不断出现新情况和新问题，村委会选举也面临许多新的挑战。各种选举违法案例的出现表明，发展基层民主不可能是一蹴而就的。只有用法治精神来规范民主建设，民主才能巩固。因此，健全村民自治法律体系，完善选举法的程序，普及法律文化，是提高选举质量、保证农村选举健康发展的必要前提。

参考文献

［1］《中国农村村民委员会换届选举制度》，中国基层政权建设研究会中国农村村民自治制度研究课题组，中国社会出版社1993年版。

［2］《1995—1996年度全国村委会换届选举资料汇编》，民政部基层政权建设司农村处编，1996年12月，北京。

［3］《1997年度农村基层民主政治建设资料汇编》，民政部基层政权建设司农村处编，1998年3月，北京。

［4］《1998年度农村基层民主政治建设资料汇编》，乡镇论坛杂志社、民政部基层政权和社区建设司农村处编，1999年4月，北京。

［5］《中华人民共和国村民委员会有关法规、文件及规章制度汇编》，民政部基层政权建设司农村处编，1995年5月，北京。

［6］《静悄悄的革命——中国村民自治的历程》，米有象、王爱平主编，中国社会出版社1999年版。

［7］《村民自治实践》，欧阳忠宽主编，中国统计出版社1992年版。

［8］《村委会选举规程》，福建省民政厅编，1996年11月1日。

［9］《梨树县村级建设资料汇编》，梨树县民政局编，1992年3月。

［10］《村民自治之路》，梨树县民政局编，1995年6月。

［11］《村民自治必读》，吉林省民政厅政权处编，1992年12月。

［12］《基层民主实践》，尹文儒主编，中国档案出版社1998年版。

原载香港城市大学公共管理及社会政策比较研究中心
《中国基层民主的最新发展》特辑系列编号6，2000年12月；
《村民自治论丛》第1辑，中国社会出版社2001年版

村民自治与治道变迁

  自 1978 年起，中国农村实行以"家庭联产承包责任制"为内容的经济体制改革以来，农村基层社会随之发生了重大变革，已经实行 20 年的"政社合一"的人民公社制度开始瓦解，一种组织上相对独立于政府的农村基层群众性自治组织逐步形成。这一变革，不仅导致了农村治理结构的变化，而且对政府的治道也产生了不可小视的影响。

  本文所使用的"治道"或"治理"概念。是根据英文 governance 的汉译。笔者不敏，悟作以市场为取向的国家，在管理经济和社会资源的过程中，政府与公民合作运用公共权力的方式，强调公民参与的不可或缺性，具有双向互动的含义在内。

村民自治：形成过程与基本特征

  村民自治，是改革开放以来，农村经济、政治体制变革的逻辑产物。1982 年 12 月，第五届全国人大第五次会议通过了新宪法，总结了各地农村的实践经验。确认了村民委员会的法律地位。1983 年 10 月，中共中央、国务院发出《关于实行政社分开建立乡政府的通知》，才正式宣告工农商学兵"五位一体"的人民公社制的终结，从而为在全国范围内建立村民委员会铺平了道路。

  1984 年起，中国政府便着手村民自治的立法工作，历时五年，直到 1987 年 11 月 24 日，全国人大常委会才通过《中华人民共和国村民委员会组织法（试行）》。并规定自 1988 年 6 月 1 日起正式生效。这是一部规范和确认村民自治的法律。从 1989 年 9 月起，先后有 25 个省、直辖市、自治区的人大常委会制定了《实施〈村委会组织法（试行）〉办法》；有 7 个省、自治区制定了《村委会选举办法》。1998 年 11 月 4 日，九届全国人大常委会第五次会议又通过了修改后的《中华人民共和国村民委员会组织法》（以下简称《村委会组织法》）。

新修改后的《村委会组织法》与"试行法"相比，它总结吸收了十多年来各地村民自治的实践经验，修订、补充了村委会直接选举程序、村民代表会议事制度、实行村务公开等条款，健全了农村民主选举、民主决策、民主管理、民主监督等规定和程序，明确了中国共产党农村基层委员会对村民委员会的领导地位。

村民委员会最早虽然是农民群众自发结成的农村基础性权力共同体，但是它的大面积推广和制度化、规范化过程，却是政府通过行政的、法律的和政策的手段加以推动才完成的。因此，村民自治是一种中国特色的制度安排，而与学理上的"自治"形态有着原则的区别。它是中国共产党农村基层委员会领导之下的一种群众性组织建构，带有"准行政单位"的印记。当然，这种组织建构，有利于培养农民自治的能力，一定程度上满足了农民政治参与的愿望与要求，并最终导致了乡村社会治道的变革。

村务公开：农村治理结构的变革

家庭联产承包责任制的推行，使基本经济核算单位由生产队变成农户，农民获得了生产经营的自主权。而国家和集体的财政依赖对象由生产队转向农户，使农民作为直接纳税人的身份与地位被确认。农村生产关系的这一变革的逻辑结果，是农民的社会自主性的增加和农民参与意识与愿望的增强。作为纳税人，对于村级公共事务的管理，他们希望获得"知情权"，即"有权知道"。当他们发现他们缴纳的"乡统筹""村提留"款项，可能被乡村干部营私舞弊、挥霍贪污的时候，当他们认为村级公共事务管理不善或对村干部不信任时，他们便产生了"有权选择领导人"的要求。——这就是实行村民自治以后，农村治理结构变革的内在根据。

在"政社合一"的人民公社时代，实行计划经济体制，权力高度集中，农民没有生产经营自主权和社会自主性，农村实行半军事化的行政管理，行政命令是最主要的管理方式。实行村民自治以后，由农民直接选举产生的公共权力机关——村民委员会，如果延用"政社合一"时代的管理方式，非但不能适应农村基础性权力结构变化的现实，不能满足农民群众政治参与的愿望与要求，而且还会导致干群矛盾的激化，造成农村社会的动荡，影响农村社会经济的发展，因此，不得不改革公共权力的运用方式，以适应变化了的客观现实。这样，一种新型的、有农民参与的农村治理结构便应运而生。

村民代表会，作为一种适应新情况的决策形式，被农民自发创造出来后，经过近十年的实践，现在各地大都建立了村民代表会议事制度，不少地方法规确认了这一制度创新，并对村民代表会的产生，组织构成、议事规则等作出相应的规定。新颁布的《村委会组织法》第21条，也予以确认。村民代表会作为农民政治参与的代议机构，在村民会议闭会期间，行使村民会议授权事项的讨论与决定权，从体制上讲，它实际上成为村民自治制度内在性的约束机制，对村委会的工作及村委会干部的行为，进行有效的监督。

村民自治所导致农村治理结构的最重要变革，是村务公开制度的实行。

自20世纪80年代中后期起，在以市场为取向的宏观体制转轨过程中，乡村干部普遍不适应急剧变化的客观实际，依然沿袭传统的行政命令的工作方法和工作作风来管理农村事务。例如，在完成上级下达的征购提留、计划生育、种植指标等各项任务时，往往以抄家、扒房、收回承包地、责令其子女退学、毁坏青苗、砍伐树木等手段相要挟；或者动用警力，私设公堂、非法捆绑、拘禁、殴打、审讯群众；在办理结婚登记、审批计划生育和宅基地指标时向农民乱收费；在农民交售征购粮、棉花及其他农副产品时，强行代扣各种费项；采取乱罚款的办法强迫农民完成某项任务；不尊重农民群众的意愿，强迫农民群众集资或搞硬性摊派，搞各种"工程"，"上"一些项目，加重农民负担。而一些乡村干部为政不公、为政不廉，多吃多占、优亲厚友，乃至贪污腐化，所在多有。村级财务管理混乱，村务不公开。村干部普遍有"三怕"，即怕失去特权，不愿公开；怕受到查处，不敢公开；怕群众了解实情，搞假公开。结果，导致农村干群矛盾激化，农民集体上访增多，各种恶性案件层出不穷。例如，1994年以前，河南省的"上访大户"辉县市，1/3的乡镇发生过规模较大的集体上访或越级上访事件；山西省河曲县1990年下半年，全县共发生200人以上的集体上访事件达30多次；1996年河北省信访部门统计分析，近年来在群众信访总量中，反映乡村干部为政不廉、为政不公等各种问题的约占1/3，而在集体信访中这一比例又占到一半以上。有的地方还酿成大规模的农村动乱，1993 年四川省仁寿县事件即其一例。此外，像 1992 年湖南省湘乡市新研乡农妇潘群英因摊派过重被逼自杀事件；1994 年 7 月，河南省邓州市徐楼村村民陈重申，因向市、地、省反映村干部违反国家规定，加重农民负担，以及贪污、浪费农民上交提留款等问题，被村党支部书记张德恩等四名村干部活活勒死事件；1995 年 5 月河北省永年县朱庄乡原党委书记孙宝存等人故意伤害村民张彦桥致死事件；1996 年初，河北省邯郸市魏县邵村因非法选举村委会，导致一死四伤事件；1998 年 2 月 18 日，安徽省固镇县唐南乡张桥村小张庄村委会副主任张桂金报复因不堪提留负担、要求查账的村民张桂玉，五分钟之内杀害村民张桂玉等四人的恶性案件，等等。村民集体上访和各类恶性案件的接连发生，归结到一点，就是农村的治理结构、农村公共权力的运用方式，都已经到了非改不可的地步。否则，它将严重阻碍农村社会生产力的发展和社会的进步，甚至破坏农村社会的稳定。村务公开，就是在这样的背景下，才引起政府和社会重视的。

其实，村务公开制度，是农民群众在贯彻执行《中华人民共和国村民委员会组织法（试行）》过程中的又一项制度创新。早在 1989 年河北省藁城县委、县政府就发布了《关于全县农民实行"八公开、一参与、一监督"的决定》，正式建立了村务公开制度。1990 年 12 月，中共中央关于批转《全国村级组织建设工作座谈会纪要》的通知，提出要"增加村务公开的程序，接受村民对村民委员会的监督"。1994 年 12 月，民政部发布的《全国农村村民自治示范活动指导纲要（试行）》，把"建立村务公开制度和村民监督机制，实行民主监督"，作为"村民自治示范活动的目标和任务"提了出来，从而使村务公开制度正式在各地推广。经过近五年的努力，在一些先进的地区还创造了不少村务公开的经验。刚刚颁行的《村委会组织法》第 22 条，确认了村务公开制度的法律地位。

村务公开制度，是实现村民自治的"民主管理、民主监督"目标的最关键的内容。村务公开的过程，既是农村治理结构变革的过程，又是村干部与村民合作运用农村公共权力的方式不断完善的过程。在这个过程中，农民群众的参与能力与参与程度都得到了较好的发挥。

治理结构，是就制度层面而言的，村务公开引起农村治理结构的变革的主要表现，是村民代表会及其附属机构——"民主理财组"和"民主监督组"的建立，它们是村务公开制度得以推行的组织保证。各地的办法不尽相同。例如，河南省新野县普遍建立了党员议事会和村民代表会下设的村民议政会与民主理财组，各村民小组建立了村民议事组，简称"两会两组"。"两组两会"既是群众的代言人，又是党支部和村委会的监督者。在保证村务公开，实施民主管理、民主监督方面起着十分关键的作用。据统计，仅 1996 年该县"两组两会"共提建议 3395 条，被采纳 2213 条，增加经济效益 1235 万元；否决不适当提案 194 项，避免集体经济损失 142 万元。

河南省新野县的做法是：村组账目，每月必须经民主理财组集体评审，合理的由理财组长签字后，会计才能下账，不合理的退还本人，由干部自己掏腰包。1996 年该县又规定：每月 3 日为全县各村统一民主理财日。这一天，县委、县政府、县人大、县政协的领导、有关职能部门负责人和全体乡镇干部，分赴所包乡村督促检查民主理财情况，指导解决理财中遇到的具体问题。1994 年以来，全县民主理财组共清理拖欠公款 81 万元；1996 年审出应由村干部个人负责的单据金额 12.5 万元。群众反映说："过去干部花钱俺不知，现在干部花钱俺审批。"而民主监督组，汝南县叫作"民主执法监督组"，主要负责监督村务公开执行情况和《村民自治章程》执行情况，以及党在农村的各项政策、国家法令的执行情况，及时向村委会提出意见和建议，督促村委会依法管理村务。该县王庄乡代塔村的执法监督组在 1994 年秋季征购中，发现一个村民小组多向本组村民分派了 1200 斤花生的征购任务，及时向村委会汇报，调查核实后，责令该组干部立即纠正，并写出检查，向群众承认错误，避免了一起私自加重农民负担的事件发生。

河北省是最早创建村民代表会制度和村务公开制度的地方。1996 年 1 月起，河北省在全省范围内推广赵县村务"六公开"（财务收支、婚姻和计划生育、电费电价、宅基地发放、定购提留、干部责任目标）的经验和做法，明确提出村务公开要达到"五规范"（内容、程序、时间、阵地、管理要规范）、"一满意"（公开结果群众满意）。但是，在财务公开程序上，河北省的做法是实行"村有资金代管"制度。

"村有资金乡代管"，或者叫作"村账镇管"，在一些财务管理混乱、干群矛盾激化的瘫痪村或半瘫痪村，作为权宜之计，是可以的。但是，若作为一种管理模式在村务公开过程中推广，则不能说是好的选择。它使本应属于村民参与、"自我管理"的事务变成了政府行为，实际上是乡镇政府运用行政权力剥夺了村民自治权的一种表现。所以,不应当把这种做法当作经验进行宣传和推广。

"村务公开"在各地的发展十分不平衡。不仅还有相当数量的地区根本没有实行村务公开制度,而且即使已经宣布实行了村务公开制度的地方,半公开、假公开的情况也时有发生。因此,要在全国农村实现真正彻底的村务公开,还需要时间,农村治理结构的变革,还有漫长的路要走。尽管如此,村务公开,毕竟开启了具有现代意义的村干部与村民合作运用公共权力的新方式与新途径。

政务公开:乡镇政府治道的变迁

村民自治制度的实行,不仅对农民的政治生活、村委会的决策过程以及农村治理结构产生了深刻的影响,而且有效地改善了乡镇政府决策和政府行为,促进了政府治道的变迁。

乡镇政府治道变迁的原因有二:一方面,是乡镇政府的财政来源,取自农民缴纳的"乡统筹"和各种税金。农村实行村务公开以后,村级治理结构的变革必然辐射、影响到乡镇政府,要求乡镇政府实行政务公开。这是理所当然的事。另一方面,实行村民自治制度以后,作为农民群众性自治组织的村民委员会,不再是一级政权机关,因此,它与乡镇政府的关系不应是领导与被领导的关系,而是政权机关与自治组织之间的关系。《村委会组织法》第4条明文规定:"乡、民族乡、镇的人民政府对村民委员会的工作给予指导、支持和帮助,但是不得干预依法属于村民自治范围内的事项。"这样一来,乡镇政府的决策过程和政府行为,就不得不作相应的变革,以适应农村变革的新形势。

村民自治导致乡镇政府治道变迁,首先表现在政府决策过程的改善。在相当长的一段时间里,有些乡镇政府的干部还习惯于人民公社"政社合一"时代的一切靠行政命令的方式工作。乡镇重大事务的决定,往往是主要领导人靠"拍脑瓜"的办法解决,群众观念淡薄,随意性很大。一些乡镇领导人客居县城,上下班车接车送。坐好车,配手机,很少深入村里调查研究,群众称之为"住在城里,吃在乡里,坐在车里,就是不到老百姓家里"。随着农村经济体制、政治体制改革的逐步深入,迫使乡镇政府不得不改进决策方式,规范决策程序。有的乡镇规定,实行"民主决策"，凡涉及本乡镇经济、社会发展和精神文明建设的决策、规划、重大建设项目和财政开支，涉及群众自身利益的重大问题和公益事业的兴办等，"必须提交党政联席会议讨论决定，有关重大事项依法提交人代会审议通过"。乡镇政府决策过程的改善，提供了群众进行规则性参与的可能性。人民群众可以通过自己选出的人大代表参与决策，也可以通过自治组织对乡镇政府的"决策预案"发表意见。例如，河南省许昌县曹陈乡，地处偏僻，交通不便是制约当地经济发展的首要问题，乡党委、政府提出修两条贯通全乡的柏油路，并把这一涉及群众利益的"决策预案"公布于众，交给各村村民代表会议讨论，得到了全乡广大农民的支持，五天时间筹资 300 万元。开工头一天，该乡四万多农民，自发地到 25 公里长的工地冒雨筑路。乡镇政府作为最基层的政权机关，直接面向广大农民群众。农民群众通过规则性参与，不仅增强了决策的科学性，而且扩大了决策实施的群众基础，从而使乡村社会沿着良性轨道发展。

其次，村民自治促使乡镇政府强化服务功能，从传统的计划经济时代的"统治"型政府，向现代的市场经济时代的"服务"型政府转变。这既是市场经济发展的客观要求，又是村民自治实践的必然结果。尽管这一变化在全国范围内来说，还只是刚刚开始，但是它们作为现代治道的萌芽，必将随着市场经济的逐步建立、随着村民自治的巩固与发展而不断壮大。

最后，在农村实行"村务公开"的推动下，少数乡镇政府开始实行"政务公开"或"财务公开"，这是乡镇政府治道变迁的又一生长点。目前全面推行乡镇政务公开的是上海市和河北省，不过与其他省份的一些推行乡镇政务公开的乡镇一样，主要还限于制度层面。乡镇政府的政务公开和财务公开的推行，迫使司空见惯的乡镇政府"门难进、脸难看、话难听"的衙门式管理方式不得不改变。一些先进的乡镇还配合政务公开，推行了以"交账、查账、结账"为主要内容的限期为民办事制度。领导交办的、群众反映的问题，都由乡镇办公室建立台账交给具体经办人，经办人必须在规定期限内办理完毕，然后向乡镇办公室"交账"。这一措施把乡镇政府为民服务落到了实处。乡镇政府推行政务公开，是村民自治实行村务公开这一变革的逻辑结果。乡镇政府赖以生存的物质基础是各村村民缴纳的"乡统筹"和各种税费，因此，乡镇政府理应为纳税人服务，并且有责任向纳税人说清楚拿他们的钱都干了些什么。是纳税人"养活"

政府，不是政府"养活"纳税人的观念逐步在乡村社会生成。这就是乡镇政府推行政务公开、改革公共权力的运用方式的最重要的原因。

以上，我们只是速写了村民自治与治道变迁的一个轮廓。在从计划经济体制向市场经济体制转轨的过程中，从传统的"统治"型管理方式向现代合作型治道转变，是一个渐进的过程。在这个过程中，公民的参与也要相应实现从传统的政策性参与向现代的规则性参与的转换。由于中国村民自治自身的特点，决定了治道变迁的艰巨性和复杂性，因此，现代新治道的确立，切不可以为能够一蹴而就。目前主要还只体现在制度层面，即治理结构的变革，距离理想的治道境界还有较大的差距，这是不能不予以说明的，此其一。

其二，村民自治对治道变迁所产生的影响，远不止于乡镇政府这一层级。个别县一级政府也开始推行政务公开；并对政务公开的主要内容和项目，政务公开的方法、步骤和时间作出详细规定。这虽然属于凤毛麟角，但却预示着治道变迁有着宽广的前景和希望。随着改革的逐步深化和社会自治的逐步扩大，政府的政策过程和政府行为、公民参与和政府治道，必将会得到有效的改善。

其三，村民自治形成和发展的过程，也就是乡村社会从"人治"走向"法治"的过程。关于村民自治的一整套规则的制定、实施和推广，有效地推动了乡镇政府向依法行政的方向转变。《村规民约》和《村民自治章程》的建立，不仅对村民、对村委会干部是一种约束机制，而且也向乡镇政府提出了必须在法律范围内活动的要求。各地乡镇政府的工作"条例""简则""规定"的制定，就是一个明显的进步。而依法行政的过程，也就是政府治道变迁的过程，尽管目前还不尽如人意，但毕竟已经提到政府的日程上来了。

原载《民主与科学》1999 年第 1 期

中国基层治理的变革

随着"发展基层民主，依法治国，建设社会主义法治国家"治国方略的逐步落实，中国城乡基层治理发生了深刻变革。这种变革，不仅表现在直接选举使治理结构的权力配置与运行更具民主性，而且还表现在村务公开、政务公开使治理方式实现了群众参与的最大化。更重要的是这些发生在基层的变革，由于是人民群众最广泛的民主实践，已经变成公众舆论的焦点和价值判断的原则，并且形成巨大的冲击波，冲击着体制性的障碍，推动了政府改革。

城乡基层治理结构的差异

治理结构取决于公共权力的配置格局。中国城乡基层公共权力的配置格局不尽相同，所以，城市与乡村的治理结构也各具特点。

（一）农村的治理结构

自从实行村民自治制度以来，农村基层公共权力的配置，便形成二元混合结构。即农村基层有两个权力合法性来源不同的权力主体。一个是依据中国共产党党章组织起来的村党支部，一个是按照《中华人民共和国村民委员会组织法》（以下简称《村民委员会组织法》）由村民直接选举产生的村民委员会。在实践中，这两个权力主体的组成人员往往交叉任职。所以，我把这种权力配置形态称作"二元混合结构"。① 二元混合结构同时又是农村基层治理结构的基本属性。

自从1998年修订后的《村民委员会组织法》正式颁布实施和1999年

---

① 参见白钢、赵寿星《选举与治理——中国村民自治研究》，中国社会科学出版社2001年版，第253页。

《中国共产党农村基层组织工作条例》贯彻执行以后，农村基层治理结构自身的一些矛盾逐步显性化。具体地表现为"两委"关系紧张，即"村党支部委员会"与"村民委员会"关系不协调、矛盾激化，甚至引发出一些恶性案件或群体性事件，影响了农村社会的稳定。各地在实践中力图用制度创新来解决这个矛盾。诞生于山西省河曲县的"两票制"，即村民投信任票推荐候选人，党员投选举票选举党支部成员，创造性地解决了党支部与村委会在代表性和权威性上的反差问题，为理顺"两委"关系提供了思路。不少地方在此基础上将之规范为"双推一选"或者叫作"公推直选"，这是一种被普遍认可的办法。另一种办法叫"一肩挑"，即村党支部书记兼村委会主任。这是山东的做法。具体操作方式有两种：一种是"鼓励党支部书记和党支部其他成员经过法定选举程序兼任村委会主任、村民委员会成员"；一种是"村民委员会主任和村民委员会其他成员是党员且具备条件的，要按照党内选举的有关规定和程序，及时充实进党支部班子"。① 这两种操作方式在 2001 年村民委员会换届选举中都被推广使用。然而，有的地方却出现村支部包办代替村民委员会，甚至村支部书记一人掌握村里的经济大权，账目不公开，搞暗箱操作，导致栖霞市 57 名村委会主任、委员集体辞职事件。因此，如何协调、理顺农村基层"两委"关系，改善农村基层治理结构，就成为发展基层民主不容回避的问题。

　　2002 年 7 月 14 日，中共中央办公厅、国务院办公厅联合发布《关于进一步做好村民委员会换届选举工作的通知》，针对各地农村"两委"关系存在的问题，专门作出了如下规定：

　　　　党在农村的基层组织要充分发挥领导核心作用。选举前要做好宣传动员工作：选举中要把握正确的方向，充分发挥党员的先锋模范作用，带领广大村民正确行使权利，自觉抵制各种违法行为；选举后主动支持、保障新一届村民委员会依法开展工作。要保证妇女在村委员会选举中的合法权益，使妇女在村民委员会成员中占有适当名额。

　　　　提倡把村党支部领导班子成员按规定程序推选为村民委员会成员

---

　　① 山东省委、省政府：《关于进一步加强和改进以党支部为核心的村级组织建设的意见》，1999 年 11 月 9 日。

候选人，通过选举兼任村民委员会成员。提倡党员通过法定程序当选村民小组长、村民代表。提倡拟推荐的村党支部书记人选，先参加村委会的选举，获得群众承认以后，再推荐为党支部书记人选。提倡村民委员会中的党员成员通过党内选举，兼任村党支部委员成员。要注重在优秀村民委员会成员和村民小组长、村民代表中吸收发展党员，不断为农村基层党组织注入新生力量。

不言而喻，这个通知对促进农村基层治理结构的变革是最具创新意义的规范文件。通过四个"提倡"，改进"两委"成员的构成，实现交叉任职；通过四个"提倡"，扩大党支部书记及支部委员的群众基础，增强其管理村务的合法性；通过四个"提倡"，改革农村基层治理结构，实现坚持党的领导、人民当家做主和依法治国的辩证统一。可以预料，随着2002年新一轮村民委员会换届选举过程中全面贯彻这个规范文件，中国农村基层的治理结构必将沿着有利于权力集中的方向变革。

（二）城市社区的治理结构

按照中国法律的规定，城市居民与农村村民一样，都建立群众性自治组织，实行自治。1989年全国人大常委会就通过了《中华人民共和国城市居民委员会组织法》。但是，在计划经济时代，城市居民基本上都是"单位人"，他们的实际利益与社区关联不大，普遍对社区事务不关心，因此，城市基层居民自治一直徒有虚名。城市基层治理结构是市（区）政府的派出机构——街道办事处，通过职能科室直接领导居民委员会。由于居民自治的体制环境不健全，政府与自治组织的关系没有界定，导致居民委员会实际上只是"街道办事处的一条腿"。

1999年民政部制订了《全国社区建设实验区工作方案》，明确提出了社区自治概念，强调城市基层管理体制要由行政化管理体制向法制保障下的社区自治体制转变。先后在沈阳、南京、武汉等城市的26个城区，建立了国家级社区实验区，从而启动了城市基层治理结构向"以人为本，社区自治"的方向变革。

需要说明的是，各地在推进社区体制改革过程中的做法不尽一致。上海是一个街道为一个社区。沈阳等地将社区定位于"大于居委会，小于街道"，一般由两三个原居委会合并而成一个新社区，成立"社区居民委员会"。

社区公共权力的配置由直接选举产生，但不少地方仍然由间接选举产生，实行"议行分设"和"自治权利相互制衡"的原则，在社区内建立两种组织：一是社区党组织；二是社区自治组织，包括社区成员代表大会（含居民代表和辖区单位代表）、社区居民委员会、社区协商议事委员会（由社区内人大代表、政协委员、其他知名人士和单位代表组成）。这两种社区组织合作运用社区公共权力，成为城市基层治理结构的载体。

城市基层治理结构的这种变革的根本目的在于："着力建立以居住地为特征，以居民认同感和归属感为纽带，以居委会为依托，以社区成员的自我教育、自我服务、自我管理、自我约束为目的，有党和政府领导、社会各方面参与、群众自治管理的区域性小社会，形成共居一地、共同管理、共促繁荣、共建文明、共保平安的社会自治管理运行机制。"① 这也可以说是当前中国城市基层治理结构变革的基本方向。当然，距离这个目标的实现，还有很长的路要走。

城乡治理方式的特点

治理方式受制于治理结构，治理结构上的差异赋予治理方式以不同特点。

（一）农村基层治理方式的发展

首先，农村基层治理方式的法律体系日臻完备，前揭中共中央办公厅、国务院办公厅《关于进一步做好村民委员换届选举工作的通知》，作为规范性文件，可以视作《村民委员会组织法》的实施细则，起到了完善农村基层治理法律体系的作用。它不仅明确了坚持党的领导、人民当家做主和依法治国的辩证统一关系，而且把"充分尊重农民群众的意愿"作为推动农村基层治理方式变革的前提，保证村民在直接选举中的"五权"落到实处。即保证村民对村选举委员会的推选权、保证村民的选举权、保证村民对候选人的直接提名权、保证村民的投票权、保证村民对不称职的村民委员会成员的罢免权，《关于进一步做好村民委员换届选举工作的通知》还强调县（市）党委组织部门对搞好村委会换届选举担负重要责任："尚未开展选举的地方，要精心部署，做好选举前的宣传教育、

---

① 《中共沈阳市委沈阳人民政府关于加强社区建设的意见》，1999 年。

骨干培训、村级财务清理审计等准备工作，加强对撤并村村民委员会选举工作的指导。已经完成村民委员会换届选举的地方，要认真检查验收，监督新老班子及时进行公章、财务等交接，及时建立人民调解、治安保卫、公共卫生等委员会，保证新班子依法履行职责，巩固选举成果。"这样，就保证了选前的村级财务清理审计不再走过场，避免了落选的老班子拒不办交接、不交公章、不交账簿事件的再度发生，使农村基层治理方式得以健康地向前发展。

其次，自主性自治因素的增加使农村基层治理方式更具民主性。1999年以前，云南、广东两省农村实行"村公所"或"管理区"体制，行政管制是两个省农村基层治理的基本方式。1999年底到2000年上半年，这两个省分别撤销村公所、管理区，通过直接选举实行村民自治制度，实现了农村基层治理方式的根本性转变。至此，农村基层治理方式基本上朝着一个方向——"自主性自治"发展。从近几年全国农村的变化上看，自主性自治因素的增长，主要表现在以下两个方面：一是随着村务公开制度的推行，绝大多数农村普遍建立了"村民理财小组""村务公开监督小组""村民监事会"之类自治组织。根据村民会议或村民代表会的授权开展工作。二是农村各类专业合作组织如雨后春笋般地建立起来。其中，80%以上属于经济合作组织，主要提供技术、信息咨询、农产品营销服务。他们自主选举社长、制定章程、决定社内事务，与村委会保持良好的合作关系。

最后，在村务决策与村务管理中，实现了村民参与最大化。尽管《村民委员会组织法》明文规定村务决策权归村民会议，但是在现代经济社会条件下，凡事都要召开村民会议决策，是根本不可能的。即使由村民代表会决策，有些地方也办不到。因此，过去各地在实际运作中，往往是党支部和村委会少数人参与决策，使治理方式的民主性大打折扣。近几年来，在推动村民自治规范化、法制化的过程中，各省市出台的村民委员会组织法的"实施办法"中，都对村民会议和村民代表会议的定期召开作了硬性规定，有的还为民主决策、民主管理设定了具体程序，从而保证了村民参与不被排斥。

（二）城市基层治理方式的变革

实行社区自治以后，如何理顺政府与社区的关系，是改革城市基层治理方式的关键。对此，各地都在摸索。武汉市江汉区将优化政府管理体制与培育社区居民自治直接结合起来，探索政府依法行政与社区依法自治相结合的运作机制，取得了较大的进展。他们在明确区政府、街道办事处与社区居委会的关系、划分职责的前提下，界定了社区居委会的自治权，要求区政府各职能部门和街道办事处依法支持社区"行使社区工作者选免权、内部事务决定权、财务自主权、民主监督管理权和不合理摊派拒绝权，指导、协助社区自主开展便民利民服务，自主开展社区教育和管理，自主开展社区治安防范、自主开展社区环境保洁"。同时明令"严禁任何单位、部门和个人以任何理由侵占、挪用、截留社区居委会的经费和财务，或强行上收、分成社区居委会通过社区服务所得用于社区公共事务投入的经费；严禁干预社区居委会开展各项自治活动；严禁擅自向居委会下达不应由社区承担的各种任务和摊派。违者，将追究责任"。①

　　非但如此，江汉区政府还着力从推动政府与社区合作运用公共权力的角度，来改进城市基层治理方式。如在社区治安领域，力图建立警、民合作治理公共事务的机制，取得了明显的效果。为了扩大社区居民的政治参与，江汉区还建立了三个层面的民主考核机制：一是居民代表对社区组织及社区工作者的考评机制，二是社区组织、居民代表对政府工作人员的考评监督机制，三是社区组织、居民代表对区政府有关职能部门和街道办事处及其相关科室的考评监督机制。这三种民主考评机制的建立，体现了合作运用公共权力的原则，使城市基层治理方式挣脱了"行政管理"的束缚，向社区自治方向转轨。

　　江汉区的经验受到民政部和有关专家的肯定，自 2000 年底以来，沈阳、上海、南京、湖北黄石等市竞相效仿，并在实践中结合本地特点作了进一步的改革。

　　其次，在社区自治体制内部，由于实行"议行分设"的原则，所以社区决策与社区事务管理方面的变化，最能反映城市基层治理方式的变革。浙江省宁波市海曙区创造了社区党组织与社区自治组织合作共同决策的制度，并且根据决策过程，设计了相应的制度程序：（1）建立议事委员提案制度，（2）决策项目的选定制度，（3）决策项目的通告制度，（4）议事委员会全体会议决策制度（含会议五个议程），（5）分工负责制。按照"共同决策，共同解决问题"的原则，明确社区党组织、议事

---

① 参见民政部基层政权和社区建设司编《基层政权和社区建设工作简报》2000 年第 34、37 期转发的江汉区相关文件。

委员、主席、副主席、居委会成员在执行过程中的职责任务。①

显而易见，海曙区社区决策制度的设计，是刻意防止出现农村党支部与村委会关系不协调现象，防止社区党组织包办代替，削弱社区自治组织的自治功能，有助于增强城市基层治理方式的民主化程度。在社区公共事务管理上，武汉市江汉区，湖北省黄石市石灰窑区，沈阳市沈河区和东陵区，广西柳州市的一些社区，都实践过利用居民公决的形式，来解决社区内部公共问题或开展公益事业建设②，收到非常好的效果，表明城市基层治理方式的变革起点高，民主化程度高，自主性自治程度高。当然，从这点说来，城市基层治理方式的变革，还仅仅局限在为数不多的社区建设实验区内，尚不足以反映中国城市基层治理的总体面貌。但是，它却预示了一个明确的方向。随着中国政治体制改革的逐步深入和城市社区自治体制建设的加快，城市基层治理方式的变革必将日新月异。

影响进程的体制性障碍

中国基层治理变革的直接动力来自以市场为取向的改革和农村基层直接选举所导入的现代民主机制。作为一种制度安排的村民自治，经过十五六年的强力推进，已经在中华大地上扎根、发芽、成长。在社会主义民主政治建设中，"村民自治"一枝独秀，令世人刮目相看。然而，随着市场经济体制的逐步确立和农民民主意识、权利意识的增强，村民自治每前进一步，都会遇到强大的体制性障碍的拦截而变得步履蹒跚。

例如，村委会直接选举中选民资格的认证与现行户籍制度矛盾的问题，变得越来越突出。不仅经济较发达的沿海地区，而且城市化进程比较快的内地，都有大量长期居住在本村的外来经商、打工人员，总量在一亿上下。他们在那里经商、打工、纳税、生活、育子，履行村民义务，有的已购置了房产，实际上已经融入当地社区社会，但囿于户籍制度的限制，他们却不能成为"村民"而参加村委会选举，被迫游离于基层民主政治之外。外来人口如此，即使是本村居民，也出现了土地被征用后成了

---

① 参见宁波市海曙区关于深化社区建设、居民自治规范化建设的相关文件，2000 年、2001 年。

② 李雪萍、陈伟东：《近年来城市社区：民主建设发展报告》，载《中国基层民主发展报告（2000—2001）》，东方出版社 2002 年版。

"农转非"人员但仍居住本村，或者农转非后离开本村，退休后又回到本村等情况，还有挂靠户口人员、小城镇综合体制改革中的蓝印户口人员，等等，也都有这个问题。村委会选举中选民资格认证问题涉及经济利益，这是一个深层次的体制性问题。村民自治是以农村土地集体所有制为依托的。村民的自治权与一定的集体经济利益联系在一起，集体经济利益有自身严格的边界，不是什么人都可以分享的。户籍制度的背后也隐藏着许多与之相连的社会权益和社会福利。户籍上的差异与不平等，导致了户籍的权益化和身份化。因此，户籍制度与村委会选举中选民资格认证的矛盾，说到底，是体制性障碍造成的。

在近几年基层选举中，有一个词变得十分敏感，成了推动选举的部门或干部唯恐避之不及而怕引火烧身的东西，那就是"竞选"。就是在这几年，"竞选"变成姓"资"不姓"社"了。其实，"竞选"不过是一项反映民主真实性的政治技术，本身并没有阶级性。害怕"竞选"，甚至连这个词都不准用，恐怕用"思想保守"是解释不通的。应该说它是传统体制的价值取向使然。

又如，农村基层的"两委"关系问题，近年来一再成为影响农村发展和稳定的焦点问题，其原因在于制度错位。按照《村民委员会组织法》的相关规定，村委会主任应当是农村中的法人；但是有关规范性文件却又明文规定村党支部书记要兼任村经济合作组织负责人，掌管村经济大权。于是"两委"关系失衡，变成"主任"与"支书"个人之间的权力之争。有些村党支部书记说："村民自治了，支部没权了！"片面地把村民自治与村党支部的领导核心作用对立起来，甚至指责村委会依法办理属于自治范围之内的事务，"是不要党的领导"。更严重的是已经发生多起为保村支书的职位，居然雇用凶手杀死新当选的村委会主任、副主任的恶性案件。前揭中办、国办联发布的《关于进一步做好村民委员会换届选举工作的通知》从程序上规定：如何通过村委会选举实现村党支部成员与村委会成员交叉任职或"一肩挑"，以从形式上实现坚持党的领导与人民当家做主的统一，消除"两委"矛盾。在现实条件下，这种制度安排不失其为一种较好的选择，但是，这种选择却要承担很大的政治风险。那就是如何防止"一肩挑"的人搞家长制、独断专横；如何有效地对这个"一把手"实施监督，保证其不搞腐败。其实农村基层"两委"关系问题涉及邓小平所说的"党政分开""政企分开""政社分开"的问题，涉及执政党的领导方式转变问题，涉及江泽民所说的要把坚持党的领导、人民当家做主和依法治国三者有机结合起来，实现辩证统一的问题。一言以蔽之，农村基层"两委"关系的真正解决，只能寄希望于"体制性障碍"彻底被消除。

再如，乡、村关系问题。自从人民公社解体、乡镇政府恢复重建以及宪法确立村民委员会的地位以来，乡、村关系始终是农村基层治理过程中面临的一个难题。一个是群众性自治组织，另一个是基层政权，二者之间的关系实际上是社会与国家之间关系的一个缩影。《村民委员会组织法》规定乡镇政府对村委会的工作给予指导、支持和帮助。村委会协助乡镇政府开展工作。然而实行起来非常难。原因在于中国是一个单一制国家，乡镇政府不过是县→市→省→中央政府在基层的代理人，实行的是中央集权体制，讲究"政令畅通"，强调"统一指挥、统一行动"。现在实行村民自治，乡镇政府要把过去的"领导"与"被领导"的关系转换成"指导"关系，谈何容易?! 当上级下达的国家任务完不成的时候，乡镇领导往往变得不那么温良恭俭让了! 乡村矛盾便会激化。更深层一点的原因，是财政方面的。自从财政管理体制的改革，实行"分灶吃饭"和"财政包干"以后，乡镇政府向上级伸手要钱以缓解财政压力的可能性变小了，而在乡村范围内可动员的经济资源总量极其有限的情况下，为了使乡镇政权能够运转，只能把手伸向农民，况且《村民委员会组织法》并没有规定村民有权拒绝那些假借国家名义征收的不合理的钱和物，于是各种名目的摊派、费税层出不穷，弄得老百姓怨声载道，导致各种群体性事件频繁发生。乡镇政府与村委会的关系问题，实质上是国家和社会的管理体制与治理方式的问题。这一对矛盾的解决，有赖于突破一系列的体制性障碍。除此之外，城市基层治理的变革也存在着同样的问题。首先是缺少一个好的法制环境。1989 年底颁行的《居民委员会组织法》，主要是比照《村民委员会组织法（试行）》而制定的，没有充分考虑到农村村民自治与城市居民自治的差异性，许多条款已不能适应城市变化的新情况，亟待修订。这是问题的一个方面。另一方面是一些地方性法规和政策，与 2000 年 12 月中办 23 号文件《关于在全国推进城市社区建设的意见》的精神相矛盾[1]，尤其是关于物业管理的地方性法规与这个文件的精神相悖，导致社区居民

---

① 参见《人民日报》2000 年 12 月 13 日。

委员会与物业管理公司的关系难以理顺。其次，社区自治有赖于"社会人"的大量出现，而"社会人"的大量出现，又取决于到位的产权改革和彻底的"政社分开"。它涉及市民社会的兴起与构建。传统的城乡二元结构，赋予城市居民对社区自治的冷漠态度，不可能像农村村民那样充满关心村民自治的热情。只有当社会自主性空前提高，"社会人"超过"单位人"，而成为社会人口的主体以后，社区自治才可能成为绝大多数城市居民的关注对象。更何况户籍制度这道屏障，阻隔了成千上万的外来人口对社区居民自治的认同与归属。至于现行的那些限制非政府组织、非营利性组织发展的法规、规定，也不利于市民社会的成长，从根本上说，都可视作影响城市基层治理变革的体制性障碍。

值得庆幸的是，城乡基层治理的变革，有力地推动了政府职能转变和行政许可制度改革。近年来，各级政府在大量削减行政审批项目的同时，纷纷成立了诸如"行政服务中心""政务超市"之类服务机构，通过"政务公开"，启动了政府治理方式改革的过程。

原载《民主与科学》第 6 期，2003 年 12 月 15 日

执行公共政策不能总"打擦边球"

目前，中国正处在由传统的高度集中的计划经济体制向社会主义市场经济体制转轨的过渡时期，几乎所有重大改革措施都是通过公共政策来推动的。公共政策，顾名思义是指公共领域里的行为规范、准则或指南。从比较政治学的角度看，公共政策在中国的政治和公共事务中所起的作用，远远大于其他国家。因此，提高政策制定水平，实现公共政策的科学化、合理化，帮助社会积极主动地接纳、认可、实施合理的公共政策，有效地应付、处理不当政策可能造成的消极后果，就成为中国公共政策分析必须面对的难题。有鉴于此，本文将对公共政策在决策过程中表现出来的价值取向失之公平与公正，或者是行业垄断，或者是地方保护主义，在执行过程中主要表现出来的"上有政策，下有对策"以及"打擦边球"等问题进行剖析。

政策制定过程中存在的问题

政策制定过程中存在的问题，主要有以下三种情况。

1. 信息失真，导致决策失误。在现实决策活动中，信息失真的问题早已"司空见惯"或者说是"见怪不怪"。真实、准确的信息是形成"政策问题"的基本要素，也是制定正确的公共政策的基本前提条件。如果信息失真，那么根据这个"失真"的信息而制定出来的公共政策，肯定会偏离"公共"原则。就以政坛上始终刹不住的"数字出官"的歪风来说，某些干部靠弄虚作假的"数字"编造出来的所谓"政策"蒙骗上级，虽然可以得逞于一时，本人得到了提拔，"官"也做大了，但这种用人政策严重违背了"公共"原则，受损害的是公共利益。此类案例表明信息失真导致决策失误，迄今未引起足够的重视。

2. 违反程序,用"拍脑瓜"方式决策。在通常情况下,一项合理的公共政策制定程序,大体上要通过政策问题的形成、政策诉求、政策分析、政策选择、政策决定、政策宣示六个环节。然而,在现实政治生活中,有些公共政策的制定却没有经过这样的程序,而是领导人一时心血来潮,"拍脑瓜"决定的。这在投资决策中表现得尤为突出。例如,有些地方的领导人好大喜功,不顾自身条件和客观规律,头脑发热,随意决定上"大项目",盲目建"开发区"、建"大市场"。各地大量的"首长工程"导致大片土地闲置、资源浪费、债台高筑;更因政出多门,缺乏稳定性,加上工程监理不力,腐败现象屡禁不止,造成一批劣质的"豆腐渣工程",劳民伤财、怨声载道,公共利益受到极大的损害。非但如此,银行信贷政策也深受政治关系和人际关系的影响,缺乏刚性的制约机制,产生了一定比例的坏账。与此相反,那些没有深层政治关系,但经营管理业绩好的中小型企业举贷无门,难以迅速扩大生产规模。这都是由于违反决策程序,靠"拍脑瓜"或"黑箱作业"制定公共政策,造成的严重后果。

3. 价值取向失之公正与公平,导致公共政策违背"公共"原则。价值取向,或者称作价值目标,是判定公共政策性质、方向、合法性、有效性和社会公正程度的根据,它直接影响社会资源的流向与分配形式。因此,当公共政策的价值取向失之公正与公平的时候,这项公共政策必然偏离"公共"原则。其主要表现,可以分为以下三类。

第一类,垄断性行业的公共政策,如民用航空和电信业的公共政策,其价值取向明显地偏离了"公共"原则。

中国的民用航空业是一个高度行政垄断的行业,尽管近年来各地分别组成了一批表面上独立的航空公司进行自由竞争,但在实际上各公司却连票价的定价权和开辟线路的权力都没有,仍然由中国民航总局以高度垄断性的行政行为进行管制,所以才有票价严禁打折,否则便以停止飞行相处罚之类违背市场规律的垄断性政策出台。其所以如此,乃是因为它的价值取向偏离了"公共"原则。

中国的电信业过去一直由政府垄断,现在成为试图放开的行业。信息产业部对电信企业进行了重组,将国家主体电信企业"中国邮电电信总局"从纵向上分为中国电信集团公司、中国移动通信集团公司、中国卫星通信集团公司、中国寻呼通信集团公司,同时实行政企分开,信息产业部与各电信公司脱离了经济和隶属关系。应该说这种改组从专业化方面加强了纵向垄断，没有解决竞争问题，以致反映在行业政策上，电信企业利用独占网络的特权制定高资费，不允许其他竞争者低价租用网络。对寻呼、信息服务、互联网等业务的经营者收取很高的专线和中继线资费，阻碍了电信、计算机和电视三网合一。毫无疑问，这些垄断性行业的高资费政策，损害了公共利益，从价值取向来说，同样偏离了"公共"原则。

第二类，政府角色错位，造成"部门权力化""权力利益化""利益法律化"的局面。

中国政府各部门拥有一定的行政立法权与政策制定权，负责起草相关法规、规章和公共政策，而部门自身利益的取向驱动各部门往往把起草相关政策方案当作谋取、扩大本位利益的好机会，乘立法或制定公共政策之机，争管理权，争处罚权，争许可权，争收费权，导致政出多门，相互掣肘。一个部门制定维护本部门利益的政策，另一个部门也不甘寂寞，马上制定另一个内容相似的政策予以回敬。在现实政治生活中，过滥的行政许可、行政收费、行政处罚、检查、认证、奖励、垄断性经营、利益保护、不当干预等，往往都能找到"合法"的法规或政策依据。一些地方或部门，立一个法规，就增设一个机构，加一道审批手续，多一道收费罚款。凡此种种，都是价值取向违背"公共"原则的结果。

第三类，一些地方政府以保护主义为价值取向，制定出一些损害"公共利益"的公共政策。

对本地区资源、市场的行政性保护现象以及为了维护本行业、本部门、本地区利益，设置市场人为障碍，防止外地区同行业竞争进入等现象，层出不穷。

陕西某县不久前出台一项政策，规定非本县生产的香烟，一律按"走私烟"处理。无独有偶，重庆有一个县公开禁止外地化肥进入本县；另一个县在工程招标中为保护本地建设单位，公开宣布县外另一家单位按法定程序的中标作废。当法院作出判决后，县里有的领导还公然否定判决。辽宁省东港市"专卖办"规定"酒类经销户一律不得销售外地啤酒"，所依据的文件居然是1978年4月辽宁省革命委员会发布的。更离奇的是，当地法院也将此文件作为实施处罚的依据。这是地方保护主义不惜搬动计划经济时代的文件作为现在制定公共政策依据的典型案例。

一些城市特别制定了对出租车车型的限制发展政策，有的规定出租车必须选用发动机排气量在1.6升以上的三厢轿车；有的省则发文规定

"凡是省内购车单位原则上必须购买省产车";还有一些省、自治区在机动车、拖拉机公路养路费征收管理办法中规定,对不交养路费的车辆,实行扣车、扣证、强行拍卖,等等。

一些城市的建设管理部门强制推行建材"准用证"制度,不论产品质量状况如何,不论产品取得何等质量证书,要想进入当地建筑市场,就必须到当地建设管理部门指定的检验机构进行检验,并向当地建委申请办理"准用证"。此外,还明确规定,未取得"准用证"的产品不能进入建设工地,否则工程将不予验收。据了解,每一种产品的检验费为1500—2500元不等,加上数百元的办证费,企业办理一个品种的"准用证"需要三四千元。更何况为了检验,厂家还要送去大宗样品,样品照例是不退的。至于一些城市的主管部门在审批"准用证"之前,质检机构要求专程到厂家实地考察,不仅要抽检样品,还要看厂容厂貌、生产设备流程,顺便看看风景名胜。当然,一应车旅费、吃喝玩乐的开支,都要算到厂家头上。

诸如此类,都是以地方保护主义为价值基础而衍生出来的背弃"公共"原则的"公共政策"。

政策执行过程中存在的问题

政策执行过程中存在的问题,就其表现形式而言,可以粗分为以下三种类型。

1. "上有政策,下有对策"。这是最常见的一种类型,亦可简称为"对策型"。通常的做法是强调本地的特殊性,用地方政策来抵消中央政策;或者编造借口,久拖不办,等拖过中央政策的时效性,便束之高阁;还有的"雷声大,雨点小",口头上说要不折不扣地执行中央政策,但在行动上却是"只听楼梯响,不见人下来",甚至用非程序化、非规范化的办法执行中央政策,使政策"走样"。

这种"上有政策,下有对策"的执行理论,从本质上说是利益驱动。换言之,就是上级颁行的公共政策,可能损害下级的既得利益,或出于部门利益偏好,或出于地方利益偏好,便采取阳奉阴违的对策。不过,这种执行理论与西方学者所提出的许多政策执行理论,诸如行动理论、组织理论、因果理论、管理理论、交易理论、演化理论等,都"不搭界"。因此，要说明中国公共政策在执行过程中所遇到的"上有政策，下有对策"的难题，还需要理论创新。这种新的执行理论要以敢于承认"政策失败"为前提，并在决策时有所预见，设定杜绝的办法，保证公共政策执行过程不入误区。

2. 对公共政策的内容有选择地执行。这种类型，是执行者对相关公共政策或者"各取所需"，或者"截留其中某些部分"，或者"曲解适用范围"，或者"打擦边球"，而使公共政策在执行过程中偏离"公共"原则，可以概称为"选择型"。该类型的执行者不惜调动一切社会资源，千方百计地设法对正在实施的对自己、对本部门、对本地区的公共政策进行变通，或者干脆绕过现有的制定安排，进行巧妙的规避。"选择型"的得逞需要两个条件：一是政策本身的漏洞，或称"有空子可钻"；二是执行者有强大的社会关系网，足以化解由此带来的风险。比如，政策条文中多有"原则上""基本上""倾斜"之类用语，这就给执行留出了弹性很大的空间，同时也为有关主管领导化解风险提供了口实。

"选择型"政策执行理论有不同的表现方式：有的只是在形式上象征性地执行公共政策，而不是实实在在地真执行；有的只是选择公共政策的部分内容加以贯彻，而不是无条件地执行全部内容；有的是缩减公共政策的目标与范围去执行，个别的也有超出公共政策规定的界限去执行。诸如此类，不一而足。其所以如此，乃是因为执行系统不同程度地存在这样一些问题：各级政府执行中央政策的权力界定不清，在权力分配中既有权力真空区，又有相互侵权现象；中央政策的约束监督内容不清，缺乏应有的权威；政策执行人员的价值取向与中央政策的价值取向不吻合，缺乏相应的执行中央政策咨询系统与执行中央政策的培训系统等。应当承认，"选择型"政策执行的背后，也是部门或地方乃至个人的利益驱动所致，是人为地增加政策的灵活性和随意性的后果。它不仅影响了政策的公平性，而且还从根本上动摇了政策的效能，这是"选择型"政策执行的危害之所在。

3. 借口本地区或本部门情况特殊，拒不执行相关公共政策。这种类型表现形式有所不同：有的是借口本地不具备相关公共政策实施的条件，而拒不执行；有的则像"传达室"收发信件那样，把"政策宣示"演绎成"公文旅行"，上级下达什么政策，本地区照转（发）不误，只是既无实施方案，又无具体措施，更不准备监督检查，文件发下去了，就万事大吉；还有的用地方政策，甚至是早已过时的计划经济时代的政策，来代替新颁布的公共政策，等等。

借口本地情况特殊，拒不执行新颁布的公共政策，主要是本地政府利益作祟。所谓本地政府利益，主要包括本地政府内部工作人员个人利益、部门或地方的集团利益、本地政府机构利益。当一项公共政策出台时，首先不是从社会全局利益出发，而是从代表本地区、本机构、本部门的集团利益出发进行权衡，倘若认为此项公共政策的实施会损害本地政府利益的话，那么此项公共政策就避免不了被当作一张废纸的厄运。

这种情况的存在，应该说与计划经济时代原有的利益格局没有彻底打破息息相关。在有些人看来，计划经济体制下的条块分割、地区封锁与隔绝，未必是坏传统，于是便祭起"地方保护主义"这个"法宝"，用以对付向市场经济体制过渡的公共政策。例如，在经济政策的投资格局中出现的地区产业结构趋同现象，对本地区资源、市场的行政性保护现象以及为了维护本行业、本部门利益，设置市场人为障碍，阻止外地区同行业竞争进入，或者在隶属不同地方、部门的国有企业进行资产重组、产权变更时多加阻挠等现象，便是这种公共政策执行理论具体运用的结果。

原载《中国国情国力》2001 年第 8 期

体制性障碍:"管得着的看不见,看得见的管不着"

　　江总书记在中央党校省部级干部进修班毕业典礼上的讲话中指出:"要以完善社会主义市场经济体制为目标,继续推进市场取向的改革,从根本上消除束缚生产力发展的体制性障碍,为经济发展注入新的活力。"这里所说的"体制性障碍",并非就某一特定的经济制度而言的,而是从宏观角度对"束缚生产力发展的"体制上存在的缺陷所作的高度概括。"体制性障碍"的物化形态,表现为"管得着的看不见,看得见的管不着"。矛盾往往表现在经济领域,然而问题却植根于政治领域。换句话说,体制性障碍通常表现为不是制度错位,就是制度缺失。因此,要从根本上消除束缚生产力发展的体制性障碍,除了继续稳妥地推进政治体制改革以外别无选择。

　　经济和政治上升到"体制"层面来说,是一个问题的两个方面。它们互为前提,互相依存,互相渗透。人们习惯于从结构功能上理解政治与经济之间的差别,即经济是基础,政治是上层建筑,却往往不在意"政治是经济的集中表现"这句话的科学内涵。随着市场经济的扩大和经济全球化趋势的增长,政治决定经济变化走向(增长、停滞、衰退)的概率,因市场失灵的增多而变得愈来愈重要。经济与政治,在现实生活中始终处于水乳交融的状态,"抽刀断水水更流",是不好将二者截然分开的。一个简单的例子就是产权改革,表面上看,产权改革属于经济领域里的改革,但是,因为产权不仅包括法律意义上的权利,而且还包括构成人们行为约束的各种社会规范,在任何国家,政府始终是产权改革的主导力量。因此,没有政治领域里的改革,产权改革也不可能真正到位。所以邓小平说:"不搞政治体制改革,经济体制改革也搞不通。""我们所有改革最终能不能成功,还是决定于政治体制改革。"① 消除体制性障碍，关键在积极稳妥地推进政治体制改革。

消除体制性障碍，就是要坚持社会主义政治制度的自我完善和发展，重点应解决制度错位和制度缺失的问题。

我们要发展社会主义民主政治，就必须把坚持党的领导、人民当家做主和依法治国三者有机结合起来，实现辩证统一。然而，在现实生活中却反复出现"以党代政""越俎代庖"等问题，这就是制度错位的典型表现。当前农村基层"两委"（村党支部委员会和村民委员会）关系失衡，矛盾激化，从根本上说也是制度错位造成的。此类事例，不胜枚举。这是问题的一个方面。

另一方面，是制度缺失。制度缺失，是由于我们现行政治体制发育的不成熟性造成的。例如，现行的制度安排，对权力监督和制约机制不成熟，监督和制约的力度也不够大。表现在现行政治制度中，授权主体对客体的监督制度、权力使用者对权力所有者的责任没有规范到位，我国至今没有建立违宪审查制度，等等，都是制度缺失的典型表现。

因此，消除束缚生产力发展的体制性障碍，要着重加强社会主义民主政治制度建设，实现社会主义民主政治的制度化、规范化、程序化。对此，还有很多工作要做，可以说任重道远。只有做到了"管得着的看得见，看不见的管得着"，才能说消除了"体制性的障碍"。

原载《社会科学报》2002 年 8 月 1 日第 1 版

---

① 《邓小平文选》第 3 卷，第 164 页。

SARS 危机呼唤宪政改革

市场造就了中国经济的持续快速增长。正当政府换届、举国上下共谋发展的时刻，一场突如其来的 SARS 危机的威胁，使我们习以为常的体制上的一些弊端暴露无遗。

面对严峻的考验，新履任的中央领导采取果断措施，扭转被动局面，铁腕撤高官，实行疫情透明化，颁行《突发公共卫生事件应急条例》，改革行政运作机制，提高危机管理能力，取得了初步成效。从某种意义上说，SARS 危机呼唤中国加快宪政改革步伐，成为克服体制性障碍、建立和健全危机管理机制的新契机，必将给中国未来的政治生活与社会生活带来不可小觑的积极影响。

首先，在这次 SARS 危机中，对公民知情权的关注和尊重被提升到前所未有的程度。中国现行宪法在保障公民的基本权利，尤其是知情权方面不够完善，以致言路壅滞、新闻失真现象时有发生。知情权涉及人格权、自由权等一系列人权范畴的问题。用政治学的语言来表述，就是透明度不够。因此，要保障公民的知情权，就必须增强透明度。透明度事关是否相信人民群众、是否有责任心的问题。在融入国际社会之后，透明度还事关承担国际义务、遵行道德规范的问题，不可等闲视之。有效的解决办法就是通过宪政改革，在未来修宪时对相关条款加以修正，明确写上"尊重和保障人权"，以维护相应的言论自由和新闻自由，使透明度成为衡量危机管理成败得失的重要指标。

其次，在 SARS 疫情暴发初期，有些官员官僚主义，欺上瞒下，抗灾不力；在防治过程中又有一些地方搞形式主义，做表面文章。现行行政体制在防治 SARS 中暴露出来的问题，说明我们的行政体制缺少危机管理体制。以往对付危机事件的习惯做法，常常是在现有主管行政部门之上（或之外），再成立两个专门以处理某类危机事件而命名的"委员会"或

"小组"，专门负责处理某类危机事件，以示重视。随着这类临时搭建的危机处理机构的增多，便造成了行政系统叠床架屋。从形式上看，似乎是便于统一指挥、统一行动，提高效率。然而，对于本来就是一个单一制国家的政府来说，这样做，却是以削弱了原有的行政部门的法定职责并使之合法化为代价的，不仅不利于危机处理机制在现行行政体制内的建立与健全，而且还会使它经常处在"头疼医头，脚病医脚"的非规则状态。国际经验表明，提高危机管理能力，贵在建立和健全现行行政体制的危机管理机制。在此次 SARS 危机中，美国政府在 2 月份接到该国疾病防治中心（CDC）的警告："中国内地和香港发生了令人担忧的 SARS 疫情。"

3 月 24 日至 26 日，在来华参加广交会的美国商人回国后被确认为"疑似"病人的情况下，疾病防治中心主任向总统报告疫情。此时正是美国对伊拉克战争白热化的时刻，布什总统却专门就疾病防治中心的报告召开了 50 分钟的内阁会议，并于 4 月 4 日签署了第 12295 号总统行政命令，赋予了疾病防治中心对 SARS 患者及亲密接触者实行隔离的权利。4 月 16日，美国又修改了传染病法案。其反应之快速，在时间上早于我们一个月。美国仅在疾病防治中心下成立了一个"紧急对策总部"，利用原有的"通信中心"的电视会议系统等设备，使疾病防治中心、国土安全部和各州卫生局等全美有关防治 SARS 的部门 24 小时保持联系。由此可见，行政体制自身的危机处理机制才是关键。我国现行宪政中没有危机管理的相应条款，应当在修订时增加这方面的内容，一则可以规范各级政府危机管理机制的建立与健全，二则可以使中国的危机管理步入制度化、法治化轨道。

最后，建立和健全行政体制自身的危机管理机制的根本出路，在于积极稳妥地推进宪政改革。我国现行的五个层次的行政管理体制，在行政区划、政府的组织形式、结构形式、治理形式诸方面，都存在不适应危机管理需要的问题，特别是地方政府的应变能力不足（又以基层政府为甚）。就以公共卫生防疫体系而论，地方政府，尤其是广大农村的县、乡（镇）政府，不仅缺乏专业的公共卫生防疫人员和设施，而且疾病监测、分析、报告体系原始。每当疫情危机突发时，不是反应迟缓，就是应对无力。这就提醒我们：政府改革，第一要在注重经济发展的同时注重社会的均衡发展，要加大公共卫生防疫体系、公共环境安全体系等方面的投入与建设，增强政府的公共性，提高政府危机处理的能力；第二要发挥单一制国家的长处，在建立统一、高效的信息管理制度的同时，处理好中央与地方的关系，使各个层次政府的危机管理制度和管理机制"横看成岭侧成峰"，当公共危机出现时，都能临危不乱，应对自如。

原载《中国社会科学院研究生院学报》2003 年第 4 期

结构失衡的政治学分析

在中国经济社会发展中，结构性失衡问题已经到了非解决不可的地步。在一些贫困地区的所见所闻，让我感到结构性失衡所隐藏的危机。一向靠出口拉动经济增长的中国经济，尽管因势应变，不断进行结构调整，但由于中国经济基本上是政府主导型的经济，市场发育不健全，以致在经济快速增长的现阶段出现了严重的结构性失衡。

政治秩序不足以解释经济繁荣，但政治秩序之于经济繁荣，如同氧气之于人的存活一样必要。从政治学的角度来解读经济社会发展中的结构性失衡，或许能引起人们对失衡问题的更多关注。

经济社会发展中的结构性失衡
具有多重性和关联性

所谓结构性失衡的多重性，是指在同一个领域内的结构性失衡呈重叠或者交叉状态。在 2003 年上半年，首先表现出一、二、三产业之间增长的结构性失衡。上半年第一产业的增加值只有 4754 亿元，同比增长 2.7%；第二产业的增加值是 28800 亿元，同比增长 11.6%；而第三产业的增加值是 16499 亿元，同比增长 4.2%。到 7 月份，第二产业——主要是指工业——的增长已经达到 16.5%。

另一方面的失衡表现在投资增长与消费下降的对比上。上半年全社会固定资产投资为 19348 亿元，同比增长 31.1%，是从 1994 年以来增加最快的时期，而消费下降的幅度却在 10% 以上。投资增长与消费增长的结构性失衡，与一、二、三产业增长结构失衡是重叠、交叉的。

结构性失衡的另一个特点是关联性，即一个领域里的结构性失衡必然辐射到另一个领域，造成更大范围、后果更严重的结构性失衡。最明显的例子是经济发展的结构性失衡引发社会发展的结构性失衡；一、二、三产业增长结构的失衡，反映到社会发展中就是城乡差距、东西部差距进一步拉大；而投资上升、消费下降，则表明贫富悬殊愈演愈烈。

长期以来我们在追求经济快速增长时，往往自觉或者不自觉地选择了非均衡发展战略。这种战略是以牺牲生态环境、就业、职工权益和公共卫生等领域的发展作为代价的，或者说是让这些公共领域的发展为经济让路。尽管政府从来没有公开说这些领域不重要，但是从财政资源的分配结构来看，至少这些领域不是关注的重点，这样日积月累便造成社会发展与经济发展的严重脱节，并且危及政治秩序。

体制性障碍导致非均衡发展的根本原因

体制性障碍，是经济、社会和政治生活中一个非常普遍的问题。矛盾往往表现在经济领域，但问题却折射到社会层面，甚至影响到政治秩序。换句话说，体制性障碍的物化形态，通常表现为不是制度错位，就是制度缺失。尽管我们已经基本建立了市场经济的框架体系，但在实践中，一方面我们尚未完全摆脱"管制型经济"的窠臼，迄今仍在盛行"政府招商"；另一方面，社会领域里的诸多的公共事业，比如公共卫生事业等，都被推向市场，而这些领域又充满"市场失灵"。正是这一类制度错位或制度缺失，加剧了经济社会的非均衡发展。在现实生活中，经济和政治始终处于水乳交融的状态，很难把二者截然分开。

一个简单的例子是产权改革，表面上看，产权改革属于经济领域里的改革，但因为产权不仅包括法律意义上的权利，而且还包括构成人们行为约束的各种社会行为规范。在任何国家，政府始终是产权改革的主导力量。因此，没有政治领域的改革，产权改革也不可能真正到位。所以邓小平说不搞政治体制改革，经济体制改革也搞不通。

均衡发展是目标，失衡是常态，
关键在于发展战略的选择

经济社会的均衡发展是任何国家都努力追求的目标，但这个目标的实现常常受制于两种力量。

　　一种力量是市场。由于市场经济是一种趋利性经济，在市场经济体制的建立过程中，特别是在市场发育不健全的时候，趋利性常常诱导发展战略偏离预设的轨道，而使经济社会的发展处于失衡状态。这是市场力量对发展战略的一种挑战，或者说是一种诱导。

　　另一种力量，是政府治理工具的选择。政府能否及时纠正发展战略实施过程中所出现的各种偏差，成为非常关键的问题。政府是社会体系中唯一能够合法使用暴力的组织。政府可以选择各种治理工具。在现代社会，特别是在市场经济建立过程中，政府可以选择的治理工具不外乎三类。一类是以市场机制为治理工具。有一种倾向是把什么都推向市场，在这个过程中，政府处理相关问题时做得不到位，这也是导致发展失衡的一个因素；另一类治理手段是财政工具——通过财政的分配和转移资金来治理社会；更传统的方法是管制性的治理方式。

　　政府选择不同的治理工具来校正或者弥补市场失灵，提供、安排、生产公共产品和公共服务。因此，从这个角度来认识，政府是协调均衡发展的一个核心力量，尤其是在中国这样一个政治文化背景下的现阶段。

　　实践表明，均衡发展是目标，但这种目标常常会被市场和政府两种力量所打破，使失衡变成常态。这就要求政府加快改革的步伐，及时调整发展战略，使经济社会的发展恢复到均衡或者是大致均衡的状态。这在经济社会发展严重失衡的现阶段尤其迫切。

原载《经济观察报》2003 年 9 月 29 日

发展社会主义民主政治
建设社会主义政治文明

　　1980 年 8 月 18 日，在中共中央政治局扩大会议上，邓小平同志发表了《党和国家领导制度的改革》的著名讲话，开启了发展社会主义民主政治、建设社会主义政治文明的序幕。在此后的 20 多年间，中国的政治体制改革与**以市场为取向**的经济体制改革相呼应，不断排除"左"的或右的干扰，积极、稳步地向前推进。从克服权力过分集中，着手解决党政不分、以党代政的问题，到废除干部领导职务终身制；从"精简机构是一场革命"，进行"规制"改革，建立公务员制度，到行政许可法的颁行，全面开展行政体制改革；从反腐倡廉，到建立、健全**党内的、人民群众的**和**司法的**监督机制；从用"海选""票决制"发展基层民主，实行农村村民自治、城市社区自治，到完善人民代表大会制度、中国共产党领导的多党合作和政治协商制度、民族区域自治制度；从"尊重和保障人权"，实践"在法律面前人人平等"，到积极推进"依法治国，建设社会主义法治国家"。一言以蔽之，社会主义民主政治取得了前所未有的进步。

　　九层之台，起于垒土。社会主义民主政治的建设也不可能一蹴而就，它是一个和政治体制改革一样的**渐进的长期**过程。这个过程的不同**时段**，改革的重点会有所不同。当务之急，主要有三。

　　一是改革和完善共产党的领导方式和执政方式。以"执政能力建设"为突破口，从"改革和完善党内民主制度"和"以党内民主带动人民民主"两个方面，着手解决中共的执政体制和执政机制的问题，这可以说是触及政治体制改革的核心。

　　2004 年 9 月，中共十六届四中全会作出《中共中央关于加强党的执政能力建设的决定》，在提出贯彻党员权利保障条例、建立党内情况通报制度、扩大市县党代会常任制试点等十项加强中共党内民主建设措施的同时，还提出了一系列深化干部人事制度改革、规范党政机构设置、扩大党政领导成员交叉任职等具体改革办法，表明政治体制改革已进入**全面配套、整体推进**的阶段。

二是完善人民代表大会制度，实现人民当家做主的政治理想。人民代表大会制度是人民主权的实现形式，应在尊重宪法和法律的前提下，完善国家体制和权力结构配置，规范和理顺各种权力主体之间的关系，即理顺人民代表大会与党、政府、司法机关、军队以及各种社会团体的关系，要不断优化人大组织机构，提高人大的立法能力和监督能力。

当代中国政治过程的偏差，大多来源于一个基本的事实，即权力执行缺乏有效的监督，而执行机构的权力往往来自人民代表大会的授权。尽管人大与"一府两院"早就建立起比较完善的责任机制，监督与被监督关系受到宪法和法律的保护，并且建立比较完备的程序法。但是，人大的监督功能却被长期虚置了。人大对于"一府两院"的监督的缺位，不仅表现在代表大会期间，更突出的是在人大闭会期间，大量的监督权无法得到有效履行。人大监督还应包括监督党组织（包括执政党和参政党），党组织对人大进行**政治领导**与人大对同级党组织进行宪法监督，不能只停留在认识上，而应当垂范于实践中。监督的法律化规范还不够完善，建议人大出台《监督法》，将审计、监察部门从政府序列中独立出来，成为直接向人大负责的机构，由人大选举产生。此外，人大的司法监督，应当以监督法官、司法制度的运行和司法政策为内容，以促进司法机制的完善和法官素质的提高为宗旨，而不仅仅局限于纠正个案。

在强调改革和完善人民代表大会的监督权的同时，还应当同样强调监督人大的重要性。如果对监督政府不力可以追究人大工作责任的话，人大和人大代表的监督工作就获得了动力机制。人大与"一府两院"的制约关系就真正建立起来了。目前，在地方人大和地方政府的改革实践中，为落实人民当家做主原则，创造了许多成功的经验，如贵阳市人大常委会首先推行的市民旁听制度，又如一些地方的代表接受选民委托制度、代表述职制度等，只要加以总结和推广，就一定会有成效。

三是坚持依法治国，厉行法治。这是完善党的领导和实现人民当家做主的基本途径和法制保障。通过处理好党章党规与宪法和法律之间的关系，确立了在宪法和法律范围内活动的原则。**宪法是公民之间的一种政治**

约定，是一种法治的政治观。实行法治要求牢固确立宪法至高无上的地位。一切国家机关、社会团体、公民必须服从宪法并以宪法为最高行为准则，在法律体系中，宪法具有最高法律效力，其他法律不得与宪法相抵触。应当把宪法当作国民素质教育的必修课，从义务教育阶段抓起，使全社会养成尊重和维护宪法的习惯。此其一。

其二，实现依法行政，进一步完善监督机制。在现实生活中，一些地方政府在建设法治政府方面，多有创造，如重庆市人民政府 2004 年实施了《行政决策听证暂行办法》《政务信息公开暂行办法》《规范性文件审查登记办法》《部门行政首长问责制暂行办法》等，在制度安排上，着手解决政府决策、执行和监督中的问题，是实践依法行政的一个成功案例。

坚持党的领导、实现人民当家做主和依法治国，三者相辅相成，互为表里，是改革开放以来，社会主义民主政治建设的基本构成，也是中国政治体制改革的主攻方向。同时，它又成为建设社会主义政治文明的主旋律。

2006 年 3 月 8 日在全国政协十届四次会议上的书面发言

第 4 辑

执简驭繁

中国皇帝·初版前言

　　本书取名《中国皇帝》，但却不是按照历史学的规范为历代皇帝作评传，而是从政治学研究的角度观察皇帝现象，运用历史学的研究方法，从各个侧面，来探索中国皇帝的形态。笔者粗疏谫陋，不敢妄称有多少创造，然而，努力运用两个不同学科的知识，综合考察中国君主专制政治的方方面面，试图在营造独立的学术体系方面，却是颇为认真的。不过，"始生之物，其类必丑"，本书亦概莫能外。

　　中国出皇帝，其数量之多、权力之大，在世界历史上是绝无仅有的。皇帝是封建国家的象征，标志着国家政体的类型。因此，不把皇帝作为历史人物去评说，而把他们当作一种政治现象去考察，应当说是可以的。这种研究方法孕育出来的或许是个"四不像"，但倘能引起方家先进的思考或诘难，那么，笔者的目的也就算达到了。学术研究，本来就不应当有一成不变的模式，路要靠自己去走。顾炎武说过"文须有益于天下"① 的话，很发人深省，对于学术研究者来说是应当遵循的。只有研究成果真能赢得社会承认，才能说做到了为社会上的广大人民服务。这正是笔者经年伏案所孜孜追求的。

　　本书的内容宽泛，时间跨度大，从秦始皇到末代皇帝溥仪，历时两千一百多年；从社会政治形态、阶级结构到经济基础、思想文化，多所触及。然而，中国的文化典籍浩如烟海，汗牛充栋，即使穷毕生之精力，也是读不完的。因此，笔者在从事本课题的研究过程中，十分留意参考国内外前辈与同辈史学家的有关论著，注重吸收他们的优秀成果。如果说本书还有某些可取之处的话，那是因为其中凝聚了学术界师友们的劳动，而本书如有论证不当、史料失误、参考未备之处，则是笔者功力不足所致。对

---

　　① 顾炎武著，黄汝成集释：《日知录集释》卷19，上海古籍出版社1985年版。

此，竭诚期待学术界的师友们批正！

　　本课题研究的完成，得益于中国社会科学院历史研究所图书馆，所用诸书，大多采用自该馆的珍藏。友人何墨生、张宝亮、杨志清、冯至三等，先后提供了诸多帮助。特别是我调到政治学研究所工作之后，每次去历史研究所借书，都受到他们热情的接待。如果没有他们的鼎力相助，我是不可能顺利完成此项研究的。本书还承蒙天津人民出版社的厚爱，列为该社的重点图书。其中，殷瑞渊先生所付出的汗水，尤其令人为之动容。著名书法家启功先生于百忙之中，拨冗为本书题签。在本书即将付梓之际，谨向他们致以衷心的感谢！

1989 年 9 月 1 日，笔者识于京华宜雨亭

中国皇帝·修订版序言

《中国皇帝》，从 1979 年孟春动笔，到 1989 年季秋杀青，断断续续写了十年。其后，送审又延滞了三年，直至 1993 年春夏之交，在抽、砍了一些"不宜"的章、节和段落以后，由 60 万字压缩到 45 万字，才羞羞答答，得以面世。

其所以如此，一则受制于题材的宽泛，需要博贯载籍；二则写法必须坚持"论从史出"，关键性的论点，绝对不用自己的话来表述，而是让史料"说话"；三则还得应付各种日常工作，急就一些指令性任务，或代为捉刀……笔者不才，虽九流百家之言无不穷究，然，所学无常师，不为章句，举大义而已。结果造成如初版那样"不伦不类"。没想到，却博得学术界同仁的青睐，有幸荣膺中国社会科学院第二届（1992—1994）优秀科研成果奖。1996 年 10 月广东教育出版社出版的《中国皇帝制度》，曾经移植拙作部分篇章的内容，虽故意回避承继关系，但可视作"另类"认同。

自此之后，由于岗位的变更，"战线"拉得过长，修订旧著的任务一再从排定的日程表中被挤出，令属意再版或重新出版的几家出版社大失所望。直至三年前"从死地走一回"，在克服偏瘫及语言障碍，于扶杖举步之余，又重操旧业，真正把修订的任务捡起。不过，一曝十寒式的进度，常常弄得盯住这本书已逾十年的谢寿光社长没有脾气。

此次修订，主要集中在下列几个方面：一是恢复章、节体例，调整了部分章、节的内容；二是通检了全书的引文，纠正了排印上的一些错误；三是规范了一些提法和概念，使之更容易理解、便于记忆，如"军功专制主义""宗法专制主义"等；四是增加了一篇与正文相关联，但又未直接展开的《正统悖论》做《附录》；五是把研究中国皇帝过程中所翻检过的古籍，作为《参考文献》。此外，要特别说明的是，原稿还有一章"皇帝制度与中国封建社会长期延续"，初审时因有争议而被搁置。此次修订过程中，曾反复几次，最后还是决定不上。这样就在结构上坚持了初版的取舍原则。

最后，我想借清人龚自珍《己亥杂诗》中的两句，即"著书不为丹铅误，中有风雷老将心"，来表明当年我接受这个选题时的复杂心态。那时正处于大劫之后，余悸未泯，为万全计，只能选义按部，考辞就班，寓论于史，规避风险。这样，读起来虽然佶屈聱牙，艰涩生硬，但可免除政治上的忧患。因此，还得借用龚自珍《题红禅室诗尾》的话说，"不是无端悲怨深，直将阅历写成吟"。

——这就是为什么我要这样写《中国皇帝》的真正原因。

白　钢

2008 年 4 月 20 日谷雨，

北京喜降第一场春雨，特记于宜雨亭

中国封建社会长期延续问题
论战的由来与发展·前言

　　中国封建社会为什么长期延续？这是国内外史学界及经济学界的一桩旧案，也是当前我国史学界争议最大、讨论最热烈的课题之一。如果从18世纪70年代英国古典经济学家亚当·斯密首先提出这个问题算起，关于这一课题的论战已经有二百多年的历史了；如果从1927年大革命失败以后的中国社会史论战正式把它提到中国史坛上来讨论算起，也已有五十多年的历史了。在半个多世纪中，关于中国封建社会长期延续问题在国内的讨论，几起几落，曾经吸引不少人的关注与研究，截至1982年10月底，粗略统计，关于这一课题的文章和专著的数量，总计在二百篇（种）以上。其中，近五年来有关报刊及出版社发表、出版的文章和专著，约占五分之三。这些论著的问世以及关于这一课题的论战，锻炼了一批马克思主义史学工作者，推动了中国的马克思主义历史学的发展，因此，在中国现代史学史上，占有重要的地位。

　　关于中国封建社会长期延续问题的讨论，目前虽然还不可能取得一致的认识，而且，在今后相当长的时期内，意见的分歧必然还会继续下去。但是，就国内半个多世纪的讨论的情况来看，它却是不断地前进的。我们知道，历史总是在批判继承中发展的。任何一门学科要发展、要前进，对于后人来说，都有一个批判地继承前人的成果的问题。关于中国封建社会为什么长期延续这一课题的研究与讨论也一样。我们史学工作者要从事这一课题的研究与探索，首先就要对过去讨论的历史做到心中有数，否则，很容易陷入重复劳动。为了适应当前学术界对这一课题的研究与讨论，推动它的深入与发展，系统地向广大史学爱好者，特别是向青年史学工作者介绍以往关于这一课题的研究与讨论的基本情况，就是十分必要的了。基于这样一个想法，笔者在整理俚作《中国皇帝》的过程中，根据已掌握的资料，编写了这本书，一则向关心和从事这一课题研究的同志介绍过去讨论的情况；二则为将来总结关于中国封建社会长期延续问题讨论的历史，提供一些基本资料。关于这个课题的文章和专著已有二百篇（种）以上，不能说是个小数目，特别是过去关于这一课题讨论的论著，有不少现在已不大容易见到，查起来又十分不便，所以，笔者在缕述各家的主张和有关问题的意见时，力求客观、准确和全面，以期达到读者拿来即可使用的效果。

所谓中国封建社会的长期延续，是与西欧诸国的封建社会相比较而言的。一般说来，西欧诸国的封建社会历史，如果从蛮族的入侵造成西罗马帝国的灭亡（476）算起，到英国资产阶级革命的爆发（1640）为止，总计不过存在了 1164 年；而中国的封建社会历史，如果从春秋战国之际（475）算起，到鸦片战争的爆发（1840）为止，前后却延续了 2315 年，差不多相当于西欧的封建社会历史的 2 倍。因此，确切地说，所谓中国封建社会的长期延续的问题，实质上就是说中国封建社会的时间比西欧诸国长，并且没有像西欧诸国那样迅速过渡到资本主义社会的问题。

我们今天讲的中国封建社会长期的延续问题，过去叫作"长期停滞"或"长期迟滞"。半个多世纪以来，关于这个问题的论战，大致可以划分四个阶段：30 年代社会史论战中关于中国社会长期停滞问题的争论，是第一阶段；抗日战争爆发到新中国成立以前，为第二阶段；50 年代到 60 年代初，为第三阶段；1978 年到现在，为第四阶段。这四个阶段论战的背景、所涉及的内容，各具特点，本书依次分四章缕述。

本书在介绍各家观点时，一般不夹带笔者的意见。笔者关于这一问题发表的文章，同整理各家文章一样，其主要观点也分类列入有关的章节，仅供读者参考。本书无论是缕述以往各次讨论的情况，还是正面阐述自己的意见，一定都还有不少错误，对此，期待读者予以匡正。

此外，笔者还就已掌握的关于这一课题的论著，编成目录索引，作为"附录"，以备读者检索。

白　钢

1982 年 10 月识于京华独柳庵

（按：《中国封建社会长期延续问题论战的由来与发展》，白钢编著，中国社会科学出版社 1984 年 1 月版。）

中国农民问题研究·序言

农业是整个古代世界的决定性生产部门；农业劳动，在近代和现代，仍然是其他一切劳动得以独立存在的自然基础和前提。古往今来，任何时代、任何政府，如果忽视农业，处理不好与农民的关系，就必然会导致社会动荡甚至全局性的灾难发生。因此，农民问题始终是关系社会稳定和社会发展的中心问题。对于我们这样一个农村居民占全国人口 80% 以上的发展中国家来说，尤其如此。

早在中国共产党建党初期，毛泽东就提出要 "注重研究中国农民问题"；并且把马克思主义关于农民问题的基本理论与中国的社会实际结合起来，创造性地解决了农民阶级在民主革命中的地位与作用问题，建立了巩固的工农联盟，赢得了中国新民主主义革命的胜利。中华人民共和国建立以后，在农业发展、农村劳动组合形式和农民问题上，我们走过曲折的道路，积累了丰富的经验和教训。33 年前，毛泽东提出的 "农业是国民经济的基础" 的思想，成为我们的基本国策。但是，在实践过程中却常常被削弱。当前，农业形势严峻，农业投入减少，农用资金大量分流；农村产业结构不合理，乱占滥占耕地现象严重；工农业产品价格 "剪刀差" 扩大，农民收入增长率下降，农民负担过重，等等，已经远远不能适应改革开放和建立社会主义市场经济体制的需要。因此，认真研究农民的历史和现状，探讨中国农村的发展道路问题，具有重大的理论和实践意义。

笔者本农家子弟，青少年时代曾随祖父力田。"睹农人之耘耔，亮稼穑之艰难。" 天然地关心农民的历史与现状，尤其关心农村的发展道路问题。笔者认为，我们习以为常的城乡分治体制所造成的城乡关系的格局，已不利于农村生产要素的流动和农村产业结构的变革，阻滞了全国统一的大市场的形成与发展。世界上一些发达国家用工业化和城市化的途径推进农业现代化的经验，对于我们不无启迪意义。中国农村的发展道路，应当坚持邓小平同志提出的朝着"高水平的集体化"方向发展，在保证农业持续增长的前提下，加大农村经济体制改革的力度：一方面，要加快农村产业结构的调整，大力发展乡镇企业；另一方面，要加快中小城镇的建设，走工业化、城市化的道路，逐步实现中国农业的现代化。只有这样，才能彻底改变我国农村的落后面貌，从根本上解决中国的农民问题，保证整个国民经济高速度地协调发展。

今年 12 月 26 日，是近代以来对中国农民问题最有研究的伟大的马克思主义理论家毛泽东 100 周年华诞，笔者学习和运用毛泽东关于农民问题的理论和方法，怀铅提椠，以不同专题的形式，从不同侧面，探索中国历史上的农民问题和现代的农民问题，取名《中国农民问题研究》，以作为对一代伟人毛泽东的纪念。

笔者 1993 年孟夏识于宜雨亭

（按：《中国农民问题研究》，白钢著，人民出版社 1993 年 12 月版。）

中国乡里制度·序

　　乡村社会实行乡里制行政管理，这是古代中国不同于中世纪西欧的地方。乡里制度的宗法性与行政性的高度整合，集中反映了中国古代社会结构的一些特殊性。历代乡里制度都是以对全体乡村居民进行什伍编制为起点，以"什伍相保""什伍连坐"为基本组织原则的。它是君主专制主义国家政权结构中最基层的行政单位，拥有按比户口、宣布教化、督催赋税、摊派力役、维持治安、兼理司法的职权，被称为"治民之基"①。因此，研究乡里制度，是解读传统中国政治的一把钥匙。

　　然而，中国是一个有着悠久的中央集权传统的文明古国，历代的正史、政书之类文献关于政治制度的著录，几乎都是详中央、略地方而疏于基层，这就给乡里制度的研究带来了困难，而使其长期处于落后状态。20世纪以来，虽然偶有方家先进涉足过乡里制度的研究，比如30年代闻钧天先生写过《中国保甲制度》，60年代严耕望先生在其《中国地方行政制度史》中对秦汉和魏晋南北朝时期的乡里制度作过详尽的探索，此外还有一些学者发表过各断代乡里制度的论文或小册子，但与其他典章制度的研究成果的数量与深度相比，差距是显而易见的。尤其缺少系统的以乡里制度为主题的专门著作，这不能不说是一个缺憾。

　　还在二十多年前，我在研究古代农民问题的时候，就曾搜集过一些乡里制度的资料，拟定过一个乡里制度的研究提纲，准备在空闲的时候撰写一部乡里制度的专著。只是由于文债过多，更因承担《中国皇帝》、10卷本《中国政治制度通史》等课题的研究，使这个夙愿一直没有实现的机会。三年前，在安排所内青年研究人员的研究方向及

---

　　① 《周书·苏绰传》。

培养计划时，根据他们各自的学术兴趣与特点，我让赵秀玲承担起研究乡里制度的任务。赵秀玲的优点是学风踏实、能坐冷板凳。她一家三口人挤在一间只有 13 平方米、阴暗潮湿的平房里，经过三年的刻苦努力，终于将一部 27 万言的《中国乡里制度》书稿出示在我面前，诚可谓之不易。

　　农业文明的起点在乡村。乡里制度是农业文明国家形态及其政治体制赖以形成和发展的基础。清人陆世仪说过："治一国，必自治一乡始；治一乡，必自五家为比、十家为联始。"① 因此，探索乡里制度的起源与演变，厘清乡里制度的组织形式、结构形式和治理形式，揭示乡里制度与官僚政治的承载关系等问题，对于解析传统农业文明的政治结构及其运行机制，都是不可或缺的。这就派生出研究视角的选择与研究方法的创新问题。赵秀玲的这本书对此进行了大胆的尝试，她不是按朝代的顺序，把研究重点放在对历代乡里制度诸细节的考索与描述上，而是从乡里制度作为乡村社会最根本的政治制度的认识角度，把研究重点放在乡里制度结构及其运行机制上。因此，她的研究框架设计、她的论证方式，不是毛举细故，平铺直叙，而是大处着眼，横刀解剖。她对乡里制度及其相关诸问题的针砭评价，辞旨质实，无泛语，无夸言。倘能引起学术界同仁对乡里制度研究的关注与讨论，就算是达到了开题的目的。在 20 世纪行将结束的时候，终于看到本世纪内唯一的一本取名《中国乡里制度》的著作问世，从学术史的角度考量，不能不令人感到兴奋。

　　学术研究是一种渐进的积累，每个研究者都是在前人的研究成果的基础上，不断添加自己的研究心得。因此，遵守学术规范、讲究学术伦理，是学术研究事业得以健康发展的生命线。在这方面，赵秀玲树立起一根标杆。她的研究，不仅开宗明义辟专章检阅前人对乡里制度研究的得与失，而且在横刀解剖乡里制度及其相关诸侧面的时候，对所援据的观点、所征引的资料，无不一一注明来源，表明自己是在继承前人研究成果的基础上的继续攀登。这与时下学术界那种不遵守起码的学术规范、不讲学术伦理，贪天之功据为己有的不良学风，形成鲜明的对照。清人赵翼诗云："满眼生机转化钧，天工人巧日争新；预支五百年新意，

_____

① 《保甲书·广存》。

到了千年又觉陈。"学术事业的发展，是一个"长江后浪推前浪"的过程。我希望赵秀玲书能成为推动乡里制度研究深入发展的一个新起点。

作序不是写书评，无须尽说。相信读者是有鉴别能力的。

白　钢

1998 年 10 月 20 日

（按：《中国乡里制度》，赵秀玲著，社会科学文献出版社 1998 年 12 月版。）

影响中国的 100 个人物·序

　　人是社会实践活动的主体，历史人物是历史实践活动的主体，人的实践活动都是有目的、有意识的行为，所以，作为历史实践活动主体的历史人物的最重要特征，是富于创造性。马克思主义经典作家指出："有了人，我们就有了历史"①；"历史不过是追求着自己目的的人的活动而已"②。从这个意义上说，历史学也就是人学，是研究人的历史实践活动规律的科学。

　　然而，人有个体、群体、整体之分。全部历史本来是由个人活动构成的。作为个体的人，通过自己有目的的实践活动，加入与自己相联系的群体或整体的客观历史实践活动中去，而在创造历史的活动中扮演一定的角色，所以，我们不仅要看到历史活动是人民群众的事业，而且还要承认个人在历史发展中的作用。唯其如此，历史人物传记，作为历史科学的一个门类、一种形式，历来受到人们的重视与欢迎。过去学术界有一种成见颇为流行，认为历史人物传记不算学术专著。这实在是一种认识论上的短视。当然，这里所说的历史人物传记，指的是那些科学性强、内容真实的历史人物传记，而不包括那些粗制滥造的、无历史真实性可言的冗滥之作。

　　历史人物传记，贵在历史的真实。所谓历史的真实，有深、浅两个层次的含义：浅层次的含义，是历史人物一生的实践活动，必须实事求是、有根有据，不得凭空杜撰，不能对所采用的史料不辨其真伪，不能想当然耳，要求做到形似。深层次的含义，则要求把握住历史人物所处的时代环境、社会关系、思想情操及其在社会群体，乃至社会整体的实践活动中所

---

①　《马克思恩格斯选集》第 3 卷，第 457 页。
②　《马克思恩格斯全集》第 2 卷，第 118—119 页。

扮演的角色的特点，要求做到神似。就如同画家画人物肖像，形似只是浅层次的真实；只有神似，而且要形神一贯，才是深层次的真实。倘若一部历史人物传记遗其神，则这个历史人物亦失其真了。王安石《读史》有云："糟粕所传非粹美，丹青难写是精神。"一部历史人物传记是否成功，关键要看其是否写出传主的神韵。所谓神韵，是通过对人物的言谈举止的描写，反映出人物的性格、思想、认识、气质、情感、欲望、嗜好等。大到传主的世界观、人生观、价值观，小到传主的喜怒哀乐、细枝末节，都要合乎传主所处时代的情理。而要做到这一点，那就不是只占有相关资料，不胜其烦地将大段大段史料抄入传记所能企及的，而是要求作者消化这些资料，并在消化相关资料的基础上，投身其中，进行再创作。司马迁写《陈涉世家》，一句"王侯将相宁有种乎？"把这位扯旗造反的农民领袖的神韵，勾勒得活灵活现。陈涉其人，简直呼之欲出了。这不能不说是成功的传世之笔。

　　由于历史人物是千姿百态的，因此，切忌把历史人物写成千人一面、千部一腔，而陷于公式化、脸谱化。人们在创作历史人物传记的时候，由于价值取向不同，各自可以有不同的侧重，在体裁形式上，也可以多种多样，封建社会的史学家"为尊者讳""隐恶扬善"的价值观，导致历史正史中的人物传记，基本上成了帝王将相的家谱，其弊端，已是尽人皆知的了。而当代学术界普遍以历史人物是否促进当时社会生产力的发展、是否符合社会历史发展的要求、是否为当时人民带来好处为判断标准，把历史人物传记的创作变成了一种简单的人物评价活动，其局限性，也是显而易见的。当然，如果写的是评传，这倒也无可厚非。倘若所有人物传记都这么写，那就会流于概念化而显得干瘪，湮没了历史人物的个性。因此，强调历史人物传记体裁形式的多样化，对于繁荣历史人物传记创作，具有重要意义。而要实现体裁形式的多样化，还有待致力于历史人物传记创作的学者，根据不同传主的特点去创造。

　　《中国100系列·影响中国的100个人物》，也是人物传记，但不同于一般的人物传记。它不是全面、系统地论述传主的一生，而是挑选传主一生中对中国历史有重要影响的事迹进行描写、叙述，寓论于史。文章做在"影响中国历史"这一点上。从传记创作来说，倒也别开生面。清人郑板桥曾经写过一副楹联，其曰："删繁就简三秋树，领异标新二月花。"把这副楹联移送给《影响中国的100个人物》，我想是恰当的。此其一。

其二，从绵延数千年的历史长河中，编者筛选出 100 个在中国历史上最有影响的人物，其中，有政治家、军事家，也有革命家、改革家；有科学家、思想家，也有在学术研究、文化艺术、外交、宗教、民族事务等领域里做出杰出贡献的历史人物，把他们的事迹汇为一册，无疑具有启迪人们思考、激发爱国热情、增强民族自信心的作用，这大概是编者匠心独具之所在。

其三，本书的另一个特点，是每个人物传记都短小精干，深入浅出，文字生动，具有可读性。虽然没有大段大段的引文，但言必有据，都能给读者以正确的历史知识。因此，这与那些整页整页地转录史料，文字艰涩，动辄数十万、上百万言的《大传》《全传》相比，在为读者着想这一点上，实在高明多了。其实，那种以为历史人物传记，拉得愈长，史料堆砌得愈多，就愈能反映历史的真实的想法，是值得怀疑的。因为它往往是把许多连作者自己都没有消化的材料，或者把没有经过提炼的内容，一股脑儿地推给读者，无端地占去读者大量的时间，这起码不能说是尊重读者吧！

历史人物传记，是一个有待于作深层次开掘的领域，要写活一个历史人物，绝非只占有了相关资料，按时间排比，连缀成篇，就能实现的。它要求习惯于逻辑思维的史学工作者，强化形象思维的训练，并能运用自如。只有这样，历史人物的神韵才能跃然纸上，才能无愧于万千读者的期待。

张秀平同志约我为其主编的这部书写个序，诚惶诚恐，拉杂陈述了以上想法，未必得体。

白　钢

1992 年五一劳动节于宜雨亭

（按：《中国 100 系列·影响中国的 100 个人物》，广西人民出版社 1993 年 5 月版。）

社会宣传管理学·序

感谢张笃行、张成行昆仲独辟蹊径，撰写了一部出色的《社会宣传管理学》。这部书，无论对中国的社会宣传管理工作者还是一般读者来说，都是一份珍贵的礼物。它填补了中国学术界在这一研究领域里的一个空白。

如今人类社会已进入信息时代，信息产业已逐渐成为世界上最发达的产业。随着信息产业的发展，社会宣传信息量日渐增加，社会宣传信息传播渠道与方式日趋多样化，社会宣传从业人员的总量及门类也越来越多，这就造成了社会宣传的媒介、信息、人员及相关各方面的管理，出现了许多新的情况。特别是世界形势的变化以及中国改革开放与社会主义现代化建设事业的发展，人们的思想观念也处在不断变化的过程之中，从而给社会宣传的目标、任务提出了许多新的要求。社会宣传工作所应遵循的基本原理、原则和方法也面临许多亟待解决的新问题。所有这些情况，都向社会宣传理论研究者提出了挑战，如何从中国的实际情况出发，撰写一部适应中国社会主义现代化建设需要的社会宣传管理学来，已刻不容缓。

值得庆幸的是，经年从事社会宣传理论研究、具有丰富实践经验的张笃行、张成行昆仲捷足先登，从理论上探索社会宣传管理的系统、核心、过程、目的及其相关规律，并撰写出这部《社会宣传管理学》，实在是难能可贵的。

学术研究贵在创新。张氏昆仲的这部《社会宣传管理学》的独到之处，首先在于它是一部跨学科的综合研究成果，具有相当的理论深度。作者运用了现代管理学、社会宣传学、传播学、系统科学和社会心理学等多学科的理论和方法，通过对我国几十年来党的宣传工作路线、方针、政策，以及社会宣传实践的分析与总结，提出了社会宣传管理系统、社会宣传管理核心、社会宣传过程、社会宣传目的的一些原理、原则，富于首创精神。

　　其次，本书比较细致地分析了我国社会主义初级阶段社会宣传系统的状况、媒介发展状况、社会宣传信息体系以及影响社会宣传效果的诸因素、宣传者与受传者的状况，揭示了存在的问题，并从理论上阐述了解决问题的方向，具有针对性。对于社会宣传工作者科学地理解党的宣传路线、方针、政策，全面、准确地贯彻执行党在宣传工作中的路线、方针、政策，富有启迪意义。

　　最后，本书着眼于对社会宣传系统运行状况的全面分析，有助于从宏观上对社会宣传工作各个层次、各个环节的理解与把握。它不仅可以启发从事广播、电视、报刊、图书出版及其他各种社会宣传工作的同志思考，而且还奠定了社会宣传管理学的基本框架与学术体系，对于促进这门学科的发展与完善，具有不可小视的作用。

　　"旧学商量加邃密，新知培养转深沉。"粗读了张氏昆仲的《社会宣传管理学》手稿之后，十分兴奋，觉得他们开了一个好头，特写下以上的话，权作为序。

白　钢
1994 年 8 月于北京

　　（按：《社会宣传管理学》，四川大学出版社 1995 年 11 月版。）

选举与中国政治丛书·总序

"选举"是一个古老而常新的话题。从辞源学上诠释，选举就是择善者而举之。它作为公共行为，属于政治活动范畴。用现代政治学的观点来分析，选举是一种具有公认规则的程序形式，其实质是人民主权的寄存过程。

"选举"这个词在中国出现很早，至少在汉代已被经常使用。《淮南子·兵略》中就有"选举足以得贤士之心"的说法，《汉书·鲍宣传》也有"龚胜为司直，郡国皆慎选举"的记载。二十四史自《旧唐书》至《明史》皆有"选举志"。不过，中国古代的所谓"选举"，如西周之宾兴①、汉代之举孝廉及贤良方正，无论是"选士"还是"选官"都与现代的选举不可同日而语。严格讲来，中国古代的"选举"，实际上是一种居高临下的"选拔"，是统治阶级按照自己的意志和需要，设定程序，挑选代理人的过程。换言之，选拔的实质是统治阶级"治权"的寄存过程，其权力合法性的来源，是统治阶级同意，而非人民同意。因此，选拔出来的人因其并非人民的代表而眼睛朝上，他们只对上级负责，而不对人民负责，这是中国古代的"选举"与现代选举的根本区别所在。

在古代西方，如雅典和古罗马，有用选举形式来选择官吏、教皇甚至皇帝的传统，然而由于对选举权限制极严，而且是有组织地公开投票，所以即使平民参加选举，也改变不了贵族专政的实质，选举成为贵族阶级治权寄存的方式。不过，随着选举权的逐步放宽，民众选择的实质性要素已在中世纪的教皇选举会议和一些国家的议会中初露端倪。

扩大选举权，在近代，是新兴的资产阶级同封建贵族势力斗争的产

---

① 语出《周礼·地官·大司徒》："以乡三物教万民，而宾兴之。"注"物犹事也，兴犹举也。民三事教成，乡大夫举其贤者、能者，以饮酒之礼宾客之，既则献其书于王矣"。

物；在现代，是工人阶级同资产阶级斗争的结果。19 世纪法国政治思想家托克维尔说过："每当一个国家开始规定选举资格的时候，就可以预见总有一天要全部取消已做的规定，只是到来的时间有早有晚而已。这是支配社会发展的不变规律之一。选举权的范围越扩大，人们越想把它扩大，因为在每得到一次新的让步之后，民主的力量便有所增加，而民主的要求又随其力量的增加而增加。没有选举资格的人奋起争取选举资格，其争取的劲头与有选举资格的人的多寡成正比。最后，例外终于成了常规，即接连让步，直到实行普选为止。"①

扩大选举权，既是政府寻求民众对其合法性认可的途径，又是民众寻求选择政府的发言权的具体表现，其最佳形态便是普选权的彻底实现。普选权意味着只有公民选举产生的政府才具有合法性。这既是一种政治理念，又是一种政治原则。它向世人宣示：公民有权选择政府。因此，普选权奠定了现代民主政治的基础。普选制的功能在于，周期地通过非暴力的、有序的方式，即公民普选的方式，实现公共权力机构的产生、让渡与更迭。作为现代民主政治的一种制度保障，它对于维护政治稳定和推动政治发展起着决定性的作用。它不仅是人民主权原则、社会契约原则以及公民的平等、自由权利的实现形式，而且是公共权力机构运作过程中，参与机制、竞争机制、制衡机制、纠错机制、法治机制的制动杠杆。从这个意义上说，选举是民主纵向结构的起点。

不过在西方，取消对选举人的财产、教育程度、种族、性别等资格的限制，差不多花费了一个多世纪的时间，直到 20 世纪，普选制才陆续建立：北欧各国大体上在第一次世界大战后建立起普选制；英国于 1928 年议会通过"国民参政（男女选举平等）法"，实现了普选制；法国于1944 年、意大利于 1945 年实行普选制；美国则是 1970 年尼克松总统签署了保证黑人选举权的法案，才算是基本实现了普选制。

现代中国不存在西方国家曾经有过的对选举人的财产、教育程度、种族、性别等资格限制的问题。中国基层民主政治的发展，滥觞于农村基层自治组织的直接选举制度的确立。这种基层直接选举制度，属于规范的普选制范畴，可以与任何国家的普选制相匹俦。

一般说来，选举制度是由一些基本规则组成的，包括：（1）确定选

---

① ［法］托克维尔：《论美国的民主》上卷，商务印书馆 1996 年版，第 61 页。

民和候选人的资格，如国籍、年龄、条件等。确定选民和候选人的基本程序，如选民登记与候选人的产生办法等。（2）选区的划分。现代选举是以一定的单位来进行的，一般的做法是以一定的地域为基本单位，称为"地域代表制"；也有采用"行业代表制"的，即按职业或行业划分选举单位。（3）选举方式，主要有直接选举和间接选举。虽然一般认为直接选举比间接选举更具民主性，但切不可把直接选举误认为是直接民主。纯粹的直接民主是指人民自己统治自己，是人民不间断地直接参与行使权力。直接民主根本不需要选举代表，更不需要选举官员，一切事情都由全体公民大会投票解决。投票不等于选举，简单地说，选举并不制定政策，选举只决定由谁来制定政策。凡需要选举代表的民主，都是间接民主，不管是直接选举还是间接选举。（4）选票计算制度，分多数代表制（又分为相对多数代表制和绝对多数代表制）和比例代表制两种基本类型。多数代表制规定，得票最多的个人或团体得到某个选区的代表席位；比例代表制规定，根据一定的政党获得的选票总数来确定当选人数。此外，还包括选举的具体办法和程序，如候选人如何竞选、选举费用的获得与使用等。西方国家的选举制度十分复杂，选举制度不同导致选举结果不同，里面大有文章可做。

从各国确定的选举制度来看，尽管某些基本原则是普遍适用的，但如何在制度安排中体现这些原则，并落实在现实政治生活中，却表现不一。由此可见，选举是极为复杂的现象，它涉及政治和社会生活的所有方面。因此，孤立地研究选举不可能得出正确的结论，必须把选举与政治结合起来研究。在国外，选举和公民投票的研究，已经形成一门独立的学问。1949 年，牛津大学的学者弗兰克·哈迪率先在英语中创造了"选举学"这一概念，1952 年便出现在印刷品中。"选举学"涵盖了法律结构、选举制度、个人行为、候选人选择、政党与舆论媒介的竞选运动、民意测验、选举结果的统计分析以及选举地理学等重要命题，成为政治学、历史学、社会学、统计学等多学科交叉的一门显学。从理论上说，选举制度能够影响一个国家政治生活的许多方面。当选举导致政府组成的变换时，新的面孔和能力便会给政治体制带来生机和灵活性，这也许是"选举学"日益引起人们关注的真正原因。

以发展基层民主为目标而兴起的农村基层选举和县、乡人民代表大会代表选举，为开展以选举为切入点的中国政治研究提供了舞台。中国社会科学院政治学研究所为此立项进行跟踪研究，并推出《选举与中国政治丛书》，抛砖引玉，以期加深对中国政治变迁的理解。

《选举与中国政治丛书》以中外选举和中国政治两大主题为研究宗旨，编选本所承担的、经所学术委员会认可的课题研究成果（包括专著、研究报告、译著和编著），系统探索选举政治与基层民主建设问题，为推进中国的政治发展和现代化建设贡献绵薄之力。

《选举与中国政治丛书》计划分辑出版，渐次与读者见面。

"始生之物，其类必丑。"《选举与中国政治丛》一定存在不少缺点甚至是错误，敬请方家先进不吝指教。

白　钢
1999 年 11 月 10 日

（按：《选举与中国政治丛书》，由中国社会科学出版社于 1999 年 10 月起分辑陆续出版。）

资政智慧·前言

　　重视历史的资政功能，从历史经验中汲取智慧，用于认识世界和改造世界，是中国传统史学的一大特点。司马迁"述往事"作《史记》，为的是"思来者"①；而司马光"鉴前世之兴衰，考当今之得失，嘉善矜恶，取是舍非"②，著《资治通鉴》，为的是给皇帝提供治国理政的必读课本。自《史记》以下，二十六史一脉相承，都主张通过"总括前踪"，实现"贻诲来世"③ 的目的。这是中国传统史学实现其价值的方式之一。

　　恩格斯说："我们根本没有想到要怀疑或轻视'历史的启示'；历史就是我们的一切，我们比任何一个哲学学派，甚至比黑格尔都要注视历史。"④ 在建设有中国特色社会主义民主政治的今天，重视从历代治国理政的实践经验中汲取智慧、得到启示、引为借鉴，是提高我们民族的素质，激励我们自强不息的奋斗精神，克服盲目性，少走弯路或不走弯路的有效途径。

　　秀玲同志从累代积聚的治国理政经验和教训中，筛选出二百多个典型事例，经过理性思维，归纳了对治国理政的一些规律性认识，撰写了这本《资政智慧》，是一件十分有意义的工作。

　　本书内容丰富，作者多角度、多侧面地选择史料，分门别类地总结了历代治国理政的得失，使读者对于古代为政者的成功经验和失败的教训，有一个总体的把握。从创业难，守成更难，说到王道与霸道；从政贵得人，不在多官，说到民为邦本，本固邦宁；从委任责成，说到事必躬亲；从纳谏，说到独断；从居安思危，说到忧患意识；从欲乱八荒，说到清俭

---

　　① 《太史公自序》。
　　② 《进〈资治通鉴〉表》。
　　③ 裴松之《上〈三国志注〉表》。
　　④ 《马克思恩格斯全集》第 1 卷，第 650 页。

苦行；从政治权术，说到裙带政治，诸如此类，不一而足。大体上概括了古代治国理政得失的各个方面。既帮助人们明是非、辨善恶，又启迪了人们的思考，即所谓"往昔之是非，可为来者之龟鉴"。难能可贵的是，作者不是板起面孔进行政治说教，而是寓论于史，通过讲述一个又一个具体的历史故事，把古代治国理政的知识娓娓道来，使你在不知不觉之中，接受了教育，增长了知识。这应该说是一种非常值得提倡的文化传播方式。我相信广大青年朋友一定会喜欢它！

白　钢

1994 年 9 月 13 日

（按：《资政智慧》，赵秀玲著，是中国青年出版社 1998 年 12 月出版的《中华智慧集萃丛书》中的一本。）

违宪审查制度比较研究·序

宪政是人类政治发展到一定阶段的产物，也是人类政治文明的共同成果，加强宪政建设，推进宪政化进程已成为不可阻挡的世界性潮流。宪政的主题是维护宪法的最高性，"违宪法律应归无效，法院以及其他政府部门，均应受宪法约束"①，使社会正义和基本人权的理念在现实的制度安排中得以具体化。一言以蔽之，就是要建立违宪审查制度，切实保障宪法作为根本规范的最高效力。因此，有没有一部合乎正义的宪法就成为能不能推行宪政的前提或关键。

然而，宪法与宪政毕竟不是一回事。如果说宪法是现代政治制度的基础条件的话，那么宪政则是法律化的政治秩序，二者之间的区别是显而易见的。况且由于历史传统、文化背景的不同，宪法具有多样性。著名宪政学者萨托利就把世界各国的宪法划分为三种类型：（1）保障性的宪法（真正的宪法）。这种宪法所设计的政治体制"通过并依据法律组织起来，其目的是为了限制绝对权力"。（2）名义性的宪法，或者说是徒具虚名的宪法。这种宪法是"组织而不是约束特定政体中政治权力运转之规则的集合"。它不是真正的宪法，"它只是坦率地描述无限的、不受节制的权力体制。它不是一纸空文，它只是与宪政主义的目的无关"。（3）装饰性的宪法，也称为冒牌宪法。"它之所以不真乃是它被置之不理，至少在其基本的保障性的特质方面是如此。它实际上是'圈套性宪法'。就涉及的自由技术和掌权者的权利而言，它是一纸空文"②。不言而喻，有宪法并不一定有宪政。

---

① 施史森编：《美国联邦最高法院宪法判决选译》第1辑，台北市司法院，2001年，第43页。

② ［意］G.萨托利：《"宪政"疏义》，晓龙译，载公共论丛《市场逻辑与国家观念》，三联书店1995年版，第114—115页。

　　宪政的核心价值在于限制国家权力，保障人民权利，从而达到一种权力与权利的平衡。近代资产阶级革命将权利、自由、平等、法治的理念熔铸于宪法之中。宪政取代专制政体不仅是近现代国家政权治理形式演进的客观规律与现实，而且已成为人类孜孜以求的政治理念和价值选择。宪政作为近代民主政治的产物，与自由、民主、法治以及人权有着不可分割的联系，但是宪政与宪法之间并不存在必然的对应关系。世界之大，无奇不有。有的国家的宪法不够完善，该有的条文没有，不该有的条文却连篇累牍。还有些国家的宪法虽然确立了某些民主原则，承认宪法的最高法律地位，但国家权力的运作并不受宪法的约束，形成国家权力的宪法外运作，宪法只具有形式上的意义，而不对政治生活和社会生活的民主化产生实际影响，违反宪法的事时有发生，却长期得不到纠正。一个国家如果未能建立起有效的违宪审查制度，宪法就会变成一纸空文而被束之高阁。因此，建立违宪审查制度对于保证国家机器在宪政的轨道上正常运行，纠正国家机器越出宪政轨道的行为，具有非常重要的意义。

　　权力的制约，国家权力机关之间的相互制约，是人类政治发展的共同经验。违宪审查就是实现权力对权力的制约。发达国家早就确立了违宪审查制度，发展中国家要实行宪政，要依法治国，就需要健全法律体系，建立以宪法为最高标准，对一切规范性文件进行审查的制度。毛泽东曾经说过："宪政是资产阶级先搞起来的。"由资产阶级宪法加以规制的政治是宪政，由社会主义宪法规制的政治也是宪政。不管二者之间有多少区别，但宪政的基本理论却是共同的。随着中国法治环境的不断改善，在现阶段适时导入违宪审查制度的条件已经日趋成熟。为推动这一制度建设的进程，林广华同志自攻读博士学位时起，就把违宪审查制度作为自己的研究方向，不懈地进行深入而系统的探索。现在呈献在读者面前的《违宪审查制度比较研究》，就是他在博士学位论文的基础上修改而成的。

　　该书的独到之处，首先在于运用比较的研究方法对违宪审查制度的起源及其演变、违宪审查制度的理论基础、各国违宪审查制度的模式做了规范性的梳理，揭示了违宪审查制度赖以存在的条件、必要性及其意义，从而启迪人们对国家权力配置结构及其监督制约机制进行深层思考。其次，提出了违宪的主体是行使公职的国家机关、政党、社会团体和企事业组织及其工作人员，而不包括普通公民的观点，这对于界定违宪行为至关重要。它不仅有利于制度设计时导入监督机制和正当程序，而且也有利于制度安排的具体化并具有合法性。最后，分析了中国建立违宪审查制度的理论障碍、思想障碍和法律障碍，条分缕析，鞭辟入里，寓创新意识于时弊的针砭之中。他所提出的应建立由宪法委员会和人民法院的宪法法庭相结合的违宪审查模式，作为一种制度设计，不落俗套，具有合理性和可操作性。总之，这是一本不为空言而期于有用的学术力作。它是作者为了改变宪法的最高效力无从落实、违宪得不到及时纠正的现状所做的可贵努力。希望它的出版能收到抛砖引玉的效果。

　　清人顾炎武有句名言："人之患在好为人序。"所以，在一般情况下，我是不肯做这类事的。万不得已，则往往用已发表过的短文替代之。但也有例外，除非他（她）是我的学生，他（她）的书稿我看过、改过。本书属这一类，因此写下了以上的话，权当作序吧！

白　钢

癸未年 7 月 11 日立秋，于京华太阳宫宜雨亭

　　（按：《违选审查制度比较研究》，林广华著，社会科学文献出版社 2004 年 6 月版。）

宪政通论·前言

宪政，是人类政治文明的共同成果。"从历史上看，宪政的产生总是基于这样的理由，即确定国家的权力的边界并限制国家的管理者。宪政，是一个比法治或法治国更高的抽象概念，其含义与有限国家相当。在有限国家中，正式的政治权力受到公开的法律控制，而对这些法律的认可又把政治权力转化为由法律界定的合法的权威。它表明，在国家和社会之间至少存在一种区别或对立，否则，就无甚理由为国家制定规则。"①

宪政与共和、民主一样，都是现代政治体制的价值选择。宪政重点强调对政府权力（国家权力）的限制与防范；共和强调政府的公共性、公平性和中立性，即强调政府必须为所有人服务；而民主则强调公民的参与权、选择权和程序正义。三者的侧重点不同，但三者之间既有区别又有联系。区别使它们相互补充与结合成为必要，联系使它们整合成一个混合体制成为可能。当今世界上最理想的政治体制，应当是共和、民主、宪政的整合。

宪政，在一定意义上说，是一种政治技术，一种组织政府的方法。它通过具体的制度安排，来实现社会正义和保障基本人权原则。这一政治技术，只有在具备以下三个政治向量的前提下，才能成为最佳；一是它要求政府受制于宪法，政府只享有人民同意授予它的权力并只为了人民同意的目的；二是权力配置，应以避免集权和专制为原则，它要求有一个独立机构行使司法权，以保证政府不得偏离宪法规定；三是宪法应具有可操作性，它所表达的理想、所规定的原则与程序，应能引导并规范公民的价值取向。

①　［美］丹尼尔·S. 勒夫：《社会运动·宪政和人权》，姚建宗译，载"宪法比较研究"课题组编译《宪法比较研究文集》（3），山东人民出版社 1993 年版，第 274 页。

　　世界是千姿百态的，世界上的宪法也多种多样，初步统计有将近170种之多，其中半数以上是1974年以后制定的。不同的宪法规制出不同的宪政，宪政模式具有多样性。在宪法取代专制政体已成为现代国家治理形式和价值目标的情况下，开展比较宪政研究，探索其结构与动力、实践和经验，取长补短，择善而从，是推动宪政化进程不可或缺的手段，也是进一步肃清专制主义流毒、加强政治文明建设的理性选择。

　　基于这种认识，宪政应当是政治科学研究的主题。然而在以往的政治科学研究中，共和、民主的话题格外受到研究者的青睐，而宪政话题却只为先前受过法律训练的少数学者所倚重，以至于国际知名的政治学家G.萨托利说："宪政不是政治科学的传统主题。"他甚至认为"新的"政治科学几乎没有条件来讨论这个问题，"原因在于政治科学热衷于非正式的过程，而不关心正式结构。新一代政治科学家尤其不相信存在诸如国家之高度抽象的概念，只专心致志于如群体之类的基层单位，并且对（本特利所说的）动态过程、对变迁、对'正在做的事情'养成浓厚的感情"。①

　　萨托利的说法可能有些武断或偏颇，但他所抱怨的现象若移视于中国政治科学，则可谓一语中的。长期以来，在中国，宪政话题只为宪法学者所关注，政治学界罕有学者介入。这不能不说是中国政治科学的一大缺憾。

　　为此，从20世纪的最后一年起，我们就在博士课程中开设"宪政理论"这门专业基础课，以期名副其实地使宪政成为政治科学研究的主题。本书就是在教学大纲的基础上逐步形成的，就中，林广华博士贡献尤多。其所以取名《宪政通论》，是因为本书所讨论的各种问题，都是宪政领域最基本的话题。在取材上，旨在总结人类政治文明发展的经验与成果。力求贯穿古今，熔铸中外；在研究方法上，摒弃"我注六经，六经注我"的传统套路，坚持实事求是；对宪政范畴、起源、基本原则，对宪政的结构、实践、经验、模式，作学理上的梳理与分析，试图构建宪政科学的框架体系以推进学科建设。

　　当然，这只是我们的一厢情愿，至于其实现程度，则有赖于广大读者

---

　　① ［意］G.萨托利：《"宪政"疏议》，晓龙译，载公共论丛《市场逻辑与国家观念》，三联书店1995年版，第119页。

和同行专家检验了。"论文期摘瑕，求友惟攻阙。"我们真诚地希望能得到评头品足式的批评。以便协力把宪政研究引向深入，最终达致"事信言文，乃能表现于后世"。

（按：《宪政通论》，白钢、林广华著，社会科学文献出版社 2005 年 5 月版。）

陈赓大将·后记

陈赓（1903.2.27—1961.3.16），是我国优秀的无产阶级革命家、中国人民解放军杰出的将领。他革命的一生，充满了惊人的传奇式的故事。他的英雄业迹，不仅为中外记者所瞩目，也为人民群众所广为传颂。近年来，有些作者采用文学笔法，将他斗争生活片段搬上荧屏，然而，艺术上的虚构，却与历史的真实相去甚远，结果，非但没有达到作者的预期目的，反而给人以错误的历史知识，有损于陈赓将军的光辉形象，故而笔者不敢苟同。

海燕出版社拟出一套《十大将传记丛书》，约笔者采用文学笔法写一本《陈赓大将》，实在是给笔者出了一个难题。大概是出于对陈赓革命业迹的崇敬和囿于长期从事历史研究工作的职业习惯，笔者辗转反侧，迟迟不敢下笔。经与陈赓历史研究权威穆欣同志多次磋商，一致认为，只要能如实地把陈赓大将的革命活动准确地记述下来，用不着渲染和情节上的虚构，就足以引人入胜。为了不辜负海燕出版社的雅嘱和穆欣同志热情的鼓励与支持，笔者才勉为其难，采用历史的而不是文学的手法，来编写这本书。

在本书的编写过程中，自始至终得到了忘年交穆欣同志的盛情关注。他不仅慷慨无私地将他几十年收集、积累的数百万字的陈赓研究资料和他的许多研究成果及手稿，惠予采撷；而且对本书的节次内容与照片，逐一进行了审定。因此，毫不虚夸地说：没有穆欣同志的鼎力相助，就不可能有这本书问世，愿借书付梓之机，向穆欣同志深表谢忱。

左 波
1987 年 3 月于北京

（按：《陈赓大将》，《十大将传记丛书》，海燕出版社 1987 年 8 月第 1 版。）

中国政治制度通史·总论卷·前言

  《中国政治制度通史》（1—10 卷），是中国社会科学院政治学研究所承担的国家社会科学基金重点项目，由白钢主持，邀请政治学、历史学、法学、民族学等学界一批知名学者组成课题组，通力合作完成的。

  本书主要是论述从公元前 21 世纪中国最早的国家政权——夏王朝的建立，到 1911 年辛亥革命推翻清王朝，悠悠四千多年间，中国政治制度的发生、发展和变化的过程及其规律。由于时间跨度大，内容宏富，本书采取了纵、横相结合的分卷方法，将全书分为十卷。第一卷总论，采取纵的（竖切）论述方法，简要阐述各项政治制度的来龙去脉，力图反映各项政治制度演化的系统性，相当于全书的"纲"，由白钢执笔；其余九卷，采取横切，即以断代分卷，详细论述各断代政治制度的演变及特点，向内容的广度与深度开掘，由课题组相关专家执笔。为了保持全书观点的一致性和风格的统一性，总论卷着力对各分卷研究成果进行了归纳与概括。

  本书的学术思想体系和总体结构的设计，旨在突出对历代元首制度、中央决策体制和政体运行机制的探索，并以此为轴心，铺陈各单项政治制度，力求能比较贴近政治学的规范，较准确地反映出历代政治体制运行机制的特点。

  所谓政治体制，是指以国家政权组织为中心的各种政治制度和政治行为规范的总和，它包括国体、政体和具体的政治规范，以及政治权力行使的范围与方式，政治运行机制，等等。不同的政治体制，表明不同的国家形态。本书所涉及的主要有两种国家形态：一种是奴隶主阶级专政的国家，另一种是封建地主阶级专政的国家。夏、商、周、春秋，是奴隶主阶级专政的国家；战国至清朝，是封建地主阶级专政的国家。前者以宗族国家的形式出现，实行等级君主制，其政治体制运行机制，以神权、宗法权和王权的紧密结合为转移；后者以中央集权和官僚政治的形式出现，实行专制君主制，其政治体制运行机制，以皇帝"独制于天下而无所制"为转移。

构成政治体制的"硬件"，是国家政权组织，无论是王权还是皇权，都是通过庞大的国家政权组织行使的。在国王和皇帝下面，分设各种机构，形成从中央到地方的一整套行政系统，管理国家的各种事务，借以推行他们的意志。在中国历史上，国家机构的设置、撤并、裁减以及调整、改造，经历了漫长的发展变化过程。历代政治家根据客观情况的变化，不断总结经验教训，对国家机构的设置不断地进行调整与改造，既体现了政治分工的精神，又贯彻了相互制约的原则，其目的则是确保王权或皇权不致流失。因此，历代对国家机构设置、调整与改造的过程，集中反映了传统政治体制运行机制的一些特点。

首先，自秦汉置丞相、太尉、御史大夫分掌行政、军事、监察以来，中央国家机构的权力配置，形成了行政、军事、监察三大系统鼎立的格局。

丞相"掌丞天子，助理万机"。他作为国家机构的最高行政长官，是保证王权或皇权运行的组织力量，起着辅佐、配合国王或皇帝的作用。王权或皇权的稳固与强化，很大程度上取决于丞相功能是否能正常发挥。正如《荀子·王霸篇》所云："相者，论列百官之长，要百事之听，以饬朝廷臣下百吏之分，度其功劳，论其庆赏，岁终奉其成功，以效于君。当则可，不当则废。"

太尉掌武事，"金印紫绶"，与丞相同级，是国家机构中最高军事长官。军队是"辅王成霸"的决定性力量，历代帝王无不十分重视军队的建设，并把军队的发兵权牢牢掌握在自己的手中。一般说来，军队系统是与行政系统并行的独立系统。历代中央行政体制中的兵部，只处理军籍、仪仗、后勤给养、管理驿站等事务。作为维护王权或皇权的强有力手段，历代军事力量的部署，大都贯彻"内重外轻"的原则，即中央直接掌握的屯驻在京师及其附近地区的军队，无论在数量上还是在质量上，都超过地方，以保持其威慑力。

御史大夫，用西汉朱博的话说："位次丞相，典正法度，以职相参，总领百官"，是国家机构中最高监察长官。其职责是调节国家机构的正常运转，防止官吏渎职失职，保证帝王政令的实施。御史台系统，是防止王权或皇权流失的保障体系。因此，历代十分重视监察官员的选拔，有的朝代还由皇帝直接任命。

行政、军事、监察三足鼎立，这种分别对皇帝负责的权力配置格局，历代虽有变化，但万变不离其宗。元世祖忽必烈曾形象地概括说："中书（中书省，最高行政机构）是我的右手，枢密（枢密院，最高军事机构）是我的左手，御史台（最高监察机构）是我用来医两手的。"这番话，揭示了传统政治体制运行机制的一大特点。

其次，近侍的逐步政务官化，或称御用机构逐步演化成中枢机构，是传统政治体制运行机制的另一大特点。

在君主专制时代，皇帝是权力主体，皇帝的御用机构或近侍，常常凭皇帝的依赖、差遣而获得权力，并逐步取代原有的中枢机构。早在秦及西汉时期，三公之一的丞相，是国家机构的行政中枢，但汉武帝对丞相的权力过大不满，转而信任近侍，不断加强隶属于少府之下主管收发、保管文书的宫官——尚书的权力，于卧榻之侧设立中朝（内朝），原为御用机构的尚书台，最终取代三公，三公从此成为有职无权的虚衔。魏晋南北朝时期，尚书台（省）成为宰相机构以后，逐渐与皇帝的关系疏远，皇帝又在身边置中书、门下机构，以分割尚书的权力。后来，中书、门下权力膨胀，遂与尚书形成鼎立之势，这就是三省制的由来。

到了唐代，皇帝又置品级较低的同中书门下平章政事以削夺三省的权力，用身边的翰林学士和宦官充当枢密使掌管机要，发展使职差遣制分割尚书省所属机构的事权，三省长官又逐渐被排挤出宰相行列，成为荣誉职衔。尚书省也逐渐成不管行政事务的闲置机构。宋代中央既设三省的正式机构，又别置中书门下于禁中，是为政事堂，与枢密对掌大政。

明朝废除丞相制度，置"四辅官""协赞政事"。不久又置殿阁大学士"以备顾问"。到了明成祖时，阁臣地位提高，"参预机务"。中期以后，阁臣拥有"票拟"之权，俨然成了中枢机构。然而，到了成化、正德、隆庆、天启等朝，皇帝宠信宦官，甚至将批红权也交给宦官头目代行。这就使本属于内廷的宦官衙门——司礼监，成了与内阁并行的辅政机构。特别是汪直、刘瑾、魏忠贤掌权时，宦官钳制内阁，成了皇帝的代言人，使内阁屈居从属地位。清朝初年，内阁"掌议天下之政"，大学士又为"百僚之长"，是协助皇帝处理军国大事的中枢机构，但到康熙时信用南书房官员参预机密，具草诏旨，遂部分地剥夺了内阁的权力。及至雍正建立军机处，"密勿重务咸在军机"，内阁只能"秉成例而行，如邮传耳"。

皇帝通过赋予亲近小官以实权的办法，不断地调整、改造中枢机构，目的是防止权力流失。这是一个循环往复的过程，两千多年间，层出不穷。辅政机构的变迁，展示了传统政治体制运行的基本规则，即一切以有利于加强皇权为转移。

再次，中央派出机构逐步地方政权化，以加强中央对地方的控制，是传统政治体制运行机构的又一大特点。

自国家形成以后，历代帝王无不将全国划分为若干等级的行政区，自上而下，层层控制。行政区的划分，或出于地理上、经济上的原因，或出于政治上的需要。三代有内（王畿）、外（诸侯）服之分；而滥觞于春秋，确立于战国时代的郡县制，为大一统的中央集权制创造了条件。汉武帝为了加强对郡一级政府的控制，置十三部（州）刺史代替监御史，全面对郡一级政府行使监察权。部刺史为中央派出的监察官，东汉末年，改刺史为州牧，以京官本秩出任此职，权力转重，逐渐形成郡以上的一级地方政府，魏晋南北朝因之。

唐朝初年，设"道"监察地方或作军事防御区，于是在原来州、县二级地方政府之上，出现了作为监察区的"道"和作为军事防御区的"道"两种中央派出机构。中唐以后，监察区的道与军事防御区的道相互结合，军政长官合一，形成藩镇，道就形成了行政实体，变为中央与州县之间的一级政府。地方行政体制也由州、县二级制，演变为变相的道、州、县三级制。唐朝设道的初衷是加强对地方的控制，但是后来藩镇据地自雄，背叛中央，反而成为割据势力，这却是唐朝统治者所始料不及的。

宋朝设"路"以监督府州军监，路设转运使司（漕司）、提点刑狱司（宪司）、提举常平司（仓司）、安抚使司（帅司），四司并立，职能各有所侧重，分掌军政、民政、财政和司法，互不统属，而又彼此监督。路级官府只是朝廷派驻各路的机构，朝廷通过路级官府实施对府州军监的监督，实质上却是行使了一级政府的职权。从唐朝的道、宋朝的路，最终发展到金、元的行省，中央派出机构终于演化成最高一级的地方政权。

明朝的省级建制为"三司六道"。三司六道互相牵制，缺乏强有力的统一领导。为了确保中央集权，明廷遂设巡抚，作为都察院的派出机构，以控制地方。后来都察院又增派带尚书、都御史衔的京官为总督，节制巡抚和三司，形成总督制度。不过总督、巡抚在明代和清初还只是一种使职差遣官，尚未成为封疆大吏。直到乾隆时正式定为实缺官，总督与巡抚才成为省级地方政府的最高军、政长官。

历代中央派出机构的逐步地方政权化，反映了历代帝王处理中央与地方关系的基本原则，是通过居中驭外、强干弱枝的手段，达到内外相维即加强中央集权的目的，因而也就成为传统政治体制运行机制的一个带规律性的特点。

古往今来，无数经验事实表明，典章制度是一回事，具体执行的情况又是一回事，要想使政治制度的研究更贴近客观政治实践的实际、更有价值，就必须加强对政治制度执行情况的研究。我们主张探索政治体制的运行机制的原因，也正在于此。当然，这项研究，难度极大，非短时间、少数学者所能克成，需要学术界同仁作长期努力。

本书是一项集体研究成果，是本课题组全体成员辛勤劳动的结晶。课题的成员，以分卷分工为序，包括白钢、王宇信、杨升南、孟祥才、黄惠贤、俞鹿年、朱瑞熙、张其凡、李锡厚、白滨、陈高华、史卫民、杜婉言、方志远、郭松义、李新达、杨珍。此外，黄振华、杨若薇、谢元鲁参加了本课题的初期研究，他们的学术观点和研究成果，本书尽可能地作了反映。叶维钧、张昌东自始至终参加了本课题的研究，为完善本书的学术体系提出了不少建设性意见，并协助主编做了大量学术组织工作。著名历史学家张泽咸审读了秦汉、魏晋南北朝等卷的初稿。人民出版社张秀平女士为本书的出版付出辛勤的劳动。著名书法家、学者启功教授于百忙之中，拨冗为本书题签。中国社会科学院科研局刘白驹先生对本书从立项到出版，给予了最有力的支持。在本书付梓之际，谨向关心和支持本书编写与出版，并作出贡献的朋友们致以衷心的感谢！

依靠不同学科专家的学术专长，偕同从事跨学科的课题研究，我们还缺乏经验。本书本卷若有参考未备、论证不当或其他缺陷，还望学术界的师友们及广大读者匡正。

白　钢

1993 年 9 月 30 日于北京宜雨亭

［按：《中国政治制度通史》（1—10 卷），人民出版社 1996 年 12 月版。］

中国政治制度通史·先秦卷·前言

　　本卷是全书的第二卷，撰写的是先秦时期的政治制度，约请王宇信、杨升南教授分撰。其中第一、二、四章，由王宇信执笔；第三、五、六章，由杨升南执笔。

　　本卷涵盖的时间跨度长，包括原始社会、夏、商、西周、春秋、战国六个历史时期。就国体而言，从文明的起源讲到奴隶制国家和早期封建制国家；就政体而言，既交代了氏族民主制的组织形态，又着重论述了奴隶制政权和早期封建政权的组织形式、结构形式和治理形式。由于王、杨二位作者都是治先秦史的专家，既精通考古资料和甲骨文、金文资料，又熟谙文献资料和前人及当代人的研究成果，所以，他们下笔成章，驾轻就熟。

　　本卷的重点之一，是通过对中国文明的起源和国家的形成钩沉索隐，阐明了国家的本质是阶级性与社会性的辩证的统一。在原始社会末期，为适应争夺生存空间、掠夺财富的需要而实行的军事民主制部落联盟，取代了原来以血缘关系为纽带的氏族公社组织。氏族公社组织的单一的社会性的公共权力，在部落联盟时期逐渐转向与民众相对立，加进了阶级性的内容，从而形成了一种集阶级性与社会性于一身的新的公共权力，这就是国家历史的起点。因此，部落联盟是国家的雏形，而部落联盟的管理机构，则是国家产生的前提。恩格斯曾经指出："政治统治到处都是以执行某种社会职能为基础，而且政治统治只有在它执行了它的这种社会职能时才能持续下去。"① 这就是说，国家的社会性，既是国家阶级性所赖以实现的条件，又是国家权力发展连续性的标志。过去，由于众所周知的原因，在很长一段时间内，理论界对于国家本质的理解出现了偏颇，人们片面地强调了国家的镇压职能和专政作用，而忽视甚至抹杀国家的社会性职能，这

---

　　① 《马克思恩格斯全集》第 3 卷，第 219 页。

不能不说是一个沉痛的教训。

本卷的重点之二，是通过对夏、商、周王权形态及发展阶段的论述，删繁就简地阐明古代中国君主制的国家形式和特点。"王"者，摄也；以武力得天下者，谓之"王"。早期国家的"王"，是从原始社会末期以军事民主制为传统的部落联盟酋领演变而来的。汉人盖宽饶奏封事，曾引《韩氏易传》曰："五帝官天下，三王家天下，家以传子，官以传贤。"①这里所说的"五帝"，诸书记载不一。《礼记·月令》以伏羲、神农、黄帝、少皞、颛顼为五帝；《世本》《大戴礼》和《史记》以黄帝、颛顼、帝喾、唐尧、虞舜为五帝。然而不管"五帝"到底具体指的是哪几个人，有一点是可以肯定的，他们都是中国原始社会末期，华夏族部落联盟的酋领。起初实行"选贤与能"的民主选举办法产生酋领，于是有"禅让"的佳话。后来由于"僭取"势力的增强，并对酋领的地位构成威胁的时候，原始王权便向世袭继承王位的方向转化，早期王权日益得以巩固。作为早期国家的最高统治者，除了继续执掌部落联盟酋领的军事权、祭祀权、裁判权以外，又逐步获得了行政管理权、委任官吏权、财务权、外交权等。但是，由于早期国家的国家机构不健全，缺少强大而有管理手段的官僚系统，只有部落兵而非常备军，税收也没有制度化，奴隶制度不发达等原因，造成了早期王权因缺乏稳固的阶级基础和强大的财政基础，而在激烈的社会变动中发生转移或嬗变。因此，还不能像后世帝王那样独断专行。

所谓"三王"，指的是夏、商、周三代。"三王家天下"，是说夏、商、周的王权确立了家族垄断的原则。夏启是"家以传子"的王位世袭制的始作俑者。但是，王权世袭制原则，经历了一个漫长过程才得以巩固。家族垄断王权，导致王权被涂上浓厚的宗法血缘关系的油彩，宗法制度被确认，宗族组织得以发展。甲骨文中记录的"王族""子族""多子族"之类，活跃于政治舞台的各个角落，表明宗族组织已成为商朝的社会基础。而西周的王权，则是奠基于大规模封诸侯、建同姓之上的。通过严密的宗法制度，确立"立嫡以长不以贤，立子以贵不以长"②的嫡长子继承制，实现宗统与君统的合二而一，以加强周天子天下共主的地位，从

---

① 《汉书》卷 77《盖宽饶传》。
② 《春秋公羊传》隐公元年。

而使西周王朝成为一个高度中央集权的奴隶制国家。

宗统与君统相结合,使西周王权发展成古代中国最发达的王权形态,它包含了专制主义的基本原则。然而,这种建立在宗法分封制基础之上的王权,又具有二重性。一方面,宗统与君统合一,大宗对小宗、天子对诸侯的统率关系表现为宗君的专制主义;另一方面,依照宗法分封制的原则,诸侯国君、卿大夫的小宗地位又是相对的。对上,他们是小宗,但在其封国或采邑内,他们又是大宗。这种特殊地位,决定了他们政治上又有一种排他性。当他们羽翼丰满、势力强大起来之后,对上就不那么服从了,往往各自为政,造成王权的分散和下移。春秋时代,王室衰微和大国争霸局面的出现,就是建立在宗法分封制基础之上的王权二重性的直接结果。到了战国时代,在井田制和宗法制度废墟上兴起的地主阶级,用郡县制代替了分封制,同时,批判继承了西周宗法制度的某些基本原则,终于演化出一种新型的专制主义王权,并作为封建社会上层建筑的重要组成部分而载入史册。

本卷的重点之三,是溯本求源,揭示了此后曾在中国历史上实行过几千年的传统政治制度的诸多原始形态。特别是西周以来的嫡长子王位继承制、宫寝、礼仪、朝仪制度,官吏的选拔、爵禄、考绩、致仕制度,以及行政、司法、监察、军事、教育等制度,都成了中国传统政治制度的源头,而对中国历史的发展产生了深远的影响。

总之,本卷写出了先秦政治制度的特色,创造性地体现了我们的编纂意图。本卷初稿完成后,主编对全卷作了统一修订。

白　钢

1992 年 11 月 30 日

（按：收入本书时,作者删节了部分文字。）

中国政治制度通史·秦汉卷·前言

　　本卷是全书的第三卷，撰写的是秦汉时期的政治制度，由孟祥才教授执笔。

　　秦朝和两汉，是中国封建专制主义政治体制巩固与发展的时期。它完成了由军事封建专制主义向宗法封建专制主义的过渡。而皇帝制度和行政、军事、监察三大体系鼎立的中央行政体制、官僚制度、中央集权制和地方的郡县制等，都是在这个时期确立并定型的。秦汉以后的两千多年间，虽然代有变化，但基本上没有突破这种体制上的格局。因此，秦汉的政治制度对中国传统政治制度之纵向的延续和横向的传播，起过几乎是决定性的作用。研究中国传统政治制度，如果不熟谙秦汉，不是差以毫厘，谬之千里，就是如堕五里雾中。唯其如此，秦汉政治制度的研究，也就比较难以突破。

　　值得庆幸的是，本卷着力于秦汉时期各项政治制度的形成、发展、演变规律和特点的论述，兼总众说，巨细不遗，挈领提纲，首尾该贯，把握住了秦汉时期政治制度的基本内容与个性。在确定国体与政体性质的前提下，概括了皇帝制度的产生与内涵，揭示了从王权到皇权转化的实质，以及皇帝制度的神秘性、宗法性、排他性特征。在对秦汉时期中央决策体制及其运行机制的论述中，充分注意到了以"郎"一类宫廷侍从所组成的中朝官或内朝官与外朝官的分野，以及他们在决策过程中的特殊作用，揭示了内侍逐步向政务官演化的倾向，这就是东汉时期的尚书组织以及当时所说的"事归台阁"的历史含义。在对秦汉时期中央行政体制的论述中，充分注意到了政府行政机构的宫廷服务性质的内容。中央政府中丞相、太尉、御史大夫三大体系鼎立，但被作为丞相之副的御史大夫，一方面握有行政监察大权；另一方面却又供内廷差遣。秦代的九卿自不待言，而汉代的九卿之中，严格地讲，只有主管刑狱的廷尉、主管外事的大鸿胪、主管财政的大司农三卿具有比较完整的行政长官的性质，而其余六卿却都以掌管皇家的礼乐、车马、宗族、侍卫等为主要职务，从而为我们理解封建王朝的家天下实质提示了思路。在对秦汉地方行政体制的论述中，比较清楚地交代了从秦朝的郡县制到汉朝的郡县制与分封制的变化，尤其是汉武帝设立的十三州部，逐渐由监察区向地方行政机构转化等，都给予了应有的重视。此外，本卷对秦汉时期各单项政治制度的论述，条分缕析，繁简适宜；而对这一历史时期尚未形成详密的铨选制度、官吏的任用还缺乏规范的程序等，也多所揭露。总之，本卷在体现我们的编纂意图方面，是精进不休的。

本卷作者文思敏捷，富于创新精神，在撰写本卷过程中，力图摆脱以往以官制史代替政治制度史的传统套路，突出政体运行机制，从而赋予本卷以鲜明的个性，使之有别于以往的同名书。此其一。

其二，作者博采众长，又不落俗套。在撰写过程中，得到了安作璋、田昌五教授的热情帮助。安作璋、熊铁基合著的《秦汉官制史稿》，曾使作者受益良多。此外，作者还广泛吸收了海内外学术界已有的研究成果，披沙拣金，时时获宝，从而使本卷能以当代学术界在这一领域里的最新水平为起点。尤其是作者在阐述各项政治制度的发生、发展与变化时，十分注重结合具体历史人物和具体历史事件加以剖析，援据故事，踔厉奋发，增强了本卷的可读性。

本卷初稿完成后，承蒙著名的史学家张泽咸教授审读了全稿，并提出了一些宝贵的意见，使我们减少了失误。最后，主编又对全卷作了修订。

白　钢
1991 年 12 月 20 日

（按：收入本书时，作者作了删节。）

中国政治制度通史·
魏晋南北朝卷·前言

  本卷是全书的第四卷，撰写的是魏晋南北朝时期的政治制度，约请黄惠贤教授执笔。

  魏晋南北朝时期，前后将近四百年。除了中间西晋王朝有过短暂的统一之外，基本上处在战乱不止、民族矛盾上升的分裂割据状态。这一历史时期的政治制度，也因社会动荡、朝代更迭频繁而表现于头绪纷乱、不断变化的过程之中。因此，要厘清其演化线索，揭示其特点，难度颇大。值得庆幸的是，本卷作者颇有点席卷八方、囊括无遗的气派，着力于阐明封建宗法君主制的演变轨迹和中央集权制由削弱逐步转向加强的历史过程，钩玄提要，坚实得体。

  魏晋南北朝时期中央行政体制的最大变化，莫过于尚书、中书、门下三省制的确立。秦汉时的三公——丞相、太尉、御史大夫和东汉初年的三公——太尉、司徒、司空，到魏晋南北朝时期已经丧失了实权，成为一种优礼大臣的虚荣；而秦汉时期分理庶务的诸卿和东汉初年的"九卿"，到魏晋南北朝时期职权日益卑落而变成了闲散职位。辅佐皇帝决策和执行政务的实权，转移到中书、门下、尚书三省，以及尚书省所属的尚书曹、郎曹。三省制的确立，为隋唐时期的封建宗法君主制的巩固和三省制度的发展奠定了基础。从三省制的形成过程，我们可以清晰地看到：自秦汉以来的内侍外官化趋势越来越明显。例如，魏晋王朝都是由手中握有军权的重臣建立的。他们身边原来都有一批幕僚和将领，一旦南面称孤、独自掌握了政权，幕僚长就变成了中书监及中书令。又如，汉代侍中以下的亲近侍从官，如侍中、常侍之类，到了魏晋南北朝时期，地位日益提高，组成了门下省，成为皇帝的机要参谋。这是传统的中国官僚政治的一大特点。

  魏晋南北朝时期地方行政体制的最大变化，莫过于州郡政权的军事化。东汉末年，汉灵帝采纳刘焉的建议，改刺史为州牧，兼监军使者，可以说是州郡军政混一的开端。魏晋以后，州郡拥兵自重，有州兵、郡兵而与中央军相区别。州刺史、郡太守带将军衔，是普遍现象。同时，以军将为都督，遍设于州郡，或负责督一州一郡，或负责督数州、数郡，他们兼领刺史、太守，也是普遍现象。这样，他们既领兵而握有军权，又理民事而握有行政权，造成了州郡政权的军事化，从而成为战乱频仍、分裂割据、社会动乱的根源。

魏晋南北朝时期政治制度的另一大变化，表现在军事制度上。秦汉时期先后实行征兵制和募兵制，从曹操执政开始，逐渐被"士家制"所取代，并为魏晋南朝所承袭。十六国北朝时期，少数民族贵族入主中原，多数实行"部落兵制"。无论是"士家制"，还是"部落兵制"，都属于世兵制的范围。尽管这一时期并未明令废止征兵制和募兵制，但是，它们仅仅成为世兵制补充兵源的一种手段或形式而居于极其次要的地位。

魏晋南北朝时期政治制度还有一个重大变化，表现在选官制度上，即九品中正制的确立。九品中正制，重门第，轻才德，弊端极大。这是豪强大族势力膨胀在政治上的必然表现，又是门阀士族垄断仕途的一种手段。在中国历史上曾经产生过恶劣的影响。

所有这些重大变化，本卷都给予了足够的重视，并作了系统的论述。这是极其难能可贵的。作者长于考证，但却无毛举细故之嫌，特别是作者结合历史事件和历史人物来写制度，把干巴巴的制度写得有血有肉，做到了爬罗剔抉，刮垢磨光，条分缕析，凿凿有据。此外，还由于本卷是以广泛参考和吸收学术界已有研究成果为起点的，所以增强了本卷与以往的同类著作问鼎轻重的资格。

本卷初稿完成后，承蒙著名史学家张泽咸教授审读了全稿，并提出了一些宝贵意见，使我们减少了一些失误。最后，主编又对全卷作了修订。

白　钢

1991 年 11 月 20 日

（按：收入本书时，作者删去了部分段落。）

中国政治制度通史·
隋唐五代卷·前言

　　本卷是全书的第五卷，撰写的是隋唐五代的政治制度，约请俞鹿年教授执笔。

　　隋唐五代是中国宗法封建君主制的巩固时期，各项政治制度日臻完善。第一，皇帝制度比秦汉时期更趋于复杂化，不仅通过皇帝生前上尊号，死后加谥号、庙号，以及封禅、祭祀、宗庙、陵寝与舆服制度的健全来加强皇帝至高无上的神圣性，而且还通过都城和宫室的规制、宫廷组织的系统化、东宫制度的定型化等手段来加强皇家的特权地位和皇位继承的不可转让性，从而使秦始皇创立的皇帝制度发展到一个新的阶段。

　　第二，这一时期的中央决策体制及其运行机制，随着三省制的完善而成为中国封建时代的最佳时期。三省制萌芽于东汉，曹魏时出现了三省初步分立的形式，北魏孝文帝改革才建立起早期的三省制。不过那时的三省制比较紊乱，连三省的名称、职掌都不划一。隋朝结束了汉末以来三百六十多年的分裂与争斗，统一全国，厘整了三省机构，确立内史（中书）掌出令、门下掌封驳、尚书掌执行的三省分立体制，其长官并列为宰相。三公不再开府，不置僚属，无合适人选则缺，成为真正的荣誉职衔。唐朝后期及五代、北宋前期，三省制又演变为使职差遣制。隋唐时期，三省长官并参以加有"参预朝政""参议得失""参知政事""参知机务"等名目的他官，形成一个以皇帝为中心的决策集团，通过制定和颁布各种以皇帝名义发布的诏令，指挥整个国家机器的运转。这一时期的中央决策活动，由于参与决策的成员的地位不同，因而形成不同的决策层次。皇帝与各级官吏的决策行为主要取决于其自身的主观意志，而较少受到法律的约束和限制，人治原则得以普遍贯彻，于是对决策产生了强烈的人治效应，造成了决策机制的不稳定性和整个政治体系中层层相隶的人身依附关系的进一步加强，从而赋予这一时期的决策活动以鲜明的时代局限性。

第三，隋唐五代时期的中央行政体制的最突出特点，是确立了尚书省为全国政务中枢。秦与西汉，以九卿行使中央政务；东汉以后，尚书台正式成了总理国家政务的机构。然而，就官制体系而言，此时的尚书台仍然"文属少府"，也就是名义上属于少府，没有完全摆脱宫官的性质。三国时期尚书台始正式成为外廷机构。南朝梁，始定制称省。南北朝时期九卿没落，其职多为尚书省所侵夺，在中央行政体制中造成许多缭绕不清的现象。隋唐对这种紊乱现象进行改革，确定尚书省在三省中居于执行机构，而成为全国的政务中枢。在中央行政体系中，尚书省六部为政令机关，九寺五监为事务机关，分别接受尚书六部的政令而运转。

第四，隋唐五代时期的地方行政体制的最重要变化，是从隋及唐前期的州县二级制，变为唐后期的道州县三级制。道，在唐初，或作行台省统领的区域，或作行军线路，或作监察区，或作军事防御区域出现的。前两种道在唐初以后不久就废弃了。后两种道，即作为监察区的道和作为军事防御区域的道，各自划分，不相统属，造成监察权与军权的分离，便于中央对地方的控制。中唐以后，作为监察区的道与作为军事防御区域的道相互结合，军政长官合一，形成了"藩镇"时，道就变成了行政实体，成为介于中央与州（郡）之间的一级行政机构，地方行政体制也由州县二级制演变为道州县三级制。不过，道的军民两系职官均不在正规职官之列，而都是使职差遣。

第五，隋唐五代时期的司法制度较之前代，也有较大的发展。在刑制方面，废除了前代的鞭刑、枭首、轘裂等酷刑与孥戮相坐之法，确定笞、杖、徒、流、死新的五刑制，为其后的各代封建王朝所沿用；危害封建统治最严重的"十恶"，以及贵族、官僚等享受减免刑罚特权的"八议"，都比前代有更细密的规定；《唐律》条文精简，量刑适中，对后世或域外都有深远的影响。在司法机关的设置方面，大理寺属于法院性质，专掌审判，刑部为司法行政机关，御史台为监察机关而兼具司法职能，三者各有专职，且互相配合。三大机关的长官共同审理重大案件，称为三司推事，明清时代的三法司会审及九卿会审都是此制的沿用与发展。

第六，在隋唐五代时期的人事管理制度方面，最值得称道的是科举考试制度的创立与完善。科举考试制度，是一种允许士人自愿向官府报名，经过分科考试，根据成绩从中选拔人才，分别任官的新制度。它创始于隋，完成于唐。隋文帝废除九品中正制，打破士族对选举制度的垄断，采用荐举的方法来选拔人才。隋炀帝时创立进士科，以策问取士。一般均以此作为科举制度产生的标志。科举制度采用分科考试以选拔人才，在形式上与察举制度下的分科考试相似，但二者有着本质的不同。其区别在于察举制度下的被选者是出于官府推荐，而科举制度下参加考试的士子是自愿报名。这就形成了竞争机制，使广大中小地主阶级出身的士子，通过考试竞争而登上政治舞台，从而扩大了封建王朝的统治基础。从唐代开始，科举分为常科和制举两种：常科的科目繁多，唯进士一科最受重视；制举则是由皇帝临时设置的考试科目，名目也十分庞杂。科举制度在历史上实行了将近一千三百年，并对域外也产生了影响，足见其在当时的先进性。

此外，隋唐五代时期的军事制度、监察制度、财政管理制度等，也都发生了较前代不同的新变化并形成自己的特点。值得庆幸的是，本卷作者在详稽正史、博参群籍的基础上，对于隋唐五代政治制度的演变轨迹，分析序说，简明精审，揭示了这一历史时期政治制度的基本特征，特别是结合人物、事件来写制度，从而把传统的静态缕述，推向动态研究，较成功地体现了我们的编纂意图。这是与作者怀铅握椠，精进不休，既有钩深致远、参伍比较、考其异同、辨其因革的耐心，又有深历浅揭、随时为义、戞戞独造、语不犹人的功力分不开的。

白　钢

1993 年 9 月 18 日

（按：收入本书时，作者删去了部分段落。）

中国政治制度通史·宋代卷·前言

本卷是全书的第六卷，撰写的是宋朝的政治制度，约请朱瑞熙教授主撰，张其凡教授分撰了其中的第八章军事制度。

宋朝是中国封建专制主义中央集权制空前加强的历史时期。宋朝统治者总结了唐五代以来的历史教训，为防止藩镇割据的重现和文臣、外戚、女后、宗室、宦官的擅权，镇压劳动人民的反抗，以及防御辽、夏等侵扰，采取了诸如铲除藩镇势力，"收乡长、镇将之权悉归于县，收县之权悉归于州，收州之权悉归于监司，收监司之权悉归于朝廷"等措施，强化中央集权，使宋朝的政治体制的运行，呈现出"上下相维，轻重相制，如身之使臂，臂之使指，民自徒罪以上，吏自罚金以上，皆出于天子。藩方守臣，统制列城，付以数千里之地，十万之师，单车之使，尺纸之诏，朝召而夕至"①的局面。政治、军事、财政大权最大限度地集中，导致宋朝政治体制的许多新变化。

首先，表现在皇帝权力的强化与皇位继承的相对稳定。从形式上看，宋朝实行"人主莅权，大臣审权，争臣议权"②的原则，但宰执乃至大臣奏事，在皇帝面前已无坐处。从内容上看，行政、军事、财政、立法、司法等一切大权，都集中到皇帝手里。宋朝高级官员的任命，如宰相、枢密使、三司使、翰林学士、御史中丞等要职，都是皇帝亲自选派；就是一般官员的任命，也要"引对"，皇帝要当面考察他们是否能胜任。宋初将财权收归朝廷后，在宫廷中设立了封桩库和内藏库，用以分割三司的权力而直接归皇帝掌握。三衙负责统辖全国禁军，但无调兵遣将之权；枢密院有调兵遣将之权，但必须"去御前画旨"方能调动。宋太祖、太宗、真宗、

---

① 范祖禹：《范太史集》卷22《转对条上四事状》。
② 《宋史》卷394《林栗传》。

仁宗朝的立法，成为以后各朝皇帝必须遵循的"祖宗之法"，"民自徒罪以上，吏自罚金以上，皆出于天子"。诸如此类，表明宋朝皇权的空前强化。与之相适应的，是皇位继承的相对稳定。宋朝历14世18位皇帝。自太祖以后，皇位转入太宗世系子孙继承；从孝宗开始，皇位又转归太祖世系子孙继承。宋朝虽然没有像唐朝那样设立了严密而庞大的东官组织，但皇储制度还算完善，大多数皇帝或由嫡子继位，或按兄终弟及继位，或以宗室子继位，除宋理宗是大臣拥立的以外，没有出现内侍拥立皇帝的现象。宋朝在夫亡子幼的情况下，虽然出现过四次女后垂帘听政的局面，但时间都不算太长，待皇帝长大后，都撤帘还政，没有出现唐朝武则天那样废子称帝的情况。宋朝还出现过四次皇帝内禅。总之，宋朝新、老皇帝间的皇位交接，处于相对稳定状态，没有造成严重的统治危机。

其次，中央决策体制的变化。北宋前期的决策体制、决策方式与程序，大体上是沿袭唐朝后期的制度，皇帝与百官的前殿常朝会议决策，逐渐变为皇帝会见百官的一种仪式，而皇帝内殿视朝听政则成为决策会议的主要形式。不过，这种内殿视朝听政，像宋太祖那样，宰执们凡事必向皇帝"奏御"，由皇帝拍板；他们已经不能与皇帝坐在一起从容商议了。除内殿视朝听政之外，还有皇帝后殿会议决策比较重要。宋神宗元丰改制，取消了徒具形式的前殿常朝会议、正衙、横行等，改为日参、六参、朔参、望参四种决策会议。不同形式的决策会议，由不同范围的官员参加。南宋初，这四种形式的决策会议名存实亡，直到宋金绍兴和议后才渐趋正常。宁宗嘉定年间，这些形式的决策会议再度不受重视，政体运行机制也渐趋失灵。

复次，中央行政体制的变化。顾炎武曾经说过："宋世典常不立，政事丛脞，一代之制，殊不足言。"① 历来读宋史的人也为宋朝行政体制参差夹杂、变动不居所困惑，感到难以掌握。其实，只要认真梳理一下唐宋两代行政体制的演变与异同，便不难发现，北宋前期的中央行政体制，大体与中唐以后以及五代时期比较接近；而宋神宗元丰改制，则又与唐朝前期比较接近。例如，唐朝中央行政体制实行的尚书省、中书省、门下省三省制。三省长官以门下省的政事堂为议事场所，后来将政事堂迁到中书

---

① （清）顾炎武：《日知录》卷15《宋朝家法》。

省,唐玄宗时又改政事堂称"中书门下"①。北宋前期虽然沿袭唐制,设置了三省,但大部分职权被其他机构分割,另在禁中设置"中书门下"作为宰相办公场所。神宗元丰改制,撤销中书门下,恢复三省应有的职权,三省长官议事的场所设在尚书都省,称政事堂或都堂。又如,唐玄宗后,唐朝中央增设盐铁和度支二使,多以宰相兼任,与户部使合称"三司使",逐渐成为最高财政官,但从未总命一使。五代后唐明宗时正式合为一职,成为皇帝控制下的最高财政机构。三司的出现,分割了尚书省户部的职权。北宋前期也沿袭此制。但到神宗元丰改制,便撤销了三司,其职权分归户、工等部。类似的例子,不胜枚举。总之,宋朝中央行政体制的格局与变迁,还是有规律可循的。

再次,地方行政体制的变化。北宋初年撤销藩镇,将其所领支郡直属朝廷,在地方上实行路(道)、州(府军监)、县三级体制。这时的转运使掌握一路的大权,实际是路级最高行政长官。此后,由于路级机构逐步增设提点刑狱、提举常平等司,于是分割了转运使司的职权。到宋神宗时,各路出现了安抚使司、转运使司、提点刑狱司、提举常平司四司并立的局面。这四司职能虽然各有所侧重,但却又同掌军政、民政、财政与司法。它们互不统属,彼此监督。这时的路级官府还只是朝廷派驻各地的机构,对州府军监实行监督。因此,路具有半监察区与半行政区的性质,是一种过渡形式。由于路尚未完全成为一级行政实体,州府军监皆直属朝廷,朝廷主要通过它们来治理地方。不仅州府军监的官员由朝廷委任,而且知州或知府等均可直接向朝廷奏事,财赋也直接上缴朝廷。为监督、分割知州的事权,宋初起在各州增设"通判"一职。县以下的基层组织,宋初撤乡设管,管设户长与耆长。管以下设里。宋神宗时开始推行保甲法。后来乡村一般实行乡、都、保、甲制,呈现较为复杂的局面。总趋势是不断加强对县、镇以下人户的控制。

此外,在宋朝的立法、司法、监察、军事、人事管理等制度方面,都有较大的变化并形成自己的特点。值得庆幸的是,本卷在统揽宋代政治制度全貌的基础上,细针密缕,写出了各单项政治制度演变的来龙去脉,揭示了宋代政治制度的特点。特别是结合人物、事件来写制度,基本上把制度写活了,真可谓曲尽其妙。显然这是与作者都是"升堂入室,究其阃

---

① 高承:《事物纪原》卷4《中堂》。

奥"的宋史专家，既能席卷八荒，又能丘壑经纬的功力分不开的。本卷初稿完成后，主编对全卷作了统一修订。上海市社会科学基金为本卷的研究提供了帮助。

白　钢

1993 年 5 月 31 日

（按：收入本书时，作者作了删节。）

中国政治制度通史·
辽金西夏卷·前言

　　本卷是全书的第七卷，撰写的是辽、金、西夏的政治制度，约请李锡厚、白滨教授执笔。其中，李锡厚撰写了辽、金的政治制度，白滨撰写了西夏的政治制度。

　　辽、金、西夏，是10—13世纪，分别由契丹族、女真族和党项族在我国北方地区先后建立的王朝。它们的政治制度，都打上了本民族的胎记，具有较大的变异性，但却又都接受了唐、宋政治制度的影响，形成各自不同的特点。

　　辽朝辖地辽阔，在辽太宗时，势力所及，西至流沙，东至黑龙江流域及原属渤海的地区，北至胪朐河（今克鲁伦河），南面包括燕云十六州。建都在西辽河上游的上京。在广袤的国土上，辽朝因地制宜，诸制并举。西、东、南三个不同的地域，聚居着不同的民族，实行着不同的政治制度。以上京为中心的契丹旧地和西北各游牧部落，沿袭部族社会的政治制度；东部地区在灭渤海之后，基本维持原渤海的封建政治制度；南部燕云十六州则实行汉族传统的封建政治制度。这三种不同的政治制度，却统一于辽王朝的政治体制之中。辽朝的政治制度，在辽太祖、辽太宗、辽世宗时逐步建立，后来辽圣宗建都中京，又对各项政治制度进行了改革。辽朝政治制度的显著特点在于：一是具有浓厚的契丹族民族特色，如实行斡鲁朵制度、头下（投下）制度、捺钵（行在）制度等。二是辽朝皇帝对于契丹等游牧民族来讲，拥有可汗的权威，对于渤海人与汉人来说，又行使皇权，集双重身份于一体。在四时捺钵召开的北南臣僚会议成为最高决策机构，在迁徙中运作成为其决策形式。三是中央行政体制因契丹以东向为尚，皇帝宫帐坐西向东，官员分列宫帐两侧，于是形成北、南两大职官系统，分别隶属于北、南枢密院。北面官管理契丹政事，南面官管理汉人事务。北面官系统采用传统的契丹部族官制;南面官系统采用唐制,有三省六部之设。四是地方行政体制分成西、东、南三种类型:契丹旧地及北方游牧民族地区实行部族制;灭渤海以后,在原渤海地区实行原有的地方官制;得燕云十六州汉人地区后,则沿用后唐旧制。五是实行蕃汉分治的司法制度,即所谓"以国制治契丹,以汉制待汉人"。六是实行"南衙不主兵,北司不理民"的军事制度。此外,在人事管理制度方面,北面官主要是通过契丹族传统的世选加以补充;南面官则主要是通过科举来选任。总之,辽朝的政治制度,是一种杂糅多民族政治制度的多元结构。

金朝是女真族在氏族部落制基础上建立的国家。起初,除阿骨打拥有皇帝称号之外,氏族部落制的习俗与官制基本上没有多大改变。金太宗时,在短短的十多年间,先后灭亡了辽与北宋两个王朝。在辽、宋旧地,金朝继续维持原有的政治制度,而与女真地区形成明显的差异。金熙宗时,开始对各项政治制度进行改革,主要取法于辽制。海陵王南迁后,定都中都,进一步改革,全面改行宋制。到金世宗时,各项政治制度已基本汉化,女真旧制的成分逐渐削弱或消失。例如,金初曾在皇帝周围置勃极烈四人,以辅佐国政。到金熙宗时,便以太师、太傅、太保为三师,分领三省事,废除了勃极烈辅政制度。当然,最具女真旧制特色的猛安谋克制,在有金一代,始终保留。

从总体上看,金朝政治制度是北方少数民族的传统政治制度与中原汉族的政治制度相结合的产物,或者说是女真族在吸收、综合了唐、辽、宋三朝政治制度的基础上发展、改造而形成的。一方面,金朝作为辽朝的替代王朝,对境内不同民族采取"分而治之"的统治方式,但金朝却又没有完全模仿辽朝的北南两面官制度,而是在中央实行唐宋的设官制度,采取一元结构,在地方上,则采取州县、猛安谋克、部族并行的行政体制。另一方面,金朝改行汉法,但又不是刻意照搬,而是加以改造。隋唐以来中央行政体制的三省制,到了金朝正式演变成尚书省一省制。此后,三省制便在中国封建政治制度中消失了。由于仅存尚书省,撤销了中书、门下的设置及作用,除掉了三省之间的相互牵制和取消了驳正违失的机会,导致皇帝的决策权力更为增强,把专制主义中央集权制大大向前推进了一步。此外,金朝新创的行省制度,也为后代所师承。可以说,金朝开了行省制的先河。总之,与辽朝政治制度相比,金朝政治制度的汉化程度较高,并且对后来王朝产生了独特的影响。

西夏是党项羌建立的国家，与辽、宋鼎足而立，因其在宋、辽之西，史称"西夏"。西夏辖地"东尽黄河，西界玉门，南接萧关，北控大漠，地方万余里"。自元昊称帝起，共传十帝，历时 190 年。它是我国历史上以少数民族为主体所建立的一个重要的封建王朝。西夏的政治制度，除了残存一些本民族历史痕迹与习俗的印记以外，基本上是效法唐、宋中原封建王朝的政治制度。但是，长期以来，学术界误将汉文史籍中记载的"蕃号"名称，解释为西夏中央行政体制中，除"汉官系统"之外还有一套"蕃官系统"。认为西夏的政治制度"基本上仍是蕃汉并行，实行蕃汉分治"。其实，仅仅出现于西夏与宋朝交聘中西夏使臣官称的"蕃号"名称，恰恰是这个官职名称的党项语译名。本卷博采西夏法典所提供的线索，尽可能系统地勾勒出西夏政治制度的历史面貌，取得了突破性的进展。

学术研究贵在创新。本卷对辽、金、西夏政治制度的论述，之所以能不囿陈说，多所创新，这是与作者都是博闻强识、探赜钩深、卓然有本的专家分不开的。本卷初稿完成后，主编对全卷作了统一修订。

白　钢

1993 年 8 月 13 日

（按：收入本书时，作者删去了部分段落。）

中国政治制度通史·元代卷·前言

　　本卷是全书的第八卷，撰写的是元朝的政治制度，约请陈高华教授、史卫民教授分撰。其中，第一、五、七、八、九章，结语和第六章第七节，由陈高华执笔；第二、三、四章和第六章的第一至第六节，由史卫民执笔。

　　元朝，是中国历史上由蒙古族统治者建立的统一多民族王朝。按照明初官修《元史》的算法，从1206年成吉思汗在漠北建立大蒙古国到1368年元顺帝出亡，通称元朝。但是，如果循名责实，却只能把1260年忽必烈即位到1368年元顺帝北遁，视作元朝。一则，在忽必烈以前国号只称"大蒙古国"，改国号为"大元"是1271年的事情；二则，忽必烈之前的前四汗（成吉思汗、窝阔台、贵由、蒙哥）只称"大汗"，并不具有中原王朝皇帝的实际身份。所以，本卷所论述的内容，以严格意义上的元朝政治制度为主，兼及大蒙古国时期的政治制度。

　　元朝的政治制度，大体上是在忽必烈当政时形成的。后续诸帝又有所调整和补充。无论从结构形式、组织形式，还是从治理形式即运行机制上看，元朝政治制度可以说是忽必烈沿用"蒙古旧制"和"附会汉法"的结果。因此，从体制上讲，它是蒙、汉混合的二元结构。细察起来，由于为忽必烈献计献策、订立制度的汉人谋士，原来都是金朝的臣民，他们熟悉的是金朝的制度，所以史称"元承金制"。然而，金朝的制度"大率皆循辽、宋之旧"，[①]"固时制宜，而以汉法为依据"。[②] 这种根据征服的先后而"因时制宜"的结果，造成有元一代在制度上呈现出"南北异制"，甚至是"诸制并举"的局面。不过，蒙、汉二元混合结构是其核心，始

---

① 许有壬：《至正集》卷75《风宪十事》。
② 孔齐：《至正直记》卷3《世祖一统》。

终居于主导地位，以适应这个具有不同类型经济地区的多民族国家的需要。

与前代相比，元朝的政治制度在皇帝制度与中央决策体制、中央行政体制、地方行政体制，乃至军事制度、司法监察制度、人事管理制度等方面，都发生了比较明显的变化。

1. 在皇帝制度方面，确立了两都制度。皇帝即位，除在大都附会汉法，举行登极大典外，还要到上都按照蒙古传统选举大汗的仪式，召开忽里台。忽里台还成为军国大事的决策形式，怯薛参与决策。为适应决策信息传递的需要，建立了全国范围的驿站（站赤）和急递铺制度，其规模之大，是前所未有的，管理制度也有许多改进。驿站设置是为了"通达边情，布宣政令"；急递铺设置目的是便于"四方文书之往来"①。总体来说，一方面为了及时掌握信息，另一方面则是将有关决策及时下达。也就是说，驿站和急递铺，都是中央决策体制中不可或缺的联系手段。在全国范围内两者的系统化与制度化，是加强国家统一和中央集权的有力工具。

2. 在中央行政体制方面，中央机构由二府（省、院）并立发展为省、台、院三足鼎立。监察机构的地位比起前代来有很大的提高，职能也有所扩大。御史台是皇帝"见的眼，听的耳朵"②，能够使皇帝掌握更多、更确实的情况，以便更好地控制他的臣僚和百姓。中央还设置了宣政院、大宗正府、崇福司、经正监等机构，负责处理民族和宗教事务。这些机构的设置，有利于统一多民族国家的巩固。特别是宣政院的设立及其与省、台、院并立的地位，对于加强吐蕃地区与中央政府之间的联系，有着很大的作用。

3. 在地方行政体制方面，行省由中央的派出机构转化为最高一级的地方行政机构。除"腹里"外，全国划分为十个行省。行省具有很大的权力，可以在中央统一政策的基础上，独立处理本省以内的政务。行省制的确立，对于加强中央集权，特别是调整好中央与地方的关系，具有重要的意义。而在边远的民族地区，元朝设置了各种名称的行政机构，如宣慰司、宣慰司都元帅府、安抚司等。在这些机构的官员中，有的是元朝政府派遣、定期迁转的官员，更多的则是当地民族的首领人物。在西南地区，

---

① 《元史》卷101《兵志四》。

② 《元典章》卷53《刑部十五·称冤赴台陈告》。

后一类即称为土官,他们世代相袭,有罪罚而不废。中国历史上的土司制度,由元代始。边远民族地区行政管理机构的设立和土官的任命,加强了这些地区对中央政府的向心力,以及与中原地区的政治、经济、文化的联系。此外,元朝还实行投下分封制,各投下在自己的封地内设立不同的管理机构。在草原的封户,采用千、百户编制,任命千、百户进行管理;在中原、江南的封户,凡是有分地的,投下主有权派达鲁花赤和朝廷任命的地方行政官员共同管理。达鲁花赤的任命由投下提名,须经朝廷批准。凡是分散在各路、府、州、县的,则由投下派遣管民头目,设立总管府、户计司等机构进行管理。

4. 在军事制度方面,元朝既保留了大蒙古国时代的旧制,如蒙古、探马赤军中设奥鲁(老小营),实行将领世袭制,又采用了中原传统的"内重外轻"方针,组建了侍卫亲军,即宿卫系统;地方镇戍诸军组成镇戍系统分布于全国各地。设立枢密院作为最高军政机构。全国兵马总数,只有皇帝和枢密院蒙古官员知道。这些都与前代不同。

5. 在法律制度方面,元代始终没有颁布完备的法典。它的法制体系,主要是由因时立制、临事制宜而陆续颁发的各种单行法构成的。判狱量刑,主要根据已断案例,类推解释,比附定刑,与前代王朝相比,司法的随意性较为显著。不过,元朝的各种单行法规中有大量专门针对蒙古、色目的规定,这无疑是为了适应统治多民族国家的需要。在中国法律发展史上,有关民族问题的法规在全部法规中占有如此之大的比重,应该说是前所未有的。与此相应的是元朝法律中,在许多方面明确规定蒙古、色目、汉人、南人这四等人的不同待遇,从而赋予元代刑法鲜明的民族压迫色彩。就司法体制而言,中央司法机构既有中书省刑部,又有大宗正府,后者是大蒙古国时期札鲁忽赤的延续。就刑罚体系而言,元朝大体上遵循前代"同类自相犯者,各从本俗"的原则,既保留了以中原传统的"五刑"为主,又有蒙古传统的"一个赔九个"、屠宰牲畜时禁抹喉放血等规定。死刑判决权则收归皇帝。

6. 在人事管理制度方面,由于元朝的民族分四等,四等人的政治待遇不同,因此,元朝人事管理制度基本上遵循了"官有常职,位有常员,其长则蒙古人为之,而汉人、南人贰焉"① 的原则,带有民族歧视的特

---

① 《元史》卷 85《百官志一》。

点。官员的来源，由怯薛入官，是蒙古的传统；由吏入官在元代占很大的比重；由科举与国学入官，则是采用"汉法"的结果。其选用方式，有中原传统的"常选"，也有蒙古传统的"别里哥选"和"投下选"。

元朝政治制度还有其他不同于前代的新变化。但是，上述几个方面应该说是比较重要的。元朝的统一，结束了自唐末藩镇割据以来国内的南北对峙、五六个民族政权长期并存的分裂和战乱局面，推动了多民族统一国家的巩固和发展。元朝统治的疆域之辽阔，是前所未有的。为了管理如此广大的疆域，元朝统治者"稽列圣之洪规，讲前代之定制"①，实行蒙、汉二元混合的政权结构与组织形式，这是很自然的。可以说，元朝政治制度是中国历史上管理如此广大疆域的多民族国家的一次尝试，无论成功与否，对于后代都有不可忽视的影响。事实上，监察机构职能的加强、行省制度的设立、土司制的开创，以及民族、宗教事务管理机构的设置，等等，大都为后代所承袭。因此，元朝政治制度在中国政治制度的发展史上，是具有其特殊地位的。

历来读元史者，每每因为元朝疆域既广，种族又繁，其设官分职，不全依前代之旧，即以名称而论，亦杂采各种语言习惯，较之辽、金头绪烦杂，而往往感到头疼。然而，本卷却详稽正史，博采群籍，分析缕说，简明精审，犹如登高作赋，独树一帜，一扫蒙在元朝政治制度上的阴霾，廓清了它的历史面貌与演化规律的特点，读后使你感到绝非浅学所能为。不言而喻，这是与作者都是学识渊深的方家，具有既能浩博奥衍、又能画龙点睛的功力分不开的。

白　钢

1993 年 9 月 10 日

（按：收入本书时，作者作了删节。）

---

① 《元典章》卷 1 《诏令一·中统建元诏》。

中国政治制度通史·明代卷·前言

　　本卷是全书的第九卷，撰写的是明朝的政治制度，约请杜婉言、方志远教授分撰。其中第一、二、三、四、六、十章和第五章的第六节，由杜婉言执笔；第七、八、九章和第五章的第一、二、三、四、五节，由方志远执笔。

　　明朝是中国宗法封建君主制向独裁方向发展的关键时期。绝对君权的确立，导致政治体制上的诸多新变化。

　　首先，表现在中央行政体制上。因洪武十三年（1380）丞相胡惟庸案发后，废除丞相制度，使吏、户、礼、兵、刑、工六部各不相属而直隶于皇帝，并令后代不得再置丞相。与此同时，明初所置大都督府也罢而不设，改以中、左、右、前、后五军都督府各领其都司卫所。兵部有出兵之令而无统兵之权，五军都督府则有统兵之权而无出兵之令，以此将兵权分割。不久，明太祖又设立都察院和大理寺，与刑部合称"三法司"。刑部掌天下刑名，都察院掌纠察百官，大理寺掌核阅案卷及驳正违失，朝廷一切重大案件都由三法司会审，最后由皇帝裁决。此外，还创设通政使司，掌内外章疏敷奏封驳之事。用明太祖朱元璋的话说："我朝罢丞相，设五府、六部、都察院、通政司、大理寺各衙门，分理天下庶务，彼此颉颃，不敢相压，事皆朝廷总之，所以稳当。"[①] 这样，皇帝就集政治、军事、司法等大权于一身，而使明朝政体呈君王独裁型。

　　其次，表现在决策体制上。明初罢丞相后，皇帝权力高度集中。然而，正如朱元璋所说："但朕一人处此多务，岂能一一周遍！"于是不得不设内阁于宫廷，以大学士担任顾问兼秘书的职务，起初，内阁既非官署亦非官名，只是简任文臣入直文渊阁，预机务。这些人品秩低，不兼部

---

　　① 《明太祖实录》卷239。

务，又无官属，不能直接指挥行政。但是，迨仁、宣朝，大学士以太子经师恩，累加至三孤，望益尊。而宣宗内柄无大小，悉下大学士杨士奇等参可否。久而久之，内阁之权却逐渐超出六部之上，"虽无相名，实有相职"①。至世宗中叶"夏言、严嵩迭用事，遂赫然为真宰相，压制六卿"②了。不过，内阁大学士虽然位尊而权重，但独立发挥其权力的机会甚少。内则受制于宦官，内阁的职务止于"票拟"，而代皇帝批答奏章的"批红"权，则归司礼监。司礼监的意见，便成为皇帝的意旨，内阁不得不奉行。外则受制于部院大臣和掌"封驳"之权的六科，"凡大事廷议，大臣廷推，大狱廷鞠，六掌科皆预焉"③。而六科给事中与各道御史往往又遇事生风，党同伐异，造成廷臣派系林立，纷争不休。明朝16个皇帝中，除明太祖、明成祖雄才大略，仁、宣诸帝堪称守成以外，其余诸帝，生于深宫之中，长于妇人之手，政治及文化素质不高。例如，明武宗连臣下的奏章都看不懂，明光宗到36岁时还没念过几天书，明熹宗到15岁还没有"授一书，识一字"，几乎都是文盲。他们童骏昏庸，不是玩物丧志，就是荒淫无度。自明宪宗成化以后，到明熹宗天启前后162年间，皇帝几乎都没有召见过大臣。结果导致决策体制的变异与混乱。这是明代最大的弊政之一。

再次，表现在地方行政体制上。明初地方行政体制，踵袭元代，置行中书省，统揽地方兵、刑、钱、谷等事，职权甚重，具有较强的割据性。洪武九年（1376），改行中书省为承宣布政司。"承宣布政"四个字，道出了中央与地方关系的变化。它与提刑按察使司和都指挥使司合称"三司"。布政使掌民政与财政，提刑按察使掌刑狱，都指挥使掌军政，分三衙门互不统属，分别隶于朝廷各部院，这就大大加强了中央对地方的控制，削弱了地方的割据性。诚如时人朱健所论："内设六部九卿以统治天下，而外又设十三布政以分治郡邑。内设都察院以整肃朝廷，而外又设十三按察以分寄考核。兵部、帅府以相维于内，而布按、都司以相制于外，则名实当而防检为加密矣。"④不过，这种都、布、按三司鼎立，互不相统，虽然有效地防止了地方权力的膨胀，但有时却又带来运转不灵的弊

---

①　《明世宗宝训》卷6。

②　《明史》卷72《职官一》。

③　《明史》卷74《职官三》。

④　《古今治平略》卷15《官制·旧代官制》。

病，所以，中期以后，朝廷又以部院大臣出任总督、提督、巡抚各差，以凌驾于三司之上，用来分割三司的事权，从而进一步加强了中央对地方的控制。

此外，明朝对边疆地区的管理，从"踵元故事"，实行以当地少数民族首领管理当地事务的"土司制度"，逐步发展到"土流合治""改土归流"，这就大大加强了朝廷对边疆少数民族地区的管理与控制，客观上对促进边疆地区的政治、经济、文化的进步，对促进统一多民族国家的巩固与发展，都起过一定的积极作用。

明代的政治制度，还有其他不同于前代的变化，比如重视科举，实行科举与学校相结合，即所谓"科举必由学校，而学校起家可不由科举"①等。但是，上述几点，应该说是最重要的变化。

值得庆幸的是，本卷在统揽明代政治制度全貌的基础上，创造性地体现了我们的编纂意图，写出了明代政治制度的特色。尤其是结合人物事件来写制度，不少章节钩深致远，穷态极研，使读者兴会淋漓。这与作者都是经年研究明史的专家，资料娴熟而又长于审思明辨，既能删繁就简，又能领异标新的功力是分不开的。

白　钢

1992 年 12 月 7 日

（按：收入本书时，作者删除了部分段落。）

---

① 《明史》卷 69《选举一》。

中国政治制度通史·清代卷·前言

　　本卷是全书的第十卷，撰写的是清朝的政治制度，约请清史专家郭松义、李新达、杨珍分撰。其中，第一、二、三、五、八、九、十章，由郭松义执笔；第四章，由杨珍执笔；第六、七、十一章，由李新达执笔。初稿完成后，郭松义进行了统一加工工作，主编又作了最后审订。

　　清朝是我国古代历史上最后一个大一统的封建王朝，其政治体制处在从带有以满洲八旗制度为基点的早期封建君主制，发展成鼎盛的宗法封建君主制；又从鼎盛的宗法封建君主制滑向半殖民地化的宗法封建君主制的过程之中，从而赋予清代政治制度以变异性特征。本卷抓住了这一历史时期的政治制度前后变化的线索，既注意到了清初以八旗制度、议政王大臣会议、内务府衙门等为核心的政治体制中的满族特征，及其对有清一代政治制度的影响；又充分注意到了康、雍、乾时代，把传统的宗法封建君主制推向顶峰的事实；而且，还对鸦片战争后，伴随帝国主义势力入侵而出现的某些具有近代资产阶级性质的新制，作了恰如其分的论述，这就使本卷的结构内容，建立在坚实得体的基础之上。特别是作者在论述各种政治制度时，充分注意到它们的因革演进，而将其置于动态的叙述之中，从而又增强了本卷的科学性。就以与中央决策体制相关机构的变迁为例，从议政王大臣会议、内阁、南书房到军机处，乃至后来的督办军务处、资政院和责任内阁，其衍化的脉络，交代得清清楚楚，通过对决策体制相关机构结构形式变化的论证，加强了读者对于清代决策程序与机制的认识。

　　充分注意到了清代政治体制对传统封建政治制度的继承与发展，是本卷的又一特色。就以中央行政体制中的六部而言，六部之设，是沿袭历代体制，自不待言。然而，清代的六部却有自己的特点。与唐宋所不同的，是清代的户部成为唯一的财政机关，地位最为重要。明代的吏部掌理用人之权，而清代却因重要官职都由军机处秉承皇帝旨意直接任免，吏部成了只管考课中下级官吏并援例任免的事了。由于重文轻武，兵部不能过问军政军令，等等。此外，像都察院、翰林院、詹事府及各卿寺之设，既与前代有雷同之处，又有本朝自己的特点。其中最具特色的莫过于专门处理少数民族事务的理藩院了。清代还继承了汉代以来的内、外朝之分。清代的内朝，包括军机处、内务府、御前处。它们与外朝的内阁六部相对应，在左右政治体制的运行中，处于举足轻重的地位。

导致清代行政体制运行机制常常出问题的是胥吏势力的强大。无论是中央六部及相关机构，还是地方上的省府州县，官署中一应政务活动往往为书吏暗中操纵。这一点，既是对宋元以来积弊的继承，又在清代得到了长足的发展。就以六部而言，初到任的司员不熟悉情况，资格老的司员又翘首以待升迁，尽管部中主管的司员号称主稿，而实际查核成案，则不得不依靠部办（书吏）。尤其是户部和吏部，一切官吏都不得不与他们打交道，否则公文必被留难。就地方上的州县而言，清代的州县不像宋代那样有自己的属员，清代州县的组织机构不健全，州县官无用人之权，执行公务，全靠胥吏。胥吏无任期限制，他们往往是父子师徒相传为业，穴窟公堂。而朝廷并无胥吏薪俸的规定，各级官署中也没有行政经费的预算，因而他们的开支，全凭索贿。故非法营私，成为公开行为。胥吏操纵各级官府的政务活动，不仅使钻营请托、贪赃枉法之事层出不穷，而且必然导致行政效率低下，国家机器运转失灵，最终造成政治危机的出现。这是有清一代行政体制运行机制方面所无法克服的问题。

科学地总结清代行政管理方面的历史经验和教训，是本卷的另一特色。清朝作为最后一代大一统封建王朝，十分重视对传统行政管理经验的积累、继承和发展。康熙、雍正、乾隆、嘉庆、光绪五次纂修《大清会典》，就是最有力的证明。《大清会典》，以官为典，以职为例，典例结合，与律令相表里，成为官府办事的准则，百官奉行的宪章，可以说是世界历史上最完备的一部古代行政法典。会典之外，政府各系统都制定了"则例""章程""条规""全书"一类行政法规，它们与会典互为补充，使清代的行政管理，基本上做到了编制法律化、行政程序法律化和行政监督法律化。我们从《大清会典》与《大清律例》可以看出，清代不仅官有常员、职有定守，额定员缺，实行定编制，而且还规定了对署置过限、滥设官吏等违制处罚原则；不仅规定了各种政务活动的行政程序和公文格制，而且还制定了相应的违制、违式、违纪处罚内容；不仅铨选、考课、回避之类制度规范化，而且还规定了对各种职务犯罪的处罚条款。当然，制度是靠人来执行的。由于清朝是宗法封建君主制的鼎盛时代，人治原则也得到了最充分的发挥。各种行政法规在执行过程中，不可避免地受到它的干扰而走了样，出现这样或那样的弊端。

　　总之，本卷写出了清代政治制度的特点，创造性地体现了我们的编纂意图。这与作者都是经年研究清史的专家，资料娴熟而又长于理论思维，既能囊括无遗，又能钩玄提要，具有高屋建瓴、凿壁穿泉的功力是分不开的。

白　钢

1992 年 11 月 7 日

（按：收入本书时，作者删去了部分段落。）

第 5 辑

规 圆 矩 方

史学家的忧患意识

——读《"土地庙"随笔》

从现实生活中检选话题，用史籍里的实例揭老底，一事一则，议论开去。忧封建传统之痼疾，患专制主义之余烈；思民族之振兴，想国家之富强。说历史，嬉笑怒骂；讲真心话，匡救时弊，言简意赅，鞭辟入里。这就是历史学家王春瑜的忧患意识。

他的读史札记、历史小品、杂文、散文共 48 篇，结成集子，取名《"土地庙"随笔》。《随笔》铢积寸累，咳唾成珠，文思敏捷，妙笔成趣。

忧患意识，是爱国知识分子传统的文化心理特征。它是以对现实社会生活进行冷静的科学认识为起点的，通过自己创造性的笔耕，表现出对国家和民族命运与前途的强烈关注。

"文化大革命"的年代，王春瑜曾被投入"炼狱"，住"牛棚"的日日夜夜，他直面人生，冷眼观潮，对在"革命"词句掩盖下泛起的沉渣，看得清，恨得切！因此，当雨过天晴，人们回眸，反思之初，他就以犀利的见解，加入批判封建专制主义的行列，以《"语录"考》《烧书考》《"株连九族"考》《万岁考》《说"天地君亲师"》《读〈诏狱惨言〉》等名篇，与"破除迷信，解放思想"作同调之鸣，率先揭开了中国造神运动的传统劣根：

——一个本来是诗人对宾客的祝福语——"万寿无疆"、一个原意为"死后"或表示庆贺欢呼的词——"万岁"，却被汉武帝欺世盗名，用弥天大谎把它变成皇帝的代名词，小民如敢妄称，那就是"僭越、谋逆、大不敬"，就会肝脑涂地。

——皇帝的话，就是法律。朱元璋的话辑成四编《大诰》，下令千家万户必备，天下百姓必读，每隔三年还要在京城举行一次背诵比赛，人数竟多达 19 万人以上，这是历史上规模最大的推行皇帝语录的运动。

——"天无二日，民无二王"，太阳是皇帝的象征。举国上下，"每日清晨一炷香，谢天谢地谢君王"！

诸如此类，不胜枚举。

造神运动的主旨，是愚弄群众，引导人们说假话，使国人浑浑噩噩，俯首帖耳，任其宰割。

南京有个老太婆，不谙拍马术，称明太祖朱元璋为"老头子"，不料被微服私访的朱元璋听见。于是，老太婆大祸临头，不仅自家被抄，还牵连邻里也被"籍没"。

清代以编纂《四库全书》而闻名的纪昀，体胖不耐酷暑，脱光上衣在南书房纳凉，碰巧乾隆皇帝驾临，来不及穿衣，慌忙钻到御座下，不料乾隆皇帝一坐就是半天，纪昀又闷又热，实在忍耐不住，便伸出头来窥探，问："老头子去耶？"乾隆厉声责问纪昀："老头子三字何解？""有说则可，无说则杀。"纪昀吓得连忙叩头。但纪昀毕竟满腹经纶，反应快，顺口胡诌起来："万寿无疆之谓老，顶天立地之为头，父天母地之为子。"乾隆听罢，心花怒放，才没有治纪昀的罪。

这些绝非笑话，而是实实在在的历史陈迹。王春瑜以生花之笔，写出沉重的心。谈笑风生，不露锋芒。读者若掩卷遐思林彪、"四人帮"所掀起的现代造神运动的鬼蜮伎俩，就不能不承认史学家老辣的文词，入木三分——"死的拖住活的"！具有强烈的时代感。

王春瑜的忧患意识，蕴含着强烈的社会责任感。他对封建专制主义政体的积弊，诸如世袭制、人治原则、封建特权、文化专制、宗法藩篱等的揭露，绝不是停留在义愤式的忧患上，而是言近旨远，提出拨乱反正、对积弊进行改革的主张。他借古人之口说出"自古君王不认错"的危害和"溺信恶子流毒天下"的鉴戒。以《"人安为宝"》唱为先声，寻找历史的启示。宋仁宗的名句："中国以人安为宝！"讲朱元璋的"画角吹难"，喊出"创业难，守成也难"这遥远的古训，阐明只有"民安"，才能"国泰"的辩证关系，道出了饱尝十年动乱之苦的中国人民延颈举踵，渴望安定团结的政治局面。

在《"久任"、"迁转"孰优论》里，他品评了三千年间人事管理制度的得失；在《"浪里百跳"的悲剧》中，呼唤打破人才私有制（包括部门所有制、小团体所有制）的格局，乃"国家幸甚，民族幸甚！"在《"洗马"与洗马》中，评介了为政清廉的杨守陈和"犯而不校"的杨溥；在《发财考》《薛宝钗与大锅饭》《论探春"改革"》等篇中，述往事，扬清激浊，微言大义；思现实，抗颜高议，呼唤全方位的社会主义改革的春天！——充分体现了一个历史学家的博学多识和一个思想家的深思长计。

王春瑜是一位文人气质极浓的才子型学者，下笔如有神。他的《"土地庙"随笔》导泾分渭，披榛采兰；但惜墨成癖，有开物成务的学风。他逊志时敏，擅长"大题小作"，坚持言有尽而意无穷。文章从不"掺水"，实实在在。写到妙处，可以令人喷饭，但态度严谨，极富责任感。

原载《光明日报》1989 年 4 月 18 日第 3 版

进行传统教育的好教材

——《北线凯歌》与《南线巡回》简评

20 世纪 50 年代初，曾经相继再版的深受广大读者欢迎的《北线凯歌》和《南线巡回》，最近经作者穆欣同志重新修订，由湖北人民出版社三版印行。

这两部书，运用第一手资料，以生动的笔触、朴实的语言，准确地描述了中国人民解放军第二野战军第四兵团的战斗历程。作者当年是新华社派往这个部队的特派记者，随军转战南北，征程三万余里，耳闻目睹，收集了大量文献资料和照片。记述了该兵团广大指战员的光辉业绩的这两本书，是该兵团的一部翔实的战史。

这两部书的第一个特点是，《南线巡回》为《北线凯歌》的续编，交相辉映，形成姊妹篇。《北线凯歌》记载了 1946 年 7 月至 1948 年底，该兵团在晋南战役、中原之战、淮海大战中为中国人民解放事业所建立的丰功伟绩；《南线巡回》则记述了从 1949 年 3 月至 1950 年 2 月，该兵团在渡江作战、赣南追歼战、解放广州之役、两阳追歼战、粤桂边大围歼和滇南围歼战等著名战役的详细经过。作者通过第四兵团的战斗侧面，反映了第三次国内革命战争的概貌。

第二个特点是，作者采用倒叙的笔法，追述了这个兵团从第一次国内革命战争时期起的成长过程。在《北线凯歌》中，作者详细叙述了这个兵团的前身在创造鄂豫皖革命根据地的斗争中的英雄事迹；客观而具体地记述了抗日战争时期，山西青年抗敌决死队对日本帝国主义侵略者的顽强斗争和有名的百团大战，等等。作者在书中所运用的倒叙笔法，从一个侧面反映了我国新民主主义革命的某些面貌。对于从事近现代史研究和教学的同志，具有很高的参考价值。

这两部书的第三个特点，就是堪称一部群英谱。第四兵团是我军的英雄部队之一。它在第二野战军司令员刘伯承、政委邓小平以及兵团司令员兼政委陈赓的指挥下，在解放战争的三年多的时间里，转战晋、豫、陕、鄂、皖、苏、赣、闽、粤、桂、黔、滇、川、西康14个省，歼敌70余万，解放200余座城市，完成了党中央和毛主席、朱总司令的重托，为中国人民的革命事业建立了不朽的奇勋。两书既实事求是地歌颂了老一辈无产阶级革命家的英明决策、果敢指挥、与广大战士和人民群众同甘共苦的优良品德和史诗般的业绩；又栩栩如生地描述了许多无产阶级革命战士前仆后继、不怕牺牲的大无畏精神。书中向人们揭示了"没有共产党，就没有新中国"的伟大真理。在举国上下，同心同德向四个现代化进军的今天，读读这两本书，将能振奋我们的精神，鼓舞我们的斗志。

重新修订的《北线凯歌》和《南线巡回》的第四个特点，是图文并茂，附录了宝贵的革命文物资料图片共144张、地图6幅。再现了老一辈无产阶级革命家和革命老一辈的光辉形象，以及战斗历程的迂回曲折，是进行革命传统教育的好教材。

这两部书，总计八十余万字，由于作者始终保持了新闻报道必须忠于事实本来面目的文风，既真实、生动，又引人入胜，所以，读后使人感到作品气势磅礴，有一气呵成之感！

原载《长江日报》1980年9月18日第4版

改革史学研究的可贵努力

——评《中国历代名君》《名臣》《名将》

正当史学界一批有使命感的学者，面对史学著作出版难而惊呼"史学危机"的时候，河南人民出版社推出了《中国历代名君》《中国历代名臣》和《中国历代名将》（以下简称《三名》）系列传记丛书，赢得了读者，使感到困惑的学者们的精神为之一振。

《三名》各分上、下册，共六大本，二百余万字，入选的名君65人，名臣67人，名将64人，计196人。其中人人经历各殊，个个脸谱迥异。编纂者以时间为序，以人物活动实践为内容，分类编排，展示了4000年间中国政治、经济、军事、文化的发展线索。其人物选取，颇费匠心，突破了习惯上多取正面人物的框框，而是采取明君与昏君，廉吏与贪官，英雄与败类兼容并蓄的原则。这对于改变以往史学界不注重研究反面人物的积习，无疑是一个推进。还应当指出的是，编著者立足于统一多民族国家的历史实际，注意选取相当数量的少数民族历史人物，使《三名》系列传记更加充实与丰满。就具体人物而言，《三名》把那些曾在政治、经济、文化、军事诸方面力主改革者大量收录，通过对他们改革实践活动的叙述，总结经验教训，体现出鲜明的时代感。在改革大潮洗礼下的现代读者，正渴望从先贤那里追寻成功的经验、吸取失败的教训。《三名》的这种编纂方法符合现代读者的要求，具有一定的开拓性。

除此，《三名》在学风上的改革，也是值得称赞的。书中所收各色人等的活动实践，从取材范围来看，绝不是二十四史有关本纪与列传的翻版，也绝不是有关碑传、墓志铭之类的现代译释。由于相当一部分作者是经年从事某断代史研究而有成就的学者，所以，不仅摄取了正史、文集与方志中的有关史料，而且还将中外文献资料熔铸于一炉，通过去伪存真的批判研究，用自己的语言，揭示出人物的真面目，《"一代天骄"元太祖铁木真》就是最突出的一例。细心的读者还会发现，《三名》绝少空泛的议论，而是寓论于史，言必有据；绝无大段的引文，而是把难懂的古文口语化。对于史料记载歧异之处，采取审慎鉴别的态度，节略了烦琐的考证，把正确的结论反映在行文中。即使是于该断代史造诣不深的作者，基本上也能驾驭有关史料，汲取已有的研究成果，比较客观地反映出人物的本来面貌，从而赋予历史人物以真实感，保持了学术著作的严肃性。

当前学风不正，其影响之恶劣，几可与社会风气不正相提并论。而《三名》的编著者不媚俗、不趋势，既无不负责任地无知妄说，也无哗众取宠之意。他们没有故弄玄虚、生硬套用某些谁也不懂的名词术语，借以吓人，而是始终贯穿化繁为简、化难为易的原则，坚持文字表述的通俗化和可读性，达到雅俗共赏的目的。更值得一提的是，不少篇章还根据有限的资料，注重突出历史人物的个性，着力于人物的心理描写，力图把人物写活，使之有血有肉，流露出一种很强的创新意识，这确实是难能可贵的。

不过，《三名》系列传记丛书，也并非尽善尽美。它的缺陷同它的独到之处一样突出。首先，《三名》出自众家之手，水平参差不齐。许多篇章，钩沉抉微，结构严谨，人物形象栩栩如生；但也有的篇章，出现败笔，对某些历史概念的阐释与运用不够准确，显得功力不足，风格不一致。其次，196位历史人物，每人附画像一帧，固然做到了文图并茂，但与史学传记的严谨却不相称。不少传主的画像与故宫博物院所藏有关传主的画像相去甚远，特别是那些少数民族出身的帝王、文臣、武将的画像，往往没有绘出该民族气质上的特点。有些传主无画像流传，作者只能根据有关文献进行创作，至于究竟像不像，那就无从查对了。笔者以为，历史著作不同于文学作品，它要求给人以正确的历史知识、画像或插图，应当以不损害历史著作学术上的严肃性为前提，有则清绘，无则阙如，不必强求一律，以免有画蛇添足之嫌。最后，入选人物，还有斟酌的余地。就入选的帝王而论，个别人物因其活动并不典型，似可不上，如南唐后主李煜；有的人物应当入选却未能得到反映，如西夏开国皇帝元昊。诸如此类，均期望再版时能加以完善。

原载《人民日报》（海外版）1988年8月12日第2版

文化史研究的走向

——评《中国少数民族文库》

文化史研究要走向深入，切忌在别人（包括海外华裔学者）研究成果上翻筋斗。当前文化热所存在的一个突出问题，是缺少深层的开拓性研究，而从别人研究成果中，随意割取自己所崇尚的观点，就大发宏论的现象相当普遍。因而，乍看上去，似乎很热闹；但细察起来，却又嫌失之于肤浅。史筠主编的《中国少数民族文库》（以下简称《文库》）第一批五部专著（《忽必烈》《西夏文化》《傣族文化》《鄂伦春教育史》《元昊传》，由吉林教育出版社出版），一反当前文化热中的习尚，以填补文化史研究的空白为己任，全部是从事开拓性研究，读后令人耳目一新。

周良霄的《忽必烈》，侧重研究元初的政治文化。作者通过对13世纪草原游牧文化与中原农耕文化冲突与交融过程中，决定元代文化走向的关键人物——忽必烈的考察，阐明了元代政治文化的背景、发展，元代政治文化的特点，以及中外文化交流所产生的后果；通过对忽必烈在两种文化冲突中所持态度的分析，论证了传统儒家文化的变异及其在元代的历史地位；特别是对由于文化差异所引起的统治集团内部政治斗争的阐述，揭示了传统文化在元代社会发展中的功能。这种以人物活动及政治制度变迁为依托，来描述文化冲突、交融与发展轨迹的研究方法，在文化史研究中，具有首创性。该书立论的基础，全部是作者从浩瀚的中外典籍中钩沉抉微，搜集到的第一手资料，体现了作者深厚的学术功底。这与那些擅长用第二、三手资料的文化史流行书刊，形成鲜明的对照。

史金波的《西夏文化》，从破译死文字——西夏文入手，通过对西夏语言文字、宗教信仰、政治制度、蕃学与儒学、文学艺术、科学技术、风俗习惯的阐述，勾勒出西夏文化的发展脉络，论证了党项族与邻近各族人民间的文化交往、西夏文化的特点及其与中原传统文化的关系，向读者展示了中华民族文化宝库中一种新的文化结构。它与张公瑾的《傣族文化》相映成趣，堪称当前文化史研究中绽开的两朵奇葩。

因此，毫不虚夸地说，开拓性是《文库》最突出的特点。

当前阻滞文化史研究向纵深发展的另一个问题，是研究中所存在的随意性与片面性极大。不是把华夏民族祖先的这种图腾崇拜，放到中国社会历史演进过程中作科学考察，而是撇开"龙"在两千多年间被封建统治阶级变成人格神之后所起的维护专制主义的实际作用，不惜笔墨，甚至可以说是不恤工本，集人间一切华丽的辞藻颂扬之。这实在是莫名其妙。

而《文库》贯彻科学性原则，力求准确、全面，杜绝了臆测与武断。比如，《傣族文化》对于傣族宗教信仰二元化特点的论证，就是一个很典型的例子。一方面，作者对傣族的原始多神崇拜的来龙去脉及其在傣族社会历史发展过程中的地位与作用，作出了系统的说明；另一方面，又对外来的小乘佛教与傣族原始宗教经过激烈斗争，并在斗争中相互影响，相互渗透，最终成为傣族全民性信仰，作出科学的论证。

影响文化史研究更上一层楼的第三个问题，是学风问题。当前，学风不正，是社会风气不正在学坛上的反映，虽为广大学者所不齿，但却有愈演愈烈之势。

在这种情况下，《文库》第一批五部专著，以极其严谨的学风，展现在读者面前，不能不使读者感到兴奋。这里我们不妨再以《忽必烈》为例。描述元代政治文化，就史料而言，涉及多种语言文字，难度极大。作者凡遇到中外记载歧异的史事，总是在脚注中审慎地加以考订，所得出的结构，用词遣字，十分允当。凡遇到没有绝对把握的地方，总是以"疑为……之误"的方式告诉读者。行文简洁，没有废话和空话；言必有据，绝无穿凿附会的引申。这在学风问题日益成为严重的社会问题的今天，无疑是值得称道的。

不过，《文库》也还有需要改进的地方。首先是由于选题宽泛、内容庞杂，计划出版的五十余部专著，似应按内容进行分类，分成若干系列，注明辑数，分批出版。这样做，可能会便于读者理解作者与编者的意图，收到更佳效果。其次，《文库》的排版、印刷、装帧十分讲究，但个别内容提要却显得粗疏。

原载《光明日报》1988 年 10 月 5 日第 4 版

历史的告诫

——重读《甲申三百年祭》

时移世异，转瞬之间，已故史学大师郭沫若的名著《甲申三百年祭》，已经发表 50 周年了！

50 年前，即 1944 年 3 月，郭沫若作《甲申三百年祭》，纪念明末李自成领导的农民起义胜利三百周年，阐明 1644 年李自成领导的农民军进入北京以后，因为一些首领生活腐化，发生宗派斗争，以致在 1645 年陷于失败的历史教训。这部史论，从 3 月 19 日起在重庆《新华日报》连载，在国内引起强烈反响。国民党《中央日报》张皇失措，舞文巧诋，于 3 月 24 日专门发表一篇"社论"，抨击郭沫若。而在解放区，该书却赢得了正在开展整风运动的中国共产党人的热诚欢迎。毛泽东从战略高度号召全党学习郭沫若的《甲申三百年祭》，并把它作为整风文件，印发全党，告诫全党"引为鉴戒，不要重犯胜利时骄傲的错误"[1]。同年 11 月 21日，毛泽东又致书郭沫若说："你的《甲申三百年祭》，我们把它当作整风文件看待。小胜即骄傲，大胜更骄傲，一次又一次吃亏，如何避免此种毛病，实在值得注意。倘能经过大手笔写一篇太平军经验，会是很有益的。……你的史论，史剧有大益于中国人民，只嫌其少，不嫌其多，精神决不会白费的，希望继续努力。"[2]

历史的经验和教训，是一种客观的社会存在。任何一个民族、国家或政党，都无法与自己的历史一刀两断。正视历史上的经验与教训，实质上是以另一种方式正视自己。毛泽东高瞻远瞩，从"引为鉴戒"，加强党的

---

① 《学习与时局》。
② 《毛泽东同志给郭沫若同志的信》。

自身建设，保持无产阶级政党的纯洁性的高度，褒扬《甲申三百年祭》的深刻寓意，表现出无产阶级革命家重视汲取历史的经验与教训，用以指导革命实践的战略远见。今天，在改革开放和社会主义现代化建设的新时期，重温毛泽东的殷切教诲，重读郭沫若的《甲申三百年祭》，具有特别重大的理论意义和实践意义。

李自成起义，是明朝末年政治腐败、社会黑暗、阶级矛盾全面激化的产物，或者说它是一次在特定历史条件下由反腐败而起的农民革命。正是在明末腐败黑暗的社会条件下，本来是银川驿的一名"马夫"的李自成，因裁驿站、饥荒、无所得食，"奋臂大呼，九州幅裂"①，开始了他反抗腐败统治的革命生涯。

李自成提出了"均田免粮""平买平卖"等政治口号，扩充整饬了军队，制定并执行了正确的攻战策略，屡溃官军，所向皆捷，并于崇祯十七年（1644）三月十九日攻占北京。崇祯皇帝绝望地自尽于煤山，延续276年的明王朝土崩瓦解。

从3月19日到4月30日，李自成的农民起义军在北京度过了42天，这是其极盛时期。然而，正如毛泽东所说："小胜即骄傲，大胜更骄傲，一次又一次吃亏"，以破产农民为主体的义军将士和在起义过程中投入义军的地主阶级反对派，在这空前的胜利面前骄傲起来。他们目光短浅，没有也不可能把全部精力集中在如何从根本上解决巩固政权的问题上，对据守山海关的明将吴三桂的政治动向和清军可能入关的严峻形势估计不足，防范不力。相反，绝大多数义军将士即在明朝垮台后感到政治上的满足而昏昏然。李自成"日置酒宫中，召牛金星、宋献策、宋企郊、刘宗敏、李过等欢饮"。"内朝喧传，呼伏人、扈人、官妓、唱童供奉，遍城搜括无逃脱者。"② 这支农民起义军，在较早进入义军领导层的地主阶级反对派牛金星、宋企郊等人的影响下，尤其是陆续涌入义军的山陕、北京的大批明朝降官的影响下，迅速复活了明朝官场上的一切腐败作风。在李自成亲征山海关的时候，留守京师的牛金星却呼朋引类，结党营私，俨然一副"太平宰相"的派头。就连义军的一些将领，也经受不住官僚士大夫的糖衣炮弹攻击，腐化起来。刘宗敏"系吴襄（吴三桂之父），索陈圆圆"事

① 康熙《延安镇志》卷231。
② 《定思小纪》。

件，终于导致了吴三桂的叛降。非但如此，他还接受贿赂，"挟妓欢呼"。史料记载说：刘宗敏、李过"耽乐已久，殊无斗志"[1]。当李自成召刘、李率部御敌时，他们却互相推诿。李自成无可奈何，"遂决计自出"[2]。主将如此，士卒也"身各怀重资"[3]，义军军纪败坏，抢劫、奸淫之事屡有发生。及至匆忙撤离北京，屡战屡败，覆亡之势已成。尽管李自成本人"不好酒色，脱粟粗粝"[4]，始终保持清廉的劳动人民本色，无奈他的主将及部下，却纷纷蜕变。一场席卷大半个中国的农民起义，终因起义队伍自身的腐败而告结束。这是一个沉痛的历史教训。

《甲申三百年祭》揽辔澄清，剥古酬今，在中国革命过程中曾发挥过巨大作用，不失为一部嘉惠后人的杰作。以致每次重读，受益匪浅。

原载《深圳特区报》1994 年 1 月 29 日第 10 版

---

① 《再生纪略》。
② 《燕都日记》。
③ 《明季北略》卷 2。
④ 《绥寇纪略》卷 9。

评俞鹿年编著的《中国官制大辞典》

官制是历代国家机构的组织形式和结构形式的一种反映，官制的研究，与人文科学和社会科学的许多分支学科都有密切的关系。五十多年前，史学大师陈垣先生曾说过：年历、地理、职官是学习历史的三把钥匙。这句至理名言一直在史学界广为传诵。可见了解和熟悉官制，对于学习和研究历史，至关重要。官制本身是史学研究中关于典章制度方面的重要内容之一，要把握官制全貌，则必须涉及史学的方方面面。官制和政治学、法学也有着密切关系：政治学对于官制的研究具有理论上的指导意义；政治学的分支学科——政治制度史，是以官制为其主要内容的。法学的分支学科之一的行政法学与官制密切相关，封建时代的行政法规是以职官为纲来编制的；近代的行政法学，研究政府机构的设置，职能及如何运转，并研究整个官员（或公务员）的管理，这些都属于官制的研究范围。官制也是法学的另一分支学科——法制史研究的内容。此外，掌握一定的官制知识，还是军事学、民族学、社会学等学科的研究者所必备的手段；就是对于文学史和古典文学的研究者与读者来说，倘若没有官制知识，有时也会如堕五里雾中。历史题材的文学创作和阅读其他古籍，如不具备一定的官制知识，往往也会闹出许多笑话。所以关于官制的研究，历来受到人们的重视。

我国较早出现的官制辞书是宋人孙逢吉撰写的《职官分纪》，全书50卷，《四库全书总目》对它有比较中肯的评价："其书每官先列《周官》典章，次叙历代制度沿革、名姓故事。根据经注、沿考史传，搜采颇为繁富。若其引《易》纬黄帝与司马容光观于元扈、引《论语》纬孔子为素王一、颜子为司徒之类，则无关典要，徒以爱博而存之。然类事之书与考典之书体例各殊，取材亦异。固未可执引纬解经之说，责以泛滥也。"显然不能适应读者的需要。清乾隆五十四年（1789），纪昀等奉敕编纂的

《历代职官表》72卷，"详稽正史，博参群籍"，而又"分晰序说，简明精审"（见乾隆上谕），被认为是官制辞书的权威性著作。然而此书纂成距今已二百余年，随着近代学术事业的发展，不同学科的人对官制研究提出了新的要求。从今天的需要来看，这部书作为研究官制的工具书已经显得不够用了。不仅此后两百年间官制的重大发展需要补充，而且此书的编法虽有优点，也存在一些缺点。其优点是既用表来反映历代设官情况，又有释文对职官沿革进行考释。但是它的表是以清代的官制为纲，每每出于牵强，并且对于古有今无的官也无法表现。释文多是文献的罗列，虽然宏富，但显得繁累，且间有考证失实之处。正如当代大史学家张政烺教授所评论的那样：此书"以清代官制为纲，而将历代官名填列其下。汉承秦制，《汉书·百官表》曾这样叙述秦官是成功的。但是中国历史年代太长，社会性质变异太大，古今官名同者而实质不一定相同，官名不同者任意攀扯，差异则更多。所以《历代职官表》不好，清代学者多有意见，只因是官书而不敢言"。由于存在上述缺陷，已不能满足今天对官制辞书的要求。人们殷切盼望有人能够继《历代职官表》而起，编出一部完备、系统、详明，与时代需要相适应的官制辞书，以利于历史学、政治学、法学、民族学的研究和教学工作。1992年10月由黑龙江人民出版社出版的俞鹿年编著的《中国官制大辞典》，可以说已充分达到了上述目的。

《中国官制大辞典》全书242万言，在篇幅上已超过了《历代职官表》。作者吸收了《历代职官表》释文与列表相结合的优点，但在写法上与《历代职官表》完全不同，创立了自己的科学体系。该辞典内容分释文与图表两大部分。释文部分，收词目13600余条，严格按照政治学关于政治制度的分类方法，分为官制起源、皇帝与皇室机构、中枢机构、中央行政各部门、地方行政机构、司法与监察机构、军事机构、职官考选制度、职官管理制度九门，以机构和官吏名称为纲，详细诠释了历代各种国家机构、官吏的设置情况和沿革变迁。表析部分，则按照当时的实际情况，把历代设官的面貌用图表的方式展示出来，释文与表析，相辅相成，成为有机的结合。卷首列有分类词目，词条即按此排列，所以该辞典可以作为职官专著来顺序阅读；书末附有词目索引，通过索引，即可作为辞典使用。使读者如饮河之鼠，各充其量。

《中国官制大辞典》在内容上也有创新。表现在广度上：所收词条的时间跨度，上起原始社会末期，下迄中华人民共和国成立之前。从词条的范围上看，首先突破了传统观念认为皇帝是人主，不是官的框框，依据政治学原理，将皇帝作为国家元首列入官制的内容；又从正规官扩大到吏，并包括那些在政府行政工作中起到一定作用的职役；从纯粹的政府机构扩大到军事组织、科举制度、铨选制度，凡是按照近代政治学的观点应该属于官制内容的都收录在内。表现在深度上：过去关于先秦官制的研究，由于没有马克思主义的思想指导，光凭文献记载的内容，多为传说之辞，不能反映实际情况。作者用多种学科角度和研究方法，对先秦时期国家的性质的演变、职官制度的发展，进行了全新的研究。其次，过去关于官制的著作和辞典，往往详于中央而略于地方，详于官而略于吏。该辞典对地方官制特予重视，分地方官制为 19 个目，收有详尽的词条。此外，还注意官制的实际施行情况，凡在制度上不很重要，而事实上权力甚重的官，则在诠释中按实际情况诠释，反之亦然。在词条诠释中还注意阐明官制发展演变的原因，注重用动态、发展的观点来揭示官制发展的规律。

该辞典举凡历史文献、甲骨文、金文、简牍、碑刻、文书和档案资料中所载职官之名目，都做到了钩深致远，参伍比较，考其异同，辨其因革，深历浅揭，随时为义。例如在文献资料中，聚讼最多的莫过于《周礼》。它是战国时代，齐国稷下学的学士们向往建立统一的中央集权制专制主义国家，而以春秋以前的制度为基础，掺杂以战国时期的制度和他们的理想，设计出来的未来官制蓝图。过去人们把《周礼》的设官完全作为西周实际存在的官制，固然不对；后来疑古的学者们又认为《周礼》中的官制与西周实际存在的官制毫不相干，这也是不对的，特别是近人发现西周金文中的官制很多与《周礼》中的记载相吻合，说明《周礼》在一定程度上反映了西周时期实际制度。该辞典根据金文资料，凡《周礼》中的官名与金文相同者，即作为西周职官采录。另外，北周与太平天国的设官，多依《周礼》之制，作者在诠释北周与太平天国的官称时，凡是依《周礼》而设者，都是先叙述该官在《周礼》中的职责，然后再叙述该官在北周或太平天国时的职掌。《周礼》中的官名，凡不属于上述情况的，概不收录。这样的处理，应该说是很精当的。

作者注意吸收前人的研究成果，做到择善而从。例如《辽史·百官志》分枢密院为契丹枢密院与汉人枢密院，而契丹枢密院复分北南两院。作者根据近人傅乐焕在其所著《辽史丛考》中的研究，认为北枢密院俗称契丹枢密院，南枢密院俗称汉人枢密院，分别为北面官与南面官中的宰辅机构,《辽史·百官志》所载契丹北枢密院与契丹南枢密院设官全同,系重出之文,妥善地处理了词目的设废。又如据罗尔纲的研究,太平天国的政体是军师负责制。天王为国家元首,临朝而不理政;军师为政府首脑,行使国家权力。该辞典在诠释"军师"条时,对于太平天国时期军师的译文,即从罗说。

此外,在一些条目的诠释中,还倾注了作者多年的研究心得。如对中国官制的起源和国家的形成的阐述;对夏商西周时期有关乡遂制度、分封制度和家族制度以及春秋战国时期官僚制度的形成方面条目的阐述;对中央与地方权力消长的原因,如在"节度使"条中对于唐代藩镇的形成原因的阐述,都提出了独到的见解,从而增强了该辞典的学术性。

总之,该辞典是在作者长期从事官制史研究的基础上写成的。大型辞书由一人独力完成,这在辞书编纂史上实属罕见;在官制研究领域中亦为前代所少有。该辞典采摭繁富,体大思精,是20世纪以来官制史研究的集大成者。其名物训诂,浩博奥衍,绝非浅学所能通。可以说是迄今为止海内外已出版的七八部官制辞书中最有分量的一部优秀成果,反映了八九十年代这个领域的最新水平。

原载《中国史研究动态》1993年第6期

读《商代经济史》

　　学习中国古代史，特别是学习中国古代经济史，提起三代，常常感到扑朔迷离。著名已故经济学家傅筑夫先生生前撰写了多卷本中国古代经济史，索性从西周讲起，于夏、商两代略而不论，可见难度之大。最近读了受到著名古文字学家、历史学家张政烺、胡厚宣、李学勤诸先生特别关注的杨升南新著《商代经济史》（贵州人民出版社 1992 年 10 月版，52 万字），不禁有"精诚所至，金石为开"之慨！

　　《商代经济史》的独到之处，其一，在于它的系统性。作者在对殷商经济活动舞台，即社会面貌、疆域范围、自然环境、人口状况的探索的基础上，对殷商的土地制度、农业、畜牧业、狩猎业、渔业、手工业、商业交通和财政制度等，分门别类，条分缕析，进行了系统的研究，揭示了商代经济发展的全貌及其发展水平。就以手工业而言，不仅对蜚声中外的青铜器、玉器、丝绸、棉织、瓷器和漆器等所达到的水平作了深入的论述，而且特别对它们的生产工艺流程、组织管理及劳动者的身份等给予注意，从而使当时的经济活动在读者头脑中活了起来。这是以往的研究所不曾达到的新境界。

　　其二，在于它的广泛综合与高度概括性。学术研究是一种渐进的积累。善于广泛吸收国内外已有的研究成果，是推进自身研究跃上新台阶的基础或前提。本书不但广泛吸收了古文字、考古学方面已有的研究成果。如关于棉织品的问题，长期以来学术界公认它是宋元时代的事情，但是根据考古学界对殷墟及武夷山白岩崖洞出土的文物的研究，作者提出了"在商代，我国境内已确有棉的种植，且利用其纤维进行纺织成布做衣"的结论（本书第 500 页）；而且，还广泛吸收了自然科学界，如气象学、土壤学和冶金方面的研究成果，从而使读者对商代经济发展的认识，产生一种立体感。

其三，不囿陈说，勇于创新。例如，关于商代的土地制度，作者提出了在王有制下的贵族庄园式的长期占有和农村公社成员的"公有私耕"制的论断，深化了对商代土地问题的研究；根据墓葬群的分析，提出了商代的基层组织是以地缘关系为主的"农村公社"，而非以血缘关系为转移的氏族组织的论断；以及关于"牧场"的设置、专门官吏的任命、管理体制的建立、手工业中王室与非王室工场的区别、货币的存在与作用和财政制度的提出等，都反映出作者对商代经济各个方面研究的力度与智慧，从而使本书成为 20 世纪 90 年代殷商经济史研究的一个可喜成果。

原载《光明日报》1994 年 2 月 14 日第 3 版

老牛堂三绝

——读《阿 Q 的祖先——老牛堂随笔》

今人谓随笔、杂感、小品为杂文。不才孤陋，未曾考证"随笔"之源流，但知以"随笔"名书者，首推南宋人洪迈。这位洪老夫子在为其著《容斋随笔》所写的"题解"中有云："予老去习懒，读书不多，意之所之，随即纪录，因其后先，无复诠次，故目之曰随笔。"用明人李瀚的话说，这是"谦言"。

自洪迈以后，以"随笔"名书者，如明人李介立之《天香阁随笔》、清人王应奎之《柳南随笔》等，不胜枚举。而今驰声于文史论坛者，嘘英吐华，争相著作，浩渺连舻，策氏籍名，不可记极。王春瑜作为一名历史学家，他在撰写学术论文、专著之余，于 1987 年向读者奉献蜚声海内外的《"土地庙"随笔》之后，又于 1993 年推出《老牛堂随笔》，可见用力之勤。

"随笔"在某些作者看来，颇有点随意，兴之所至，随意录载，或述近闻，或综古义，或订俗伪，或抒己意，并无定则。其形式千姿百态，其内容千奇百怪。有的如明人张岱的晚明小品，时人称之为"性灵文学"，可读性很强，虽缺学术性，但却给人以美感。有的随笔则不过是悬揣之空谈，街传巷受，以供凡夫俗子茶余饭后之消遣，毫无学术价值可言。且雅俗杂糅，真赝并陈，以致无人毁誉，云烟过眼。而独为史学家所钟者，大都具有很高的学术价值，读来朗朗上口。如晚清俞樾之《春在堂随笔》、已故史学大师顾颉刚之《浪口村随笔》。作者都是学富五车、书通二酉的大家，穷经考古，援据赅洽，其间指切事理，于人情物态，抉摘隐微，多中窾要。而《老牛堂随笔》，则光前裕后，堪称有"三绝"。

一绝曰：以博学为先。《管子·形势解》有云："海不辞水，故能成其大；山不辞土石，故能成其高。"老牛堂主人聚天下之书而审读之，搜悉异闻，考核经史子集，捃拾典故，值言之最者必剟之，遇事之奇者必摘之，虽文翰、诗词、历谶、卜医之属，钩纂不遗，或参订品藻，或议论雌黄，铢积寸累，百折不回，遂使《老牛堂随笔》成为卓然有本之学矣。用《今古何妨一线牵》中的话说："自知只有中人之智，治史未敢偷懒，文章不论长短，皆心血之痕，从不掺水。"谦哉，斯言！

二绝曰：以质实为本。杂述旧闻，切忌泛泛托诸空言。老牛堂主人深谙此道。请看他漫说古代商业文化的《"开门七件事"与"三百六十行"》，爬梳钩索，征据旧文，揭橥了"开门七件事"和"三百六十行"的演进，以及古代商业广告等鲜为人知的诸多侧面，实实在在，妙趣横生，足以资博识，足以资考证。又如《坑厕与文化杂谈》和《马桶与文化》两文，称其为"厕所考现学"一点也不为过。作者穷源溯委，丝牵绳贯，原原本本，词必有征，从坑厕的演进和厕具的变化，论及它对社会、政治、经济、文化的影响，厘定详明，尽究其妙。真可谓"独步天下，谁与为偶"！

三绝曰：以悟为宗。这是写随笔的诀窍之所在。《老牛堂随笔》中，有作者为《中华名人传系》所写的"说皇帝"等十篇"序"和"吊海瑞诗"等五十篇"小品"，以及"关公刮骨疗毒，不用麻醉药""一碗粥装得下半部历史"等篇章，上掸骚雅，旁弋史传，引据精凿者不可殚数。其人物臧否，究悉物情，皆持论公允，既无激烈偏僻之见，亦无恩怨毁誉之私，寓惩戒，厚风俗，正人心，突出一个"悟"字。大凡是优秀的随笔小品，舍此而能令人传颂者，古今所无。老牛堂主人以其卓然独立的悟性，倾诸楮墨之间，使读者在广见闻、辨讹谬、去疑团之际，觉得其劝其戒，于世教多有所裨。这种岸谷深峻的才思，确有雅人深致，非俗人所能企及也。

原载香港《大公报》1994 年 5 月 24 日第 47 版"读书与出版"

佚匿异域的西夏法典——《天盛律令》

一部在 20 世纪初出土的古代西夏文法典《天盛律令》，出土后流落到国外，在俄罗斯圣彼得堡东方学研究所珍藏了近百年之久。近年来经过我国西夏学专家的潜心研究，将其译成汉文，已由科学出版社出版。

西夏《天盛律令》全称《天盛年新定律令》，是西夏鼎盛时期，即仁宗李仁孝天盛年间（1149—1169）用西夏文颁布行的一部国家法典。西夏是以党项羌为主体建立的封建王朝，享国 190 年（1038—1227），历十代帝王，都城兴庆府（今宁夏回族自治区银川市），曾先后与宋、辽、金王朝鼎足而立，在中国历史上起过重要作用。西夏在成吉思汗蒙古大军的多次征讨之后覆亡。其文献、文物多被毁坏。元朝在纂修前朝史书时，只修宋、辽、金三史，而没有修西夏专史，也造成西夏史料湮没亡佚。西夏史料的匮乏，导致了后世对西夏历史文化知之甚少，使其显得神秘莫测。

1909 年，俄国人科兹洛夫率领的探险队在西夏故地黑水城遗址（今属内蒙古自治区额济纳旗）发现了大批西夏文献，后运藏俄罗斯科学院圣彼得堡东方学研究所。这批文献除大量佛经外，有相当数量的文学、辞书、法律和汉文经典译著，《天盛律令》就是其中最重要的一种。《天盛律令》共 20 卷，20 余万字，西夏文木刻本，蝴蝶装，现存本略有残缺，但有不同的版本。《天盛律令》出土后，由于密藏国外，我国学者无缘问津；又由于西夏文字解读上的困难，难以引起学术界的广泛注意。20 世纪 30 年代开始，得文献之便的苏联西夏学学者开始对《天盛律令》进行整理和译解、研究，直到 1989 年克恰诺夫教授出版了四卷本的西夏文俄译本，刊布了全部影印件。1989 年起，由著名西夏学专家史金波、白滨、黄振华以及聂鸿音组成的译释与研究《天盛律令》的课题组，经过五年的艰苦努力，攻克了西夏文字解读、注释等一道道难关，终于于 1994 年 8 月完成了《天盛律令》西夏文汉译注释工作，收入《中国珍稀法律典籍集成》甲编第五册出版，为西夏学和中国法律史学界提供了罕见的和极有价值的研究资料。

西夏《天盛律令》汉译本的学术价值体现在以下几方面。

首先，《天盛律令》是一部集刑法、诉讼法、行政法、民法、经济法、军事法于一体的综合性法典。法典条款规定十分具体、详尽，涉及西夏社会生活的各个方面，法典条文本身提供了研究西夏政治、经济、文化、民族、宗教、军事等领域的第一手资料。如律令第十卷《司序行文门》，提供了西夏国家政府机构设置、官品、运行等方面的最完整、最系统的资料。有关军事、农业、畜牧业、手工业条文规定与违制处罚，都具体反映了西夏社会生产水平、经济结构等重要史实。《天盛律令》，可以说是一部现存的西夏百科全书；深入挖掘和研究，将有利于补充和改写西夏的历史，推动西夏学研究的发展。

其次，《天盛律令》是中国历史上继宋王朝公开印行王朝法典《宋刑统》之后，又一次公开刻印颁行的王朝法典，也是第一部用少数民族文字印行的法典。它继承和借鉴了中原王朝的法律体系，贯彻以忠、孝为核心的封建法制思想，如吸收了唐、宋王朝法典中维护封建专制统治的"十恶""八议"和"五刑"等基本内容，又具体结合了地区和民族的诸多特点；在体例上，从实际应用出发，大胆创新，取消唐律的"名例"，直接进入具体条款，区分三级条款，尽量把相关内容的条文集中，使律令突出，有总有分，纲目清晰，干枝分明，便于掌握和应用，这种体例上的创新在某些方面更加接近现代科学体系的法律，它为中国法制史的研究提供了新的资料。

最后，天盛律令的西夏文木刻本，是现存最早的刻本印刷书籍之一。它为中国古代印刷史、版本学、文献学的研究都增加了实例。从当前我国语言学的发展来看，西夏语言文字的解读和译释，仍然是一个难点，同时也极富学术价值，因而引起了国内外语言学界的高度重视。

原载《光明日报》1995 年 3 月 6 日第 5 版

博观约取　辞旨质实

——评《中国乡里制度》

乡村社会实行乡里制行政管理，这是古代中国不同于古代欧洲的地方。乡里制度的宗法性与行政性的高度整合，集中反映了中国古代社会结构的一些特殊性。历代乡里制度都是以对全体乡村居民进行什伍编制为起点，以"什伍相保""什伍连坐"为基本组织原则的。它是君主专制国家政权结构中最基层的行政单位，拥有按比户口、宣布教化、督催赋税、摊派力役、维持治安、兼理司法等职权，被称为"治民之基"①。因此，研究乡里制度，是解读传统中国政治的一把钥匙。

然而，中国是一个有悠久的中央集权传统的文明古国，历代的正史、政书之类文献关于政治制度的著录，几乎都是详中央、略地方而疏于基层。这就给乡里制度的研究带来了困难，而使其长期处于落后状态。20世纪以来，虽偶有方家先进涉足过乡里制度的研究，比如30年代闻钧天先生写过《中国保甲制度》；60年代严耕望先生在其《中国地方行政制度史》中，对秦汉和魏晋南北朝时期的乡里制度作过详尽的考索；此外，还有一些学者发表过各断代乡里制度的散篇论文或小册子。但是，与其他典章制度的研究成果的数量与深度相比，差距是显而易见的。尤其缺少系统的以乡里制度为主题的专门著作，这不能不说是一个缺憾。不过，社会科学文献出版社于1998年12月推出了青年女学者赵秀玲撰写的27万字的《中国乡里制度》，不能不令人感到欣慰与兴奋。

宋代理学家张载有句名言："学贵心悟，守旧无功。"② 移之作为标准

---

① 《周书·苏绰传》。
② 《经学理窟·学大原下篇》。

来考量《中国乡里制度》的得失，我认为有两句话必须说。

第一句是博观约取，删繁就简。农业文明的起点在乡村。乡里制度是农业文明国家形态及其政治体制赖以形成和发展的基础。清人陆世仪说过："治一国，必自治一乡始；治一乡，必自五家为比、十家为联始。"①因此，探索乡里制的起源与演变，是厘清乡里制度的组织形式、结构形式和治理形式的必要前提。然而，要达到这样一个目的，有两种写法：一种是历史学的研究方法，按朝代顺序，对各断代的乡里制度作全面、翔实的描述，重在写演变，毛举细故，考释疑团，揭其真相。这就要求作者必须网罗不遗、探赜索隐、披沙拣金。严耕望先生对秦汉、魏晋南北朝时期乡里制度的考索，堪称典范。另一种是政治学的研究方法，采取纵向叙述与横向分析相结合，重在写运行机制，厘清乡里制度的组织形式、结构形式和治理形式。《中国乡里制度》沿着前人研究所提供的史料线索，在广泛涉猎正史、政书、档案、文编、文集、方志等原始资料的基础上，钩玄提要，仅用一章的篇幅（第一章），纵向描述乡里制度演化的轨迹，从而为横向分析其结构形式奠定了基础。作者从政治学的角度，博观约取，删繁就简，重点梳理乡里制度的组织形式从乡官制到职役制的演变规律，揭示两千多年以来，虽百王代兴，时有改革，然而乡里编制的行政性实质，却不甚悬殊。该书的第二章，重点解析乡里组织领袖的选任、职责、考核及奖惩，讲的是乡里制度的结构形式，这就为运用制度分析的方法，探索乡里制度的治理形式，即乡村社会公共权力的运用方式，简称运行机制，铺平了道路。

第二句话，是领异标新，辞旨质实。《中国乡里制度》的第三、四、五、六、七章，分别从乡里制度与乡里领袖的类型、乡里制度与宗法关系、乡里制度与官僚政治、乡里制度与绅士、乡里制度与农民五个方面，阐述乡里制度的治理形式即运行机制，这是作者研究视角转换与研究方法创新的逻辑结果，通过对乡里制度与各种外部政治势力错综复杂关系的揭示、对各种类型乡里领袖的角色冲突的解剖，以及农民对乡里制度既冷漠又依恋、既反抗又顺从、既畏惮又亲近的矛盾心态的描述，把乡里制度的治理形式动态化，令人耳目一新。探索政治制度的运行机制，没有固定的程式。通常有两种途径，一种是从决策体制与决策过程的变化上进行考

---

① 《保甲书·广存》。

察，一种是从制度自身演化规律的特点上考察。《中国乡里制度》领异标新，开辟了从制度的外部政治关系和制度载体的心态变化上考察乡里制度的新途径，且浓笔重抹，多角度、从不同侧面进行分析，是前人所未及就的。

学术研究是一种渐进的积累，每个研究者都是在前人研究成果的基础上，不断添加自己的研究心得。因此，遵守学术规范、讲究学术伦理，是学术研究事业得以健康发展的生命线。在这方面，赵秀玲树立起一根标杆。《中国乡里制度》不仅开宗明义辟专章检阅前人对乡里制度研究的得与失，而且在论述乡里制度及其相关诸侧面的时候，对所援据的观点、所征引的资料，无不一一注明来源，辞旨质实，无夸言，无泛语，表明自己是在继承前人研究成果的基础上的继续攀登。这与时下学术界某些人不遵守起码的学术规范，不讲究学术伦理，贪天之功据为己有的不良学风，形成鲜明的对照。

社会经济结构的变迁，是社会政治制度变迁的基础与必然要求。乡里制度之所以能在中国历史上延续了两千多年，这是农业文明的社会经济结构的特点决定的。在"普天之下，莫非王土"的古代社会，建筑在井田制经济结构之上的乡遂制度，带有浓厚的宗法性；而在专制君主制时代，奠基于地主制经济结构之上的乡里制度，则是国家与社会相联结的纽带，具有强烈的行政性。如果能从经济结构变迁的角度切入乡里制度的研究，无疑将会使《中国乡里制度》提高一个理论层次。遗憾的是作者没有注意这个问题，是为不足。

排云拨雾　体为本用

——评《市政管理体制改革:理论与实践》

在宏观经济体制转轨的过程中，市政管理体制如何改革才能适应现代化建设的需要，是一个亟待解决而又毋庸回避的现实问题。计划经济体制的内在规定性，是行政权力支配社会；而市场经济的本质要求，则在于必须限制行政权力介入具体的经济活动。因此，行政权力配置的结构形式、组织形式、运作方式，就成为市政管理体制改革的核心问题。然而，长期以来却未引起理论界与学术界的足够重视。人们习惯于按"权力高度集中"的市政管理模式思考，以至于创新性的研究成果如凤毛麟角，不能适应深化改革的需要。值得庆幸的是，不久前社会科学文献出版社推出了潘小娟教授主编的《市政管理体制改革：理论与实践》，除故就新，读之不禁举手加额。作者排云拨雾，围绕这个核心问题，在深入的、充分的调查的基础上，展开了对中国市政管理体制的现状、经验、问题与对策的实证性研究，并且援据发达国家市政管理的经验及其改革的价值取向，以资启迪，从而把此项研究推向一个新的高度。

对策性实证研究，贵在言事不增其实，辞出不溢其真。能否精确地把握住研究对象的客观存在，是能否形成科学的对策方案的关键。潘小娟书的理论建构，是奠基于对我国市政管理体制沿革、特点与存在问题的准确判断的基础之上的。首先抓住我国的市长期以来基本上是作为一般地域型地方行政单位，而不是作为专门市镇型地方行政单位存在的这一根本特点而展开的。这一特点必然导致市政府的职责权限模糊不清，权责分配不合理，上下关系不顺。一方面，该由市政府管理的事务市政府管不了；另一方面，不该由市政府管理的事务市政府又必须管。其结果，只能是大大降低了市政府的作用，在很大程度上抑制了城市整体功能的有效发挥。不言而喻，这种高屋建瓴的破题方式，辞约而旨达，切中了市政管理体制改革的要害，此其一。

其二，在对我国市政管理体制现状作系统分析的基础上，作者明确提出了市政管理体制改革的突破口，应当从分解具有"全能政府"特质的市政府行政权力入手，按照市场经济的要求，对市政府现有权力进行剥离，把目光从单一的行政系统转向广阔的市场和社会，要逐步"弱化"市政府的"统制功能"，增强社会的自治功能。在我看来，这是十分精到的创见。当前，我国市政管理体制改革的重点，在于切实实行政企分开、政社分开。要按照社会主义市场经济的需要重新界定市政府的权力和角色，变政府职能在行政系统内的单一纵向转移为纵向和横向的多元转移。要进一步大力培育和发展市场体系，大力发展社会中介组织，把传统体制下市政府包揽的大量经济和社会事务尽可能地交还给市场与社会，努力提高社会的组织化程度，以便充分发挥社会自我管理、自我调节的能力，建立起"小政府、大社会"的市政管理模式。特别是在市政机构的设置上，应当本着为市场服务、为社会服务、为市民服务的原则，精简专业经济管理部门，强化执法监督部门，适当加强城建规划和社会服务部门。毫无疑问，作为一种改革方案，不仅目标明确，而且极具可操作性。

其三，作者针对当前因街道办事处的定位问题引发的对市政管理体制改革的争议，明确提出了"增加市的内设层级"以及把"街道办事处变为一级政府"的主张是以增加城市整合与协调的成本，降低整体的效率与效应为代价的，在理论上与改革精神相抵；在实践上，弊大于利。因此，是不可取的。为了缓解市政管理的压力，作者提出，一要适当调整并缩小市辖区的管辖区域，适度增加市辖区的数量，为在适当的时机取消街道办事处创造条件奠定基础。二是大力实行委托管理。市、区政府及其派出机构承担的管理职能并非必须由其本身去完成，可以按照法定的程序，通过公开招标，以委托的方式，交由其他公共机构或私人机构去承担，政府只依照双方签订的合同的规定对其行使监督权。实行委托管理既有利于缩小政府规模，节省行政开支，又有利于提高公共服务的整体水平和质量，使市民享受到方便、快捷、优质的服务。三要大力推广志愿服务。市政管理方面的部分事务，特别是与社区服务密切相关的事务，可以通过组织志愿服务的方式完成。今后志愿服务应更多地与社区管理和服务相结合，要变由行政系统推进为更多地由社区组织，变单一渠道为多种渠道，变运动式为常规性。依靠社区组织志愿服务，一可以缓解社区管理上的供需矛盾，为居民的生活提供方便；二可为精神文明建设提供广阔的舞台，有利于净化市民的心灵，提高市民的素质；三有利于提高志愿服务的实际效果，降低志愿服务的成本。应当承认，作者的这些改革建议，衔华而佩实，具有极高的实践价值。

其四，市政管理体制现代化的标志，是实现从"政策治市"向"制度治市"的转变。"制度治市"的核心内容，是政府行为高度制度化，尤其是政府决策行为高度制度化。"制度化"，与"法制"是一致的。作者十分强调加强市政管理法治化建设的重要性，力主加快制定专门的市组织法。市属于特殊类型的地方行政建制，国外大都制定有专门适用于市的规范性法律文件，称市镇法典、市政宪章、市政章程或特许状等。而我国迄今为止还没有专门适用于市的规范性法律文件，这不能不说在一定程度上影响了城市功能的有效发挥。因此，当务之急就是要尽快制定一部专门的市组织法，对涉及市制的根本问题作出规定，主要包括市的性质、地位、任务，市政府与其他地方政府的职权划分，市的政府机构的设置、职权划分、主要工作制度及办事程序，市政工作人员的产生、权利和义务、职责范围、工作标准、工作程序，市的规划、建设和管理，市的预决算的编制、审批、执行和审核，等等，为市政管理的规范化、高效化提供法律上和制度上的保证，以此来推动向"制度治市"的转变。其文博辩而深切，中于时病而不为空言。这种以体用为本的价值取向，对于对策性实证研究来说，是最为珍贵的。

此外，本书还就直辖市、副省级市、地级市、县级市、小城镇等各类大、中、小城市的市政管理体制改革分门别类，陈列管见，不为空言，而期于有用。同时，又从宏观角度，拣选西方发达国家的市政管理信息，作为研究的"参照系"提供给读者参考。遗憾的是，所提供的相关国家市政管理的信息详略有别、深浅不一。特别是对那些可引以为戒的经验部分总结不够，也未将之融入正文加以发挥，造成上、下篇之间的内在联系不够紧密。这是本书的缺点。

"文不按古，匠心独妙。"发挥独创性是学术研究的生命。当前，在我国公共行政学领域里，市政管理体制改革的研究，虽不能说是一块荒原，但也绝非一块熟地。我希望作者能在本书所构建起来的理论框架的基础上，再接再厉，把市政管理体制改革的研究继续深入下去，为我国市政管理体制的现代化提供更有力的理论支持。

原载《社会科学管理与评论》1999 年第 3 期

"兴废由人事,山川空地形"

——由《中国反贪史》出版所想到的

自从私有制产生,人类进入文明时代以来,贪污就与人类形影相随,即如前辈著名经济学家王亚南所揭示的:一部廿四史,"实是一部贪污史"。贪污,是公共权力的运用越过了制度、法律,乃至行政伦理规范的边界,而成为个人或小集团牟取私利手段的一种表现。贪污,关系着国家的治乱兴衰。因此,反贪也就成为人们的永恒话题。

"兴废由人事,山川空地形。"贪污作为人类社会中的一个恶魔,不受时空、国别的限制,主要取决于有没有遏制它的制度及其机制。最近四川人民出版社推出的王春瑜研究员主编的《中国反贪史》,以历代反贪的实践与经验,雄辩地说明了这条真理。

无数经验事实表明,贪污与"权力"是一对孪生子,二者伴随着整个政治过程。当"权力"的供给与人们对"权力"的需求发生矛盾的时候,经济学上的"设租"与"寻租"的理论便支配着整个政治过程。掌权者用手中的权力设租,甚至直接出卖手中的权力,造成"官以财进,政以贿成"的局面。从这个意义上说,贪贿只是政治腐败的必然反映。所以,反贪不能只查经济账,更重要的是要查贪贿赖以形成及愈演愈烈的原因。否则,就会按下了葫芦浮起瓢,越反越多,越反个头越大。例如清朝乾隆皇帝反贪的决心不可谓不大,惩治贪污的法令不可谓不严,然而,实际效果如何? 正如薛福成所说:"乾隆朝诛殛愈众,而贪风愈甚。"① 他虽然处治了像甘省折监冒赈案(此案陆续正法者 56 犯,其中总督、巡抚、布政使各 1 人,知府、道员 5 人,同知、知州 8 人,通判 2 人,知县

---

① 《庸庵笔记》卷 3《入相奇缘》。

35 人，县丞 3 人。免死发遣者 46 人，以知县居多），云贵总督李侍尧贪
纵营私案等大案要案，但却放过了清朝有史以来最大的贪官和珅。直到乾
隆帝病逝，嘉庆帝继续进行反贪事业，才把这个"贪鄙成性，怙势营私，
僭妄专擅"的"群臣之首"和珅拉下马。清朝的反贪不是越反个头越
大吗?!

　　《中国反贪史》还系统地描述了历代反贪斗争与王朝兴衰隆替的关系是
相辅相成的，揭示了在君主专制时代，反贪斗争不可能走出轮回怪圈的尴
尬。这实质上是一条不以人们主观意志为转移的客观规律。传统的官僚政
治体制，或由官府直接经营工商业，或由行政长官统摄赋役财政，这就赋
予官吏以政治手段牟取经济利益的方便条件。历代开国之初，反贪斗争往
往卓有成效；中期以后，贪贿之风就愈演愈烈；到了王朝末年，"蠹盛则木
空"，贪污贿赂便成为王朝覆亡的掘墓者。其所以如此，归根到底，是制度
问题。邓小平同志曾一针见血地指出："制度问题更带根本性"，"制度好可
以使坏人无法任意横行，制度不好可以使好人无法充分做好事，甚至会走
向反面"①。君主专制政体，皇位是世袭的，恩荫制度代代相传，官吏任用
则是任人唯亲，这就决定了历代王朝只能是"家天下"。专制制度的这种劣
根性，必然导致有限的监察机构及其职能属于自己监督自己的性质，只能
形同虚设。这样，贪污腐败就成为不可避免和无法克服的了。这就使历史
上的反贪斗争犹如"割韭菜"，割了一茬，又长出一茬。

　　几千年来，人类一直在关注着反贪斗争。古今中外的贪污腐败有许多
共同点，按照寻租理论或"公共选择理论"，贪污贿赂是租金在政治市场中
的一种存在形式。只要有租金，就必然有寻租行为。改革的任务，就是要
设计出用来遏止那些志在获取和保留现存租金竞争的各种制度，关键在于
避免建立会引起寻租行为的规制和规制机构。在权力配置上，应当走出
"自己监督自己"的误区；为了杜绝寻租行为，就需要认真进行宪政改革。
从权力配置，到制度安排；从规则的制定，到机制的建立，都要符合宪政
理论的规范。——这是《中国反贪史》所提供给我们的最有益的启迪!

原载《文汇读书周报》2000 年 8 月 12 日第 2 版

---

① 《邓小平文选》第 2 卷，第 333 页。

第 6 辑

儒学小史

孔子其人

　　孔子是中国传统文化的巨人，正是他，揭开了中国传统思想史的序幕。

　　孔子的祖先，是宋国（国都在今河南商丘）贵族。六世祖孔父嘉避难奔鲁，定居在鲁国陬邑（今山东曲阜）。孔子生父叔梁纥，是孔父嘉的五代孙，"以勇力闻于诸侯"，荣立过两次战功，但一直未得到升迁，终身为武士（贵族中最低的身份），做陬邑大夫。叔梁纥大概在66岁时，与颜征在结婚，当时女方只有16岁。老夫少妾为生儿子而祷于尼丘山，不久便生孔子，所以取名为丘，字仲尼。司马迁认为他们的婚姻不合礼仪，谓之"野合"。孔子三岁时，父亲叔梁纥病逝，母亲将他带回娘家。于是迁居阙里。颜征在勤劳贤惠，教子有方，以致孔子"为儿嬉戏"都与别的孩子不一样，总是学着大人的模样，把祭祀时存放供品用的方形和圆形俎豆等祭器摆列停当，练习磕头行礼。孔子十六七岁时，慈母也去世了。父母双亡，又受到当地贵族社会的排摈，困苦的境遇激励孔子奋发向上。他一面独立谋生，一面刻苦自学。从洗衣、做饭、种菜、挑担、推车，到为人家放牛牧羊，甚至为有婚丧嫁娶的人家做吹鼓手，一切为了谋生。他困知勉行，不耻下问，谦恭知礼，处世深沉。于是，很快在社会上，包括在贵族中间获得了声誉。20岁以后，他曾经当过季氏的"委吏"，负责管理仓库；又当过"乘田"，负责管理牛羊，干得都很出色。

　　春秋末年，社会崇尚礼、乐、射、御、书、数六项基本技能。这是一个人想参与贵族政治并取得一定地位的前提。孔子以"食无求饱，居无求安"的顽强精神，学通了六艺，运用自如。30岁的时候，精进不休的孔子已经掌握了《诗》《书》《礼》《乐》《易》《春秋》，即"六经"的精神实质，并且联系当时的社会现实，确立"仁""忠君尊王""中庸"

"道""祭鬼神""畏天命"等思想原则，身体力行，"一以贯之"。这就是他自己所说的"三十而立"。

孔子35岁时，离鲁适齐，深受齐景公的赏识。齐景公想把尼溪地方的田封给孔子，遭到晏婴的反对。孔子在齐国受到冷遇，又回到鲁国。前501年，鲁国由季桓氏执政，50岁的孔子被任命为"中都宰"。孔子任职期间，奖励生产，兴办教育，制定"养生送死"的制度，移风易俗，政绩卓著。随即被提升为鲁国的小司空。前500年，又升任大司寇，主管司法，位列上卿。54岁时，摄行相事。结果因为"堕三都"一事，得罪了当时执掌鲁国政权的"三桓"（鲁桓公三个儿子的后裔），前497年春天，孔子不得不弃官离鲁，开始周游列国的生涯。

孔子周游列国的目的，是"求仕"，希望找到一个可以任用他推行"仁政德治"主张的理想国君（诸侯）。结果，他茫然无所适从地奔走了14年，先后到卫、陈、曹、宋、郑、蔡大小六个诸侯国，即今天黄河以南、长江以北的山东、河南两省的部分地区，备尝艰辛，却一无所获。到68岁那年，终于结束流浪生涯，回到鲁国。当时执政的季康子虽然尊孔子为"国老"，却不想采纳实施他的主张。孔子只得无可奈何地在"没有人了解我"的感叹声中打消"求仕"的念头，转而殚精竭虑地整理古代文献和教授生徒，跨越了一生中"六十而耳顺，七十而从心所欲，不逾矩"的思想境界。

孔子与六经

孔子生在"周室微而《礼》、《乐》废,《诗》、《书》缺"的春秋时代,夏、商及其以前时代的典籍传述,已经残缺不全。于是,他广见洽闻,竭智尽力,"追迹三代之礼,序《书·传》,上纪唐虞之际,下至秦缪,编次其事",成为周末官守散失时代第一个保存文献的人。

孔子整理古代文献,与他创办私学、教授生徒可谓相辅相成。出于教学的需要,他搜集鲁、周、宋、杞等故国文献,或述,或作,或删,或定,重新整理编次,形成《易》《书》《诗》《礼》《乐》《春秋》六种教材,后人尊称为"六经"。

孔子整理"六经"有四个原则:(1)以"仁"的思想为整理文献的总原则,即通过文献典籍来传道施教,把以"仁"为核心、以"礼"为形式的精神贯彻到整理"六经"的全过程中去,在"六经"的字里行间,反映他的仁学思想;(2)"不语怪、力、乱、神"的原则,删去芜杂妄诞的篇章;(3)"述而不作"的原则,保留文辞的原貌;(4)"乐而不淫"的原则。此外,"攻(治)乎异端(杂学),斯害也已",排除一切反中庸之道的议论。

孔子按照上述原则整理出来的"六经",不同程度上反映了夏、商、周特别是春秋时代的社会政治、经济、文化、思想等方面的情况,成为我国乃至世界上不可多得的古代文化的瑰宝。他打破了贵族对文化的垄断,开创私家著书的学术风气,抢救、刷新了古代优秀的文化遗产,使之传于后世,成为中国传统文化承上启下的集大成的伟人。

仁学的光辉

　　孔子的哲学思想，着重于探寻合理的人生态度和行事准则，即通常所说的道德伦理哲学，他从自己的政治立场出发，系统地阐明人在社会中的地位和作用，提出以"仁"为核心的哲学思想体系。虽然"仁"这个词早在孔子以前就被人用过，但是真正把它当作哲学范畴来使用，则是从孔子开始的。在《论语》中，仁字出现 109 次，礼字出现 75 次。仁的含义，主要有两层：一是"仁者爱人"，二是"克己复礼为仁"。前者是爱人，后者是修身，是对道德准则的遵从。

　　"仁者爱人"，就是要求贵族内部互相尊重，推己及人：自己要有所树立，同时也使别人有所树立；自己要事事行得通，同时也使别人事事行得通，即所谓"己欲立而立人，己欲达而达人"；自己不喜欢的事情，也不要强加给别人，即所谓"己所不欲，勿施于人"。他还提倡"忠恕之道"，以消除矛盾，实现"君使臣以礼，臣事君以忠"。

　　"仁者爱人"，还要以"仁"为标准，"举贤才"。孔子曾赞扬晋国的魏舒子是"近不失亲，远不失举"，"以贤举，义也"，认为这是忠的表现。因此，孔子的"举贤才"是要求贵族内部不过分计较亲疏、远近的关系，一视同仁，广泛地搜罗人才，维护公室的根本利益。

　　"仁者爱人"还包含反对"不教而杀"，主张"以礼教民"。

　　"克己复礼为仁"，就是要人们按照周礼的规范行事，用"为仁"的方法去实现"礼"。他对弟子颜渊说：一个人如果使自己的视、听、言、动都能符合周礼的规定，天下人就会送给他"仁人"的称号。孔子所讲的"仁"，是一种理想的精神境界，只有经过主观精神的自我克制才能够达到。

　　"仁"的表现形式是"礼"。礼是宗法社会的制度、规范，它强调尊卑长幼之序，具有不同名分的人之间的区别与对立。"仁"的伦理学意义，是一种人道主义思想，强调人们之间的友爱、谅解、关怀和容忍，也强调广大人民的物质生活的安定与提高（即所谓安、信、怀和庶、富、教）等。从社会政治方面看，孔子主张忠君尊王，实行仁政德治。认为如果只有礼而没有仁，那就会加深对立，激化矛盾，导致社会危机；如果只有仁而没有礼，就会产生没有等级的仁爱，模糊上下尊卑的界限。因此，要以"中庸"作为仁的方法论，反对"过犹不及"，提倡"和而不同"，执其两端而用其中，使仁和礼相互制约，互为补充，从而建立一种有等级但不过分对立，有仁爱但不无区别，生活安定富裕的小康社会。

孔子的"仁学"，体现了他的"仁以为己任"及"明道救世"的使命感，与重道义、轻私利的价值观念。它赋予中国传统文化以道德教育，代替宗教传统，闪耀着人道主义、现实主义的思想光辉。

有教无类与因材施教

在孔子以前，学在官府，文化教育作为一种特权，被贵族垄断，是孔子打破了这种局面，首创"私学"，开展平民教育，继承、发扬、传播了古代文化，他是中国历史上第一位伟大的教育家。

孔子的教育实践，分别在他30岁至35岁、37岁至50岁、68岁至73岁逝世三个时期进行。先后投到他门下的弟子，总数达3000人，身通"六艺"者72人，这些学生大多数出身微贱，来自贵族的学生只有鲁国的孟懿子、南宫敬叔兄弟和宋国的司马牛等几个人。学生中后来有的出仕（从政），有的从教（任师），很多成为有政绩、有名望的人。由平民通过学习而能参与贵族政治的情况，由孔子创办私学，造成"学移民间"后，开始兴盛起来。

孔子的教育思想最光辉的地方，是"有教无类"。它闪烁着人民性和民主性的光华，在中国教育史上是划时代的创举。"有教无类"是孔子"泛爱众，而亲仁"原则的具体实践。他主张打破宗族界限和贵族等级，向所有能交得起一束肉干做学费的人（但不包括女子）施以教育。因此，他的学生中大多数出身于贫贱之家，著名的有"一箪食，一瓢饮，在陋巷"的颜回，有父为"贱人"、家"无置锥之地"的仲弓，有穷居卫国、絮衣破烂、面色虚肿的曾参，等等。以致南郭惠子发出"夫子之门何其杂也"的疑问，足见其教育思想的革命意义。在"有教无类"的思想指导下，孔子认为人人可以通过教育得到改造和提高，教育能够缩小以至消除人类社会人与人之间在道德、知识水平上的差距。因此，他又提出了教育家的义务和职责在于"诲人不倦"，并且身体力行，予以实践。

孔子对学生因材施教，循循善诱，启发他们学思结合，触类旁通，"举一反三"，择善而从，提倡相互切磋，教学相长，联系实际地通过人物评价和时政评论，向学生阐发他的政治观点和哲学思想，形成了一套体系完整的教学方法。在这个基础上，他又提出"知""行""学""思"诸范畴，开辟了认识论的新领域。

孔子的教育内容是"六经"。其主旨是：《诗》以达意，通达人们善良的思想感情；《书》以导事，教导人们知道历史上政治、经济、地理等知识；《礼》以节人，节制人们的视、听、言、行；《乐》以发和，激发人们的情感，趋于和谐；《易》以化神，让人们懂得事物发展变化的规律；《春秋》以道义，引导人们通晓大义。孔子的教学，十分注重学生的品德修养，主张把学生培养成文质彬彬、德才兼备的人才。因此，正如美国汉学家克里尔（H. G. Greel）所说，孔子不仅仅是培养学者，而是训练治世能人，他不是教学，而是教人。换言之，就是教学生如何"修身"，通过教育，造就能齐家、治国、平天下的优秀人才。用孔子的话说，就是"学而优则仕"。

孔子作为世界历史上罕有匹畴的教育家，他那世俗的而非宗教的、现实的而非虚妄的教育思想，他的具有朴素辩证法思想的中庸之道的教育哲学，以及在方法论上强调教育的整体性和学生的主体地位，等等，不仅在中国教育史，而且在世界教育史上都是最珍贵的遗产。

风范垂世

　　前 479 年夏历二月初四的早晨，孔子扶杖依门，独自唱道："高高的泰山啊，快要崩颓！直直的梁柱啊，快要断折！炯炯的哲人啊，快要枯萎！"歌罢入门，当户而坐，悠然而叹曰："大概我快要死了啊！"从此卧床不起，七日后这位伟大的哲人告别人世，享年七十三岁。

　　孔子死后，葬在今曲阜城北约一里的泗水旁。许多弟子都服丧三年，其中子贡在墓旁筑了间茅舍，守丧三年。有些弟子和鲁国人为追怀孔子，把家搬到孔墓旁，陆续迁来百余家，于是就把这里称为"孔里"。鲁哀公哀悯他，在他死后的第二年命令将其"故所居堂"立为庙，"岁时奉祀"。庙屋三间，所藏系孔子生前所用衣、冠、琴、书、车之属，这就是孔庙的原始面貌。

　　前 195 年，汉高祖经过鲁地，以太牢（猪、牛、羊三牲各一）祭祀孔子，遂开历代皇帝祭孔的先河。其后，东汉光武帝刘秀于 29 年路过阙里，令大司空宋弘祭祀孔子。汉明帝刘庄于 72 年到曲阜祭祀孔子及其七十二弟子，并亲御讲堂，让皇太子讲经。汉章帝刘炟、汉安帝刘祜也先后到曲阜祭祀孔子。于是，便演绎出"汉四百年命脉，全在此举"的说法，使后代皇帝竞相效尤，结果孔庙在历史上的地位日渐突出，规模也日渐增大。

　　在历代皇帝祭孔的队伍中，少数民族建立的皇朝，无论是修建孔庙的工程，还是祭祀活动的规模，都大大超过前代汉民族建立的皇朝。西晋末年，"庙貌荒残"。到 539 年，东魏孝静帝不仅修葺了旧庙，而且还"雕塑圣容，旁立十子"。从此，孔庙供奉的不再是木制的神位，而是栩栩如生的孔子塑像。其后，女真族建立的金朝前后修建孔庙四次；蒙古族建立的元朝修建孔庙六次；满族建立的清朝大修 15 次，中修 31 次，小修数百次。其所以如此，是因为孔子所创立的儒学，经过历代皇帝的尊崇和提倡，已成为中华民族文化的精髓，少数民族统治者为巩固其统治，不得不适应这种状况，采取更加尊崇的态度。所以，孔子及其儒学也就成为维系中华民族的象征。

历代尊崇孔子，由公加封到王，并且奉为"百世文官表，历代帝王师"。因此，明清两代钦定孔庙建筑，仿皇宫之制，分三路九进庭院，贯穿在南北一条中轴线上。包括三殿、一阁、一坛、三祠、两堂、两斋，共464间，另有门坊54座，庙内竖历代碑揭两千余块，占地327.5亩，南北长达一公里多。四周筑以高墙，辅以角楼、门坊，森严高耸。庙内与明建城墙毗邻，又专辟仰圣门，城额取"夫子之墙高数仞，不得其门而不入"意，上嵌乾隆皇帝手书"万仞宫墙"四个大字，使之成为仅次于故宫皇城的雄伟壮丽的古建筑群。

随着孔庙建筑的皇宫化，孔子的塑像也越来越高大。1729年，雍正皇帝时雕塑的孔子像身高九尺六寸，腰大十围，头戴十二旒之冕，身穿十二章之服，手执镇圭，并罩以雕龙贴金巨龛，给人以超凡入圣的印象。孔子雕像两侧，有四贤配享，即复圣颜子、宗圣曾子、述圣子思、亚圣孟子的塑像，四配两侧又有闵损、冉耕等十二哲。四配及十二哲供奉及陪侍，显示孔子之学后继有人，人才济济一堂。

孔庙大成殿前有大型露台，为祭孔歌舞之处。对孔子的祭祀，除家祭之外，还有皇帝规定的春秋两大丁祭，每次祭祀全以祭祀歌舞伴随。每当进行大的祭祀活动，信炮一响，自仰圣门到大成殿诸门洞开，礼生礼赞，乐舞奏起，香烟缭绕，烛光洞天，主祭者三跪九叩，完成"迎神""初献""亚献""终献""彻馔""送神"等仪程，呈现出肃穆忠诚的气氛。孔庙成为中国古代文化的崇高殿堂。

中篇 儒术独尊

春秋战国时期的儒学

"儒"，最初是周朝学校教师的称谓，又称"师儒"。儒者通晓礼、乐、射、御、书、数"六艺"，用来教民，并以此谋生。孔子设坛讲学，教授弟子，追求个人道德的完善和治国安民之道，从而创立了儒家学派。

孔子死后，儒家分为八派，八派之中，孟子发展了孔子的学说，荀子（孙氏）予以总结，儒家遂成为先秦诸子百家中最显赫的一派。

孟子名轲（约前372—前289），是春秋末年鲁国"三桓"之一——孟孙氏的后裔，幼年丧父，家境贫困。封建时代，有"孟母三迁"和"断机教子"的故事。孟子后来受业于子思的门人，子思是孔子的嫡孙，相传他曾从学于孔子的学生曾参。孟子的思想渊源，正是通过子思、曾子而上承孔子的。他继承并发展了孔子的仁学思想，提出了"仁政"的学说。

孟子生活在春秋战国之际社会大变动时期，各国都想用武力攻伐的办法来统一天下。孟子反对商鞅等人的富国强兵之术，认为那是"以力服人"的"霸道"，主张实行"仁政"即"以德服人"的"王道"。王道的内容，在君民关系上，主张"民为贵，社稷次之，君为轻"；在君臣关系上，主张相互尊重。孟子修正和发展了孔子"忠君尊王"思想，提出了仁义高于富贵，道德高于王权，王者必以大人为师的观点。他还说："诸侯有三宝：土地、人民、政事。"首要问题是"制民之产"，即解决农民的土地和财产问题，有恒产才有恒心，主张实行"八家共井"的井田制。孟子还发挥了孔子关于人格自觉的思想，提出了"人性善"的理论，认为人生来就有仁心，充实它，发展它，便可以成为仁人，如果君主能这样做，就可以推行仁政。

在当时特定的历史条件下，列国争雄，没有哪国国君愿意采用孟子的学说。汉代以后，孟子的学说受到历代统治阶级的尊崇，孟子在儒家中的地位仅次于孔子，被称为亚圣。他的学说与孔子的学说，被合称为孔孟之道。

如果说孟子代表了儒家的仁义派的话，那么，战国末年的荀况（字卿，亦称孙卿），则代表了儒家的礼乐派。他以孔子关于礼乐的学说为主，继承、综合了道家和前期法家的理论，并在新的历史条件下加以改造和提高，形成集先秦诸子之大成的荀学。

荀子强调礼乐的重要性，主张"隆礼"，认为它关系到天下的得失、社稷的安危。因此，他与孔子一样，把礼作为人的行为规范。但是，荀子的礼中已经增加了法的核心内容，即所谓"礼者，法之大分，类之纲纪也"。虽然他依旧强调贵贱少长之别，主张以礼约束士大夫，以法制裁庶民百姓，但他反对世卿世禄制，主张王公士大夫的子孙违反礼义的要降为庶人，庶人子孙能守礼义的可升为士大夫。

在价值观念上，荀子不像孔孟重义轻利，而是义利并重，既强调努力耕战，以富国强兵；又提出君民舟水论，强调王道的大要在于平政爱民。这样，荀子的礼治思想，既不像孔孟那样迂阔，又不像法家那样寡恩，而是择善而从，集中了双方的长处，适应新兴地主阶级的需要。他的学生李斯、韩非把他的理论运用在秦国，使秦国完成了统一大业。

荀子还对春秋战国以来的天道观作了批判的总结，提出那个时代正确的天人关系学说。他认为，天即自然，有自己运动的规律，人在自然面前不是无能为力的，可以"制天命而用之"，让自然为人类服务。荀子还反对孟子"人性善"的先天道德论，提出了"人性恶"的观点，由此强调礼法的规范作用，强调对人进行教育的必要性。

荀子对先秦诸子的批判性总结，把这个时期的朴素唯物主义发展到一个高峰，成为先秦唯物主义哲学的集大成者，对其后两千多年的唯物主义哲学传统产生了深远的影响。

汉唐经学

秦以后，儒学不断发展，汉代以训诂经典见长，魏晋则玄学盛行，隋唐之际，儒、佛、道并立，趋向合流。

秦朝崇尚法治，严刑峻法，激化了社会矛盾，导致二世而亡，从而暴露了法家学术的弊病。汉初尊奉黄老之道，崇尚清静无为，适应了休养生息的需要，但作为一种思想体系，其本质是以人为自然物，不懂得伦理、道德、政治、教化是人之所以为人的根本，具有反人文主义色彩。因此，汉初休养生息时期一旦结束，黄老思想就不再能适应社会需要了。特别是当时不少政治家在总结历史经验时，认为儒家在巩固等级制方面有重要作用，于是朝廷开始注重经学。

经学，就是对儒家经典《易》《书》《诗》《礼》《春秋》等五经（《乐》有名无书，故称五经）进行训诂、诠释和阐发。今文经学派董仲舒的《公羊春秋》学，在西汉武帝时首先成为显学。到汉宣帝时，《穀梁春秋》学、《礼》学、《易》学等也相继成为显学。

董仲舒的《春秋公羊》学，吸收了阴阳五行学说，与《春秋》的大义名分相结合，提出了"三纲"的学说，即君为臣纲，父为子纲，夫为妻纲；主张人臣要绝对顺从君主。他还提出了"任德不任刑"的主张，试图通过立教化"限民名田"、"去奴婢，除专杀之威"的措施以缓和阶级对立，促进社会的安定与生产的发展。同时，又主张实行大一统，削平诸侯，以巩固皇权。董仲舒所建立的"天人合一"的神学目的论，重新把天作为至上神加以推崇，认为人间的一切都是天意决定的，从而赋予儒家学说以宗教色彩。为了加强中央集权，他力主加强思想上的统治，"诸不在六艺之科、孔子之术者，皆绝其道，勿使并进"。汉武帝接受了他的建议，"罢黜百家，独尊儒术"。儒学从此成为汉家的正统思想。

汉宣帝时，"稽古礼文"之风旋起。甘露三年（前51）召开石渠阁会议，讨论五经异同。其后，作为鲁学的《穀梁春秋》受到重视；而灾异遣告之说的流行，《易》学中又兴起了施、孟、梁丘三家，特别是京房《易》学在社会上产生重大影响，引起了神学思想的泛滥，导致经学中出现"谶纬"逆流。所谓"谶"，就是神学性的预言，如"死秦者胡也"之类；"纬"则是经的旁支，是对经的推衍阐释。谶纬结合，以神学迷信出现，从而将神学中的神学因素系统化了、荒谬化了。

王莽以符命篡汉，东汉光武帝又以符命为新王朝受命的根据，所以，东汉经学家莫不引谶纬说经，称之为"内学"。经学在明帝、章帝时威望达于顶点，不仅经学大师破例封侯，皇帝本人也能亲自讲经，以充当经学大师与经学弟子为荣。与今文经对立的古文经，受到许多学者的重视，这样，今文经、古文经与谶纬合流，成为东汉经学的显著特点。汉章帝时的白虎观经学会议与《白虎通义》，就是最集中的体现。东汉末年，郑玄囊括大典，缩合百家，遍注群经，打破今古文界限，完成经学的融合与统一。

但是，谶纬神学的迷信本质发展到极端而矛盾百出，引发了一些古文经学出身的无神自然论思想家，如桓谭、王充的激烈批判。王充穷30年的精力，完成巨著《论衡》，引黄老于儒学，提出元气自然论和无神论，系统批判了从《春秋繁露》到《白虎通义》的儒学谶纬化体系。郑玄又引老子自然思想以注《易》，使《易》发生了重大变化。王、郑的倾向，成为魏晋玄学发展的根据。

魏晋以后，经学有南北之分。南学谈玄，所以经学与老庄合流，何晏注《论语》，王弼注《易》与《老子》，而《易》《老子》《庄子》在当时并称"三玄"。北学则固守经学的藩篱，不与其他学派通流。换言之，南北朝流行的经不同，南朝以魏晋时代的新注为主，兼用郑玄等人的旧注；北朝则恪守东汉经师的旧注。魏晋玄学实质是"内道外佛"，何晏、王弼、郭象、葛洪都是如此，他们一面树起老庄的旗帜，主张贵无，崇尚自然；一面又提出"名教出于自然"或"名教即自然"。

隋唐时期，儒、佛、道并立，南北经学趋向统一。唐太宗命孔颖达注疏《易》《诗》《书》《左传》《礼记》，遂成《五经正义》。后来，贾公彦、杨士勋、徐彦三人又折中南北，注疏《周礼》《仪礼》《穀梁》《公羊》，合称《四经正义》，与孔颖达的《五经正义》并在一起，共称《九经正义》，经学完成了统一。今西安碑林所存唐开成年间镌刻的十二经，反映了经学在唐朝的传播。唐代佛教兴盛，韩愈提出道统说，即儒学中不变的核心——三纲五常，与弟子李翱一道，表彰《大学》《中庸》，反对佛老。韩愈以后，许多儒学家都以继承道统自命。但是，儒佛思想合流已成不可阻挡之势，出现了把孝道当作佛门善行的孝僧，智凯和慧能等都是代表人物。

程朱理学

　　宋朝在儒、佛、道三教长期相互斗争、相互融合的经验基础上，以儒家的礼法刑政为核心，吸收道家、道教的宇宙化生模式和佛教的思辨哲学，建立了理学的逻辑结构。理学，海外学者称其为新儒学，它是外来文化和中国传统文化融合的产物。

　　理学是以"道体"和"性命"之说为核心，以"穷理"为精髓，以"主静""居敬"的存养为功夫，即"存天理，灭人欲"，以齐家、治国、平天下为实质，以"为圣"为目的的学说，理学的开创，与庆历新政同步，其开山祖是周敦颐，他提出了"性与天道"的理论。

　　熙宁（1068—1077）前后，一些不满"积贫积弱"局面的有志之士要求改革，以图富国强兵。由于革新的具体政策、方法、步骤的不同，而形成政治上的分野，产生了理学的分流。"关学"张载，"洛学"程颢、程颐，成为主流派；"新学"王安石，"蜀学"苏轼、苏辙等成为非主流派。各派分歧主要在"道体"问题上，即认为在自然现象和社会现象的背后或之上，有一个本体，张载以"气"为本体，二程以"理"为本体。他们还提出"性即理""天即理"、天与人合一等命题，使本体论与伦理学统一。

　　南宋时理学家辈出，朱熹、陆九渊及其门徒，成为主流派的正统派。朱熹、吕祖谦、张栻被誉为"东南三贤"。朱熹以儒家伦理学为核心，糅合佛、道及诸子之说，建立了"理"—"气"—"物"—"理"的逻辑体系，把自然、社会、人生等，统统融入其中，成为理学的集大成者。

　　南宋末年，赵复北上传播理学，一时间，学者如林。姚枢、窦默、郝经、许衡、刘因成为元代"河北之学"的主将。许衡提出"活生"论，主张兴儒学，"行汉法"；不重"奥义"，志在普及理学。刘因继郝经之后重申更深根荂于六经和"古无经史之分"的思想。元仁宗"设科取士，非朱子之说者不用"，朱子学成为官学。与"河北之学"相呼应，南方理学大师吴澄，则"和会朱、陆"，主张打破门户，汇综朱、陆之长。

　　明初朱元璋、朱棣父子都尊崇理学，宋濂、方孝孺、薛瑄等左右学坛，朱学成为正统，其他皆为异端。科场以朱熹《四书集注》和《五经》命题，导致思想僵化，引发王守仁"范围朱陆而进退之"的心学的产生。王守仁主张"心即理""知行合一""致良知"，认为天理便是人欲。王守仁死后，心学分化，王艮发展为泰州学派，李贽走向反面。罗钦顺、王廷相、吕坤等从理学内部对理学进行批判，促进了理学的解体。

　　清初颁布《科场条例》，沿袭明制，科场以程、朱对儒家经典的诠释为依据，康熙本人即"夙好程朱，深谈性理"。理学家陆陇其继承朱熹的"理之流行"说，驳斥罗钦顺的理气观点，又将"中庸"等同于所谓"义理之性"，要求人们去人欲、存天理。另一位理学家李光地则强调道统与治统的一致性，主张朱陆合流，但其理论本身，没有什么创新，标志着理学的衰微。

明清实学

　　明清实学，是明朝正德以后到清朝鸦片战争前夕，儒学发展的一种新形态。它是随着封建社会后期社会总危机的爆发和资本主义萌芽的出现，从理学中分化出来的一股新的社会进步思潮。

　　明清实学鄙弃宋明理学空谈心性的空疏的学风，提倡"崇实黜虚"，在一切社会领域和文化领域中，突出一个"实"字，强调经世致用，而成为那个时代的精神。

　　明清实学大致可以分为实体实学、经世实学、科学实学、考据实学和启蒙实学五大类。

　　实体实学，是就明清实学的基础而言的。它包括以气这一物质实为本的本体论，以实践（力行）为基础的认识论，以"性气相资"为基本内容的自然人性论，以"实功"为主要修养方法的道德论，以利游欲为基础工的理欲（包括义利）统一说等内容。其主要代表有罗钦顺、王廷相、崔铣、杨慎、吴廷翰、黄宗羲、王夫之、颜元、戴震等。

　　经世实学，是就明清实学的社会政治内容而言的。它既包括对社会弊病的揭露和批判，也包括对拯救时弊方案的构思与实施。其主要代表人物有张居正、顾炎武、黄宗羲、吕留良、全祖望、章学诚、龚自珍、魏源等。

　　科学实学，是就明清实学的科学内容而言的。它既包括中国古典科学，也包括从欧洲输入的西学，其代表人物有李时珍、朱载堉、徐光启、宋应星、方以智、梅文鼎等。

　　考据实学，是就明清实学的经学研究而言的。明中叶以后，随着实学思潮的兴起和发展，在经学研究领域里，出现了汉学和子学的复兴，以子学研究代替独尊经学，以专事训诂名物的汉学代替以己意解经的宋学。其代表人物有方以智、傅山、顾炎武、毛奇龄、戴震、汪中、焦循、阮元等。

　　启蒙实学，是就明清实学的市民意识而言的。主要反映在哲学、文学艺术等领域。其主要代表人物有王艮、何心隐、李贽、汤显祖、黄宗羲等。

　　明清实学，是中国儒学发展的逻辑结果。其理论价值在于，它不但对宋明理学所讨论的范畴和命题进行了总结性的批判，而且还提出了一些反映市民阶层利益和要求的新范畴、新命题，成为中国近代启蒙思想的理论先驱。

孔子对少数民族的影响

　　孔子作《春秋》贯穿着"尊王攘夷"的精神。孟子则提出了"以夏变夷"的主张，就是使夷狄接受"诸夏"的教化，改变自己的经济、文化、社会制度、伦理道德和风俗习惯，这就使儒家大一统思想的要义发生了变化。两千年间，儒学传播到少数民族地区，促进了少数民族与华夏民族的融合，促进了统一多民族国家的形成与发展。因此，儒学就成为中华各民族共同的精神支柱。

　　孟子说："舜为东夷之人，文王为西夷之人。"到了汉代的《新语》，则改为"大禹出于西羌，文王生于东夷"了。至"十六国"与南北朝时期，先后成为统治民族的匈奴、鲜卑、羯、氐、羌等，开始与中原王朝争当正统。"十六国"、北魏、辽、金、西夏等王朝，都是边境少数民族在北中国建立并与中原王朝对峙的王朝；元和清，则是边境少数民族建立的统一中央王朝。在这些朝代，儒学都以加速度的形式在少数民族地区传播。

　　早在汉唐间，儒学就传到了新疆地区。《北史》记述"高昌"的情况说："五经诸史借于魏，官制仿魏，宫室中则描以'鲁哀公问政于孔子'图，文字亦同华夏，兼用胡书，成《毛诗》、《论语》、《孝经》等，置学官及弟子习读。"在古鄯善城（即楼兰遗址）出土了许多儒家经典，如《毛诗·简兮》《尚书·大禹谟》等。元代畏兀儿翻译家阿鲁浑萨里，通习"中国之学"。另一位翻译家安藏曾将《尚书》《贞观政要》等译成畏兀儿文。还出现了有"廉孟子"之誉的"理学名臣"廉希宪和工于文学诗词的贯酸斋和萨都剌等大家。

　　宋辽对峙时期，沿边设确场博易，"非九经书疏，悉禁之"。"九经书疏"传播到契丹，使契丹人中儒学大师辈出。后来服务于成吉思汗的耶律楚材，就是儒家修养很高的契丹人。宋人富弼曾说，自从契丹取燕蓟以北，"任中国贤才，读中国书籍，用中国车服，行中国法令"。

西夏之盛，礼事孔子。尊为文宣帝，又向宋仁宗献马，求《九经》诸典籍。通解五经的国相斡道冲，译《论语注》，作《论语小义》二十卷，以西夏字行于国中。他又下令州县各立学校，增弟子员三千人；建太学，夏仁宗亲临太学释典；皇宫建小学，教授皇室子孙；推行科举制，策试举人，并立唱名法；职官制度，一仿唐宋；同时确立以儒治国为根本国策。这在少数民族建立的王朝中，是相当突出的，与金、元、清三代提倡儒学，几可等量齐观。

北方少数民族如此，南方少数民族亦然。唐宋两代，不少政治家、文学家如李德裕、苏轼父子、丁谓、胡诠等被中央王朝贬谪到海南岛，他们"选生徒，开陈经书"，"讲学明道"，"教民读书着文"，使得黎族人民"人人悦顺"。唐人朱从说：在南诏，"赐孔子之诗书，颂周公之礼乐，数年之后，蔼有华风"。明代四川的藏族土司，遣子弟入内地读书。景泰年间，董卜朝胡土司要求明王朝赠送《大诰》《周易》《尚书》《毛诗》《小学》等书籍。清代的高山族，府道设立社学，诵读诗书，习课艺，有司每岁课试。诸如此类，代不绝书，表明儒学作为中华民族传统文化的核心，为国内各兄弟民族所接受、认同，从而促进了统一多民族国家的历史发展。

孔子文化圈

　　早在汉唐间，孔子的思想就越出国界，传播到东亚各国，特别是朝鲜、日本、越南等国，对促进这些国家的社会进步、经济发展、文化繁荣起过积极的作用，成为异国历史文化中一枝璀璨的花朵。因此，中国与上述几国被誉为"孔子文化圈"。

　　早在公元前 3 世纪箕氏朝鲜时代，孔子思想就和汉字一道传入朝鲜。但是儒学得到统治阶级的重视与广泛传播，还是在朝鲜封建时代的事。1—7 世纪，朝鲜处在高句丽、百济、新罗三国鼎立时期，儒学成为三国占统治地位的思想。935 年统一朝鲜的高句丽，曾立文宣王庙，扩充国学，并且令各州立学，实行科举取士。同时，一些名儒还开办私学，著名的有 12 所。1392 年李氏朝鲜取高丽王朝而代之，大力发展儒学教育，中央设成均馆，府县置乡校，民间开书堂。同时大量进口儒家经典，令名儒编写《礼记浅见录》《孝行录》等各类儒学教材，以至全国上下，"崇尚信义，笃好儒术，礼让成俗，柔谨成风"。儒学在朝鲜历久而不衰。1990年，韩国编纂出版了世界上最大、最早的集儒家文化之大成的《儒教大事典》，表明儒学在朝鲜半岛的影响之深远。

　　自从 285 年百济博士王仁赴日贡献《论语》十卷和《千字文》，日本应神天皇之子菟道稚郎子拜王仁为师而学《论语》以后，出现了专门向王子、大臣传授儒家经典的学问所。513 年始设五经之学，孝德天皇置国博士，天智天皇设立学校，文武天皇颁行大宝令，规定首都设太学，各国设国学，教授学生《周易》《尚书》《三礼》《左传》《孝经》《论语》，皆以汉魏古注为准。

　　儒学教育的发展，使儒家思想渗透到日本社会生活的各个方面。从奈良到平安时期（710—1192），官吏的选拔考试，题目都是儒学和汉学的。推古天皇的圣德太子制定的十七条宪法，贯穿着"和为贵""国非二君，民无两主，率土兆民，以王为主"的儒家精神，并且以"德、仁、礼、信、义、智"（分大小）作为十二级冠位制的各级名号。孝谦天皇于755年下诏，宣布要以"孝"治天下，规定必须"家藏《孝经》一本，精勤诵习"。日本历史上著名的大化革新和大宝令的制令，都是以儒家经典为依据，学习隋唐文化的结果。大宝令规定，大学与国学要在每年春秋的两个仲日举行释奠孔子之礼。起初称孔子为"先圣孔宣父"，768年，敕孔子为文宣王。后来，祀孔扩大到政府官员。

江户时代，德川幕府奉儒学为圣教，用行政手段严禁"异学"，使儒学成为统治思想。德川纲吉在本乡建大成殿，置孔子及十二哲像，按时行释奠礼，并亲自讲解经书。德川义直著《礼仪宝典》。他们建成日本最大的孔庙，设立昌平坂学问所为最高儒学学府，还出版了大量儒家经典。在他们的影响下，各地诸侯也纷纷建孔庙办学。德川幕府推重朱子学。江户时代后期，阳明学隆盛。直至第二次世界大战前，儒学一直是日本道德教育的主流。儒学传播到日本，与日本本土文化相结合，推动了日本社会的进步和发展、促进了日本民族精神——大和魂的形成；同时，推动了日本学术文化的变迁。举凡日本一切文化领域，儒学的影响随处可见。日本"管理之父"涉泽荣一，早在明治维新之初，即于各地遍设"论语讲习所"，倡导以"论语主义"指导管理。现在日本甚至有人把"四书"说成是现代企业管理的"圣经"。儒学与现代化的关系问题，仍是当今日本学者探讨的热门课题。

孔子与西方

儒学西传，是明清之际，通过天主教传教士得以实现的。明万历年间来华的意大利籍耶稣会传教士利玛窦（Matteo Ricci），最早把儒学带到西方去，他写的《中国札记》中，介绍了儒家思想，同时还翻译过儒家经典。其后，殷铎泽（Prosper Intercetta）和郭纳爵（Ignatius de Costa）翻译过《论语》《大学》《中庸》。17世纪末法国传教士柏应理（Philippus Couplet）在巴黎出版了《中国哲学家孔子》。18世纪初，卫方济（Franciscus Noël）又在巴黎刊行了四书译文和《中国哲学》一书。雷孝思（J. B. Regis）则翻译了《易经》。

长期旅居巴黎的德国哲学家莱布尼兹，是18世纪启蒙运动的先驱之一。早在1676年，他就读过儒家书籍。1689年以后，又与当时来华的传教士闵明我（Ph. Crimāldi）、白普（J. Bouvet）等人建立了密切的联系。莱布尼兹认为，中国在政治、伦理方面远胜于欧洲，对中国人"服从长上，尊敬老人，无论女子如何长大，其尊敬两亲有如宗教"推崇备至。他在1697年出版的《最近来自中国的消息》一书中，称赞中国社会和家庭制度，并幽默地建议，应当请中国的"天子"派使节来教欧洲人如何管理国家。白普把《易经》和宋儒邵雍的解释介绍给莱布尼兹，《易经》中的太极、两仪、四象、八卦等概念，使这位二元算术的创立者兴奋异常，认为中国古代的圣王伏羲，几千年前已经运用二元算术的原理安排六十四卦的顺序了。

儒学的西传，为18世纪法国启蒙思想家抨击18世纪的封建等级制、君主专制和教会的思想统治提供了思想武器。伏尔泰认为，中国的思想、制度都来自孔子，孔子的"己所不欲，勿施于人""以直报怨，以德报德"，是超过基督教教义的最纯粹的道德，为了宣传孔子的伦理思想，他把中国戏剧《赵氏孤儿》搬上法国舞台，副题为《五幕孔子的伦理》。他推崇孔子为天下唯一的师表，在自己的礼拜堂内悬挂孔子像，写诗赞美。他主张开明专制，反对君主专制，说"人类的智慧不能想出比中国政治还要优良的政治组织"，认为中国人无论在道德方面或治理方面都是地球上最好的民族。他曾号召欧洲的君主，要学习中国乾隆皇帝，像他那样"稽古右文"。

此外，百科全书派的狄德罗、霍尔巴赫，重农学派的魁奈等，都十分倾慕中国的儒学。其中，魁奈在 1767 年写的《中国专制制度》一书，充分展示了他对中国制度的敬佩，因而有"欧洲的孔子"之誉。

18 世纪的英国，也兴起中国热，不仅耶稣会士用拉丁文译的《大学》《中庸》《论语》等儒学经典传到了英国，而且耶稣会士李明（Louis Le Comte）写的《中国现状新志》、法国人杜赫德写的《中华帝国全志》等介绍中国思想、社会和制度的著作也在英国流传。伏尔泰改写的《赵氏孤儿》出版不久，在伦敦就有译版。英国的喜剧作家亚瑟·墨菲（Artnut Murphg）还完成了英语改写本，也叫《赵氏孤儿》。汉学家威廉·琼斯（Sir William Jones）还用英文翻译了《诗经》的片段。他景仰孔子，把孔子比作苏格拉底和柏拉图。

1960 年出版的、美国学者克里尔写的《孔子与中国之道》一书认为，西方 17、18 世纪的思想启蒙运动和孔子思想有很大关系：一是启蒙运动思想的一些很重要的方面，与其说和当时教会的立场相类似，不如说和孔子的思想立场更相类似；二是这一事实已为启蒙运动的领导人物所承认并得到广泛宣传。

百家之术

　　春秋之际的社会大变动，导致了士阶层的崛起和私学的兴盛。到战国时期，学术思想界诸子并起，学派林立，诸子之作近百种。荀子称诸子为"百家之说"，司马迁称诸子为"百家之术"。东汉兰台令史班固说孔子"上承六艺，下开九流"。百家之术的出现，孔子有开创之功。他所创办的私学与他创立的儒学，奠定了战国时代绚丽多彩的百家争鸣的文化繁荣的基础。

　　西汉司马谈《论六家要旨》，将"诸子"概括为阴阳、儒、墨、名、法、道德。其后班固又在司马谈划分的六家之外，分出农、纵横、杂、小说四家，合为十家。十家的特点、源流、长短得失如下。

　　阴阳家："敬顺昊天，历象日月星辰，敬授民时，此其所长也。及拘者为之，则牵于禁忌，泥于小数，舍人事而任鬼神。"

　　儒家："游文于六经之中，留意于仁义之际，祖述尧舜，宪章文武，宗师仲尼。""列君臣父子之礼，序夫妇长幼之别。"

　　墨家："尚尧舜道"，"茅屋采椽，是以贵俭；养三老五更，是以兼爱；选士大射，是以上贤；宗祀严父，是以右鬼；顺四时而行，是以非命；以孝视天下，是以上同。此其所长也。及蔽者为之，见俭之利，因以非礼；推兼爱之意，而不知别亲疏"。

　　法家："不别亲疏，不殊贵贱，一断于法"，"尊主卑臣，明分职不得相逾越"，"信赏必罚"，"专任刑法而欲以致治"。

　　名家："控名责实，参伍不失"，"名位不同，礼亦异数"。

　　道家："无为，又曰无不为。""其术以虚无为本，以因循为用"；"历记成败存亡祸福古今之道，然后知秉要执本，清虚以自守，卑弱以自持，此君人南面之术也"，"及放者为之，则欲绝去礼学，兼弃仁义，曰独任清虚可以为治"。

纵横家："言其当权事制宜，受命而不受辞，此其所长也。及邪人为之，则上诈谖而弃其信。"

杂家："兼儒、墨，合名、法，知国体之有此，见王治之无不贯，此其所长也。及荡者为之，则漫羡而无所归心。"

农家："播百谷，劝耕桑，以足衣食……此其所长也。及鄙者为之，以为无所事圣王，欲使君臣并耕，脿上下之序。"

小说家："街谈巷语，道听途说者之所造也。"

两千年间，历代学者以司马谈、班固的分析为底本，探幽发微，对各派的学术思想、师承流变、历史影响等方面进行了充分的研究，不曾间歇，从而成为中华民族传统文化的有机组成部分，在塑造中华民族文化心理方面，发挥过重要的作用。

十家之中，以儒、墨、道、法、阴阳五家影响最大。

兼爱非攻的墨家

春秋战国时期，墨家与儒家一样居于显学地位。其创始人是墨子（名翟，约前480—前420），祖先是宋国人，后来长期居鲁。他曾"学儒者之业，受孔子之术"，但后来背叛了儒家，创立了墨家学派。荀子说，墨子的学说是"役夫之道"，在政治上代表小生产者的利益，所以，"弟子弥丰，充满天下"。

墨家是一个有严密组织和纪律的团体。其领袖称为"巨子"，执行"墨者之法"，由贤者担任，代代相传。据说"墨子服役者百八十人，皆可使赴水蹈刀，死不旋踵"。

墨子还是位科学家，墨家也是一个科学家集团，在物理学、数学、医学、逻辑学方面都有杰出的贡献。

墨子提出十大主张，即"兼爱""非攻""尚贤""尚同""天志""明鬼""非乐""非命""节用""节葬"。墨子认为，运用这十大主张要看不同诸侯国的具体情况，有针对性地选择其中最适合的方案。如"国家昏乱"，就选用"尚贤""尚同"；国家贫弱就选用"节用""节葬"。

墨子学说的核心，是主张"兼相爱，交相利"。与儒家讲"亲亲"，重视亲疏关系，主张"爱有等差""罕言利"相反，墨家突出一个"义"字，主张"兴天下之利，除天下之害"。

在政治上，墨子主张"尚同""尚贤"，希望实行中央集权，统一政令，要求向平民开放政权。而"兼相爱"的真谛，是主张"爱无等差"，反对宗法等级制度。因此，他又提出"非攻"，反对当时的侵略和兼并战争。他的"节用""节葬""非命""非乐"等主张，也是与儒家的繁文缛节和厚葬久丧针锋相对的。

墨子还"置天志以为法仪"，与孔子"不语怪、力、乱、神"相对立，提出了"天志""明鬼"的思想主张，认为天的意志是衡量人们言行的准则，要求人们尊天帝、敬鬼神，一言一行都必须"取法于天"，做到"不义不富，不义不贵，不义不亲，不义不近"。

此外，墨子明确地把"名实"关系作为一个哲学问题，在认识论方面提出了判断是非真伪的标准应该是客观的光辉思想。他反对儒家的"是非之心，人皆有之"，即认为真理标准在人的理性思维之中，提出了著名的"三表"说。"三表"，就是墨子所确立的真理标准：一是要依据古代圣王的经验；二是要考察人们的直接经验；三是要付诸实施，观其效果如何。

墨家的思想主要收集在《墨子》一书中。后期墨家有《经》上、下，《经说》上、下，《大取》《小取》六篇著作，主要讨论逻辑推理方面的问题，表现出墨家善辩的特点。

清静无为的道家

　　道家又称道德家，其创始人是春秋时期的老子，即老聃，他早期做过东周的小官，后来离职在野，过着躬耕授徒的隐士般生活。到战国时代，道家的代表人物是庄子，即庄周，他是宋国贵族的后裔，但已趋于贫困。因此，道家学说又称为"老庄之学"。

　　道家哲学思想的最高概括是道、德二字，认为道是世界的本原，即"道生万物"；"道"是事物发展变化的规律，即"物得以生，谓之德"，"德者道之舍"；事物的发展方向是循环的；"道"存在于自然界之先、之外。在先秦诸子学派中，道家思想最富于哲学内涵，是中国传统思想文化的哲学基础。

　　在政治上，道家把社会动荡不安归咎于新兴地主阶级的兼并征战，因而对儒家礼仪德政的说教不满，对法家的变法革新也持否定态度，要求统治者"处无为之事，行不言之教"，使社会自由发展，率民走"清静无为"的道路；庄子更提倡一种"无君"的社会。

　　道家在先秦时代，是儒家的对立面。如果说儒家思想是积极入世的话，那么道家思想就是消极出世的。不过，二者一致的地方是都追求身心内外的和谐，否定"天命""天神"的观念等。汉代以后，儒道两家逐渐合流。在两千年中，道家思想先后有三个辉煌时期：一是汉初的"黄老之治"；二是魏晋玄学；三是唐初经统治者抬举，老子被戴上了"太上玄元皇帝"的桂冠。道家清静无为的政治思想，在历史上每当经过一段战乱之后，就会对当时政治产生强烈的影响。它作为儒家思想的一种补充形式，时起时伏，历两千多年而不绝。

　　道家的经典主要是《老子》，也叫《道德经》，还有《庄子》等。道家思想不仅在历史上对社会经济、政治生活产生了影响，而且老庄的认识论方法还从哲学和艺术两个方面对中国传统思想文化产生深远影响。董仲舒把"道"作为支撑"三纲五常"学说的哲学框架,理学以道家思想作为论证手段之一,从而使儒家的纲常名教学说不断趋于完善。在传统美学史上,与儒家主张的美与善的统一、"诗言志""文以载道"的美学思想相抗衡,道家的美学思想把审美情趣同超逸的人生态度联系起来,追求一种自然无为,摆脱外物的奴役,在精神上获得绝对自由的境界。历代关于审美和艺术创造特殊规律的认识,绝大部分源于道家思想。

一断于法的法家

　　法家，是在"礼崩乐坏""主卖官爵、臣卖智力"的战国时代成长起来的政治派别。法家思想讲的是组织和领导的理论与方法，是新兴地主阶级的政治学。其基本政治主张是加强君权，实行法治，要求结束百家争鸣、众说纷纭的局面。

　　早期法家的代表，是春秋时期的管仲和子产，他们都是掌握实际权力、推行法家政策的先驱。战国时代，前期法家的代表人物有李悝、吴起、商鞅、申不害等，后期法家的代表是韩非。他们先后在各国实行变法，并在思想领域与儒家展开了激烈的论争。秦始皇统一六国以后，以强制手段推行法家政策，使法家思想的统治地位达到了高峰。汉武帝虽然"独尊儒术"，但实际上却是实行外"儒"内"法"的政策，所以汉宣帝说："汉家自有制度，本以霸王道杂之，奈何纯任德教用周政乎！"自汉武帝起至清末，中国政治大势，基本上是外"儒"内"法"，伴之以"道"的调节。法家所创立的大一统皇朝的政治制度，成为两千年间中国社会政治生活的基本依托，法家的变革精神，影响了一代又一代进步的思想家和政治家。

　　法家思想的精粹，一是在冷静分析社会现象的基础上，确立了进化的历史观，针对儒家"法古无过，循礼无邪"的观点，提出了"法后王"的政治主张，以提高国君的地位，加强国君的权力。二是建立了以"法"为本，法、术、势统一的政治理论体系。李悝、吴起、商鞅强调政治要"一任于法"，统一的法令"为治之本"。申不害讲术，即国君驾御臣下的统治权术，主张君主要藏权术于心中，玩臣下于股掌之上，严防臣下欺君篡权。慎到强调"势"的重要性，主张"政从上，吏从君"，做到"令则行，禁则止"。他们从各个不同方面为新兴地主阶级建立的中央集权专制主义国家服务，但是他们的理论却各有所偏。后期法家韩非，在批判吸收他们思想的基础上，将法、术、势三者有机地结合起来，建立了比较完整的法家政治理论体系。

法家不尚空谈，注重实际需要。尽管诸子百家各自都在探索治国方略，但只有法家完全着意于政治思想。

法家的代表著作，以《管子》和《韩非子》最为重要。《管子》一书，虽托名管仲，但其主要思想则成于汉代。《韩非子》是先秦法家思想的集大成者，也是古代中国政治学最重要的经典之一。

敬顺昊天的阴阳家

阴阳家，又称阴阳五行家，是战国时期形成的独立的思想流派。

不过，阴阳与五行作为两个哲学概念，形成时间很早。有人说它们出现于商代，有的则说它们形成于春秋。"阴阳"见于《易经》，"五行"见于《尚书》。起初并没有将二者结合在一起。

阴阳观念，是古人在观天象、气候的基础上产生的。它最初指的是日光向背，后来在《易》经中被作了哲学概括，认为自然界和人类社会的一切事物都是由阴阳两面形成的，并由阴阳的对立斗争而形成事物的运动变化。

五行观念，最初反映的是天上星象的运行，后来被古代思想家比附成地上的金、木、水、火、土五种基本物质，形成金、木、水、火、土五星运行说。金、木、水、火、土五种基本物质，还被思想家看作构成世间万物的基本元素，进而演绎出"相克""相生"的制约关系和理论，说明世间一切事物的发展与变化。

战国时代齐国博学的思想家邹衍，把阴阳和五行两个哲学概念结合起来，铸为一体，形成阴阳五行学派。他博学多识，擅长天文、地理和历史，被当时人誉为"谈天衍"。他以熔天、地、人于一炉的宏观思维方式，把宇宙间已知的一切现象综合起来，造成一个整齐的大系统，试图说明宇宙万物的构成和运动规律，发展了早期阴阳五行学说中的朴素唯物论和朴素辩证法思想。

邹衍根据金、木、水、火、土"相生相克"的理论，把宇宙万物的发展看作一种循环往复的运动，并用来解释社会历史，提出了"五德终始"的历史观。他认为每一个朝代都代表一种"德"，其一切制度都与这种德相适应。改朝换代，就是在"相生相克"理论支配下出现的带规律性的历史现象。邹衍的这套理论，在当时不同程度地被其他诸家学派吸收，对中国传统文化的形成和发展，产生了广泛的影响。

阴阳五行学说中包含某些科学的思想方法，成为推动古代科学技术发展的积极因素。例如，成书于秦汉时代的医学理论著作《黄帝内经》，运用它来解释人体的生理结构和发病原理，一直影响到现代的中医理论。

阴阳五行学说"先验小物，推而大之，以至无垠"的方法论，把经验、推测和幻想结合在一起，被后世思想家附会、推演成一种近乎宗教神学的唯心主义理论，它渗透到政治、社会生活、意识形态的一切方面，逐渐积淀成为中国人的一种传统观念和思维习惯，以至世间万事万物，大自皇朝更替，小到民间风水，无不与五行学说发生关系。所以史学大师顾颉刚曾说："五行是中国人的思想规律。"

阴阳五行家的著作，大部湮没不存，仅在《管子》《吕氏春秋》《礼记》等书中，保留了《四时》《轻重己》《五行》《水地》《度地》《月令》等篇。阴阳五行家的集大成者邹衍的著作也大部亡佚，但他的一些言论却散见于《史记》等典籍之中。

控名责实的名家

名家，是战国时期崛起的、专门从事名词概念探讨的学派，当时称"辩者"。由于成文法的公布，"辩者"在社会上充当了类似律师的角色，他们根据法律条文进行辩护，所以又称"刑名之家"。

春秋战国之际，激烈的社会变动使许多旧的概念不能反映新事物的内容，而新出现的概念还有待于社会的认同，于是，名实不符的问题亟待解决。春秋末期，孔子曾企图通过"正名"的办法来匡正变化了的社会现实，使之符合旧的观念。墨家则相反，主张"取实与名"，即按照新出现的事物的实质而赋予新名，抛弃不符事实的旧概念。到了战国中期，随着名辩思潮的发展，名家学派应运而生，其代表人物是惠施和公孙龙。

惠施（约前370—前318）是宋国人，曾任魏国相十余年，史称"惠施多方，其书五车"，显然是个学识渊博、著述甚丰的学者。当时南方有个叫黄缭子的人问惠施"天所以不坠不陷，风雨雷霆之故"，他不假思索，随口回答，并且"编为万物说"，广征博引，加以说明。可惜，这些著述早已失传，他的"历物十事"，即分析物理的十个命题和其他一些言行片断，散见于《庄子》《荀子》《韩非子》《吕氏春秋》中。

惠施思想的特点，是"合同异"。他说"大同"与"小同"的差异，叫作"小同异"；万物都相同而又不同，叫作"大同异"。在他看来，事物都有相同之处，同时又有差别，事物的相同和差别是相对的，它们同处于统一体之中。于是，就把相同的事物和不同的事物都抽象地统一起来，进而提出"泛爱万物，天地一体"的结论来。在"名""实"的关系上，惠施是从现实存在出发，承认"实"是第一性的，而"名"是"实"的反映，是第二性的，他和稍后的公孙龙的诡辩是不可同日而语的。

公孙龙（约前320—前250）是赵国人，做过平原君赵胜的门客，曾出使燕国，先后劝说燕昭士、赵惠义王"偃兵"。后来，邹衍路过赵国，驳斥了公孙龙的"白马非马论"，公孙龙因此被黜，不久就死了。他的著作，据《汉书·艺文志》载有十四篇，大部分已散失，现存六篇，其中除《迹府》一篇是后人辑录他的事迹以外，其余《坚白论》《白马论》《指物论》《通变论》和《名实论》五篇构成了一个完整的思想体系。

公孙龙思想的特点，是"别同异，离坚白"。"别同异"与惠施的"合同异"相反，它强调事物性质和概念之间的差别与独立性。而"离坚白"则把事物的各种属性一方面与物质实体割裂开来，另一方面又把它们——孤立起来而否认其统一性。他的著名的"白马非马"命题，最明显地表现出他的学说的诡辩性质。他认为，"马"这个词，是指马的形态，凡具有马的形态的都命名为马。"白"这个词，是指白的颜色，凡是白颜色的都命名为白。"白马"是马的形态再加上白颜色，亦即白颜色的马。可见，马与白马是两个不同的概念，所以说"白马非马"。公孙龙夸大了"马"和"白马"这两个概念的差别，即夸大了个别与一般的差别，把二者完全割裂开来，并加以绝对化，最后达到否认个别，只承认一般，使一般脱离个别而独立存在，从而把抽象的概念当成脱离具体事物的精神实体。在名、实关系上，公孙龙是以名正实，把名看成是第一性，而把实看成是第二性的。

公孙龙在《通变论》中还提出了"飞鸟之景（影）未尝动也"的命题，这与古希腊的智者派伊利亚的芝诺的"飞矢不动"命题基本相同，表明当时东西方思想界都出现了几乎相同的诡辩式的理论活动。

名家在概念分析和逻辑论方面，在古代思想界具有独到的贡献，但其认识论却受形而上学思想方法的限制。汉代司马谈总结其特点时说："控名责实，参伍不失"，"名位不同，礼亦异数"。

合纵连横的纵横家

纵横家，是战国中、后期适应诸侯兼并战争形势而兴起的思想派别。《韩非子·五蠹》篇说："纵者，合众弱以攻一强也；而横者，事一强以攻众弱也。"

"合纵"理论最先由魏相公孙衍所倡导，"连横"计策最早为张仪所实施。在秦始皇统一六国前的一个多世纪里，东方六国搞"合纵"以抗秦，秦国则以"连横"离间削弱六国。司马迁描述当时的情景说："天下方务于合纵连横，以攻伐为贤。"

"合纵连横"思潮的代表人物，是苏秦和张仪。他们的游说辞，为当时的游说之士所传习，除见于《战国策》《史记》等典籍外，今人又从马王堆汉墓帛书中整理出《战国纵横家书》。

苏秦生年不详，卒于前317年，东周洛阳人，师从于纵横家鬼谷子，其学说的特点是长于权变。起初，他以"秦国天时地利人和，兵强马壮，法制严明，可以吞并天下，称帝而治"为辞，游说秦惠王，秦惠王以"毛羽未成，不可以高蜚；文理未明，不可以并兼"为由，加以拒绝。苏秦便转而以"合纵"理论游说赵肃侯，劝赵肃侯首先"从亲"，为诸侯倡，继而又奔走于燕、韩、魏、齐、楚等国，先后以"合纵"抗秦游说燕文侯、韩宣惠王、魏襄王、齐宣王、楚威王等。前333年，六国诸侯相会于"洹水之上"，成立"合纵"盟约，并以苏秦为"纵约"之长，佩六国相印，展开"合纵"抗秦运动，"秦兵不敢窥函谷关者十五年"。后来，"纵约"被张仪所发动的"连横"运动破坏，苏秦遂至齐为客卿，与齐大夫争宠，被刺死。

张仪的生年不详，死于前309年，魏国人，也是鬼谷子的学生，苏秦曾自称学术不如张仪。当苏秦游说六国诸侯"合纵"以抗秦时，张仪、犀首和范雎等则以"连横"策略游说秦惠王。"连横"策略的核心，最初是"近交远攻"，后来演进为"远交近攻"。秦惠王采纳张仪等人的建议，派遣公孙衍用厚利诱惑韩宣惠王及魏襄王，约共力伐赵，以破坏其"纵约"。接着又于前330年以重兵伐魏，魏败，献少梁河西地，并承认秦为诸侯主。"连横"初步成功，秦惠王便于前328年任张仪为相，主持"连横"运动。

由于六国诸侯之间的矛盾重重，使"合纵"运动没有坚实的基础。因此，当张仪以"连横"之策游说六国，先后使韩襄王、赵武灵王、燕昭王、齐湣王、楚怀王，分别受其煽惑，背约而共同事秦。秦惠王死，武王立，六国诸侯听说张仪不为武王所信任，又合纵以抗秦，张仪离秦去魏，于前322年为魏相，一年而卒。

六国诸侯此次"合纵"，仅限于表面上保持"纵约"关系，暗地里却各自与秦勾结，所以，前318年，齐合楚、赵、燕、魏五国伐秦之兵，反被秦兵击败于函谷关。六国诸侯自这次战败后，"纵约"彻底瓦解。不久，"合纵"运动再起。"合纵连横"运动虽然时断时续，但却整整延续了一百多年。战国末年，合纵阵营经不起李斯、尉缭的武力威胁和离间之策，十年之间，韩、赵、燕、魏、楚、齐相继为秦所灭，兼并战争终于结束，"合纵连横"学说也就偃旗息鼓了。但作为一种社会思潮，它的长处在于"言其当权事制宜，受命而不受辞"；倘若"邪人为之，则上诈谖而失其信"，不足称道了。

原载《中华古文明大图集》（第六部·文渊），

人民日报出版社1992年7月版

第 7 辑

谈言微中

谈政府官员的廉洁

——访白钢

《光明日报》记者 刚 建

记者：今年年初，你在一次政治制度史研讨会上曾提到研究中国政治制度史不是为了欣赏"国粹"，而是要通过科学地总结过去，启发人们的思考，以便在政治体制改革中兴利除弊。与当前改革过程中出现的政府某些官员以权谋私、索贿、贪污等腐败现象相参照，你是否认为这后面深藏着封建传统的巨大惰性？

白钢：政府官员廉洁与否，从根本上说，总是与制度分不开的。凡是在封建主义残余影响严重而又执法不严的国度里，以权谋私等腐败现象必然十分突出。中国是一个有两千多年封建传统的国家，从体制上讲，一直是官僚政治。官僚政治是一种特权政治，权力成为人们价值取向的唯一界标。历代地方实行行政、司法合一的体制，并以此来管理赋役、财政，从而赋予官僚以政治手段谋取经济利益的极其方便的条件。各级官僚，对上苟且奉迎，对下则肆意榨取，奉迎为其官运，榨取为其中饱。在这里权力被彻底地商品化了。因此，官僚政治是贪赃枉法、贿赂公行、徇私舞弊等腐败现象的必然渊薮。宋初名将曹彬曾一语道破了官无不贪的真谛，他说："好官不过多得钱尔！"清代康熙皇帝也说："所谓廉吏者，非一文不取之谓。"

记者：如此说来，在只有人治而无法治的社会，这是无法克服的弊端。那么，历史上那些为人们所垂青的清官、廉吏，以及历代整饬吏治的努力，又该作何理解？

白钢：两千多年间，清官廉吏是有的，但他们之所以为史家所垂青、为人民所敬仰，又说明循吏如凤毛麟角。历代惩治贪官污吏法律之严苛、案例之繁多，表明贪污之风的盛行。从根本上说，在中国历史上不曾有过现代意义上的廉洁政府。

记者：历代开国之初总好些吧。即便皇帝为了坐稳宝座这一卑小的目的，也不会容忍官员们肆意横行，何况还有"重典"治国这样的传统理论。

白钢：明太祖朱元璋一朝，可以说是最突出的。他严于吏治，规定"凡守令贪酷者，许民赴京陈诉。赃至六十两以上者，枭首示众，仍剥皮实草。府州县卫之左，特立一庙，以祀土地，为剥皮之场，名曰皮场庙。官府公座旁，各悬一剥皮实草之袋，使之触目惊心"。其手段虽然过于残忍，但确实起到了作用，成为明前期经济发展的条件之一。不过，它只能收效于一时，不能铲除滋生贪污腐化的土壤。历代一些明君贤相，虽然认识到吏治败坏与否，实系社稷之安危，因此无不下一番功夫整饬吏治，但是，由于"官为君设"，奉行人治原则，封建宗法制度所编织的关系网遍布社会的各个部门和角落，再加上"刑不上大夫"，以致官僚群体朋比为奸，造成官场日趋腐败。

记者：我们看一些国家的兴衰史，官、商勾结导致政治腐败，是司空见惯的事。而在中国历史上，很早就有"贱商令"与"重税征商"的做法，士农工商，商人被列为老末。那么，中国历代官场腐败，是否也存在商人贿赂官僚的问题？

白钢：不仅存在官、商勾结的问题，而且在许多情况下往往是官、商、高利贷者及地主四位一体。像齐国的孟尝君、秦国的吕不韦既是大商人，又是相国。汉初虽然"法律贱商人"，但"商人已富贵矣！"汉武帝时干脆允许商人做官，让他们经营盐铁。后代虽有工商不得入仕、地主不准经商之类的规定，然而在"以末（商）致财，用本（土地）守之"的封建时代，商人往往通过将商业资本转化为土地资本的手段，变成大地主，而后再挤进官场，成为官僚。此外，不少朝代出于财政上的考虑，大都搞过卖官鬻爵，从秦朝的"纳粟拜爵"，到清代的"捐纳"制度，客观上都起到了促进官、商勾结的作用。我们不能低估商人与官僚勾结导致政治腐败对后世的影响。目前社会上的许多腐败现象，其中由官、商勾结造成的，占相当大的比重。

记者：是啊，一方面是经济发展，一方面则是沉渣泛起，让人不能不思索这里面的联系。在西方发达的资本主义国家，商品经济得以充分发展，而他们的政府却往往标榜为廉洁政府。这恐怕不仅仅是一种自吹自擂吧。

白钢：官、商勾结的问题，西方发达国家也有。不过他们的政府从制度上有严密的防范与监督措施，并从法律上加以禁治。比如英国就明文规定：禁止政府官员参加赌博和各种商业、金融性投机活动；禁止经营或从事与本部门业务有关的任何赢利事业。法国则明令禁止公务员兼任私营职务，等等。其用意就在于杜绝官、商勾结，以保持政府官员的廉洁。上自总统，下至政府一般公务员，一旦有贪污受贿的丑闻，马上就会按法律程序受到弹劾与制裁。

记者：也就是说要"天网恢恢，疏而不漏"，而不能靠"杀一儆百"。这使人想起我们曾发动过不少运动（三反、打击经济犯罪等），然而风头一过，又是愈演愈烈。怎么总有人铤而走险呢？

白钢：除了法律不完备外，还关系到政府官员的素质问题。我们在选拔干部上，缺少统一的、严格的标准，偶然性很大，致使一些不纯分子爬上官位。而在这方面，西方普遍实行文官制度，通过竞争考试、择优录用，保证各级官员在政策水平、法制观念、管理能力、办事效率等方面的高标准，并实行优胜劣汰。

记者：可是，政府官员也是人，除了穿衣吃饭，也会向往优裕的生活，所谓"清水衙门"恐怕没什么吸引力。

白钢：人的需要是多方面的，不独经济一端，被录用为政府官员，本身就是一种社会承认，并由此带来荣誉感、权力感。用高的标准来说，还需有一种为社会献身的精神。当然，经济利益也是一个重要因素，因此不少国家在确定政府官员的工资时，往往要考虑私人企业雇员的工资标准，使之相差无几；也有实行高工资、高待遇的，用意也是为了保持政府官员的廉洁，防止腐败现象。

记者：以我们的现实情况看，所谓腐败现象，形式上主要有两种，一种是上行下效、"官官相护"，一种是"天高皇帝远"，再好的法规到他那里也走了样。对这些人难道真的无可奈何？

白钢：借鉴东西方的治国经验，必须有严格的、多层次的监督手段，这指的是健全监察机关的监督和人民群众的监督，当然还有新闻舆论的监督。缺乏有力的监督，是我国的传统。目前我们必须正视一个现实，即与社会主义商品经济不发达相表里的社会主义民主尚处在启蒙阶段，民主渠道不通，监察机构不健全，这都是亟待解决的。要创造一切条件，充分地发挥人民有效的监督作用。应当增强政府活动的开放性、透明度，使政府机关和公职人员的活动真正置于人民群众的监督之下，人民有权通过各种形式批评政府工作直至批评高级官员。这对整顿机关作风、保持政府官员的廉洁将会起极大的作用。

原载《光明日报》1988 年 4 月 7 日第 2 版

依据法律才能搞好机构改革

——访中国社会科学院政治学所研究员白钢

魏　玲　贾全欣

记者：这次机构改革与以往的改革相比，有无新意和不同？

白钢：不同之处在于，以往的改革只是简单合并和按比例裁减人员，而这次是以转变政府职能为重点。转变职能，既是此次机构改革科学设置机构的根据，也是合理配置人员的根据。

从根本上说，以往的机构改革是服务于高度集中的计划经济体制需要的，并没有触及政府权力关系的调整；而这次改革，突出转变职能，则触及政府权力关系的大幅度调整。邓小平说"机构改革是一场革命"。建立社会主义市场经济体制，是这场革命的突破口。伴随这一新的经济模式的建立，必然引起经济利益关系、政治利益关系的重大调整，并带来人们思维方式、价值观念的根本转变，从而对整个社会生活产生广泛而深刻的影响。**有人认为，这次机构改革，是"政府革自己的命"。这是很准确的提法。因此，机构改革的阻力，主要来自国家机关内部，同时也受外部因素的制约。**例如，传统"官本位"的习俗，对机构改革是不适应的。传统"行政权力支配社会"的观念，通过这次机构改革，将会有所突破。

记者：这次机构改革会不会重蹈覆辙：精简—膨胀—再精简—再膨胀？

白钢："怪圈"形成的原因，从根本上说，还是高度集中的计划经济体制决定的，未触及权力关系的调整，干部有来路，没有退路。从技术上说，以往的机构改革的机构设置和人员编制，没有法律控制、没有开支预算的约束。换言之，不是依法改革。这样，机构设置过多，机构升格，领导干部增多，机关人员严重超编，就杜绝不了。从习俗上说，几千年来"行政权力支配社会"的观念左右着人们的思维与行动。

　　这次机构改革，以转变职能为重点，虽然不可能一蹴而就，在改革过程中，还会遇到一系列困难，但是，方向是正确的。**只要市场取向不变，就不会重蹈覆辙。**

　　不过，由于此次机构改革的根本目的，在于形成一种中国社会发展的体制性驱动力量，所以，在前进道路上困难重重。所谓"体制驱动力量"是根据目前中国社会内外的发展状态设计未来社会发展的调控体制。这样，就要求改革要配套，在开展机构改革的同时，加大诸如计划体制、投资体制、财税体制、金融体制、干部人事制度、工资制度等项改革的力度。**换言之，机构改革不是简单地合并、裁减几个机构的问题，而是一个庞大的社会系统工程，要求各项改革同步进行。各级政府要勇于革自己的命，要严防因工程的艰巨复杂而半途而废。**

　　记者："政企分开"已说了很久，但真正做到的却很少。你能否举出一些成功的实例？

　　白钢：我认为政企分开的标志，一句话就是要使企业成为真正的无主管企业。以此来衡量目前政企分开的现状，成功的例子尚不多见，我还未听说过，倒是不成功的例子时有所闻。

　　例如，不久前在重庆嘉陵企业公司发生的"狸猫换太子"事件，就是政企不分的典型事例。嘉陵企业公司是一家综合性地方外贸企业，目前在重庆 20 多家专业外贸企业中，经济效益名列前茅。年创汇上千万美元，人均创利 7 万美元。去年荣登我国 500 家出口企业之列。去年底，公司与主管部门——重庆市外经委签订了今年的承包合同。预计在一季度就能超额完成全年承包任务。**正在公司上下齐心协力干得红红火火之时，外经委突然宣布公司领导大换班，由外经委委、处两级干部 11 人替换了原来精干团结的 3 人领导班子，并取消了公司的法人资格。外经委主任、副主任兼任了公司董事长、副董事长和总经理；计划、贸管、财务、组织、宣传等部门的处长和副处长兼任了公司副总经理和董事，原来的法人代表、总经理被主管部门来的一大帮子"入侵者"挤在后面，变成了没有任何实权的挂名副总经理。正处在蒸蒸日上佳境的企业，一夜之间就被主管部门那些与原职不脱钩的政府官员给"吃"掉了。——这不是改革，是地地道道的倒退！**

　　又如，现在有极少数地方，搞乡党委、乡政府和企业合二为一，搞所谓"经济开发总公司""农工商联合公司"等，取代了乡党委、乡政府。

这样做，是"以企代政""以企代党"。背离了政企分开、政事分开的原则。当然，由于各地区在经济上和社会发展水平上不平衡，特别是市场发育和完善程度上差别很大，在一些地区，尤其是贫困地区，在一定的时期内，可以采取一些灵活的过渡性措施，包括暂时的政企不分、政事不分，但这并不是目标模式，是不能允许把基层政府的职能，与企业牵混在一起，搞"以企代政""以企代党"的。

记者：一说改革，立刻出现翻牌公司，说明了什么？有一种观点认为，"翻牌"固然可恨，但在中国目前情况下，也只能求得过渡，先"消肿"，再"断奶"，你认为如何？

白钢：翻牌公司，是指政府机关将其主管部门改名为行政性的集团公司，甚至取消原属企业法人资格而保留对企业经营活动的行政干预。表明**用惯了权力的部分官员，死抱着权力不放。马克思曾尖锐批评过的"行政权力支配社会"的观念，在他们头脑里根深蒂固。这是一股逆改革大潮而动的社会思潮的具体反映。**它不是改革，而是倒退，它的出现，实质上是把权力带进市场，使优化资源配置、达到公平竞争的目的无法实现，而将机构改革引入误区。他们不是靠艰苦企业，而是伸手向企业索要紧俏物资倒卖牟利，严重的把下属企业管理更死，直接控制下属企业的产供销、人财物，收取管理费，垄断紧俏产品，因此，它理所当然地受到一些厂长、经理的反对，他们说：**"天不怕，地不怕，就怕机关企业化。"**至于有一种意见认为，对翻牌公司，应当允许在名称、干部身份、待遇方面有个过渡时期，即所谓先"消肿"，再"断奶"，以减缓机构转型带来阻力，是一种糊涂观念。势必带来一系列后遗症，加大机构改革进程的难度，我认为不可取。

记者：改革中，政府机构的职能由谁界定？转变职能，谁来监督？这方面工作究竟应该如何进行？

白钢：机构改革的最终目的，是实现行政管理的科学化。行政管理的科学化，至少包括行政编制法律化、行政程序法律化、行政监督法律化三个方面。**也就是说，机构改革，应当建立在依法改革的基础上。职能的界定，要靠法律。这就要求加强中央编制委员会的权威性，加快编制立法的进程，国家机构编制与定员法、行政程序法、行政监督法等应当尽早出台，并且必须配套。**

从理论上说，机构改革的步骤，应当首先制订、设计一个科学的改革方案。但由政府部门单方面进行不行，必须广泛吸收社会各方面，尤其是容易被忽视的科学研究部门的意见，形成一个足智多谋的思想库来办这件事。其次，推出相应的法律保障，解决好相关法律的立、改、废问题（这方面的工作十分艰巨）。再次，有序地从中央到地方，逐步推开机构改革的步伐，严防"刮风"。最后，舆论导向上，要清除思想、习惯、个人利益上的障碍。

因此，提出要在三年左右时间内完成机构改革，任务是相当艰巨的。

记者：机构改革需要老百姓参与吗？

白钢：之所以要进行机构改革，归根结底是因为官僚机构与人民的利益相矛盾。因此，机构改革绝不仅仅是政府机关的事，而是广泛地直接地牵涉到老百姓的切身利益。它的每一重大措施，在社会各阶层中都会有强烈反映。我认为，在改革过程中，要保证人民参与改革的民主权力，保证人民有合法的渠道和机会陈述意见。应该克服"官大学问长"、不尊重人民意见的现象。

记者：我国的公务员制度与西方有何区别？你对实行公务员制度的前景如何估计？"高薪养廉"能否做到？

白钢：我国的公务员制度与西方公务员制度的本质区别在于，我们强调公务员要坚持四项基本原则，而西方则强调公务员要政治中立。除此之外，西方实行公务员制度的方式、方法，对于我们都有借鉴意义。实行公务员制度，目的在于实现行政管理科学化。这就要求：（1）要设计、制定科学的机构改革和实行公务员制度的方案，并用法律形式确定下来；（2）要推出一整套相应的公务员法，包括国家公务员法、定员法、职位分类法、考试录用法等，做到依法办事。（3）有序地从中央到地方逐步推行公务员制度。**中国的"风"多，实行公务员制度，要防止"刮风"，即防止由"干部"不经培训、考试就直接转成公务员，不应是现有"干部"更个名，不能拿"公务员"当作标签乱贴，否则容易造成"先天不足""后天难补"的后遗症。**

据我所知，《公务员条例》尚未出台，配套法律都还没有制定出来，在推行公务员制度的时候，听说还要搞一个"非领导序列"，这恐怕与公务员制度相左。

公务员应当得到与企业管理人员大体相当的工资待遇，以解后顾之忧。现在干部工资偏低，这是不合理的。实行公务员制度后，工资待遇会相应提高。但不可期望太高，而且还不可能一步到位，说不上"高薪养廉"。公务员制度，还应当大力提倡奉献精神。岳飞说过，"文官不爱财，武官不怕死"，范仲淹说过，"先天下之忧而忧，后天下之乐而乐"。这种精神应当继续发扬。

记者： 机构改革与政治体制改革的关系如何？

白钢： 政治体制涵盖面比较广，包括立法体制、司法体制、行政管理体制、市政体制、地方自治体制、政府经济管理体制、人事管理体制，以及选举制度、政党制度等。

而机构改革，只是其中的一部分，涉及政府的职能配置、机构的设置、各级政府和各部门之间的权力划分，以及人员编制、政府运作机制等方面，属于行政管理体制改革范畴。

邓小平在《政治体制改革要有一个蓝图》中明确指出，政治体制改革的内容，是"解决党如何领导，如何善于领导"的问题。这是关键。

政治体制的静态组成、动态运作、成效的保障，都离不开法制，而任何一个国家的政治体制在运作过程中，都会存在与法制或多或少的偏离或脱节现象，因此，政治体制改革，最重要的是要防止与法制脱节，解决好两个问题：一是防止行政权力突破法律而不断扩张，导致官僚机构膨胀、官僚主义盛行，人民负担加重。二是解决好执政党与法制的关系问题。执政党要处理好它与国家机构的关系，按照人民的意志和利益，用人民同意和拥护的合法手段，保证它对人民的许诺逐一实现。

机构改革作为政治体制改革的有机组成部分，它的进展、成效如何，将直接影响政治体制改革的开展。由于众所周知的原因，现在提政治体制改革，只提行政体制改革，而行政体制改革，又重点放在机构改革上，能否真正适应建立市场经济体制的需要，还有待于实践的检验，事实上，政治体制改革应与经济体制改革同步进行。**现在国有大中型企业走向市场所遇到的第一难题——企业领导体制的问题。**据《半月谈内部版》第 4 期报道：在国有大中型企业中，党政领导很少有一心一意、党政同心的；较好的是貌合心不合；不好的就干脆公开干架；个别党政领导比较合作的，两个一把手不是"哥俩好"，就是"一强一弱"或"一老一少"。形成"厂长不敢负责，书记不好负责，只好集体负责，实际无人负责"的局面。这一现象，实质上光靠机构改革是解决不了的，涉及小平同志讲的应当"解决党如何领导，如何善于领导的问题"，即政治体制改革的深层次问题。

记者：目前干部素质怎么样？能人"下海"后，会不会使其总体素质水平下降？

白钢：这个问题很难回答，全国有 3386 万"干部"编制，党、政、群机关 920 万，事业单位 2466 万，县以上各级党政机关超编 74 万，乡镇一级 214 万。应该说大部分的素质是好的或比较好的，不好的毕竟是少数。

能人"下海"，给机关工作带来一些冲击，由于干部总量是多了，不是少了，所以，冲击带来的负面影响也是有限的。能人"下海"，从量上看，不至于导致干部总体素质下降。但是从质上看，在个别单位、个别部门，则可能会造成较大负面影响。更重要的，是要充分估计到"全民经商"热潮的客观社会后果，对此，我表示忧虑。

原载《视点》月刊 1993 年第 6 期

"穷变通久"与企业发展

　　白钢：中国社会科学院政治学研究所研究员。著有《中国皇帝》《中国政治制度史》《中国封建社会长期延续问题论战的由来与发展》《中国农民问题研究》等。

　　边霞光：江苏邳州港务局局长。曾获江苏省企业管理现代化优秀成果一等奖。

　　马宝珠：栏目主持人，本报记者。

　　主持人：陶渊明有诗云："相知何必旧，倾盖定前言。"二位的桑梓都在徐州地区，今天请二位就继承优秀传统文化，发展现代企业的问题谈谈看法。

　　边霞光：好的。唐诗有云："相知无远近，万里尚为邻。"我与白教授虽为同乡，但几十年间却天各一方。贵报牵线，使我们有机会坐在一起探讨共同感兴趣的问题。我们邳州港十多年前的生产力水平还处在中世纪阶段，装卸工具还是大铁锹、小推车，吞吐量小，技术落后，远远不能适应现代化建设的需要。我们从传统文化的"穷则思变"观念中汲取力量，立足于变革和发展，十年间，实现了港口作业全部自动化，成为京杭大运河上吞吐量最大的现代化港口。

　　白钢：边局长所说的"穷则思变"，我体会有两层意思：一是"穷变通久"，也就是《周易·系辞》上所说的"易穷则变，变则通，通则久"。这句话的意思是说：任何事物到了尽头，就要发生变革，变革就能通畅，通畅就能长久。二是"自强不息"的精神。变革与发展，最终要落实到企业领导和员工是否具有"行健自强"的观念上来。《孙子兵法》上说："上下同欲者胜。"一个单位，一个企业，只有上下一心，自强不息，才能使这个企业永远处在"生长点"上，变革与发展才能"通久"。

边霞光：说得对。变革与发展的关系，是相辅相成的。现在人们常说："发展是硬道理。"其实，发展的前提是变革。邳州港涵盖晋、陕、豫、鲁、冀、内蒙古、皖、苏、沪、浙十个省市自治区，成为苏北地区的物资流通中心。然而，原先靠人力和原始工具作业的港口，已很难适应新的形势。所以，我们确立了"科技兴港"的方针，大胆地进行变革，才赢得了今天的大发展。当然，企业的发展，还要"求之于势"，形成一定的规模，才能在激烈的市场竞争中立于不败之地。

白钢：您从实践中总结出来的这一认识，很有启迪意义。优秀传统文化是取之不尽的宝藏，在发展现代企业中，实现规模经营是势在必行的战略选择。所谓规模经营，就是一个企业通过合理部署而造成有利的态势，即"造势"。"造势"的前提是"知势"，指的是企业领导要对规模经营有科学的认知，并做出正确的决策；而规模经营优越性的发挥，则有赖于"任势"，即合理地实施相应的战略措施。知势—造势—任势，三者辩证统一，企业的发展才有坚实的基础。

主持人：现代企业的发展，离不开企业文化建设。而企业文化作为"大文化"体系中的一个重要组成部分，最大的特点是其承续性。在我们民族的优秀传统文化中，有许多内容都可以作出现代诠释，使之为现代企业发展服务。

白钢：在市场经济条件下，人们常常把"商场"比作"战场"。《孙子兵法·计篇》说："将者，智、信、仁、勇、严也。"这完全可以移植到企业文化建设中来。"智"能发谋，"信"能赏罚，"仁"能附众，"勇"能果断，"严"能立威。对于一个企业领导人来说，具备这五种素质，就具备了管理好一个企业的条件。这个企业就会蒸蒸日上。

边霞光：在企业文化建设中，提高企业领导人的素质是决定因素。在实践中，我们体会，一个企业要想真正搞上去，还得下功夫提高企业员工的整体素质，包括政治、科技、文化等素质。这是企业文化建设不可忽视的一个重要方面。

白钢：提高企业员工的整体素质，目的在于使他们"合于利而动，不合于利而止"，也就是符合国家、企业、个人利益的事就做，反之就不做，以此来增强企业的凝聚力。

边霞光：培养全体员工具有居安思危意识，也是企业文化建设所应追求的目标之一。要让企业员工认识到企业的命运与员工个人的命运是连接在一起的，这样才能调动他们的积极性与创造性，从而使企业在竞争中"称胜"。

　　主持人：谢谢二位的对话！

原载《光明日报》1995 年 5 月 8 日

家训文化及其现代意义

内容提要

○家训，是一个历史范畴，是社会意识形态在家庭领域和家庭关系上的体现。作为一种文化形态，家训文化是中国传统文化的重要组成部分。

○传统家训中封建性糟粕是应当摒弃的，而其精华在塑造人们的民族文化心理、维护社会的稳定方面，是超过积极作用的；其中有关尊老爱幼、勤政廉洁、为人正直、勤奋学习、节俭朴素、邻里和睦等内容，至今仍具有积极意义。

○家训既是中国传统社会的产物，又是一个不断变化着的文化体系。它包含着过去、现在、未来的因素。从这个意义上说，优秀的家训文化是我们今天进行社会主义精神文明建设、创建社会主义新的家训文化的背景和起点。

主持人：马宝珠（本刊主编）

特邀学者：白　钢（中国社会科学院公共政策研究中心研究员）

　　　　　王炳昭（北京师范大学教授）

　　　　　张　琢（中国社会科学院社会学所研究员）

主持人：家训，这个古老的话题近些年越来越引起人们的关注。作为一种传统的文化形态，家训文化的内涵、功能、特点及其社会意义怎样？今天请诸位就此问题谈谈自己的看法。

白　钢：这是一个很有意义的话题。在深入探讨之前，回顾一下家训的起源，还是很有必要的。家训，是传统宗法社会，父母用以垂训子孙的立身治家之言。它的起源，大体上是在"同姓从宗合族属"的血缘实体——宗族组织出现之后，伴随宗法制度的确立而逐渐形成并发展起来的。但是，以"家训"名书者，则比较晚，应首推隋朝仁寿年间颜之推撰写的《颜氏家训》。其后，"家训"便成为历代宗族组织编写的《宗谱》《族谱》《家谱》一类谱牒的必备篇目，以两宋迄民国为最多。也有独立成篇或成书者，前者如三国时期诸葛亮的《诫子书》，后者如清代朱柏庐撰写的《治家格言》。诸如此类，不胜枚举。

王炳昭：传统家训的形成与我国古代社会的性质相联系。中国古代是农业经济为主的自给自足的自然经济，具有浓厚的宗法色彩。家庭在社会结构中占有重要地位。家庭教育受到普遍的重视。"修身、齐家、治国、平天下"成为基本的教育纲领。修身是为了齐家，身修才能家齐；齐家是为了治国，家齐才能国治；治国是为平天下，国治才能天下平。这里的"国"是指当时众多的诸侯国，"天下"是指周天子的一统天下。治国平天下以齐家为本，齐家以修身为本，修身则以教育为本。这也是中国古代教育的一大特色。

张　琢：了解家训，离不开对家庭的认识。在中国传统农业社会中，家庭是集生产（包括人类自身的再生产）、生活、教育、娱乐和防卫于一体的社会的基本单位，人们一般习惯称之为社会的细胞，社会学名之为社会初级群体组织。家的放大就是国——家国一体，故名"国家"。在帝王时代，国就是一姓一氏的家天下。由于家国一体、家天下的传统，家训与国训也就密不可分了。所以，梁启超在《中国史界革命》中批评说："二十四史非史，二十四姓之家谱而已。"这话不免有些绝对，但它却从一个方面表明了古代"国"与"家"的千丝万缕的联系。

主持人：从家训起源，我们能否得出这样一种判断：它从一开始形成就具有积极的人生与社会价值，即修身、齐家、治国。另外，由于它产生于中国封建宗法制度中，所以又打上了不可磨灭的封建烙印。那么，家训文化的内涵、界定是怎样一种情况？它有哪些形式？

张　琢：家训，是社会意识形态在家庭领域和家庭关系上的体现。经历几千年的历史演变，家训文化已作为中华民族传统文化的一部分，并且日益规范化、条例化。它已作为家庭成员稳定的行为准则，并形成家庭的风范和文化心理。

白　钢：严格说来，"家训"只不过是家训文化形态中诸形式的一种。除"家训"外，有的称"家教"，专门登录家人所当遵守的家庭礼法；有的称"家规""家法"或"家约"，旨在约束家人行为。还有的称"家范"。宋人司马光就撰写过一部10卷本的《家范》，也有的称"家则""家箴""家矩""家政""家礼"等，名目繁多。不管形式与名称有多大差异，但它们都是以宗族内部的成文法形式出现的。从这个意义上说，家训文化实质是一种"法文化"。

王炳昭：家训的具体形式多样，有文告、遗嘱、家规、家范，更多的是书信，数量众多，现存仍能收集到的就有千余篇。1991年岳麓书社出版的喻岳衡选编的《历代名人家训》和1996年中央民族大学出版社出版的徐梓编注的《中国传统训诲劝诫辑要·家训》分别精选了一百五十余篇和四十余篇，并作了今译或详尽的注释，简要的详述。

主持人：对于家训文化的内容，许多人的了解很有限，能否作一大略介绍？

王炳昭："家训"的内容十分广泛，涉及为人处世、待人接物之道，读书治学、立身成才之道，理家聚财、和亲睦邻之道，做官任仁、经邦御民之道等诸多方面。古代家训多以中华民族的传统美德为中心教育子孙、勉励家人，成为继承和弘扬中华民族传统美德的重要渠道和方式。其主要方面是：第一，教育子孙、家人为官要勤政廉政。西周贤臣周公旦的《诫伯禽》，告诫儿子"无以国骄人"，要继承自己一生"一沐三捉发，一饭三吐哺"的勤政传统，尊士爱民、敬业尽职。西汉刘向学富位高，写下了《诫子歆书》，以祸福相因的古训教育儿子永记敬事勤政，切莫骄奢怠惰。北宋名流欧阳修继承其父"廉而好施"、绝不妄取的家训，教育后世"官下宜守廉"，尽心向前不避事，临难死节以为荣。第二，教育子孙家人为人正直、谦恭、诚实、守信。东汉重臣张奂告诫子女要谦恭谨慎，切勿"轻傲耆老，侮狎同年"。诸葛亮在《诫子书》《诫外甥书》中反复强调"志当存高远""静以修身，俭以养德""淡泊明志""宁静致远"。第三，教育子孙勤奋好学、立志成才。孔臧在《诫子书》中鼓励儿子"人进退，唯向其志，取必以渐，勤则得多"。嵇康在《家诫》中称"人无志，非人也""若志之之所之，则口与心誓，守死无二，耻躬不逮，期于必济"。颜之推的《颜氏家训》中《教子》《勉学》两篇，专门阐述勤奋好学、立志成才的重要意义和交往方法。明代大臣郑晓在《训子语》中，告诫儿子"大志非才不就，大才非学不成"。第四，生活上要勤劳、俭朴。北宋王旦在《戒子弟》中教育家人保持俭朴家风，"我家盛名清德，当务俭系，保守门风，不得事于奢侈"。有些"家训"不是针对家庭某一具体成员的，而是面向全体家人，往往作为家规、家范，因此内容更广泛全面。明清之后，这种综合性"家训"更为流行，最有代表性的首推清代朱柏庐《治家格言》，俗称《朱子治家格言》。它集中了众多"家训"类中的名言警句，内容丰富，贴近生活，雅俗共赏，易懂易记。总之，古代优秀"家训"是中华民族优秀文化遗产的重要组成部分，而且所言，直接面对子孙，面对家人，往往都能剖肺腑、吐真言、动真情，表露出更多的亲情实趣。

主持人：家训的内容之所以世代相传，不断完善，大概是与这些宝贵的思想养料本身以及做人应当具有的价值取向有关吧。

白　钢：是的。此外，还与它自身的特点和性质有关。家训文化作为宗法关系的产物，其特点主要有三：一是以儒家的"修齐治平"学说为本。这是历代"家训"纂修者所遵循的一项基本原则。他们把家训视作"国之政理"，"家政不修"，是没有资格言国家与天下事的。二是以伦理纲常观念为其理论基础。三纲五常、孝悌忠信观念是家训文化的核心部分。由于伦理纲常观念突出一个"孝"字，被奉为"人道之始，百行之原"，它又与"忠"相联结，于是，"崇忠孝"便成为"家训"所尊崇的最高道德原则。按照这个原则，居家则"孝顺父母"，以修身、齐家；入仕则"忠君"，以治国平天下。综览历代编写的《家训》，其基本内容"以孝、悌、忠、信、礼、义、廉、耻、勤、俭十字为要务"[1]。今天看来，家训的内容，是精华与糟粕并存。三是家训作为族内成文法，在维护家长的族内立法、司法特权的前提下，贯彻寓惩于劝、劝惩结合的原则。几乎所有的家训，无不确认族（家）长对族产的支配权、对族众的处罚权、对族众婚姻的干涉权，对天地神祇及祖先的祭祀权，借以维护家长制。不少宗法家庭组织都设立功过簿，"记其功，示劝惩"。由于家训文化是与传统的宗法制度相表里的，因此，家训文化属于传统伦理政治文化的有机组成部分。它以个人修养为起点，规范每一个人的言行，以推进政治社会化，使人人都具备仁、义、礼、智、信、忠恕、孝悌的品质，做到"德行相劝，事业相勉，过失相规，礼俗相接"，使每个家庭都成为良好的家庭，从而实现天下太平的目标，即儒家学说所设计的"一家仁，一

---

① 江苏《华亭顾氏宗谱》卷7，光绪二十年刊本。

国兴仁"的理想局面。毫无疑问，家训文化在塑造人们的民族文化心理、推进传统伦理政治文化的延续、维护社会的稳定等方面，是起到了重要作用的。

主持人：相信通过几位先生的分析，可以帮助人们从深层次上认识、把握家训文化的本质及其正、负面作用，可以更好地区分其中的精华与糟粕。

王炳昭：说到糟粕，传统家训中值得批判的内容的确是不可忽视的。由于绝大部分古代"家训"多为中国封建社会的产物，自然不免浸透着浓重的陈腐思想观念，如：提倡愚忠愚孝，炫耀名门贵势、光宗耀祖、争做人上之人，宣传听天由命、明哲保身、重男轻女、自视清高的人生哲学和生活道路，大多数"家训"中或多或少地贯穿着"三纲五常""三从四德"等封建道德伦理观。有的"家训"说得冠冕堂皇，其实未必真想实行，也未必真能实行，不过是为了装饰门面、抬高身价而已。

主持人：传统家训是一个历史范畴。当我们置身于今天新的时代、新的历史环境的时候，应当如何看待它呢？

白　钢：对待传统的家训文化，应当反对用"封建的"或"宗法的"，一语骂倒；也应反对用"是糟粕"而予以唾弃。我们主张对传统的家训文化进行辩证否定，或者叫作扬弃，即吸收其经过实践检验是合理的东西，批判其封建落后、僵化的东西，创建社会主义新的家训文化。这里我们不妨先举个例子：当你走进新加坡的一些饭店的大堂时，你会看到这样一副对联："一粥一饭，当思来之不易；半丝半缕，恒念物力维艰。"这副劝诫顾客养成节俭习惯的对联，就出自我国清代朱柏庐的《治家格言》。这可以说是优秀传统家训文化的现代价值的典型表现。就传统家训文化的内涵而言，基本上可以划分为三个部分：一是属于传统美德的部分。它是家训文化的精华之所在，应当加以继承和发扬。比如，尊老爱幼、勉学、勤俭、戒贪、和睦乡里、自省一类垂训。二是带有明显的时代烙印，需作现代诠释的部分。比如，"尊王章""重国课""急赋税"之类的条文，如果剥去历史覆盖在它们身上的尘埃，不妨把"尊王章"诠释为提倡遵守宪法和法律；把"重国课""急赋税"诠释成为增强纳税意识，维护国家利益。如是，传统的家训文化就会获得新生，为我们的精神文明建设服务。三是纯属糟粕的部分，如那些鼓吹天命、神化皇权、提倡愚忠、鄙视妇女地位的条款，没有任何积极意义，理所当然地应该加以摒弃。总之，对于传统家训文化，应当披沙拣金，为我所用。

张　琢：从历史走向未来的我们，正在经历着重大的变革，这就是生产的社会化，人际关系的社会化，教育、文化生活的社会化……各方面的社会化集中到作为社会发展主体的人的自身社会化，已远不是狭小的家庭所能完全承担得了的。诚如鲁迅先生所说："古文化裨助着后来，也束缚着未来。"我们一方面要从传统的家训文化中吸取营养，另一方面又要摆脱封建的束缚。这就是海内外学者所谓传统文化的创造性转换的问题了。

白　钢：家训文化不仅是一个历史范畴，且又是一个不断变化着的文化体系。除了它那可畏的惯性作用外，还有着岁月对它的修正，使它一天比一天更合乎理想的标准。因此，可以说传统的家训文化本身，包含着过去、现在、未来的因素，它将世世代代的社会主体联结起来，成为人们从事社会活动的客观基础。从这个意义上说，传统的家训文化是我们今天进行社会主义精神文明建设以及创建社会主义新的家训文化的背景和起点。

原载《光明日报》1996 年 9 月 24 日第 5 版

农民的政治参与和中国的政治发展

——访中国社会科学院公共政策研究中心主任白钢教授

《中国公务员》记者　晓　晨

　　中国是个农业大国，在中国 12 亿人口中有 9 亿是农民。农村的稳定与否，直接关系到国家的稳定，农村的基层政治建设和农民的政治参与程度，规定并影响着中国的政治发展进程。

　　近年来，在部分农村地区干群关系因干部作风及征提留款、财务等问题而紧张的情况时有发生，严重影响了农民的积极性和农村的稳定。如何适应深化改革的需要，加强和改善农村基层政权建设？如何提高农民的政治参与程度？就此问题本刊记者采访了一直关注并研究农民问题的中国社会科学院公共政策研究中心主任白钢教授。

　　记者：中国的经济体制改革发轫于农村，由安徽凤阳农民首创的家庭联产承包责任制拉开了农村经济体制改革的序幕，其取得的成绩带动并推动了我国整体改革的进程。经济体制改革的深化总是要求政治体制改革与之相配套，那么，几十年来，我国农村的政治体制改革大体经历了哪些变化？

　　白钢：1949 年新中国成立以后，县以下乡村政治体制几经变迁，大体经历了三个阶段。

　　第一阶段，1949 年到 1958 年春季。这一时期的乡村政治体制结构，划分为区、乡、村三级。村级政治组织除党支部外就是村长。1953 年之前，村长一般由乡党委和政府任命，1953 年"普选"之后，由村民选举，乡政府任命。

第二阶段，1958 年夏到 1982 年 12 月。"人民公社化"运动改变了原有的乡村政治结构。人民公社实行"党政合一、政社合一，三级所有"的体制。这个时期生产大队的干部名义上是社员代表会选举产生，实际上是公社党委任命。

第三阶段，从 1982 年修改宪法确立恢复乡（镇）建制和建立村委会至今，为大力推行农村政治体制改革的时期。家庭联产承包责任制的推行，宣布人民公社体制的解体，到 1985 年，全国撤社建立乡人民政府和村委会工作基本完成。随着农村经济改革的深化，农村政治体制改革也就是基层政权建设问题日益突出，为了推动农村政治体制改革向规范化、法制化方向发展，1987 年 11 月，第六届全国人大常委会第 23 次会议审议通过了《中华人民共和国村民委员会组织法（试行）》，规定自次年 6 月 1 日起实行。从此，中国农村的政治体制改革按照村民自治和直接选举的原则步入法制化轨道。

记者：村民自治不失为加强农村基层政权建设，扩大农民政治参与程度的好办法。那么，我国农村现在实行的村民自治与 20 世纪 30 年代实行的乡村自治有什么不同？其主要内容是什么？

白钢：近代以来，从洋务派到孙中山都注意到农村问题的重要性。20 世纪 30 年代，梁漱溟、宴阳初的乡村建设派，也曾力主"乡村自治"，但当时的乡村自治实质上是乡绅自治，也就是依靠乡绅的力量进行管理，结果都以失败而告终。

而目前依据《村民委员会组织法》实行的村民自治，实际上是一种制度性自治，也就是在宪法和相关法律规定的范围之内，在基层党组织的领导下进行的自治。党领导下的村民委员会，这是现阶段我国农村自治的一个显著特点。它在形式上使党和国家对农村的控制，相对地变得间接一些，但并不影响实现乡政府下达的国家任务。严格地说，这是一种培养农民自治能力与党的领导并存的体制。

按照《村民委员会组织法》的规定，村民自治的组织形态，是由年满 18 岁以上有选举权的农民直接选举 3—7 名、任期为 3 年的主任、副主任和委员组成的村民委员会；村民委员会的性质，是基层群众自治组织，其主要政治功能为：处理本村公共事务，兴办公共福利事业，调解村民之间的纠纷，维护公共秩序与社会治安以及管理本村集体所有制土地和其他集体财产等。为加强干部对村民的责任心，提高村民的政治参与程度，该法规定，村民委员会要对村民大会负责，村民大会制定村规民约，监督并检查村民委员会的收支账目。这样就为村民提供了更多的参政机会：一方面可以参加村民委员会的选举，在当选之后直接负责制定执行政策；另一方面，农民还可能通过参加村民大会，对村民委员会的工作进行审议和监督。

记者： 农民直接参与到乡村的政治生活中来，行使民主权利，这的确是历史性的进步。但在一些地区，农民来信来访反映基层组织和干部这样那样问题的事件还不少，这是什么原因呢？

白钢： 任何法律从颁布实施到真正意义上的实施都要有一个相当艰难甚至漫长的过程，《村民委员会组织法》也不例外。我在1994年，曾到山西吕梁、陕北、徐州等地搞调查，发现由于种种原因，村民自治活动发展很不平衡。好的或比较好的占20%—30%，处于中间状态的占50%—60%，涣散的占15%—20%，贫困地区后者的比例还要高。

从以上数字可以看出，村民自治活动搞得好的占少数。村民自治活动搞得好的地方，集体经济发展快，社会治安好，干群关系和谐，而在村民自治活动搞得一般甚至不好的地方，村民自治流于形式，村民参与意识不强，干群关系紧张，甚至会发生对抗，社会治安比较混乱。

记者： 村民自治搞得好坏与否真的可以起那么大的作用吗？

白钢： 我可以给你举一个例子。彭山县和仁寿县是四川省岷江边上的两个邻县。1993年，省里决定要修一条国家级公路，这条公路从两县横穿而过。修路自然要涉及征地、拆迁、集资等棘手问题。彭山县是该省村民自治示范县，村民自治搞得好，村民委员会把修路的情况向全体村民公布，对百姓交底，讲清利害，结果得到了村民的理解和支持，顺利完成集资，用集资款不仅修了路，还在岷江上修了一座壮观的大桥。同一件事，在仁寿县却现出了相反的结果，仁寿县村民自治基本流于形式，农民因不清楚事情的原委，由拒交集资款而引发了不小的冲突，造成了极坏的影响。

由此可见，是否真正让村民实现"自我管理、自我教育、自我服务"的村民自治，对农村的发展和稳定具有重要作用。

记者： 经济体制改革由农村开始，那么农村正在进行的政治体制改革对我国政治体制改革有什么启示呢？

白钢： 我国是世界历史上农民起义最多，也是靠农民起义不断改朝换代的唯一大国；近代以来，农民又是革命的主要力量。农民在中国政治中具有举足轻重的作用。近些年来"村民自治"的实践表明，通过农民政治参与范围和程度的逐步扩大与提高，农民的政治能力逐步得到培养和锻炼，农民的民主意识逐步在增强。中国政治的民主化、现代化，离不开农民素质的提高，离不开农民的现代化。所以，中国的民主政治建设，应当从基层群众自治搞起，从扩大农民的政治参与，提高农民的政治能力，培养农民的民主观念做起。从某种意义上讲，它将是中国民主政治建设成败的试金石。

原载《中国公务员》1996 年第 8 期

开展跨学科研究　提高理论创新能力

——白钢先生访谈录

张剑平　李廷勇

　　应北师大研究生院的邀请，中国社会科学院政治学所研究员、博士生导师白钢先生于 2000 年 11 月 29 日下午来北京师范大学作了题为"开展跨学科研究　提高理论创新能力"的学术报告，大家听后很受启发，反响热烈，嗣后我们依约又前往政治学所向白钢先生作了一次访谈，白钢先生就跨学科研究的重要性、如何开展跨学科研究等问题，进一步讲了许多富有启迪性的意见，我们认为，这对进一步推动人文和社会科学的发展是很有意义的。现将他的报告和访谈中讲的宝贵意见加以整理，奉献给读者。

从历史所到政治学所：践行跨学科
研究的初步尝试

　　访谈开始，我们对白钢先生说：80 年代就拜读过您的《中国封建社会长期延续问题论战》及《中国历史学的趋势》等著述，90 年代又读您的一卷本《中国政治制度史》和前几年出版的十卷本《中国政治制度通史》。请问您为什么从历史学转向政治制度史的研究？

　　白钢先生微笑着回答说——

　　说来惭愧，你们可能不知道我原来是学蒙元史的，当初我追随韩儒林先生及其领导的元史研究室攻读蒙元史，毕业后经韩先生推荐，我来到中国科学院历史所（现中国社会科学院历史研究所）工作。我在历史所待了23 年，大部分时间不是研究元史，而是被分配去研究农民战争史。"文化大革命"中又被关了六七年。1985 年，社会科学院政治学所成立，筹备组领导多次动员我调过去，胡绳同志刚开始不同意，还说："在历史所搞得好好的，干嘛去政治学所？那里基础太差。"后来筹备组领导说：正因为那里基础差，才要调几个不差的人过去。就这样我就被调到了政治学所。到政治学所得重新寻找自己的学术生长点，如果用原来的历史学方法去从事政治学研究，就不符合学术规范，加之当时全国正在清理"精神污染"，主管院长找我谈话，建议我研究政治制度史和政治思想史。我花了好几个月的时间思考我的学术生长点，又广泛阅读了政治学、法学的名著，最后选择了中国政治制度史作为突破口。

我们又问道：您主编的十卷本《中国政治制度通史》出版后，在社会上得到广泛的好评，特别是您重视决策体制、政体运行机制的研究，给人以耳目一新的感觉。前不久又获得国家图书大奖，请您谈谈有关这部书编撰的指导思想和主要学术特色。

白钢先生就这个问题做了较详细的说明，他说——

20 世纪中国政治制度史的研究开始于 20 年代初的梁启超和王国维，他们开创了用现代科学方法研究政治制度这个新的学术领域。此后一百多年间，中国政治制度研究基本上处于对史实的考索和厘定状态，也就是说从静态的角度，根据现有的文献资料，对各种官制进行考证，80 年代以前，以官制史代替政治制度史是这个学科的主流。所谓政治制度史，实际上只不过是官制史的静态的平面的图解，没有办法知道政治制度在政治实践中的实际作用，也无法弄清楚各种制度自身运行的机制。要突破原来历史学的框框，就必须引进政治学、法学及其他相关学科的理论和方法，并以此来对政治制度的结构和政治制度的运行机制进行系统的考察。70 年代末到 80 年代初，随着西方政治学的输入，人们开始认识到应该用政治学的学术规范来和历史学相结合去进行一些创造性的思维，争取在一些重大问题上能有所突破。出于这样的考虑，我们邀集了史学界、政治学界、法学界、民族学界一些学有专长的同志，大家都来学一点其他学科的知识，用不同学科的理论和方法来重新探讨我国的政治制度，经过十几年的努力，1996 年我们拿出了十卷本的《中国政治制度通史》。我们在研究中国政治制度史的实践中，成功的经验是利用不同学科的理论和方法，找出了中国政治制度运行的客观机制。这一机制具有三个方面的特点：其一，中国从秦汉以来直至明清，政治结构始终是行政、军事、监察三足鼎立，甚至连蒙古族人忽必烈对这点也认识得非常清楚。他曾说：中书是我的左手，枢密是我的右手，御史台是我用来医治这两手的。也就是说权力分工和权力制衡的关系在传统的中国政治制度这个问题上表现得非常明显。不管时代如何变化，这种权力的格局始终没有变——从秦汉至明清一以贯之；其二，表现在"近侍"方面，皇帝的近侍逐步外官化，或者叫作服务系统向中书系统转化，尚书是由宦官逐步演变为行政首脑的；其三，中央派出机构逐步地方官化。这是传统政治制度运行机制最突出的三个特点。如果按照原来的方法去研究，是无法发现这些特点的，但当我们把焦点放在对政治制度运行机制的探索上时，问题便迎刃而解了。

十卷本《中国政治制度通史》得到各界朋友的积极鼓励，也拿了两项大奖，当然这不是说这部书无懈可击，它的毛病不少。但这部书出版后获得的反响，至少可以说明一点：经过全体同志十余年的努力，中国政治制度史的研究应该说是有所进步的，不同学科的跨学科研究是促使这部书成功的一个直接原因。

跨学科研究既是理论创新的需要，也是学科内在发展的必然趋势

说到跨学科研究，我们请白钢先生谈了目前重新提倡开展跨学科研究的意义。他说——

提起跨学科研究，使我想到 20 世纪我国一位非常著名的历史学家和思想家陈寅恪先生，他在为陈垣先生《敦煌劫余录》所作的序言中说："一时代之学术，必有其新材料与新问题，需用此材料以研求问题，作为此时代学术之新潮流，治学之士得与此潮流者谓之预流，未得与者，谓未入流。此学术之通例，非闭门造车之徒所能用与者也。""预流"借用佛教语，即我们平常所说的"入流"。陈先生这段话对我们今天来讨论如何开展跨学科研究，提高理论创新能力具有很大的启迪作用。在新旧世纪交替这样一个时期，经济全球化趋势日益发展，科学技术突飞猛进，国际竞争日趋激烈，这样严峻的客观环境向我们提出了新的挑战，对于我们人文、社会科学工作者来说，如何增强我们的理论创新能力，应该说是摆在我们每一个研究者面前的一个不容回避的问题。

（一）不同学科知识之间的碰撞，容易产生新的思想火花，这些新的火花很可能成为理论创新的生长点

所谓理论创新，它是我们各项创新纵向结构的起点。没有理论创新，

那么知识创新、技术创新、体制创新这些都无从谈起，而理论创新的前提应该是在开展综合性跨学研究的基础上才能够实现。任何一种新的理论的生长点都分布在学科的边缘地带，因为学科的边缘地带是不同学科相互渗透、相互交叉的多学科杂处的地带，不同学科的知识之间的碰撞，容易产生许多新的思想火花，而这些新的思想火花就很可能成为理论创新的生长点。换句话说，学科的边缘地带往往是观察不同学科领域相互之间关系的一个最佳角度，而兼具不同学科知识的人最容易抓住机会选择最佳角度进行理论思维和理论创新活动。

我们不妨从 90 年代以来在西方学术界属于前沿的几个领域中举两个例子来说明不同学科的跨学科研究，确实促进了新的理论的形成，乃至新的学科的形成。比如"公共选择理论"，这个理论既不是政治学家提出来的，也不是行政管理学家提出来的，而是由美国当代著名经济学家、诺贝尔经济学奖获得者布坎兰和他的一些同行共同创立的一种公共经济理论。"公共"这个概念在现在学术界涵盖了国家和社会这样一个非常大的概念。公共选择理论的宗旨是把市场制度中的人类行为与政治制度中的政府行为纳入同一分析的轨道。即"经济人"的模式，它修正了传统经济学把政治制度置于经济分析之外的理论上的缺陷。公共选择理论就是用市场经济条件下的经济人的活动来分析政府行为，实际上它把政府行为用经济学的方法说白了。这一理论应该说当前特别在西方学术界是一个热门话题，也是现在新兴管理学科的核心理论。这个理论的提出就说明了跨学科研究确实是提高理论创新能力的一个重要途径。另一个例子也是当前西方的一个最热门的理论，叫作"治理理论"。用"治理"代替我们过去理解的"统治"，这是 1989 年世界银行一批经济学家在提出了非洲治理危机之后逐步形成的一个新的理论。"治理理论"也成为当今西方政治学、经济学、政治社会学、公共管理学等领域最流行的理论之一，近年我们国内学术界也将这一理论介绍进来，而且有少数学者开始用这一理论来分析改革开放以来中国基层社会的具体变迁情况。严格来讲，这个理论是管理学或政治学范畴的概念，但这一理论却是经济学家提出来的，这个理论形成后迅速为学术界所接受并在西方广泛的实践中加以运用，表明跨学科研究是治理理论产生的基础。当然关于治理理论，学术界目前仍有争议，你们可以找一下今年初社会科学文献出版社出版、俞可平同志主编的国际政治前沿理论丛书中有一本《治理与善治》的著作，读过这本书及有关的文章后，你们就会发现"治理理论"的产生完全是学者从事跨学科研究的一个结果。

理论创新是我们学术发展的灵魂，也是一个民族、一个国家发达的不竭动力。一些发达国家十分重视培养理论创新能力，打破了自然科学和人文社会科学的局限的管理科学的兴起与发展就是最有力的证明。西方一些著名的学府，用自然科学和社会科学等多学科的综合知识来培养新型人才，毕业生同时拥有工程技术和管理两个学科的学位，有这种学位的学生被列为是拿了"金色护照"的人，美国麻省理工学院，早在 1997 年就开始了科学技术与社会规划，它的目的是在自然科学、技术科学和人文社会科学相交叉的学科领域中进行多学科、跨学科的教学和科研，目光是培养适应时代要求、有创新能力的人才。法国也提出让大学毕业生成为具有广阔得多的视野，又有某些新的问题或新设想，有高深的造诣，不受学科界限束缚的人。西方国家这些做法，值得我们深思，值得我们学习。

（二）跨学科研究也是学科自身发展的要求

我国伟大的史学家司马迁在《史记》中提出"究天人之际，通古今之变，成一家之言"的目标。这里所说的"天人"，指"天道"与"人道"，也可以说指自然与人文。应当承认在古代，人们对自然与社会科学的界说是很浑浊的，没有什么严格的分界，东西方皆如此。古代学科分类是粗线条的，是非常不严格的，人们在解决问题时总是要把已知的自然和社会的知识综合运用，相互印证。到 15 世纪后半叶，以哥白尼的"天体运行"理论为标志，近代科学应运而生，从此以后，自然科学与人文科学的分野也日渐明显，各个学科的交叉地带不断有新学科的出现。据相关资料显示，到近几十年，新发展形成的学科多达五百多个。学科分类的细化，就像人类社会的分工细化一样，它有助于人们认识客观事物发展的规律，掌握分析事物的方法，但是，过细的学科分类或过细的社会分工又必然限制人们的视野，束缚人们的思维空间和思维方式，在认识问题时容易造成片面性，使人们缺乏一种全面的观念。因此，随着科学的发展和社会的进步，特别是第二次世界大战以来，自然科学与人文社会科学相互渗透、相互融合的趋势又被提到人们思考的范围之内。基于这样的认识，我们说开展跨学科研究也是学科自身发展的内在要求。

这里我们不妨也举一个例子加以说明。中国思想史研究非常久远，历代都有大量的思想史资料和思想史研究成果，从 20 世纪 30 年代到现在，我们的政治思想史研究成果应当说相当不少，但是我们把这些书找来进行比较和对照，就会发现一个问题：基本上是现代人用现代的立场和方法对思想家所留下的思想资料进行"诠释"，这些"诠释"由于作者不同，所以写出来的思想史让你感觉也有差异，但究竟谁说得对？不知道！也无法评价！因为这里面注入了现代人的思想，把现代人对某些原始资料的理解作为思想家的思想，我称这种写法叫"画鬼"！思想家的思想资料留下来的东西就那么一点，我们现代人把我们的理解注入进去，强加给他，这不是画鬼是什么？因为鬼看不见，谁也没有见过，这就很难判断说某一本写得更好，某一本写得不好。这里面还有一个重大问题，政治思想史只把历代思想家有关政治思想的言论连缀起来，而历代政治家在政治实践中所形成的各种治国思想并没有涉及。用我们上面谈到的"治理理论"来看，一部政治思想史如果没有历代政治家在政治实践中所形成的政治思想，这样的著作能叫作政治思想史吗？我说，即使你叫它为政治思想史，恐怕也是不完整的。所以，要使政治思想史能突破，必须开展跨学科研究。从事思想史、专门史研究的学者应该与从事社会史、政治史的学者联手，应该多学一点管理学、政治学的理论和方法，综合这几个学科的理论和方法，回过头来研究思想资料和历代政治家在政治实践中形成的治国思想。如果从新的角度思考问题，我们中国的政治思想史研究将会取得更大的进步，不然的话，仍按原来几十年一贯的老路子走，这门学科最后不凋零、不衰落是不可能的。因此，从学科自身内在发展的要求来看，我们应该开展多学科的综合研究，而多学科综合研究正是我们进行理论创新的绝好用武之地。

"立志、得法、脱俗"是从事跨学科研究的要诀

　　白钢先生富于理论性的阐述增强了我们从事多学科研究的信心，那么我们到底应该怎样去进行跨学科综合研究，在具体研究中我们应注意哪些问题，我们就这些问题又向白钢先生请教，白钢先生展开了第三层次论述。他说——

　　"跨学科研究对我们每个学者来说，既要立志，又要得法，而且还要脱俗！立志、得法和脱俗应该是我们从事跨学科研究的一个要诀！"古今中外治学之士都体会到：治学"不患才之不赡，而患志之不立"。这本是

汉代学者徐干的一句话，我用他来说明我们的跨学科研究。在开展这项工作时，我们不患自己才之不足，而怕自己是否立志于跨学科研究。开展跨学科研究是需要立志的，所谓"立志"，就是要下定决心。因为我们每一个人都熟悉自己的研究领域，读书时也往往会有一种偏爱，只看自己喜爱的书，而对别的学科或不想看，或想看而看不懂，这种心理不利于我们广泛地涉猎知识，不利于开展跨学科研究，因而对我们想从事跨学科研究的同志来说，就要横下一条心来，要有白居易《长恨歌》中所说的"上穷碧落下黄泉"的勇气，要有"上天""入地"的志向。

确立这个目标之后，关键是要得法。这里既要扬长避短，也要学会随时补充自己的知识结构，对于不同学科之间的理论和方法要善于学习。既要取法于人，向人家学习，又不要全盘照搬。要善于把自己的业务专长巧妙地和所学的新知识结合起来，要善于厘清不同学科之间的关系，只有这样才可能找到新理论的生长点，所以我将之比为"脱俗"。我们在从事跨学科研究时，在不出笑话、不违反对方的学术规范的前提下，要敢于发挥自己的想象，利用自身的知识，找结合点，提出创新理论。这使我想起宋代计有功在《唐诗纪事》中评孟浩然的诗时所说的一段话："学不考儒，务撷菁华。文不按古，匠心独妙"，所谓学不考儒，指孟浩然不跟随儒家亦步亦趋，而是强调撷取精华部分，不因袭前人，他的造诣具有独创性。我们在从事跨学科研究时一定要树立这样坚定的信念，在实践中通过读书，通过扩充自己的知识范围，最后一定会找出许多你认为可以出现新观点、新理论的地方，这比拘守一门学科，一种理论和思维方法，更容易豁然开朗！

白钢先生关于跨学科研究方法的论述，对于我们坚定研究信念具有重要意义。随后我们就目前我国在跨学科研究方面出现的问题，比如"移花接木"问题，甚至有人用心理分析方法得出屈原是一个性变态者的结论请教了白钢先生。白钢先生坚定地回答——

跨学科研究要避免"移花接木"，或者是借助不同学科的理论和方法来唬人、蒙人！如果出现这种情况，严格来说这种研究者并没有弄清楚相关学科的学术规范。我们说跨学科研究的前提是对不同学科的学术规范要有完整的、准确的理解，否则就会出现我们常说的"硬伤"，出现"硬伤"就不叫跨学科研究！在跨学科研究中，我们要避免抓住一鳞半爪就在那里张牙舞爪来吓唬人，特别是用别的学科的知识来糊弄本学科的同行，这种学风是非常糟糕的！

至于用心理学研究屈原，有人得出屈原是性心理变态者的结论，白钢先生首先谦虚地说他不懂心理学，但他坚定地说：

假如这个研究者是完全用心理学的完整理论对现有的资料进行分析后得出这样的结论，我表示怀疑。理由很简单，心理学分析需要心理测试，对于屈原，我们今天所见的仅是他留下的一些作品，除了能从他的文学作品中得到一些相关信息外，你无法得到心理学所需要的相关的数据和资料，仅根据他的文学作品中的一些思想倾向和感情倾向，就给他扣上性心理变态者这个帽子，我觉得这个结论本身就值得怀疑，我也不太赞成。我看到过我们的许多历史剧、历史小说中的历史人物的心理描写和心态刻画，这些描写正如我刚才谈到的多年来我们的一些思想史研究者一样，是在画鬼！

我们的采访不知不觉已占用了白钢先生两个多小时的时间，最后我们请白钢先生谈谈在跨学科研究方面，我们与西方发达国家相比差距到底有多大，另外请他谈谈对我国当前开展的跨学科研究的看法。白钢先生说——

跨学科研究在19世纪末20世纪初已在西方兴起，在第二次世界大战后特别是五六十年代在西方有了新的发展，应该说近几十年来，从全球范围内来说，跨学科研究突飞猛进，但是就我们国家来说，这种趋势在改革开放几十年发展中是被耽误了。除在极个别的几个技术学科领域有所贡献外，在许多领域我们是"空白"！改革开放二十多年来，我们基本上，可以说一直到现在还在做引进的工作，"拿来主义"在起作用。因为我们在整个科技发展过程中落伍了，而且由于我们的特殊环境、我们的价值趋向，限制了我们相当一批学科的发展。到目前为止，西方90年代以前的先进成果才被陆陆续续地介绍进来，我们与国外的差距至少还有十年以上。最突出的比如说"管理科学"，在西方20世纪40年代已经兴起，我们在80年代后期才重视建立这门学科，目前我国也搞MBA和MPA，但据我所知，我们开设的课程与西方同类课程相比，差距还非常大，许多授课点没有"公共财政"这门课。所以应该说各个学科，能将西方各学科理论引进来，并且能与中国实际相结合，形成中国特色的学科基本上没有！这学期我在开设"公共政策分析"这门课程之前，专门去国家图书馆和北大图书馆查了一下，发现80年代初以来，这门课程的讲义、课本专著多达八百余种。我比较了其中二十余种，可以看出互相抄袭之风非常盛行。高明者抄美国，不高明者抄台湾，或者互相抄袭。管理科学经过这几十年的努力，发展到这种地步，其原因不能不引起我们深思。我想，在市场经济冲击下，人心浮躁，研究者很少能潜下心来进行深入研究，这恐怕也是一种客观实际，是一个重要原因。

白钢先生的一席话将我们带到严峻的现实面前，在 21 世纪到来之前，深入思考，奋起直追也许是我们唯一的选择！谈话中我们得知白钢先生目前正在从事多卷本的《中国政治思想史》的编撰工作，我们相信利用跨学科这个成功的方法，在总结多卷本《中国政治制度史》经验的基础上，白钢先生这个工作将做得更好。我们期待着他的大作早日面世。我们也希望同有志于跨学科研究的广大学者一道，在白钢先生的倡导下，为推动中国的跨学科研究添砖加瓦，作出自己的贡献。

后记：这是 2000 年 12 月间，北京师范大学研究生院历史系在读博士生张剑平、李廷勇合写的访谈录，送我审阅时被我扣下，没有公开发表。原因是我当时归隐心切，不想由此文引起麻烦。如今，时过境迁，从积稿中翻出，也算是对张剑平博士、李廷勇博士的一个交代。

白钢 2011 年 4 月 8 日补记于宜雨亭

国泰民安话"稳定"

《北京日报》记者 李 乔

要点

○改革的成本分摊与利益分配之间的矛盾逐步显性化，是当前影响社会政治稳定的主要因素。

○维护社会稳定，是全社会各群体的最大利益之所在。这应该说是现阶段维护稳定的最有利的因素。

○如何从战略高度处理好改革、发展、稳定三者之间的关系，成为我们能否把建设有中国特色社会主义事业胜利推向21世纪的关键。

○在各种社会问题和矛盾盘根错节的现阶段，我们必须确立长治久安的稳定观，实现从主要靠政策调整来维护稳定，向主要靠制度建设来保证稳定的根本性转变，以实现发展与稳定双赢。

记者：我国经济发展已进入一个新的阶段，正处于一个战略转折点上，世纪之交的中国，可谓是机遇与挑战并存，就目前的国际、国内形势来看，您认为把我们的改革开放事业全面推向21世纪的关键是什么？

白钢：这个新阶段，恰逢世纪之交。一方面，突飞猛进的科技革命，赋予国际经济社会发展的竞争日趋激烈；经济全球化趋势，带来了国际经济危机和金融危机的冲击；霸权主义与世界多极化发展的矛盾，威胁着世界和平发展，我国改革与发展的外部环境，变得更加复杂。

另一方面，经过20年的改革开放，我们的经济体制改革已进入高难度的攻坚阶段。随着经济体制的转轨、经济结构的调整与升级，改革的利益分配与改革的成本分摊之间的矛盾逐渐显露出来，并成为影响稳定的因素而日渐突出，从而使我们深化改革、加快发展面临着更加严峻的新形势和新挑战。

在这样一个不以我们主观意志为转移的客观形势下，如何从战略高度处理好改革、发展、稳定三者之间的关系，就成为我们能否把建设有中国特色社会主义事业胜利推向 21 世纪的关键。

记者：十五大报告中曾提出要在社会政治稳定中推进改革、发展，在改革、发展中实现社会稳定。那么，如何看待改革、发展和稳定三者的关系呢？

白钢：发展与稳定总体上说是一种互为因果的对立统一关系。发展与改革是社会稳定和国家长治久安的基础，而保持社会稳定是发展经济和顺利进行改革的必不可少的条件。

改革开放 20 年的经验教训表明，发展与稳定，是贯穿整个经济社会发展过程、遍及社会各个领域里的一对矛盾。只是由于社会发展阶段不同、所面临的历史任务不同、所处的环境条件不同、当事的领导人的具体情况和注意力不同，而导致这种矛盾的成因、内容、特点和表现形式不同罢了。矛盾是一种客观存在，没有矛盾便不成其为社会了。社会发展，从来就是旧的矛盾解决了，新的矛盾又出现了。改革、发展就是不断克服困难的过程。从本质上讲，改革与发展，就是除旧布新，是"破"与"立"的统一。"破"即"除旧"，意味着要打破事物原有的格局。这对于习于顺从旧格局的习惯势力来说，必然会因为不适应而转化为不稳定因素。而"立"即"布新"，则意味着要在旧秩序的废墟上创立新格局。新格局的优越性在于克服旧格局的弊端，消弭原来的不稳定因素，形成实现新稳定的基础。因此，改革、发展与稳定的关系，是一种互为因果的对立统一关系。这就要求我们必须立足于改革与发展，来认识和处理在改革与发展过程中所出现的不稳定因素，做到对症下药，而不是缘木求鱼。

记者：从哲学的视角来看，矛盾构成了事物发展的根本动力。既然发展和稳定是社会发展中的一对矛盾，那么怎样看待改革和发展过程中出现的不稳定因素，正确处理二者关系呢？

白钢：能否处理好改革与发展过程中出现的不稳定因素进而处理好二者关系，关键在于解决好认识问题。

首先，要牢固确立"发展是硬道理"的观念，从维护国家利益大局的战略高度出发，同时也要从经济社会运行本身的客观规律出发，来看待不稳定因素的问题。我们的社会主义建设是在一个特定的环境下开始的，在发展过程中又面临着来自国内外的各种强大压力。无论是在经济社会运行方面，还是在社会关系方面，抑或是在社会政治局势方面，都存在着这样或那样比较棘手的矛盾。随着国际局势的急剧变化和国内经济体制改革的深入，发展与稳定的矛盾又有了新的表现形式。不仅旧体制遗留下来的许多"老、大、难"问题日益显性化，而且亚洲金融风暴又给我们的经济发展造成了严重的冲击。此外，资源、人口、环境的压力在增大；改革的利益分配与成本分摊的协调机制不适应新形势。诸如此类，都可能成为滋生不稳定因素的渊薮。

其次，要摒弃"为稳定而稳定"的陈旧思路，全面领会党中央关于正确处理改革、发展、稳定三者之间的辩证关系的基本精神，树立"在改革、发展中实现社会稳定"的坚强信念。

最后，要充分认识和把握现阶段人民内部矛盾的特殊性和复杂性，切忌简单化和片面化。我们曾经有"人民内部矛盾"与"敌我矛盾"的传统分类，并有相应的政策措施。如何看待这些判断和政策在新时期的适用性，是需要认真思考和探讨的问题。大量事实表明，我们可能需要更加科学和具体的态度来认识现阶段社会经济各领域里的问题与矛盾。20年来改革开放新实践中所出现的新情况、新问题，已经为丰富和发展正确处理人民内部矛盾的理论，提供了基础、机遇和需求。我们应当求真务实，对现阶段社会各阶层的经济状况、政治态度和社会要求，进行冷静的理论思考，在实践中提高我们认识和处理各种社会矛盾的能力。从某种意义上说，只要认识上去了，问题也就解决了一半。当然，人民内部矛盾是一个随着经济、政治、社会的发展而变动不居的复杂问题，在处理过程中出现一些偏差或失误是在所难免的。关键是如何深化认识，不再重复过去所犯的错误。尤其要提高对突发事件的预测与判断能力，建立科学的预警机制，把化解矛盾的工作做在前头。

记者：事物的发展过程中某种意义上就是矛盾的产生、发展和解决的过程，而正确处理和解决矛盾，就要关于抓住主要矛盾和矛盾的主要方面，在促进我国经济发展和维护社会稳定这个问题上，依您之见，当前最需要解决的核心问题是什么？

白钢：1978年以来，我国经济体制改革的实质，是通过利益个别化和个人、集体、国家利益共同增长来打破旧的计划经济体制下的利益分配格局的。因此，利益冲突始终是与改革相伴随的一个必然现象。它与深化改革、加快发展、保持稳定等密切相关，所以要引起我们高度的重视。

　　利益冲突，集中地反映了改革的成本分摊与利益分配之间的矛盾。这一矛盾，几乎遍及社会经济的所有领域，影响并分化着社会各个阶层。特别是当不公平、不公正、不道德的力量介入利益分配过程，贫富两极分化拉大距离时，利益冲突就会随着心理震荡的加剧而变得更加复杂和棘手了。

　　现阶段改革、发展中所遇到的新问题、新矛盾，比如地区之间发展不平衡的问题、政企关系不协调的问题、党群关系与干群关系存在的隔阂问题、权利保障与司法不公正依然比较突出的问题，还有发展速度与社会承受力的矛盾、效率与公平的矛盾、政府驱动与调控经济改革与发展同党政官员"寻租"的矛盾、市场经济的规则和要求同政府机构职能转换滞后与智能贫乏的矛盾，等等，归根到底，都是从改革的成本分摊与利益分配这对主要矛盾中派生出来的不同表现形式。因此，要解决这些新问题、克服这些新矛盾，必须紧紧抓住矛盾的主要方面，针对不同的表现形式，采用不同的处理办法。

　　改革的成本分摊与利益分配之间的矛盾逐步显性化，这是当前影响社会政治稳定的主要危险。其突出表现是个别地区的群体性突发事件增长较快。城乡群体性突发事件的诱因，带有共同性，实质都是利益冲突。

　　记者：改革的成本分摊与利益分配之间的矛盾是随着经济体制的转轨和经济结构的调整升级才逐渐凸显的，那么，如何解决这一问题呢？

　　白钢：在实现经济体制和经济增长方式两个根本性的转变过程中，要解决好改革的成本分摊与利益分配之间的矛盾，就必须建立与健全成本分摊与利益分配的协调机制，即建立新的利益分配格局及其制度调适。然而，新的利益分配格局及其制度调适，并不是经济体制改革本身所能完成的。正如邓小平同志所说："现在经济体制改革每前进一步，都深深感到政治体制改革的必要性。不改革政治体制，就不能保障经济体制改革的成果，不能使经济体制改革继续前进，就会阻碍生产力的发展，阻碍四个现代化的实现。"[①] 就拿国企改革来说，它不仅意味着要调整和完善所有制结构、对国有经济进行战略性改组、建立现代企业制度、投资制度、金融制度、税收制度等一系列根本性的改革，而且还触及就业制度、干部人事制度、工资福利制度和社会保障制度、政企分开与政府管理制度等一系列

[①] 《邓小平文选》第 3 卷，第 176 页。

高难度的配套改革。改革是一个复杂的系统工程，它还涉及人们观念的更新、行为方式与价值取向的转变。这些任务，不是国企改革本身所能完成的。它牵动着经济、社会、政治、文化各个领域的方方面面，都必须因应国企改革的需要作相应的制度调适。否则，便会困难重重，举步维艰，适应新形势的成本分摊与利益分配的协调机制很难建立起来，社会政治局势的稳定就会遇到挑战。

建立与健全改革的成本分摊与利益分配的协调机制，更需要制度创新和加强制度建设才能完成。在新旧体制转轨的过程中，由于税收体制不健全，造成收入分配处于混乱无序的状态。不仅"权力寻租"加剧了分配不公和腐败的蔓延，而且长期实行的累进退税制也使税收这个本来是作为调节分配的杠杆不能发挥应有的作用，相反，却加剧了收入分配不公和两极分化。财税体制改革，是一个庞大的综合配套工程，涉及面之广、层次之深，是前所未有的。它决定着改革的成本分摊与利益分配协调机制能否真正形成，事关社会稳定的大局，因此，只有坚定不移地推进制度创新，才能有效地遏制分配不公和两极分化，消除不稳定的根源。

记者：治国安邦自古就是我国政治家思考的重要问题，您认为我国在走向新世纪的今天，如何增强稳定因素、克服不利因素，从根本上实现国家的长治久安呢？

白钢：目前，我国的社会经济发展已经进入一个关键时期，社会主义市场经济建设能否取得决定性胜利，还面临着许多考验：在社会经济各个领域中，巨大的成就和潜在的矛盾并存的格局将延续相当长一段时间。在各种社会问题和矛盾盘根错节的现阶段，我们必须确立长治久安的稳定观，实现从主要靠政策调整来维护稳定，向主要靠制度建设来保证稳定的根本性转变。

加强制度建设，健全民主与法治，是克服不稳定因素、实现长治久安的根本途径。大量事实表明，不稳定因素几乎无例外地萌生于基层。加强制度建设，推动政策性参与向规则性参与转变，从社会基层消除不稳定因素滋生的条件，实现制度安邦，应是一种无可替代的选择。

维护社会稳定，还需要全社会培养法治精神，提高全体公民的法律意识，养成依法办事的习惯，促进社会主义法治社会的形成。无论是个人行为、企业行为、集团行为，还是政府行为，都要遵守法律规范。要特别强调司法公正和加强法律监督，实行在法律面前人人平等，不允许任何个人和组织凌驾于法律之上。一言以蔽之，只有厉行法治，国家长治久安，才有切实的制度保障。在改革、发展中社会政治稳定的目标才能真正实现。

维护社会稳定，是全社会各群体的最大利益之所在，也是我们党的根本目标之所在。这应该说是现阶段维护稳定的最有利的因素。

在把我们建设有中国特色社会主义的伟大事业全面推向 21 世纪的历史时期，实现发展与稳定双赢，已经成为全党和全国人民的共同意愿。

原载《北京日报》2000 年 1 月 31 日第 9 版，《理论周刊》第 39 期

公共权力运用方式的大变革

——访九届全国政协委员、中国社会科学院 政治学研究所研究员白钢

《中国社会报》记者　祝小惠

九届全国政协三次会议期间，本报记者祝小惠、香港《明报》记者李晓斌、英文《虎报》记者方德豪就中国农村实行村民自治以后发生的变化，共同采访了政协委员、中国社会科学院政治学研究所研究员白钢。

祝小惠：1998 年《村民委员会组织法》颁布后，各地农村已经进行了三次以上村委会换届选举，推行村民自治。您运用政治学的调查分析方法，对此进行了深入研究，请谈谈您的成果。

白　钢：我们在大陆地区 2857 个县级行政区域内，筛选出三个地域分布不同、经济发展水平不同、村民的民族构成不同、村民自治的制度化程度不同的典型的农业县作为实地考察的定点县。它们是吉林省梨树县、山西省河曲县、云南省路南彝族自治县。我们运用统一问卷、入户访谈、查阅文件等方式，分析比较了这三个县的村务管理的现状、经验、问题和对策，以期探索在中国农村实现"善治"的有效途径。

梨树、河曲、路南三县的村务管理，因其治理结构，即公共权力配置不尽相同，从而导致治理方式上各具特点。

实行村民自治以后，农村基层公共权力结构的配置及其运用方式，仍然是当前农村政治生活中的热点或难点问题。其突出表现为村党支部与村委会这两个权力主体之间的关系不顺；行政主导是公共权力运用的基本方式。目前各地村务公开工作极不平衡，有些地方缺乏刚性的统一规范，有些地方不同程度地存在着"重形式，轻效果"的问题。值得注意的是：

以村务公开为主要形式的农村治理结构与治理方式的变革，必然对乡镇政府行为、决策过程、公民参与等产生辐射性影响。由村民自治实行村务公开而推演出地方政府实行政务公开和财务公开，是一场深刻的政治变革。它开启了政府与公民合作运用公共权力的新过程。

祝小惠：党支部与村委会之间的关系怎样理顺？

白　钢：党支部是领导核心，指的是政治领导，并非意味着包办代替。农村基层党支部发挥领导作用，就是要保证宪法、法律和党的方针政策在农村贯彻执行，督促村委会提出本村发展的规划、措施并通过村民会议形成决议，并加以贯彻落实。

李晓斌：村民自治是由中央推动，还是村民自发要求产生的？

白　钢：是农民自己的创造，政府又将它上升到政策层面上。《村委会组织法》写进了这个内容。

方德豪：《村委会组织法》在全国普遍推开，距离有多远？

白　钢：大陆的省级单位，除云南外，都在面上推行了。但各地发展不平衡，有的好，有的可能差一些。

方德豪：在这次政协会上，您准备提这方面的提案吗？

白　钢：我准备就选举法提案，建议采取村委会选举的原则和办法来修改人大代表的选举办法。

李晓斌：城市社区也会参照农村村民自治的办法吗？

白　钢：城市最基层的自治组织是居民委员会，有《居民委员会组织法》。但由于计划经济时期人们隶属于单位，而且单位办社会，所以社区不发达。

方德豪：现在单位的社会功能削弱了。

白　钢：随着市场经济体制逐步建立，城市里基层自治组织的民主建设采取什么形式，是一个非常紧迫的问题。

民政部搞了一些社区建设的试验区，现处在摸索阶段。社区建设还要立法，设法跟上。

李晓斌：您估计人大什么时候会考虑"选举立法"？

白　钢：如果三五年内，有一个草案，能提交人大讨论，就很了不起。

方德豪：这几天，委员们在谈论西部大开发，发达地区的人才到西部去，会促进西部的基层民主建设吗？

　　白　钢：从现在全国村民自治中选举情况看，东西部差别不是很大，相反有一个奇怪现象，不发达地区的选举质量比发达地区好。贫困地区群众一旦权利意识觉醒，他会为一点事儿争公平不公平，那种认真劲儿你都想不到。

原载《中国社会报》2000 年 3 月 7 日第 1 版

党内民主：人民民主的标杆

《新闻周刊》记者　唐建光

作为观察员，中国社会科学院公共政策研究中心主任白钢教授全程见证了四川雅安的党代表直选试点。

记　者：您认为雅安的党代会常任制试点在改革上有何突破？

白　钢：关于党代会常任制，虽然中共八大曾提出过，其后中组部在各地也做过一些试点，但以民主选举来改变党代表的产生方式，是从来没有过的。雅安试点可以看作实现党内民主的纵向结构的起点，对于促进党的执政方式的改变和决策民主化，都会产生积极作用。

记　者：雅安试点成败的关键环节是什么？

白　钢：一是党员对党代表的监督权利是否落实。二是党代表是否履行了承诺。三是党的工作中重大决策，是否尽可能准确和全面地反映了党员和党代表提供的信息和愿望。

记　者：为什么说新一轮中国政治体制改革要从党内民主改革开始？

白　钢：十五大以后，基层民主在各地实践中遇到了很多障碍，使整个基层民主进程步履蹒跚。归结起来，是体制性障碍在起作用，突出表现在党和政府、党和社会以及党和基层群众性自治组织的关系没有理顺。比如在村民自治过程中，出现村委会和党支部、乡镇政府和村民自治组织之间关系不顺。这些问题如果再深究下去，实际是党内民主滞后。比如在村民委员会选举上推行了直选方式，但在党支部的产生过程中，更多地强调组织意图，没有充分考虑基层党员的意愿。

人民民主发展到一定阶段，改革的重心就会转移到发展党内民主上来。如果没有党内民主改革，人民民主就找不到标杆。党内民主建设，可能在相当长一段时间内成为中国政治改革的主题。一是领导方式和执政方式的改革；二是决策方式的改革，即决策过程的民主化、科学化。只有扩大基层党员的政治参与，才能使决策过程更科学、真正反映广大人民群众的愿望与要求。

说得具体一点，是从突破各种体制性障碍来入手，如从推行党代表常任制以及在决策方式上充分发挥全委会的功能和作用等做起，逐步深入。

记　　者：党内民主生活有哪些方面需要改革？

白　　钢：这就是邓小平所说的"不适当地、不加分析地把一切权力集中于党委，党委的权力又往往集中于几个书记，特别是集中于第一书记，什么事都要第一书记挂帅、拍板。党的一元化领导，往往因此而变成了个人领导"。还有长官意志、变相的家长制、变相的领导职务终身制等。特别是在实践中，对民主集中制原则的理解和应用上出现偏差，往往是集中多于民主，用邓小平的话说，是"以集体领导的外表掩盖个人专断的实质"。这些都应通过发展党内民主加以克服。

记　　者：党内民主建设对共产党自身有何意义？

白　　钢：我们行之有效的"两会"制度中，人大代表和政协委员在参与国家事务、影响政府决策方面发挥了很大作用。但反过来，党员有意见只能按党章找组织，然后逐级向上反映，缺少畅通地反映自己意愿和意见的渠道。而六千多万中共党员本来是精英集中的群体，从一定意义上说，目前这批人的智慧没有充分发挥作用，这是一个巨大的浪费，也使共产党的优势没有得到充分发挥。

另外，十六大规划了非常宏伟的目标：全面建设小康社会。如果党内民主建设跟不上，就会影响经济目标的实现。特别是在经济发展过程中，过去很多决策不算经济账，只算政治账，以后再这样干就行不通了。这就需要改革决策方式。

摆在面前的只有一条路：发展党内民主，进行体制创新。通过体制创新完善党的组织制度，激活蕴藏在广大党员之中的创造精神，以此来增强而不是削弱党的力量。

原载《新闻周刊》2003 年第 3 期